TOTEM

Piergiorgio Pulixi est né en Sardaigne en 1982 et vit à Milan. Il a publié plusieurs romans policiers avec lesquels il a remporté de nombreux prix, notamment avec *L'Île des âmes* (prix Scerbanenco) et *L'Illusion du mal* (prix Fedeli). Il est considéré comme l'un des principaux représentants de la nouvelle génération d'auteurs italiens de romans noirs et de thrillers. Ses romans sont traduits dans une dizaine de pays.

L'ILLUSION DU MAL

On retient son souffle six cents pages durant, sidéré par l'enchaînement des évènements. Le texte est impeccablement construit, comme une mécanique de haute précision, l'action constamment relancée dans un jeu subtil de pleins et de déliés. Remarquable fiction, vision de cauchemar, *L'Illusion du mal* se lit aussi comme une alerte.

France Inter

Ce thriller palpitant et brillant, rédigé d'une écriture fluide, nous accroche page après page, sans qu'on puisse éteindre la lumière avant l'ultime jugement.

Elle

Un thriller glaçant, machiavélique, qui propose une vraie réflexion morale.

La Voix du Nord

Grâce notamment aux qualités de dialoguiste de l'auteur, le couple de policières fait carburer l'intrigue à un rythme effréné, comme c'était déjà le cas dans le premier volet de leurs aventures à lire également, *L'Île des âmes*.

Libération

DU MÊME AUTEUR

Le Chant des innocents, 2023

L'Île des âmes, 2021 ; totem n°214

Piergiorgio Pulixi

L'ILLUSION DU MAL

Roman

Traduit de l'italien
par Anatole Pons-Reumaux

TOTEM

TOTEM n°254

Titre original: UN COLPO AL CUORE

ISBN 978-2-35178-888-2
ISSN 2105-4681

Illustration de couverture © Rui Ricardo
Conception graphique de la couverture: Valérie Renaud

Pour Alessandro Tridello et Susy Merico,
libraires et amis formidables

Le droit est terrible comme la vie.

SALVATORE SATTA, *Le Jour du jugement*

PROLOGUE

La présidente de la cour d'appel n'arrivait pas à trouver le courage de poursuivre. Elle était restée enfermée plus de deux heures en salle de délibération avec la Cour et les jurés pour chercher une solution. Peine perdue. La loi n'offrait aucune autre issue. Quand elle retourna en salle d'audience, son visage semblait amaigri, vieilli. Il était clair que ce verdict lui laisserait des cicatrices indélébiles.

Malgré la touffeur ambiante, elle se drapa dans sa robe humide de sueur comme si elle cherchait à se cacher et se pencha vers le micro. Elle ne parvint qu'à émettre un gémissement étranglé. Elle porta à sa bouche le verre que lui avait rempli un greffier et s'humecta les lèvres. L'eau était tiède à présent, quasi imbuvable, et lui retourna l'estomac.

Un lourd silence s'était abattu sur l'audience et les avocats. Chacun s'éventait avec des mouchoirs ou des documents, en quête d'un peu de fraîcheur. Tous les yeux étaient rivés sur la présidente, qui paraissait faible et vulnérable.

Elle prit un stylo pour masquer le tremblement de ses mains. Le résultat ne fut pas celui escompté. Elle bouillonnait de tension. D'un geste nerveux, elle essuya son front et ses yeux humides de rage et d'impuissance, et elle fixa son regard sur la victime. Près de quinze ans s'étaient écoulés depuis le début de son cauchemar. À l'époque, elle n'avait que sept ans. Elle avait été trouvée dans la rue par une patrouille, en état de choc. Les agents avaient jugé son état tellement grave qu'ils l'avaient immédiatement emmenée aux urgences. Les médecins avaient constaté plusieurs contusions, des traumatismes multiples et des infections sexuellement transmissibles. Sept ans. Elle venait d'entrer en primaire. La pureté incarnée. L'inspecteur chargé de l'affaire avait découvert qu'elle avait fait l'objet de viols répétés de la part du compagnon de sa mère, qui la gardait pendant que cette dernière travaillait. La première agression avait eu lieu quand elle avait quatre ans. Neuf mois plus tard, l'enquêteur avait été mis en congé pour cause de traumatisme psychologique. Une nuit, sa femme l'avait trouvé dans la cuisine avec le canon de son Beretta dans la bouche. Sur la table, le dossier de l'affaire ; les photos de la gamine éparpillées par-dessus étaient imprégnées de larmes. Elle avait réussi à le dissuader par miracle, mais il ne s'en était jamais vraiment remis, et il avait demandé sa retraite anticipée.

Ce matin-là, le violeur était assis à quelques mètres de la victime, flanqué de ses deux avocats. Il n'avait pas l'air du monstre qu'on pouvait imaginer. Et pourtant. Depuis l'ouverture de la dernière phase du procès, il n'avait pas accordé un seul regard à la fille, comme si elle n'existait pas. Il ne laissait transparaître aucune émotion.

La magistrate regarda tour à tour la jeune femme et son bourreau et reprit la parole. Quand ses confrères n'entendirent pas la formule habituelle, ils se retournèrent d'un bond. Elle n'y prêta pas attention. Elle savait qu'il était inadmissible de commenter la sentence de la Cour. Elle aurait dû s'en tenir à la simple lecture du verdict. Mais à cet instant, sa nature de femme et de mère prit le pas sur ses fonctions institutionnelles.

— Je n'ai jamais eu à rendre un jugement aussi difficile. Mes confrères et moi avons fait tout notre possible pour corriger cette succession d'erreurs du système judiciaire… Mais… Nous n'y sommes pas parvenus.

La jeune fille blêmit. Elle porta la main à sa bouche comme pour étouffer un cri. Sa mère se cramponna à elle, pour éviter que ces mots ne l'emportent, telle une vague de colère.

L'homme, impassible, ne cilla pas. Alors que tous dans la salle suffoquaient et transpiraient, il était frais et parfumé comme une rose, une véritable bête de sang-froid.

Le substitut du procureur qui représentait l'accusation ferma les yeux et secoua la tête, incrédule, retirant sa robe en signe de protestation.

La présidente planta ses yeux dans ceux de la jeune fille. Tout en ayant conscience que ce qu'elle s'apprêtait à dire allait entacher sa carrière à jamais, elle déclara d'une traite :

— Je vous demande pardon au nom du peuple italien pour cette grave injustice dont nous avons tous conscience…

Avant que l'audience n'explose dans un chœur d'imprécations, elle acquitta le pédophile parce que les faits étaient prescrits. La procédure avait duré huit ans en première instance, puis le dossier s'était englué dans les limbes du système judiciaire, en attente d'une date pour le procès en appel. Quand il avait fini par atterrir sur le bureau des juges, la prescription était déjà intervenue. *Adieu*[*].

Le prévenu, condamné à douze ans en première instance – dont il n'avait purgé que quelques mois grâce à un vice de

[*] En français dans le texte. (Toutes les notes sont du traducteur.)

forme – serra la main de ses avocats et, pour la première fois, se tourna vers la jeune fille et vers son ex-compagne. Il les dévisagea quelques secondes, puis il sourit.

Les carabiniers durent l'évacuer par la sortie réservée aux magistrats afin d'éviter le pire.

Un homme de grande taille et d'aspect anonyme, qui avait assisté au procès en silence, assis à l'écart au cinquième rang, se leva. Il scruta la jeune fille en proie au désespoir pendant quelques instants, comme s'il voulait absorber sa douleur au plus profond de ses entrailles, et il quitta la salle. Il rejoignit sa voiture garée à deux rues du tribunal. Une fois dedans, il retira la perruque et la moustache postiche qu'il avait portées durant tout le procès, troqua ses lunettes de vue pour des lunettes de soleil plus branchées. Il déchira les faux papiers qu'il avait utilisés pour accéder au palais de justice : il n'en aurait plus besoin. Il roula jusqu'à un quartier résidentiel juste en dehors de la ville. Il se gara dans une rue de pavillons mitoyens : pelouses fraîchement tondues, plates-bandes impeccables, un endroit idyllique. Il ouvrit le coffre et en sortit un sac de sport qu'il jeta sur son épaule. Il effectua un tour de reconnaissance et s'arrêta devant une maison dans la rue parallèle à celle où il était garé. Il tira un jeu de clefs de sa poche et ouvrit le portillon, entra dans le domicile. Il referma la porte à double tour et sortit les clefs de la serrure, car il n'était pas chez lui – raison pour laquelle il avait enfilé des gants en polyéthylène.

Il posa son sac sans prendre la peine d'inspecter les lieux : il était venu deux jours plus tôt, et savait que le propriétaire vivait seul et n'avait pas d'animaux domestiques. Il enfila une cagoule élastique et se dirigea d'un pas assuré vers la chambre du pédophile acquitté une demi-heure plus tôt. Il ouvrit l'armoire devant le lit double et s'enferma à l'intérieur.

Pour tromper l'attente, il sortit du sac une grande boîte à bijoux en noyer marqueté et admira son contenu à la lueur d'une petite lampe torche.

Il sourit.

Il fit courir ses doigts entre les petits objets qui émirent un léger cliquetis, comme des coquillages qui s'entrechoquent.

La boîte ne contenait pas des coquillages, mais des dents.

Des dents humaines.

Il s'arma de patience et attendit que le violeur rentre chez lui.

PREMIÈRE PARTIE

VÉRITÉS ENFOUIES

Qu'est-ce que la loi a à voir avec la justice ? C'est tout ce qu'on a parce qu'on ne peut avoir la justice.

WILLIAM MCILVANNEY, *Laidlaw*

I

Waterfront, Belfast, Irlande du Nord

Elle n'avait plus l'habitude de passer inaperçue. Depuis qu'elle s'était fait repousser les cheveux et qu'elle était revenue à son roux flamboyant naturel, on la dévisageait à Cagliari comme une extraterrestre ou une elfe sortie tout droit d'un roman de fantasy. Pendant son séjour en Irlande, elle avait connu la sensation inverse : l'invisibilité. Personne ne la regardait plus d'une demi-seconde. Elle était une parmi tant d'autres. Et c'était ce dont Eva Croce avait besoin. D'anonymat et de solitude. Un retour aux sources pour reprendre des forces avant un nouvel hiver de l'âme : d'ici quelques semaines, ce serait *son* anniversaire. Le deuxième. C'était incroyable de penser à la vitesse à laquelle ces deux années avaient défilé. Mais il était encore plus inconcevable qu'elle ait survécu à une telle perte. C'est ce qui la tourmentait le plus : être parvenue à aller de l'avant, malgré la douleur. Douleur que le temps n'avait pas atténuée. Il l'avait juste mise en sourdine. Mais elle était toujours là. Eva savait que c'était un mal impérissable, et qu'il la suivrait partout où elle irait. Le secret était de cesser de fuir et de l'accepter.

En courant sur la promenade qui longeait la Lagan, Eva fut frappée par le changement architectural de ce quartier de Belfast. Quelques dizaines d'années plus tôt, c'était une zone d'usines et de chantiers; aujourd'hui, c'était un symbole de modernité, avec un front de mer futuriste. Elle s'arrêta et s'appuya au parapet pour reprendre son souffle. Elle contempla les vestiges du chantier naval où avait été construit le paquebot le plus tragique de l'histoire. Le crépuscule embrasait les gratte-ciel du Titanic Quarter, les couronnait de flammes violacées. Elle se perdit dans ce ciel que seule l'Irlande savait offrir.

Elle s'apprêtait à se remettre en route pour finir ses douze kilomètres de jogging quotidiens quand son portable vibra, interrompant Muse sur sa playlist. Eva observa l'appareil dans son brassard et sourit en voyant le nom s'afficher. Elle l'avait enregistré à "Pitbull Rais", brigade mobile, Cagliari. Elle ajusta ses écouteurs Bluetooth et répondit.

— Bonsoir, inspectrice.

— Bonsoir, mes couilles. Tu rentres quand? Ça doit faire un mois que t'es partie.

— Ça fait à peine deux semaines, Rais. Qu'est-ce qu'il y a, je te manque, c'est ça?

— Voilà, ouais. C'est trop dur sans toi. Non, le truc, c'est que… Attends une seconde. Forcément, faut que je me tape l'animal mythologique en double file.

— L'animal mythologique?

— Eh oui: corps d'homme, tête de bite, répondit Rais en écrasant son klaxon.

Les lèvres d'Eva formèrent un sourire. Elle ne le lui aurait jamais avoué, mais l'ironie décapante et le sale caractère de sa partenaire lui avaient manqué.

— Alors, combien de trolls t'as capturés ? reprit Mara.

— Arrête ça, Rais. J'imagine que tu n'appelles pas pour venir aux nouvelles ?

— Non, c'est vrai. J'ai besoin d'un avis.

— Ah, tu as enfin décidé de te soigner. Je connais une super psy, pas trop chère. Tu as un papier et un crayon ?

— Ha-ha, très drôle.

— Qui s'y frotte…

— Pas faux. Donc : on a reçu un drôle de signalement, ce matin. J'espère que t'as le petit déjeuner bien calé dans le ventre, parce que c'est pas joli joli…

— Allons donc…

— Accroche-toi. Ce matin, une femme nous appelle. Apparemment, en ouvrant la porte de chez elle pour partir au travail, elle a trouvé un sachet sur le paillasson. Et dans le sachet, il y avait… Roulement de tambour…

— Accouche, Rais.

— Il y avait vingt-huit dents humaines.

2

Titanic Quarter, Belfast, Irlande du Nord

Eva en eut la chair de poule.

— J'ai bien entendu ?

— Tu as très bien entendu. Vingt-huit dents, grossièrement nettoyées, certaines avec encore des filaments et des morceaux de tissu gingival… Un truc vraiment dégueu.

Eva fit une moue écœurée.

— Continue.

— Ça n'a pas manqué, à qui il pouvait refiler ce genre d'affaire ? Au paillasson de service de la brigade mobile ! Du coup, j'ai apporté le sachet aux experts. C'était Noël avant Noël. Ils ont juré comme si Cagliari était descendu en série B… L'odontologie médico-légale, ça te dit quelque chose ?

— T'as oublié qu'on travaillait ensemble à la section homicides ?

— J'essaie de refouler cette pensée, histoire de pas tomber en dépression.

Eva souffla.

— Rais…

— …Bref, l'autopsie oro-faciale est en cours. Les odontologues s'amusent à recomposer l'arcade dentaire. À première vue, il semble que les dents appartiennent à la même personne. Un homme pas très branché brosse à dents et dentifrice, tu vois le genre. Il en manque quatre. A priori, les dents de sagesse.

— Doux Jésus.

— Voilà. Mais attends, c'est pas fini. Selon l'expert, les dents présentent des rainures, et des micro fractures qui laissent à penser qu'on les a extraites de manière pas très orthodoxe, quand la victime était encore vivante. Une par une.

— Quoi ? Il en est sûr ?

— Non. Mais il dit qu'il a une forte présomption, et il essaie de consolider son hypothèse avec des preuves scientifiques. Il m'a parlé d'examen aux rayons ultraviolets, au laser et autres subtilités technologiques que j'ai pas comprises.

— Putain de bordel…

— Tu vois les surprises que peut réserver Cagliari, la belle endormie ?

— Toi, tu en es où ?

— J'ai alerté le magistrat et il m'a laissé un peu de latitude. Un technicien de la scientifique s'occupe de la comparaison génétique, mais ça va prendre du temps. L'odontologue voudrait le dossier du dentiste, ou au moins quelques photos qui montrent la position des dents, pour faire un recoupement.

— Ça signifie que tu connais déjà son identité ?

— Non. Mais bon… Tu sais comment ça marche. Je me suis demandé pourquoi cette fille en particulier recevait un cadeau pareil, alors j'ai examiné ses antécédents. Il ressort qu'elle a été victime d'abus sexuels de la part du mec de sa mère quand elle était petite. Elle sort tout juste d'un procès contre son bourreau, qui a duré près de quinze ans. Elle en a vingt-deux aujourd'hui.

— Ils ont coffré le mec ?

— Dans un pays normal, peut-être... Mais non. Ils l'ont laissé partir pour des conneries de vice de procédure et de prescription.

— Et ça t'a fait dresser les antennes.

— Carrément. Et le type ne répond ni au téléphone ni à l'interphone.

— Sacrée coïncidence.

— Tu l'as dit.

— Les proches ?

— Nada. Ce fils de pute vit tout seul. Ou plutôt devrais-je dire, *vivait* tout seul.

— Tu as déjà réussi à trouver son dentiste ?

— Je suis pas une amatrice, Croce. J'ai mis cinq personnes sur le coup pour appeler le secrétariat de tous les cabinets de la ville, en commençant par les plus proches de son domicile et de son bureau. Trouvé en moins d'une heure. Un de mes hommes est parti récupérer son dossier avec peut-être une vieille radio, pour confirmer que les dents sont bien les siennes.

Eva hocha la tête. Mara Rais ne faisait pas dans la dentelle et n'avait pas grand-chose à voir avec l'habituel cliché de la policière rassurante, mais c'était une sacrée enquêtrice. Une qualité pas toujours synonyme d'avancement pour une femme dans la police, bien au contraire : Mara avait fini sur la liste noire de la questure* de Cagliari. Eva ne le savait que trop bien pour avoir elle-même figuré sur la liste.

* Équivalent de notre préfecture de police.

— La fille. Tu as vérifié que…
— Alibi en béton, pareil pour ses proches.
— OK. Tu es où, là ?
— Je vais chez lui.
— Tu es seule ?
— Seule avec mon Beretta.
— Ça ne me plaît pas.
— Je promets d'appeler du renfort si je remarque quelque chose d'étrange. Dès que je raccroche, je demande l'accord du magistrat pour une perquisition d'urgence. Il me semble que la situation est suffisamment grave pour qu'il m'autorise à entrer, non ?

Eva réfléchit quelques secondes en silence. Elle vit une embarcation de quatre rameurs fendre le miroir d'eau immobile qui reflétait le coucher de soleil. Elle paraissait traverser une coulée de lave.

— T'es toujours là ?
— Oui. Aucun doute sur le fait que la fille est la véritable destinataire de ce cadeau ? demanda Eva en prenant son temps.

Elle cherchait à se remémorer un détail qu'elle avait étudié dans un cours de spécialisation sur l'analyse comportementale : ça concernait les dents, mais rien d'autre ne lui revenait.

— Apparemment aucun. Elle habite une maison individuelle avec sa mère. Du coup, le champ se réduit à elles deux. En tout cas, hier, après ce verdict délirant, elles ont passé la journée ensemble chez des parents à elles.
— OK. Éccute, j'ai un mauvais pressentiment. Demain, je saute dans le premier avion pour Cagliari. Toi, fais bien attention à toi et…
— Hé, c'est pas pour ça que je t'ai appelée. Je voulais juste avoir ton avis à chaud pour…

— Je serais rentrée de toute façon. J'écris illico au chef. Je répète : j'ai un mauvais pressentiment, Rais. Alors pour une fois, écoute-moi, et ne rentre pas dans cette maison toute seule.

— Au pire, je trouverai un corps…

— Ou un fou furieux qui pourrait se faire un joli petit collier avec tes dents.

Cette fois, ce fut Mara qui garda le silence.

— Tu sais ce que ça signifie, arracher vingt-huit dents ? Tu as une idée du temps que ça prend et du sang-froid qu'il faut avoir ? La personne qui a fait le coup n'est pas un criminel ordinaire, poursuivit Eva.

— Je vais appeler quelqu'un de chez nous, concéda Mara.

— Tiens-moi au courant au plus vite. Moi, je vais prendre mon billet.

Eva raccrocha avant que sa partenaire ne puisse répliquer. Elle se remit à courir, direction l'hôtel. Elle demanda à l'assistant vocal de son téléphone de lui donner un aperçu des vols pour la Sardaigne. Elle en trouva un à l'aube qui lui permettait d'être à Cagliari en début d'après-midi avec une escale à Londres. Elle le réserva. Elle envoya un message vocal au chef de la brigade mobile pour le prévenir qu'elle reprenait du service dès le lendemain, avec une semaine d'avance. Une fois ces questions réglées, elle accéléra la foulée au rythme survolté des basses de *Starlight*.

3

Quartier de Barracca Manna, Cagliari

Si on lui avait demandé quel mot décrivait le mieux son travail d'enquêtrice, Mara Rais aurait répondu : l'attente. Bien sûr, une enquête pouvait réserver quelques minutes sporadiques – plus rarement des heures – d'action et d'adrénaline, mais quatre-vingt-dix-neuf pour cent de son travail était constitué de temps morts, de paperasse, de café infect, de planques interminables et d'attentes exténuantes. Ce qui, pour un caractère pragmatique et impulsif comme le sien, représentait une torture kafkaïenne.

Le coup de fil au magistrat de service ne s'était pas déroulé comme prévu.

— En toute sincérité, vous risquez de vous casser les dents, sans mauvais jeu de mots. Aucun élément substantiel n'indique que…

Après une telle entrée en matière, Mara avait cessé de l'écouter, sachant très bien où il voulait en venir.

— Pour autant que nous sachions, il pourrait s'agir d'une plaisanterie de mauvais goût, avait-il conclu.

Encore un qu'a rien dans le slip, avait pensé Rais.

— C'est bien compris, inspectrice ?

— Parfaitement. Et donc ?

— Donc nous attendons d'avoir des éléments concrets. Par exemple, une identification confirmée par l'expertise odontologique. Si vous l'obtenez, rappelez-moi et je vous donnerai mon feu vert.

Comment lui en vouloir ? s'était dit Mara en raccrochant. C'est une saloperie de pédophile. Si quelqu'un lui a réglé son compte, il a eu ce qu'il méritait. Quelle urgence y a-t-il à enquêter sur une ordure pareille ?

Toutefois, le *modus operandi* du meurtre – s'il s'agissait bien d'un meurtre – la troublait. Arracher vingt-huit dents exigeait un sang-froid reptilien. Elle n'aimait pas l'idée qu'un cinglé pareil déambule en liberté dans sa ville.

— Qu'est-ce qu'on fait, inspectrice ? demanda le chef de la patrouille réclamée en renfort par Mara dans le cas d'une éventuelle perquisition.

Ils avaient exploré ensemble la petite maison par l'extérieur, cherchant par tous les moyens à voir si elle était occupée. Ils avaient frappé et sonné, mais sans succès.

— Pour l'instant, rien. Le magistrat a refusé la perquisition. Il faut attendre le retour des experts.

— Combien de temps ça va prendre ?

— Je ne sais pas. Une demi-heure comme deux heures. Pour le moment, restez là, au cas où la situation se débloquerait. Mais si le central vous réclame ailleurs, n'hésitez pas à filer.

Mara les envoya demander aux voisins s'ils avaient remarqué quoi que ce soit de suspect autour de la maison au cours des vingt-quatre dernières heures, tandis qu'elle vérifiait s'il y avait des caméras de surveillance autour de l'entrée. N'en trouvant aucune, elle retourna à sa voiture et feuilleta le dernier numéro de *Vanity Fair*. Jamais elle ne l'aurait admis, mais sa partenaire lui manquait. Sans elle, sans personne auprès de qui vider son sac ou de qui se moquer, elle se sentait comme une cocotte-minute sur le point d'exploser. Eva Croce, avec son caractère posé et réfléchi, atténuait l'impétuosité de Mara, réprimant ses accès de colère qui, avant la mutation d'Eva à Cagliari, lui avaient valu son lot d'ennuis.

En lisant un article qui célébrait un an de chasteté de Brad Pitt, Mara éclata de rire et jeta le magazine sur le siège arrière.

*Sciadau**… Tu n'es pas le seul, mon cher Brad. Tu parles de chasteté : moi je suis carrément redevenue vierge, se dit-elle en songeant à sa vie sentimentale après son divorce, avec une enfant à charge qui ne facilitait pas la recherche d'un amoureux.

Elle regarda l'heure et poussa un soupir. Cinq minutes à peine s'étaient écoulées. Le magistrat avait justifié sa prudence en lui rappelant que le pédophile avait des avocats particulièrement tatillons, et qu'il ne voulait pas encourir de sanctions disciplinaires de la part de ses supérieurs. Un tissu de conneries. Mara savait qu'en cas de nécessité, les magistrats trouvaient toujours un moyen de contourner les rigidités procédurales. En réalité, c'était elle qui posait problème. Deux ans plus tôt, sa carrière s'était retrouvée au point mort parce qu'elle s'était mis à dos le questeur en personne. Ne pouvant se débarrasser d'elle autrement, il l'avait placardisée

* Mon pauvre (sarde).

Plusieurs parlers régionaux interviennent dans *L'Illusion du mal*, caractérisant les différents personnages et leurs origines : le sarde, le sicilien et le vénitien. Il s'agit souvent d'insultes compréhensibles pour le lecteur italien, que nous avons choisi de traduire pour le lecteur français.

à la section expérimentale des "crimes non élucidés", un purgatoire pour têtes brûlées. Mais ce qui devait être une punition s'était mué en revanche. Aux côtés d'Eva – autre mouton noir de la questure –, elle avait élucidé le meurtre de la pauvre Dolores Murgia. Une affaire retentissante qui leur avait valu davantage que l'habituel quart d'heure de célébrité. Au cours de l'enquête, cependant, les deux inspectrices avaient importuné les huiles de la ville, suscitant l'hostilité de nombreux personnages qui gravitaient autour du palais de justice. Après cette enquête qui avait ébranlé la questure de Cagliari comme un tremblement de terre, Mara s'était mise en disponibilité quelques mois, afin de calmer le jeu et de se remettre sur pied. Quand elle avait repris du service, le questeur avait fait ses valises depuis un bon moment, et la section des crimes non élucidés n'existait plus. Elle avait récupéré son bureau à la section homicides et violences aux personnes, mais la rancœur envers les deux inspectrices n'était pas retombée. Pire, le temps l'avait exacerbée. Depuis lors, le parquet faisait preuve de la plus grande prudence quand il s'agissait de travailler avec les deux policières qui avaient failli rompre l'équilibre précaire des pouvoirs et ruiner une enquête difficile par leur *insensibilité institutionnelle*, comme l'avait définie le procureur général. Et pour couronner le tout, son ex-mari, un ténor du barreau, avait assuré la défense du principal suspect du meurtre, la mettant en porte-à-faux vis-à-vis des juges et de ses collègues.

Quand son estomac se mit à crier famine, Mara décida de laisser tomber la planque et de rentrer chez elle. Mais un coup de fil vint contrarier ses projets. Le numéro qui s'afficha était celui du service médico-légal.

— Inspectrice, vos hommes m'ont transmis un orthopantomogramme qui…

— Un orthoquoi ? éructa Mara.

— Une radio panoramique des arcades dentaires. Qui m'a permis d'établir une comparaison avec...

— On va la faire courte, si vous voulez bien. C'est les siennes ou pas ?

— Je dirais que oui, à quatre-vingt-dix pour cent.

Mara fut parcourue d'un frisson. Elle donna au spécialiste l'adresse e-mail du magistrat en le priant de lui communiquer immédiatement les résultats. Une fois qu'elle eut raccroché, elle se fit un plaisir d'appeler le magistrat, qui fut contraint de lui accorder son feu vert. Puis elle appela les agents de la patrouille, qui par chance n'avaient pas été mobilisés ailleurs, et leur ordonna de forcer la porte.

— Qu'est-ce que vous pensez trouver ? demanda un des policiers.

— Un loup édenté, répondit Mara en ouvrant l'étui de son pistolet.

4

Cathedral Quarter, Belfast, Irlande du Nord

Son séjour en Irlande avait commencé deux semaines plus tôt par une visite à sa mère dans la ville de Cork, au sud de l'île, autant dire pas de la meilleure des manières. La femme ne s'était pas remise de la mort de Maya, sa petite-fille. Elle avait recommencé à forcer sur les anxiolytiques et passait sa rage, sa frustration et son incrédulité sur Eva, avec qui elle n'avait jamais entretenu de bons rapports. Chacun de ses regards était un acte d'accusation. Chaque parole une goutte de venin. Eva était censée rester deux semaines, mais elle n'avait pas tenu vingt-quatre heures. Le lendemain de son arrivée, elle avait loué une moto et elle était partie sans dire au revoir. En proie à une impulsion juvénile à laquelle elle n'avait jamais cédé jusque-là, elle avait parcouru toute la côte sauvage de l'Est, ne s'arrêtant que quelques jours à Dublin et Newcastle avant de poursuivre vers Belfast. Deux semaines de solitude et de silence. Plus d'un millier de kilomètres sur des routes à couper le souffle, bercée par le vent de la mer d'Irlande. Elle avait traversé plusieurs comtés, laissant derrière elle d'imposants châteaux, d'immenses étendues de lande et des océans de blé blond, des petits ports et des villages de pêcheurs, des phares solitaires, des falaises creusées par le vent et la mer. Elle s'était ressourcée dans des pubs accueillants et chaleureux où elle pouvait s'oublier elle, mais aussi l'enchaînement d'événements qui l'avaient conduite jusque-là. Elle voyageait léger. Physiquement, tout du moins. Son bagage le plus encombrant était celui des souvenirs et de la culpabilité. Or en un sens, ce voyage l'avait réconciliée avec le passé, il l'avait anesthésiée. Mais elle éprouvait désormais le besoin de rentrer. Le travail était son expiation. Son barycentre existentiel.

Prends l'appel de Rais comme un signe du destin, se dit-elle une fois rentrée à l'hôtel, tandis que l'eau chaude de la douche détendait ses muscles raidis par la course. De toute façon, tu ne vas pas passer ta vie à fuir.

Après s'être séché les cheveux, elle se regarda dans le miroir. Elle écarta ses lèvres et étudia sa dentition. Observant la fluorescence lactée de son arcade dentaire, elle repensa horrifiée au sachet qui contenait les vingt-huit dents.

5

Quartier de Barracca Manna, Cagliari

Des deux policières, Eva était la plus “sensible”. Mara aurait aimé l’avoir à ses côtés, car cette maison était un vrai mystère pour elle. Une fois acquise la certitude qu’il n’y avait personne, elle et ses coéquipiers avaient passé les lieux au peigne fin sans rien trouver. La cuisine bien rangée n’avait gardé aucune odeur résiduelle, comme si cela faisait plusieurs jours qu’elle n’avait pas été utilisée. La chambre était impeccable, semblable à une chambre d’hôtel fraîchement nettoyée. Idem pour les autres pièces : tout était parfaitement en ordre. Et pourtant, depuis l’instant où elle avait mis un pied dans la maison, Rais avait été saisie d’une émotion primitive, irrationnelle, qu’elle n’arrivait pas à interpréter : l’atmosphère semblait factice. Comme si quelque chose fermentait sous ces apparences soignées. Quelque chose de malsain. Autour d’elle flottait un puissant parfum de violence et de mort. Elle sentait ses relents dans l’air, quasi palpables. Tel un courant d’air glacé qui s’infiltre par une fenêtre cassée, ils lui donnaient des frissons.

Elle continua à inspecter les chambres en quête d'un écho de ce qui – elle en avait la certitude – s'était passé en ces lieux. Croce, avec sa sensibilité aiguë, aurait eu plus de facilité à déchiffrer ces impressions : un talent qu'elle avait prouvé à plusieurs reprises.

— Inspectrice, on n'a rien trouvé. On peut y aller ? demanda un des agents dans le salon.

— Donnez-moi encore quelques minutes.

C'est nous qui créons ce que nous voyons. Nous filtrons la réalité à travers nos structures mentales, nos a priori et nos convictions personnelles, et ça nous empêche de voir ce qu'on cherche. Ferme les yeux et ouvre ton cœur, Rais. Dans ce métier, la vue n'est pas toujours notre meilleure alliée.

Ces mots de sa partenaire lui revinrent en mémoire. Sur le moment, Mara l'avait envoyée au diable, en y voyant des banalités de roman de gare. Mais à présent, ils prenaient tout leur sens. Se sentant un peu bête, elle décida de suivre ces conseils. Après avoir laissé entrouverte la porte de la chambre, elle ferma les paupières. La forte sensation de profanation qu'elle avait éprouvée dès son arrivée s'intensifia, comme si les cercles concentriques de violence qui se propageaient dans toute la maison trouvaient leur origine à cet endroit précis.

— C'est arrivé ici, murmura-t-elle, effrayée d'entendre sa propre voix.

Sans aucune logique, elle tendit sa main gantée vers un des oreillers soigneusement disposés sur le lit double, et le souleva.

Une autre dent était posée en évidence.

Elle était encore tachée de sang.

6

Piscine Cozzi, viale Tunisia, Milan

NAGER était devenu une nécessité vitale. L'odeur même du chlore, désagréable pour tant de gens, était pour lui une invitation, un signal déclenchant l'impulsion de se jeter dans ce miroir liquide. Avant de plonger, il éprouvait le frisson d'excitation du corps prêt à s'activer, une décharge d'adrénaline et d'endorphines. Cet instant de suspension entre l'air et l'eau avait quelque chose de magique. C'était comme une drogue. Ou un orgasme. Raison pour laquelle il avait instauré un rituel immuable : debout sur le plongeoir, il fermait les yeux et retenait sa respiration pour savourer à fond cette sensation cathartique. Grâce à l'impulsion de ses jambes puissantes, il flottait en l'air quelques instants, puis, une fois dans l'eau, il était envahi d'un profond bien-être, une impression diffuse de sécurité et de paix, tel un fœtus dans son liquide amniotique. Le monde et ses problèmes disparaissaient. Les pensées se mettaient en sourdine. Ne demeurait que la force des muscles évoluant dans l'eau soyeuse, l'écume qui jaillissait autour de lui, les couleurs vives des lignes flottantes, l'entrelacs bleu ciel au fond de l'immense bassin et l'écho dans le bâtiment qui allait et venait au gré des mouvements de sa tête.

Enveloppé de cette sensation enivrante de fraîcheur et de légèreté, Vito Strega souriait. C'était presque un réflexe. Un plaisir sur lequel il aurait eu du mal à mettre des mots. Le temps lui-même perdait son sens. Le décompte des longueurs, les mouvements de bras, les battements de cœur qui résonnaient dans ses oreilles et les respirations devenaient sa dimension temporelle. C'est pourquoi il n'allait à la piscine qu'à l'aube ou à la nuit tombée, quand les seules personnes présentes étaient le gardien et les agents de propreté, auxquels il versait chaque mois un généreux pourboire pour la clémence dont ils faisaient preuve envers ses "escapades" matinales ou nocturnes. Il aimait la solitude. Et il détestait partager avec d'autres les émotions que lui procurait la natation. Quelques longueurs suffisaient à le requinquer pour la journée. Il n'y aurait renoncé pour rien au monde. C'était une cérémonie de purification.

Comme d'habitude, l'heure était passée trop vite.

Il sortit de la piscine à contrecœur. Épaules carrées. Un mètre quatre-vingt-quinze de muscles raffermis par la natation, innervés de veines pulsant après l'effort. Cheveux noirs crépus coupés très court. Quelques centimètres de barbe soigneusement taillée, à peine saupoudrée de gris au menton. Visage osseux, aux traits réguliers et anguleux. Peau mate qui suggérait une ascendance caribéenne plutôt qu'italienne. C'était le don héréditaire d'Oleta, sa mère, une chanteuse soul-jazz d'origine haïtienne, née à La Nouvelle-Orléans, que son père – amiral de marine – avait connue lors d'un exercice militaire conjoint avec l'US Navy. Il en était tombé amoureux et l'avait convaincue d'abandonner la Louisiane pour l'épouser.

Il enfila un peignoir en éponge, gagna les vestiaires et ouvrit son casier. Alors qu'il cherchait son gel douche, ses doigts effleurèrent le pistolet de service qu'il gardait sous clef lors de ses entraînements. Ces derniers temps, après les énièmes menaces de la part de divers psychopathes qu'il avait arrêtés, il sortait armé en permanence. Ce contact glacial évapora en un clin d'œil les endorphines et la sensation de bien-être apportées par la nage, le ramenant à la dure réalité. Une réalité de solitude, de suspicion et de désamour.

Peu de gens auraient pu imaginer qu'il traversait une période aussi difficile. Il avait été promu au rang de vice-questeur quelques mois plus tôt et partageait son temps entre Milan et Rome, où il enseignait une semaine par mois la psychologie appliquée aux recrues de l'UACV, l'Unité d'analyse du crime violent de la police d'État. *L'Esprit criminel*, le traité de criminologie qu'il avait écrit des années plus tôt, avait été traduit dans plus de vingt pays et était étudié dans de nombreuses universités, en Italie comme à l'étranger. Tout semblait indiquer que Vito Strega était un homme accompli, criminologue et haut gradé de police sur les rails d'une brillante carrière. Mais les apparences sont parfois trompeuses. Il ne croyait plus à son propre travail, ni à ce qu'il enseignait à ces jeunes enquêteurs. C'était surtout vis-à-vis d'eux qu'il se sentait coupable, comme s'il les aidait à plonger dans un gouffre sans fin. Sa dernière enquête l'avait profondément marqué. Plus d'un an après, il ne s'en était toujours pas remis. Ce qu'il avait découvert sur son propre partenaire de la section homicides – dont il avait été accusé à tort de la mort – avait déréglé sa boussole morale, au point de lui faire perdre foi en son métier. Métier qui au fil des années avait emporté tout ce qu'il pouvait lui prendre, en particulier son ex-femme. Il s'efforçait d'offrir un minimum de justice aux victimes, même si le mot "justice" perdait chaque jour un peu plus de son sens. En outre, Vito Strega avait du mal à se reconnaître et à trouver sa place dans la société qui l'entourait, où tout un chacun exprimait des certitudes inébranlables, à commencer par ses collègues et ses supérieurs, alors que lui découvrait jour après jour qu'il en savait de moins en moins, et qu'avec le temps ses doutes se multipliaient. C'était aussi pour ça que la natation avait revêtu une telle importance. L'effort physique l'aidait à faire retomber la tension. Il avait conscience qu'il s'agissait seulement d'un palliatif, d'un soulagement temporaire. Un jour ou l'autre, il allait devoir prendre une décision. Définitive.

Après avoir quitté la piscine Cozzi, il s'arrêta dans un restaurant asiatique pour se réchauffer avec un bol de ramen au poisson, puis il rentra chez lui à pied. Il avait envie de bavarder avec quelqu'un. Il réfléchissait à qui téléphoner quand il se rendit compte qu'il connaissait un tas de gens, mais qu'il ne lui restait pas un seul ami avec qui il avait suffisamment d'intimité pour exprimer son mal-être. Ce constat le fit sourire. Mais c'était un sourire triste, comme les enseignes au néon des salons de massage chinois qui constellaient la rue

7

Lieu inconnu

L'ANTIQUE coiffeuse à miroir détonnait dans cet environnement industriel. L'homme agenouillé qui se tartinait le visage et le cou de fard blanc ne semblait pas s'en soucier. À son côté gisaient un masque de cuir sombre et une perruque orange. Il arborait une ample tunique en patchwork de laine brute de différentes couleurs qui accentuait encore sa taille gigantesque. Ses mains énormes et malhabiles n'étaient nullement adaptées au maquillage. Ni à la chirurgie orale.

De temps à autre, il jetait un regard à l'homme étendu sur le fauteuil dentaire, encore en état de semi-conscience. Les sangles de cuir qui le maintenaient en place étaient sa petite touche personnelle. Le fauteuil semblait avoir été volé dans un musée dédié à l'odontologie ; bien qu'en parfait état, il paraissait dater de plus d'un siècle. Les grosses pinces incrustées de sang qu'il avait employées pour "l'opérer" traînaient encore sur le plateau en acier. Des dents, en revanche, il ne restait aucune trace.

— Serre les dents, on a presque terminé, dit-il sans détacher les yeux du miroir. Oups, pardon. Le jeu de mots n'était pas volontaire.

En entendant son rire rauque et guttural, le pédophile parvint à s'extraire de sa torpeur et regarda autour de lui, cherchant à comprendre où il se trouvait. On aurait dit un hangar désaffecté. Les murs étaient très hauts et paraissaient insonorisés.

Il n'avait aucune idée du temps qui s'était écoulé depuis son enlèvement. Son ravisseur devait lui avoir administré un cocktail de médicaments pour éviter qu'il meure de douleur. Il lui avait aussi injecté un sédatif qui avait inhibé toute résistance, tout en le gardant parfaitement lucide. Quels que soient les produits utilisés, ils ne l'avaient pas rendu insensible à la souffrance. Au contraire. Ils avaient engourdi ses membres jusqu'à leur enlever toute motricité. Mais le supplice… Il avait enduré chaque seconde de cette torture.

Il tenta de se débattre, mais à la vue du sang qui le recouvrait comme une seconde peau, il s'évanouit.

Quand il reprit connaissance, il était assis sur une chaise adossée à un mur. Il était toujours ligoté, et un masque lui recouvrait la bouche. La douleur était continue et lancinante. Devant lui, installée sur un trépied, une caméra numérique le toisait d'un air sadique, reliée à un PC portable sur lequel l'inconnu pianotait. Mobilisant toute l'énergie qui lui restait, le prisonnier se retourna, cherchant une issue.

C'est alors qu'il vit les photos collées au mur.

Elles représentaient les visages souriants de toutes les petites filles qu'il avait violées.

8

Angle de la via Scarlatti et de la via Macchi, Milan

Au cœur de la nuit, Milan était comme une immense pinacothèque à ciel ouvert présentant des centaines de toiles d'Edward Hopper. La ville était imprégnée de cette même solitude aliénante, nimbée d'une atmosphère suspendue et de ces nappes de mélancolie, de résignation et de désillusion que l'artiste américain avait su cristalliser.

Il y avait cette même impression d'expectative, ce sentiment que quelque chose était sur le point d'arriver, et l'on demeurait hypnotisé devant les évolutions possibles de ces petits drames métropolitains, qui parvenaient rarement à leur dénouement. C'était à l'observateur de donner une cohérence au tout et d'imaginer le basculement existentiel de ces tableaux animés. C'était comme si la ville vous invitait à entrer dans la vie des autres, à regarder à l'intérieur d'eux, à vous confronter à des solitudes abyssales qui, en un sens, reflétaient la vôtre.

Vito Strega était plus en confiance au cœur de la nuit qu'au grand jour. Il aimait se perdre dans ces instantanés et ces portraits nocturnes, tandis que la platine diffusait un jazz feutré ou un blues langoureux grâce auquel il se sentait moins seul. Un verre d'alcool fort à la main, il savourait la vue du dernier étage d'un immeuble de standing du début du XXe siècle, situé à l'angle de la via Scarlatti et de la via Macchi. C'était un appartement mansardé, dont le point fort était une baie vitrée de deux mètres et demi de hauteur, qui se muait la nuit en une immense scène de théâtre. La demeure du policier incarnait en tout point son chaos existentiel. Les murs étaient couverts de livres. Ils proliféraient partout, comme la mousse sur les troncs d'une forêt en hiver. Une collection de plus de trois mille vinyles envahissait les étagères, sans pour autant freiner la frénésie d'achat de Vito, qui se procurait des albums comme s'ils étaient un baume pour l'âme. Sur les rares portions de mur libres, il avait accroché des affiches de vieux films d'Hitchcock et des posters en noir et blanc de chanteurs soul pour masquer les accrocs dans le papier peint. Il avait fait abattre les murs, transformant l'appartement en une sorte de loft. Il dormait sur un grand futon devant une cheminée, alors qu'il avait une chambre en mezzanine. L'intérieur, quoique de bon goût, était dépareillé : Vito avait acheté des objets vintage lors de diverses incursions au grand marché des antiquaires du Naviglio Grande. Des pièces d'époque qui semblaient tout droit sorties de l'un de ses livres du XIXe siècle et qui donnaient au visiteur l'impression de remonter le temps. Une décoration moderne aurait renforcé sa solitude, il aurait été comme un étranger chez lui ; ce mobilier ancien, au contraire, lui offrait une grande intimité, comme s'il percevait l'aura des précédents locataires. L'ensemble avait un caractère transitoire et, du reste, l'installation aurait dû être temporaire, après une séparation orageuse puis un divorce difficile. Mais les deux mois initiaux s'étaient mués en deux ans, et Vito avait fini par l'admettre : l'idée de chercher un logement à Milan l'attirait autant qu'une colostomie sans anesthésie.

Il avala une gorgée d'alcool et continua d'observer cet aquarium urbain. La pièce n'était éclairée que par quelques bougies à la vanille, presque consumées, qui produisaient une lueur caravagesque. Dehors, une légère pluie tissait comme une toile d'araignée dans l'air. À travers les fenêtres des immeubles les plus proches, il vit plusieurs personnes rivées sur leur portable, affairées à fouiller dans la vie des autres. Il songea que les réseaux sociaux étaient devenus le nouveau valium spirituel, un anesthésiant pour survivre à l'aliénation urbaine. La connexion numérique comme antidote à la déconnexion identitaire. Ce paradoxe le dérangeait.

Sofia frappa à la porte-fenêtre de la cuisine.

Vito émergea de sa rêverie, posa son verre et la fit entrer. Elle se glissa dans ses bras dans un rare geste de tendresse. Elle sentait la fumée.

— Ça va, toi ? Tu devais te geler, dehors.

Sofia ne répondit rien, se contentant de se frotter contre lui, en quête de câlins et d'un peu de chaleur après sa promenade nocturne : elle aussi était un animal crépusculaire.

— Tu veux boire quelque chose ? demanda-t-il. Moi je suis à l'armagnac.

Elle l'envoya paître. Elle ne buvait jamais une goutte.

Ils s'assirent côte à côte sur le canapé positionné devant la baie vitrée et ils se perdirent dans l'observation des rues oscillant de lumière, de pluie et de voitures, tandis qu'un jazz suave flottait autour d'eux.

— J'ai besoin d'une pause, trouva-t-il le courage d'avouer.

Elle lui lança un regard indigné.

— Non, ma belle. Pas de toi. De cette ville. Du travail.

Elle renversa la tête en arrière, comme pour l'ignorer ou l'empêcher de reprendre un discours déjà trop rabâché.

— J'ai beaucoup de plaies à panser, et l'argent n'est pas un problème. J'ai juste envie de décrocher un peu pour comprendre ce dont j'ai vraiment envie, rien de plus… Souffler quelques semaines, quoi. Ça te dirait de m'accompagner ?

Pour toute réponse, Sofia s'en alla dormir dans la chambre, lui laissant le futon.

— Je prends ça pour un non, commenta Vito.

Il termina son armagnac et se prépara à dormir – ou du moins à essayer.

Quand il rentra de la salle de bains, il la vit qui fixait son téléphone. Vito l'avait entendu vibrer et, dès qu'il s'approcha, il remarqua que Sofia scrutait d'un air menaçant l'écran qui s'était illuminé.

— Je peux ? demanda-t-il.

Elle s'entêta dans la torture du silence.

Vito déverrouilla l'appareil et vit un message reçu quelques minutes plus tôt sur WhatsApp, d'un numéro inconnu. Intrigué, il l'ouvrit. C'était un lien vers une vidéo. Le titre piqua sa curiosité : “La loi, c'est toi”.

— Eh bien, dans un sens, ça peut se défendre, murmura le vice-questeur amusé.

Avant de cliquer sur le lien, craignant qu'il s'agisse d'une blague ou d'une tentative d'intrusion, il vérifia que l'antivirus était activé, pour bloquer tout acte malveillant.

— Qu'est-ce que tu en dis ? On ouvre ? demanda-t-il à Sofia.

Silence absolu.

— Comme tu veux, pipelette. Voyons un peu.

La chatte noire aux yeux vert absinthe presque fluorescents s'affala à côté de lui et, après une ouverture en fondu, il vit apparaître à l'écran un homme ligoté à une chaise, la poitrine maculée de sang.

Au bout de quelques secondes, un autre homme, masqué, entra dans le cadre, tournant le dos au prisonnier.

Sofia entendit Vito retenir son souffle.

9

Lieu inconnu

Toute la scène évoquait un film d'horreur.

Sauf que c'était bien réel.

L'homme que Mara Rais recherchait était attaché à la chaise au centre de l'écran. Il portait une camisole de force qui lui interdisait tout mouvement. Le bas de son visage était couvert d'un masque en cuir qui lui enserrait les mâchoires et la bouche, l'empêchant de parler ; le masque était très similaire à ceux qu'on utilisait dans les asiles pour criminels du siècle passé afin de réduire au silence les patients les plus agités. La gorge et la poitrine du prisonnier étaient maculées de sang coagulé. Ses yeux étaient embrumés, comme s'il était sous sédatif. Le mur derrière lui était constellé de photos de petites filles souriantes.

L'individu qui entrait dans le cadre derrière le prisonnier le dominait de la tête et des épaules. La disparité physique entre les deux était telle que le tortionnaire devait approcher les deux mètres. Il posa les mains sur les épaules de l'homme et regarda droit dans l'objectif. Ses gestes dénotaient un charisme certain et une parfaite maîtrise de la situation. Son identité était dissimulée par une perruque effilochée, dont les longs cheveux orange retombaient sur son dos massif, et par un masque en cuir sombre, à l'aspect clownesque et sadique, avec l'esquisse d'une corne sur le côté droit. Les rares parties exposées de son visage étaient peintes en blanc. Il portait une ample tunique en laine brute, composée de losanges multicolores, rêche et déchirée, comme tout droit sortie d'un grenier ou d'une décharge. Son accoutrement dégageait quelque chose de funèbre et de tragique. Sa voix était manifestement déformée sous le masque par un appareil qui la rendait robotique.

— Avant toute chose, je vous prie de m'excuser d'avoir envahi votre intimité, commença-t-il, mais la situation l'exigeait. Pour être exact, la violation de vos données n'est pas de mon fait. Je les ai simplement achetées. On peut se procurer en ligne des bases entières de données sensibles, comme des adresses e-mail, des numéros de téléphone, ou des mots de passe sur les réseaux. On appelle ça un *data breach*, une attaque de sécurité permettant d'infiltrer des centaines de milliers d'appareils. Si vous regardez cette vidéo, cela signifie que vous avez vous-mêmes été victimes d'une intrusion et que vous ne le saviez pas avant aujourd'hui. Mais je ne suis pas là pour vous faire un cours de cybersécurité. Je tenais simplement à vous assurer que notre conversation, et tout ce qui en ressortira, ne vous rendra passibles d'aucune procédure pénale. Il existe aujourd'hui des paradis des données, la nouvelle frontière des paradis fiscaux. Ils sont situés sur d'autres continents, et c'est là que finiront les séances virtuelles entre vous et moi, en dehors du champ de compétence des autorités italiennes. Les forces de l'ordre n'auront aucun moyen de nous trouver, vous pouvez en être certains.

Et si d'aventure elles y parvenaient, ce serait trop tard, car j'aurais déjà tout effacé.

L'inconnu posa sa main sur l'épaule du prisonnier.

— C'est pour lui que je suis là. Je veux vous raconter l'horreur de la loi… Ce monsieur s'appelle Daniele Truzzu. Il a l'apparence d'un homme, certes un peu en mauvais état à l'heure où je vous parle, mais c'est un monstre. Un pédophile. Il est coupable sans l'ombre d'un doute, comme l'ont confirmé plusieurs échelons de notre système judiciaire, et comme en témoignent d'innombrables plaintes et sanctions pénales auxquelles il a échappé moyennant de coquettes sommes d'argent. Vous avez bien entendu. Pour bon nombre de ses crimes, il est parvenu à s'en sortir sans être inquiété, sans même faire l'objet d'une enquête de police. Pourtant sa culpabilité ne fait aucun doute, dit-il en désignant les clichés sur le mur. (Son index se referma et tapota la photo d'une petite fille en particulier.) Par exemple, il est établi qu'il a abusé de manière systématique de la fille de sa compagne. Le premier viol a eu lieu quand elle avait quatre ans. Il a continué jusqu'à ce qu'il se fasse prendre, quand elle en avait sept. Il y a quelques jours, ce monsieur a été acquitté pour la deuxième fois. La première, ses avocats avaient invoqué un vice de forme de l'accusation. Un détail technique de procédure. Pour un simple vice de forme, tout le procès a été annulé. Preuves invalidées, pédophile en liberté. Tout à recommencer. La deuxième fois, il s'était écoulé trop de temps pour faire quoi que ce soit. Et les juges ont encore fermé les yeux. Près de quinze ans de procès pour dix mois de prescription. Pour la loi italienne, ce monsieur est un homme libre.

L'inconnu s'accorda une pause théâtrale.

— Vous vous interrogerez sur les raisons de cette injustice. En réalité, c'est presque la norme. Les tribunaux devraient être une institution fiable. La loi devrait protéger les citoyens contre toute forme de violence perpétrée par un individu usant de sa force. Ça, c'est en théorie. Mais aujourd'hui, la loi ne défend que l'ordre établi, l'État, et ce en gravant dans le marbre les injustices et les inégalités, en discriminant des catégories sociales sans défense, en foulant aux pieds la dignité humaine et en anéantissant des victimes. Ce n'est pas une question de justice ou d'injustice. Mais seulement de pouvoir. Qui détient le pouvoir détient aussi la justice. La manière dont l'État opère son magistère punitif est totalement inadaptée aux cas individuels. Prenons celui-ci. Les causes ? Un système saturé. Des effectifs exsangues. Un arriéré judiciaire insoutenable. La loi impose de donner la priorité aux procès avec des détenus. Dès lors, ceux qui comparaissent librement sont relégués au second plan, et la moitié des dossiers finissent en prescription, comme dans le cas de notre ami. Ce système en crise produit de l'injustice au quotidien, dans une sorte de cercle vicieux… Pour moi, l'heure est venue de dire stop.

L'homme défit le masque qui couvrait le visage du prisonnier, révélant un spectacle sanglant.

Le pédophile émit un gargouillement abominable.

Son bourreau lui souleva le menton avec deux doigts pour le forcer à regarder l'œil de verre de la caméra.

— Nous ne pouvons plus accepter sans broncher les failles d'un système judiciaire qui ne répond plus aux exigences d'une démocratie, continua l'homme de sa voix métallique et artificielle. Comme vous pouvez le voir, j'ai déjà puni cet individu. Si je vous ai dérangés, c'est seulement pour vous demander si vous estimez que mon intervention est suffisante, ou bien si la peine doit être plus dure. Étant donné que nous sommes tous victimes de l'inefficacité de la justice italienne, c'est à vous, et à vous seuls, que revient la condamnation définitive de cet animal. Ce sera à vous de décider si vous souhaitez exercer la puissance punitive de cet État qui n'en a pas eu le courage. Comment ? À la fin de cette vidéo, vous trouverez un lien vers une plateforme où l'on vous demandera de voter oui ou non. En votant oui, vous m'autoriserez à prononcer la peine maximale. Si vous votez non, je le laisserai partir sans lui toucher un cheveu de plus… Vous avez trois heures pour voter. Afin de garantir le caractère démocratique du vote, les résultats seront affichés à échéance du temps imparti, puis la plateforme s'autodétruira quelques secondes plus tard, effaçant également toutes les données envoyées. Les données sont anonymes et cryptées. Aucun danger pour vous.

L'inconnu remit le masque sur la bouche dévastée du prisonnier.

— Au vu de la tournure que prend notre pays, la justice n'est plus du ressort de l'État, mais des victimes. Et quand les victimes ne peuvent se faire justice elles-mêmes, c'est la communauté qui doit assumer la charge de rétablir l'équilibre brisé. Regardez au plus profond de vous et demandez-vous si cet acte de justice est nécessaire. Il suffit d'un clic. Une seconde de votre temps pour réparer un tort épouvantable. Et si vous êtes convaincus comme moi que le système doit changer, diffusez ce lien parmi vos contacts. Faites-les participer. Trois heures. D'une manière ou d'une autre, vous aurez encore de mes nouvelles… et des siennes, conclut-il en ébouriffant les cheveux du prisonnier.

Au bout de quelques secondes, il sortit du cadre et le direct s'acheva sur un fondu au noir, laissant seulement apparaître l'adresse d'un site.

La vidéo avait duré moins de trois minutes. Elle avait d'abord été envoyée à dix mille personnes, qui l'avaient reçue anonymement par e-mail ou SMS. D'autres l'avaient trouvée sur Messenger, WhatsApp, Instagram, Twitter, Snapchat… Avant que la police postale* ne puisse prendre la mesure de l'événement, la vidéo avait été inoculée dans les veines du système médiatique, faisant l'objet d'une diffusion tous azimuts. En cinq minutes seulement, elle était devenue virale et la voix robotique de l'inconnu avait été entendue par quatre-vingt mille personnes. Elle continua à circuler de portable en portable, se propageant à travers l'éther comme une épidémie.

Quinze minutes après sa mise en ligne, elle avait été vue par plus de trois cent mille personnes.

Et au moins la moitié avait commencé à voter.

* La police postale italienne, branche de la police d'État, a aujourd'hui comme principale prérogative la lutte contre la cybercriminalité.

10

Angle de la via Scarlatti et de la via Macchi, Milan

Au début, Vito Strega crut à une blague. Ou à la campagne de lancement d'une série télé ou d'un jeu vidéo, sachant que le "guérilla marketing", comme l'appelaient les publicitaires, devenait de plus en plus éhonté et envahissant.

En y songeant plus sérieusement, il espéra qu'il s'agissait d'une farce ou d'un coup publicitaire. Le doute le poussa à revisionner la vidéo, cette fois avec le regard du criminologue et non du simple spectateur.

Maîtrise du langage technico-juridique. Charisme. Regard dirigé en permanence vers la caméra. Grande lucidité, égrena-t-il dans sa tête. Observant dans le détail les photos accrochées au mur, il poursuivit : extrêmement organisé et attentif à la mise en scène. Utilise le levier émotionnel pour déchaîner la fureur vengeresse du peuple.

Quand la bouche du prisonnier fut découverte, Vito étouffa un juron.

Sadique et cruel. La victime semble dans un état de trouble de la perception, comme si elle était sous sédatif.

Aurait-il prolongé sa douleur en l'empêchant de perdre connaissance ? se demanda-t-il.

Il lança la vidéo une troisième fois.

Vidéo amateur, mais mise en scène raffinée et étudiée. L'injustice déguisée en légalité comme fil conducteur du discours. Est-ce qu'il s'agit d'une victime du système, ou bien de quelqu'un qui a besoin de ce carburant moral pour laisser libre cours à son délire de toute-puissance et se présenter aux yeux du monde comme un vengeur ? Un pervers narcissique ? Quelqu'un qui a besoin d'être adoré et suivi ?

— Calme-toi, nom de Dieu, dit-il à voix haute. Ça pourrait très bien être du bluff.

Vito n'était pas sur les réseaux sociaux. Il les avait en horreur. Mais quelques années auparavant, dans le cadre d'une enquête, il avait ouvert un faux profil pour suivre certains suspects. Il utilisa cette identité pour vérifier si le “vengeur” disait vrai et si d'autres avaient reçu ce message.

Il s'attendait à tout sauf au délire virtuel que la vidéo avait provoqué. Si l'intention de ce fou furieux était d'enflammer l'opinion publique, c'était peu dire qu'il y était parvenu. Vito fut ébahi par cette folie collective. La vidéo figurait sur le profil de dizaines de personnes, et cela rien que sur sa page personnelle. Il dut relire deux fois le nombre de vues, pensant avoir mal compris. Près de quatre cent mille personnes l'avaient regardée. Les partages augmentaient de seconde en seconde.

— Merde, murmura-t-il en s'enfonçant dans le canapé.

Sofia le dévisageait, curieuse.

Il essaya de téléphoner au chef de la brigade mobile, son supérieur direct, mais ça sonnait occupé. Il essaya d'autres collègues de la section homicides : les lignes devaient être saturées.

Alors ce n'est pas une blague.

Il évalua les effets à court et moyen terme, et les conséquences tragiques de cette démarche s'ils n'intervenaient pas au plus vite. Le plan était banal dans sa simplicité : la haine était l'engrais et la colère sociale le terreau. La virulence des réseaux sociaux se chargerait d'accélérer la contamination.

C'est un système qui s'autoalimente et s'autoréplique, impossible à arrêter, si on ne remonte pas à la source, se dit-il. Mais quelle était la finalité de tout ceci ?

Il caressa Sofia, puis il s'apprêta à sortir. Bien que n'étant pas de service, il éprouvait le besoin de se rendre à la questure. De toute façon, après une telle décharge d'adrénaline, le sommeil était une perspective irréaliste.

II

Studio 10, centre de production télévisuelle Italset, Cologno Monzese

“En Italie, le meurtre vend plus que le cul.” Cette maxime avait changé la vie de Luana Rubicondi. C’était le présentateur du JT régional de Brianza où elle avait commencé sa carrière il y avait plus de vingt ans qui lui avait dit ça, commentant une affaire particulièrement glauque qui avait défrayé la chronique pendant plusieurs semaines. Luana avait archivé cette “perle” dans sa mémoire, sachant qu’elle lui serait utile un jour. Aux dires de tous ses collègues, elle avait toujours été une très mauvaise journaliste : elle ne savait pas écrire, avait une préférence pour les opinions plutôt que pour les faits, n’avait pas la patience de se documenter et de vérifier ses sources, mais elle était ambitieuse et – à l’époque – belle et provocante. Son vrai talent était la télégénie. “On dirait que tu es née pour passer à la télé”, lui disaient les directeurs d’antenne pour l’attirer dans leur lit. Ils savaient aussi pertinemment que son ambition effrénée finirait par lui jouer des tours, mais ils se gardaient bien de le lui dire. La vanité l'avait poussée à se plier aux logiques machistes du milieu ; elle s'était bouché le nez et elle avait dit oui à toutes les personnes qui comptaient, qui l'avaient récompensée en la mettant à la tête du deuxième journal télévisé national, n'en déplaise aux féministes qui dans des lettres enflammées l'accusaient d'être devenue l'emblème de la marchandisation du corps. Quand les journaux télévisés nationaux ne lui avaient plus suffi, Luana avait fait le grand saut en prenant la direction d'un talk-show, puis elle s'était rabattue sur une émission people quand son décolleté n'avait plus fait recette et que les invitations à dîner des producteurs s'étaient raréfiées. Mais plus les années passaient, et plus les séances de maquillage pré-antenne se rallongeaient, plus il était compliqué de se maintenir au sommet, face à une concurrence jeune et acharnée, prête à tout pour quelques minutes à l'écran. Des talk-shows aux programmes les plus trash de la télé misérabiliste, le pas avait été aussi rapide qu'humiliant. Mais son déclin ne faisait que commencer : après un trop grand nombre d'interventions de chirurgie esthétique qui n'avaient pas donné les résultats escomptés, sa présence télévisée avait été avancée de manière inexorable : d'abord en fin d'après-midi, puis à la tranche d'après déjeuner, pour finir en milieu de matinée, le placard absolu pour toute présentatrice. L'étape suivante aurait été l'humiliation suprême avant le télé-achat : les émissions diffusées à l'aube. Luana n'avait aucune intention de toucher le fond. Aussi avait-elle fait fi du conseil d'une collègue plus expérimentée qui, à cause d'un mauvais choix amoureux, était passée du *prime* de la première chaîne privée nationale au journal d'après-midi d'une chaîne lombarde. Le conseil était le suivant : "Ne te maque jamais avec un politique. Ils utilisent les gens comme des toilettes publiques." Luana, en désespoir de cause, avait enfreint la règle d'or, plantant le dernier clou dans le cercueil de sa dignité pour se mettre en couple avec un secrétaire de parti en pleine ascension, avec ses entrées dans le milieu et de vingt ans son aîné, qui avait vu dans cette liaison une occasion de redorer son image avant les élections. L'espace d'une saison, tout s'était passé comme prévu : grâce à ce coup de projecteur, Luana Rubicondi avait réobtenu le *prime time*, enjambant les corps encore épargnés par la chirurgie des jeunes bimbos qui la croyaient finie. Mais quand son compagnon s'était retrouvé au cœur d'un "complot judiciaire" orchestré par une frange dissidente du parti et qu'il avait fait l'objet d'une enquête pour corruption et prostitution de mineures, Luana – après quelques "invitations" dans des émissions où elle avait tenté en vain de réciter la partition de la pauvre victime d'un puissant dépravé – s'était retrouvée à cinquante ans bien tassés en marge du cirque médiatique auquel elle avait sacrifié sa jeunesse, sa dignité et sa carrière. Peu à peu, même les émissions à scandale les plus vulgaires l'avaient oubliée. Elle avait essayé de se recycler en reporter, mais on lui avait ri au nez.

Seule, sans famille, et plus grâce à la commisération d'une bonne âme qu'à ses faits d'armes passés, elle avait enchaîné les piges comme envoyée spéciale dans les tribunaux et les commissariats ou au domicile des victimes pour des programmes nocturnes de faits divers. Un travail synonyme de nuits à la belle étoile, de violations répétées de la vie privée, de portes claquées au nez et d'attentes interminables. Une fois qu'on en renifle le parfum, la télévision devient une addiction chronique, et Luana ne faisait pas exception. Alors elle avait serré les dents pendant des années, jusqu'à ce que le présentateur de *Verdict* soit foudroyé par un AVC. Il fallait d'urgence un remplaçant pour terminer la saison, et elle avait saisi la balle au bond, implorant le chargé de production de lui donner sa chance. Dès la première émission, quelque chose avait changé en elle. L'expérience accumulée pendant ces années de télé poubelle faisait bon ménage avec ce nouveau monde, respectable seulement en apparence. Elle se découvrit un flair prodigieux pour les affaires qui pouvaient se révéler sulfureuses, morbides et grand public, et le fait qu'elle soit dénuée de toute déontologie journalistique s'avéra une arme décisive dans cette arène réactionnaire qu'était devenue la "justice-spectacle", où elle pouvait enfin laisser libre cours à la rage et à l'aigreur qui avaient macéré en elle pendant toutes ces années passées dans les limbes du paysage audiovisuel.

"En Italie le meurtre vend plus que le cul."

Faisant sienne cette pépite de journalisme, Luana avait multiplié les audiences vertigineuses, remettant *Verdict* sur le devant de la scène. Avec un style agressif et racoleur, elle exploitait les tragédies et la douleur des familles, servant aux téléspectateurs des détails sordides sur les crimes et les bourreaux, fouillant dans les vices des victimes, les inventant quand elle n'en trouvait pas. Ses procès télévisés devinrent rapidement un rendez-vous incontournable pour les amateurs de faits divers, et Luana devint le cauchemar de tous les procureurs italiens et la bête noire de ses confrères, qui la surnommèrent "le croque-mort à forte poitrine". Elle s'en moquait royalement : l'important était que le téléphone s'était remis à sonner, les bouquets de fleurs à envahir sa loge et les directeurs de chaîne à l'inviter aux soirées de gala, où les vedettes de téléréalité et acteurs au rabais se battaient pour être immortalisés à ses côtés. D'ici quelques mois, elle fêterait dix ans de succès à la tête de *Verdict*. Et ce soir-là, alors qu'elle passait en revue avec son équipe le déroulé de l'émission, dame fortune frappa de nouveau à sa porte.

— Luana ? l'appela Jennifer, son assistante personnelle.

La journaliste leva les yeux.

— Oui ?

— Il faut absolument que tu voies ça, dit la jeune fille en lui tendant un téléphone.

— C'est quoi ?

— Ouvre et regarde.

— Jennifer, on passe bientôt à l'antenne et…

— Fais-moi confiance. Il *faut* que tu voies ça.

Luana soupira et ouvrit la vidéo intitulée "La loi, c'est toi", entourée par ses collaborateurs. Après quelques secondes, elle pâlit, autant que le lui permettait sa généreuse couche de fond de teint. Puis une lueur diabolique s'alluma dans son regard.

— Tu es sûre que ce n'est pas une blague ? murmura-t-elle, abasourdie, à la fin de la vidéo.

Pour toute réponse, Jennifer lui montra le nombre de vues et de partages du message au cours des vingt dernières minutes.

— C'est un truc énorme, Luana, insista Jennifer. C'est devenu viral en un rien de temps.

Luana contempla le plateau. Les invités avaient déjà pris place : un criminologue anticorruption, dinosaure du paysage politique mis sur la touche par son parti et en quête de visibilité pour se relancer, et un magistrat en retraite plus intéressé par les studios de télévision que par les salles d'audience. Des requins attirés par le sang ; c'était pour ça qu'elle les avait choisis. Comme elle, c'étaient de vieux briscards des plateaux, habitués à improviser et à parler aux tripes des spectateurs.

— Changement de programme, dit-elle à son équipe. On le balance en direct.

— Quoi ? Mais ce n'est pas possible, on ne sait même pas si…

— On s'en fiche. On ouvre là-dessus, répliqua-t-elle, désignant le téléphone. Préparez le refrain habituel, "ces images peuvent choquer la sensibilité du public", etc.

— Tu ne crois pas qu'on devrait au moins avertir le directeur ?

— Non. Faites ce que j'ai dit. On envoie la vidéo en live. J'en prends moi-même la responsabilité.

— Mais tu te rends compte de ce qu'elle pourrait comporter ? tenta de la raisonner un de ses collaborateurs les plus âgés.

— Oui. C'est précisément pour ça que je veux ouvrir l'émission avec. On va faire sauter la banque, là, les enfants… Mettez la régie sur le coup illico. Je veux griller la concurrence.

Les rédacteurs obéirent. Depuis quelques années, ils étaient devenus de simples abeilles ouvrières. Luana était la reine, la cheffe incontestée de la ruche.

Elle appela la maquilleuse.

— Anna ! Remets-moi une couche.

— Mais…

— Y a pas de mais. Je veux être impeccable. Aujourd'hui, on frappe un grand coup.

Tu avais bien raison, mon cher, pensa Luana en se rasseyant à la table de maquillage, tout sourire. En Italie, le meurtre vend plus que le cul.

12

Quartier de Stampace alta, Cagliari

DEPUIS que Mara avait commis l'erreur de lui offrir un smartphone dernier cri pour ses soixante-cinq ans, sa mère passait ses soirées sur le canapé à s'abrutir devant des vidéos idiotes sur Facebook, au point d'éclipser le vacarme des vidéos tout aussi ridicules que regardait son mari à l'autre bout du canapé. Jusque-là, c'était leur affaire, se disait Mara, résignée à la régression adolescente de ses parents. Le problème était qu'ils lui transféraient tous les soirs une large sélection des vidéos qui les avaient le plus marqués, saturant la mémoire de son téléphone et la mettant en rage.

Si bien que, ce soir-là, quand sa mère lui envoya le message "La loi, c'est toi", Mara n'y prêta pas attention. La journée avait été chargée et elle avait envie d'une douche chaude et d'au moins six heures de sommeil. Elle laissa son téléphone dans le salon et se déshabilla.

Quand le téléphone se mit à sonner, elle était en soutien-gorge et contemplait la désolation qui régnait dans son réfrigérateur. À une heure pareille, ça ne pouvait être que quelqu'un de la questure. Elle alla vérifier. En effet, il s'agissait de Pierluigi Palamara, le nouveau chef de la brigade mobile.

Qu'est-ce qu'il veut encore, celui-là ? pensa Mara, les yeux mi-clos, maudissant une énième fois le Viminal* de lui avoir envoyé ce Sicilien au caractère explosif, pire que le sien, qui tenait tous les Sardes en suspicion, et les Cagliaritains en particulier. Mara ne faisait pas exception. C'était même une des cibles privilégiées de ses désormais légendaires envolées verbales relevées de dialecte sicilien.

— Bonsoir, chef, répondit-elle poliment, essayant de ne pas laisser transparaître son irritation d'être dérangée chez elle.

— Bonsoir mes couilles, Rais. Ton portable, c'est juste pour faire joli ? C'est la quatrième fois que je t'appelle, explosa son supérieur. *Lassamu stari*** … Ouvre-moi cette foutue vidéo que je t'ai envoyée, allume la télé et mets la 10, et rappelle-moi illico, sainte Marie immaculée. Il est question de ton homme.

— Quel homme ?

— George Clooney ! À ton avis, Rais ? Ton homme, ton pédophile de merde, là ! Allez, regarde et rappelle-moi. C'est le branle-bas de combat, ici.

Mara aurait voulu lui dire de se faire greffer un nouveau caractère, mais elle réussit à se retenir. Elle promit de s'exécuter sur-le-champ. Pour toute réponse, l'autre l'envoya au diable.

En ouvrant WhatsApp, Mara s'aperçut que des dizaines de personnes, en plus de Palamara, lui avaient envoyé le

* Le palais du Viminal, à Rome, est le siège du ministère de l'Intérieur.

** Bref (sarde).

même lien. Sa mère n'avait été que la première d'une longue série. Tous les messages comportaient la même miniature et le même titre : "La loi, c'est toi".

Elle lança la vidéo.

J'y crois pas..., murmura-t-elle en voyant sur l'écran l'homme qu'elle recherchait. Alors qu'elle était convaincue de traquer un cadavre, Truzzu était encore vivant. Pas au mieux de sa forme, mais bel et bien vivant. Mara monta le volume au maximum et écouta le message de l'homme masqué.

Quand le justicier eut fini de parler, et qu'il n'y eut plus à l'écran que le lien pour décider du sort du pédophile, Mara eut la certitude d'être tombée dans un bordel innommable.

Elle traita le justicier de tous les noms et alluma la télé. Elle mit la 10 et tomba sur *Verdict*. Elle se prit la tête dans les mains quand elle se rendit compte que la vidéo était au centre du "débat" de l'émission.

— Il ébranle la crédibilité du système judiciaire jusque dans ses fondements et on ne peut pas vraiment lui donner tort – modalités mises à part, déclara pompeusement un magistrat à la retraite, invité régulier de Rubicondi, en désignant la vidéo qui passait sur un grand écran derrière lui. Il y a une profonde dissonance entre l'exercice de l'action pénale et l'issue des audiences. Il suffit de penser au fait qu'aujourd'hui cinquante pour cent des procédures se concluent par un acquittement. Ce n'est pas un hasard que ce pédophile ait été relâché. On peut évidemment critiquer le *modus operandi* de ce *personnage*, mais on ne peut plus rester indifférent devant ce système criminogène : intervenir relève du devoir moral.

Au bas de l'écran défilaient les messages envoyés par les téléspectateurs : la teneur des propos aurait fait pâlir un officier de la SS.

— Donc il y aurait une justification éthique à ses actions ? demanda Luana Rubicondi avec son ton venimeux, remuant la boue.

Le magistrat se contenta de hausser les épaules avec un sourire sournois.

— Ils ont ouvert les cages…, murmura Mara, en jetant un œil au déferlement de haine qui avait explosé sur les réseaux sociaux.

La vidéo avait donné libre cours aux pulsions les plus viles et primitives qui fermentaient sur Internet, et les gens n'avaient eu aucun mal à endosser le rôle de juges et de bourreaux. Le justicier leur offrait l'ivresse de tenir la vie d'un homme entre leurs mains quelques minutes et, alléchés par l'odeur du sang, ils se sentaient plus vivants que jamais. Mara fut ébahie par les commentaires de certains de ses contacts : des personnes dont elle n'aurait jamais douté de l'intégrité s'étaient rabaissées à l'état de bêtes.

Elle rappela Palamara.

— C'est une blague ?

— Une blague, mon cul. Tu as vu le sourire radieux de cet enfoiré ? C'est ton homme, pas vrai ?

— Oui, c'est lui.

— Merde…

— Il ne peut pas être sérieux.

— J'ai bien peur que si, Rais. Les gens votent en masse, comme si c'était une putain de téléréalité. Et cette salope qui pisse du botox n'attend que ça, nous pourrir la vie et déclencher une psychose collective… Je te veux au bureau. Tout de suite.

Palamara raccrocha sans attendre de réponse.

Mara fixa sur l'écran la journaliste qui semblait irradier de la lumière par tous les pores, comme si elle était la Vierge

Marie. Elle maudit son ascendance sur plusieurs générations, puis elle envoya la vidéo à sa partenaire avant de l'appeler une seconde plus tard.

— Qu'est-ce qui se passe ? demanda Eva. Tout va bien ?

— Non, j'ai envie de me pendre. On est dans une merde, ici, t'as pas idée.

— Tu peux être plus précise ?

— Je t'ai envoyé une vidéo. Regarde-la.

— Mince, Rais, il est tard, j'allais dormir. Demain j'ai un avion à l'aube. J'ai pas envie de regarder la dernière connerie que t'a envoyée ta mère.

— Croce, ouvre cette putain de vidéo ! Il s'agit du pédophile… Je reste en ligne.

Eva s'exécuta. Mara la mit sur haut-parleur et se rhabilla pour sortir.

Quand elle l'entendit jurer au bout de quelques minutes, elle dit :

— Demain tu prends cet avion, même si tu dois mettre un flingue sur la tempe du pilote. Hors de question que j'affronte ce délire toute seule.

13

Lieu inconnu

Les effets de l'anesthésie se dissipaient et la douleur se ravivait chaque seconde, avec des estocades qui lui coupaient la respiration. Le bourreau l'entendit se débattre et délaissa l'écran du PC pour se diriger vers lui.

— Tu as faim ? Envie de te mettre quelque chose sous la dent ? demanda-t-il.

Il éclata d'un rire maniaque et le pédophile comprit que son cauchemar ne faisait que commencer.

— Encore quelques minutes et tu connaîtras enfin ton destin.

Le bourreau avait retiré son masque et le modificateur de voix. Il portait encore la perruque orange et le fard blanc. Le prisonnier entendait sa voix comme s'il était sous l'eau. Sa vision était brouillée. Dans cette situation, il lui était presque impossible de réfléchir. Son esprit était traversé par un tourbillon de pensées, trop rapides pour qu'il puisse les digérer.

— Tu veux quelque chose contre la douleur ? demanda le bourreau.

Le pédophile hocha la tête frénétiquement.

— Tu penses que ces gamines, si elles étaient là, voudraient que j'allège ta souffrance ? demanda le bourreau en désignant les photos au mur.

L'autre essaya de parler, mais il avait encore la bouche pâteuse.

— J'ai assisté à plusieurs de tes audiences ces derniers mois. Je t'ai observé, poursuivit le bourreau en se penchant vers lui. Tu n'as jamais regardé cette fille, ni ton ex. Pas une seule fois. Juste au moment de l'acquittement, tu as souri… Qu'est-ce que tu as ressenti à ce moment-là ?

Le visage du pédophile se stria de larmes.

— Tu veux savoir ce que j'ai éprouvé, moi ? Du soulagement. Quand ils t'ont remis en liberté, j'ai jubilé, parce que j'ai compris que je t'aurais juste pour moi. Le fait que tu aies cru t'en sortir indemne m'a électrisé.

Le prisonnier tremblait comme si la chaise était parcourue d'un courant électrique.

— Tu t'es sans doute demandé où étaient passées tes dents, non ? Je les lui ai offertes. À *elle*. Vingt-huit, pour être précis. J'en ai laissé une sous ton oreiller. En guise de souvenir.

Une odeur d'urine empesta l'air.

— Tu sais ce que c'est, ma boisson préférée ? La peur… Et tu en produis des litres.

Le bourreau se pencha vers sa victime, qui chercha en vain à se dérober ; il lui maintint la tête droite entre ses mains gigantesques et lécha lentement la sueur qui lui recouvrait la peau, comme si c'était un cornet de glace.

Le pédophile le sentit frissonner de plaisir.

— Hmm, délicieux… Tu as vraiment peur, hein ? Tu crois qu'elle a déjà voté ? Tu sais, j'ai fait en sorte qu'elle soit la première à recevoir la vidéo. Je te vois tout agité. Ici, tu n'as pas tes avocats pour te soutenir, mon pauvre. Tu n'as plus droit à la défense. Si le tribunal du peuple devait te condamner, tu veux savoir comment je t'infligerais ta peine ?

Il le lui murmura à l'oreille.

Les pupilles du pédophile s'enflammèrent de terreur. Il émit un cri muet qui se noya dans le rire du bourreau.

14

Bureaux de la brigade mobile, via Fatebenefratelli, Milan

Il ne restait plus que quelques minutes avant l'expiration du délai. Il était rare de voir tous ces gens amassés dans la salle de réunion de la brigade mobile à cette heure de la nuit, pensa Strega. L'air vibrait de tension. Tous fixaient l'écran sur lequel était affichée la page Internet dédiée au "vote". Plus les secondes s'écoulaient, plus le silence s'épaississait. Chaque policier savait que la sentence suprême était inéluctable : le peuple avait soif de sang.

— Des siècles de civilisation judiciaire balayés en moins de trois heures, murmura un magistrat à côté de lui, incrédule.

Vito Strega le fixa quelques secondes et se dit qu'à cet instant il ne l'enviait pas le moins du monde. Il percevait son malaise et, de manière plus subtile, sa peur. Avec cette vidéo, le justicier avait semé le doute dans l'esprit de l'opinion publique, l'idée que non seulement les juges étaient parfaitement incapables d'administrer un minimum de justice, mais qu'ils étaient en plus responsables de l'inefficacité totale de l'appareil d'État. Le risque était désormais que les gens voient en chaque magistrat la personnification d'une justice malade, cruelle et injuste, et avec le climat d'hostilité diffuse qui régnait dans le pays, cela pouvait mener à des actes dramatiques contre les représentants de ce monde vérolé dont l'inconnu avait montré les failles.

Strega espérait de tout cœur se tromper. Mais ce qui l'inquiétait le plus était l'étrange passivité dont faisaient preuve les enquêteurs autour de lui, comme si, au fond d'eux, ils ne parvenaient pas à considérer le justicier comme un ennemi. Tout policier qui avait enquêté sur un crime violent connaissait l'obscène disproportion entre le crime et la peine. Peine qui bien souvent ne trouvait pas d'écho dans la réalité, à cause des défaillances et de la déliquescence de l'appareil judiciaire. Personne n'avait davantage conscience des dysfonctionnements du système que les dépositaires de l'autorité publique. Le pédophile aurait dû croupir en prison, le vice-questeur était le premier à en convenir. Mais élever le commun des citoyens au rang de juges, les autoriser à prononcer une sentence sans compétence préalable, sans règles et sans le moindre critère allant au-delà de l'impulsivité et de l'opinion personnelle, risquait d'entraîner une violente révolution de la structure sociale. Il le sait, et c'est peut-être précisément ce qu'il veut, pensa Strega. Faire imploser le système. Engendrer le chaos.

Un écran affichait les images de l'émission *Verdict*, la première à avoir diffusé la vidéo à la télévision, lui donnant plus de visibilité encore. Résultat, les chargés de relations presse des questures s'arrachaient les cheveux à essayer de désamorcer cette bombe médiatique. Chaque fois que la caméra filmait Luana Rubicondi, presque tous les policiers poussaient des imprécations, vomissant leur rancœur.

C'est naturel, pensa Strega. La haine entraîne la haine.

— Deux minutes, déclara un vieil enquêteur en jetant un coup d'œil à sa montre.

Le juge secoua la tête, dégoûté, et s'éloigna sous les regards accusateurs des policiers pour qui lui et ses collègues étaient responsables de cette situation. En seulement trois heures, le Dentiste, comme l'avaient surnommé les internautes, avait déjà réussi à créer une fracture nette entre la police et la justice.

Un inspecteur de la section homicides s'approcha de Strega et lui demanda :

— Qu'est-ce que vous feriez, vous, professeur ? Si vous pouviez voter, vous lui donneriez carte blanche ?

Strega ne répondit pas immédiatement, cherchant à évaluer si c'était une provocation.

— Moi, j'avoue que je voterais pour la peine capitale, poursuivit le policier. Nous, on a fait notre travail. C'est le système qui l'a laissé partir. Combien de fois on a vu ce cas de figure ?

— Trop souvent, concéda le vice-questeur. Mais ce n'est pas la solution.

— Pourquoi ? demanda l'enquêteur, curieux.

Avant que Strega puisse répondre, le silence dans la salle se fit encore plus dense. Le questeur et le préfet venaient d'entrer, et ils s'approchèrent de l'écran sans souffler mot. Ils transpiraient la nervosité.

— La postale et la DIGOS*, au niveau national, cherchent à bloquer le site, mais ils n'ont pas encore réussi, déclara le questeur aux agents réunis.

Strega ne fut pas surpris.

* Division des investigations générales et des opérations spéciales.

— Gardez ça pour vous, mais la questure de Cagliari a confirmé que le pédophile a effectivement disparu depuis plusieurs jours, continua le questeur. Donc l'identification est confirmée. Le catalogue des accusations égrenées par ce détraqué correspond à la vérité. L'homme a d'abord été libéré pour cause d'expiration du délai, puis acquitté pour prescription. À Cagliari, ils pensent qu'il a été enlevé le jour du verdict.

Ça veut dire que l'autre était sur le coup depuis un moment, pensa Strega. Et ça révèle une préméditation glaciale… Ça devient de plus en plus intéressant.

— On y est, dit un jeune policier.

La page fut mise à jour.

Tout le monde retenait son souffle.

Sur l'écran apparurent des nombres en relief, en trois couleurs différentes.

Le premier était jaune et mesurait le total des votants : cent soixante-sept mille.

Le deuxième était rouge. Il indiquait les votes opposés à la peine capitale. Ils n'étaient que huit mille.

Le troisième était vert. Avec cent cinquante-neuf mille votes, la volonté du peuple était un vrai plébiscite.

La condamnation du tribunal virtuel était sans équivoque.

Les masses avaient donné leur feu vert au justicier.

Le pédophile devait mourir.

15

Bureaux de la brigade mobile, via Amat, Cagliari

Eva Croce entra hors d'haleine dans la salle de crise de la brigade mobile. La réunion avait déjà commencé. Elle adressa un signe de tête à Mara, debout devant le tableau, et alla s'asseoir au fond. Assis au premier rang, le questeur, le préfet et Pierluigi Palamara se donnaient des airs importants.

Mara jeta un œil à ses notes et reprit son compte rendu en tant que premier agent à être intervenu sur la scène de crime présumée.

— Ce sachet déposé sur le pas de la porte contenait les vingt-huit dents du sujet, Daniele Truzzu. C'est ça qui a déclenché l'enquête, expliqua Mara. Pour le moment, comme l'ont rappelé nos collègues de la DIGOS, la postale cherche à remonter à la source qui a diffusé la vidéo, mais d'après ce que j'ai compris, nos informaticiens ont peu d'espoir. Le signal qu'ils suivaient a transité par l'Iran, la Chine et la Corée du Nord, avant de se perdre en Russie.

— Quelle est la piste privilégiée par la brigade mobile ? demanda le préfet.

— Suite au message et au vote, nous avons tenu une réunion de crise en visioconférence au parquet, avec les responsables du CED* interforce. Nous leur avons fourni les éléments dont nous disposions, basés sur l'inspection de la police scientifique au domicile du pédophile et sur le compte rendu du dentiste légiste. En accord avec le parquet, nous nous concentrons pour l'heure sur la séquestration de personne.

— En ce qui concerne la jeune fille qui a trouvé ce… petit cadeau, disons. Vous avez des soupçons à son sujet ? demanda le questeur.

— Pour l'instant, c'est le seul suspect potentiel dont nous disposons. Depuis ce matin, nous multiplions les filatures, les écoutes téléphoniques et les poses de micros afin d'essayer de comprendre : A, si elle et sa mère sont impliquées d'une manière ou d'une autre dans cette histoire, mais je serais d'avis de les exclure a priori. Et B, si l'auteur de la vidéo les a contactées par le passé. Le magistrat a ouvert des dossiers pour séquestration et appel au meurtre.

— Donc, quelle est la probabilité que ce "criminel" se trouve en ville ou dans les environs immédiats, selon vous ? demanda le préfet en vue du coup de fil qu'il allait devoir passer au chef de la police d'État d'ici une demi-heure.

— Élevée. Nos collègues sont sur le coup, mais M. Palamara pourra vous apporter plus de précisions à ce sujet, répondit Mara.

— Avant que le directeur de la scientifique nous fasse part de ses conclusions sur l'examen du domicile de l'individu

* Centre d'élaboration des données de la police d'État, service informatique du Viminal.

kidnappé, quelqu'un a-t-il une question pour l'inspectrice Rais ? demanda le Sicilien.

Une main se leva au troisième rang.

— Je vous écoute, dit Mara.

— Avez-vous envisagé la possibilité d'une composante d'ordre sentimentale dans les motivations du justicier, si on peut l'appeler comme ça ?

— Excellente question. C'est la première piste que nous avons suivie hier soir. Nous avons interrogé les deux femmes à la questure pendant plusieurs heures, en tâchant de reconstituer le cercle de leurs relations proches : amants, compagnons ou amis qui pourraient avoir voulu se venger du violeur.

Eva félicita mentalement sa partenaire : c'était une initiative judicieuse.

— Nous avons convoqué ces personnes, dit Mara en montrant des clichés accrochés au tableau, mais au vu des premiers entretiens, l'hypothèse selon laquelle une d'entre elles serait activement impliquée dans cette affaire nous paraît assez improbable.

— Quelqu'un d'autre ? lança Palamara à la ronde.

— Des caméras sur zone ? demanda quelqu'un.

— Aucune, hélas, répondit Mara. Les rares caméras que nous avons identifiées étaient désactivées.

Personne d'autre ne leva la main.

— Très bien. Merci, inspectrice.

Mara laissa la place au chef de la scientifique, qui entreprit de communiquer à ses collègues les résultats des examens sur la scène de l'enlèvement. Mara sortit de la salle et Eva la rejoignit au bout du couloir, devant la machine à café. Comme à son habitude, la Cagliaritaine était tirée à quatre épingles, remarqua sa collègue.

— Tu as assuré, la félicita Eva.

— Assuré à rien dire du tout, oui. La vérité, c'est qu'on pédale dans la semoule, répliqua Mara en insérant des pièces dans la machine.

— C'est aussi un art, de ne rien dire. Tu ne m'embrasses pas ?

— Va te faire foutre, Croce. Tu veux un café ?

— Non, j'en ai déjà trop bu. Et toi aussi, on dirait, vu comme tu as les mains qui tremblent.

— Naan, ça c'est juste l'émotion de te revoir.

— Va chier.

Mara sourit.

— Blague à part, merci d'être rentrée.

— Tu sais que c'est la première fois que tu me remercies depuis qu'on s'est rencontrées ? Tu dois vraiment être désespérée.

— Je regrette déjà. On va faire un truc : tu oublies que j'ai dit ça. Prends ça.

— Non, vraiment.

— Prends-le et discute pas. On va en avoir besoin. La journée va être longue.

Armées de leur café, elles entrèrent dans le petit bureau qu'elles partageaient. Mara se laissa tomber dans son fauteuil et lança un regard à sa collègue : jean troué, veste en cuir de motarde, piercing au nez, Doc Martens bordeaux et cheveux roux détachés qui renforçaient son air sauvage. Sa seule trace de maquillage était un gros trait de crayon noir sur le contour des yeux.

— Toujours aussi raffinée, grommela Mara en secouant la tête.

— Chacune son style.

— Et toi tu donnes dans le punk à chien…

— Attention, ni une ni deux, je te laisse seule dans ce bordel. Officiellement, je suis encore en congé. Tu veux que…

— Ça va, ça va, je rigole, dit Mara en levant les mains en signe de reddition.

Mais l'expression de son visage indiquait tout le contraire ; la mode pour Mara Rais était une sorte de religion monothéiste.

— Tu as lu les documents que je t'ai transmis ? demanda-t-elle.

— Bien sûr.

— Et ? Quel peut être le lien entre elle et le Dentiste, à ton avis ?

— Le plus dramatique, je crains que ce soit justement ça : il n'y a pas de lien.

— Donc il l'aurait choisie au hasard ?

— Tu as entendu son discours ? C'est une attaque en règle contre la justice. Il n'a pas d'intérêt, comment dire, privé. Plutôt un intérêt social. L'histoire de cette pauvre fille a une forte portée symbolique, comme le montre la mobilisation que le Dentiste a suscitée sur Internet.

Rais se frotta les tempes dans un geste d'accablement résigné.

— J'envisage sérieusement de me mettre à la drogue. Du lourd, genre héroïne. En injection. Je veux dire adieu à ce monde cruel…

Eva l'ignora et poursuivit :

— Donc, pour répondre à ta question : oui, il est possible qu'il l'ait choisie non pas en raison d'un lien direct, mais de ses déboires personnels et judiciaires. Il avait besoin d'un symbole, et il savait très bien que ce genre d'histoire enflammerait les esprits du peuple virtuel.

— Je t'en prie, dis-moi que ce n'est pas un serial killer.

— Ce n'est pas un serial killer.

Mara laissa échapper un soupir de soulagement.

— Attends. Lui, non, précisa Eva en plantant ses yeux bleu délavé dans les siens. Mais il vient de transformer cent soixante mille Italiens en tueurs en série. Et ce chiffre est amené à augmenter.

— En quel sens ?

— Ça me paraît assez clair, ma belle. À moins qu'on tombe sur le Dentiste grâce à un énorme coup de bol, le pédophile ne sera que la première victime.

16

Bureaux de la DIGOS, via Fatebenefratelli, Milan

DEPUIS son réveil, il était envahi d'un profond sentiment de malaise, de nervosité à l'idée d'avoir de nouveau affaire au Dentiste. L'empathie avec la victime et la participation, non seulement émotionnelle, mais presque physique, à la souffrance qu'elle avait éprouvée constituaient généralement la meule sur laquelle Vito Strega affûtait sa détermination à attaquer une enquête. Mais dans ce cas précis, il était impossible d'avoir de l'empathie pour cette vermine, et cela le perturbait. Les vraies victimes étaient les petites filles dont le pédophile avait abusé, pas lui.

Arrête. Tu raisonnes comme les personnes qui ont voté pour sa mort. Tu es flic. Tu dois traiter tout le monde de la même façon, se reprocha-t-il en rejoignant les bureaux de la DIGOS, où était organisée une réunion de crise pour les dirigeants. Bien qu'étranger à l'enquête, Strega avait été invité en vertu de son expérience en matière d'actes de violence et de profilage criminel.

Quand il entrait dans une pièce, les personnes présentes sentaient le centre de l'atmosphère se déplacer vers lui, et cet après-midi-là ne fit pas exception. Le silence tomba brusquement et tous le suivirent du regard. Ce n'était pas uniquement dû à sa stature inhabituelle ou à son physique imposant. Il y avait autre chose. Vito Strega dégageait le magnétisme typique de ceux qui ont connu des lieux que d'autres auraient rêvé de visiter, mais sans jamais oser, par lâcheté ou par impératif supérieur. Strega, lui, donnait l'impression d'avoir parcouru ces territoires inconnus. Et c'étaient des territoires obscurs, dont il était sorti changé. L'impression était presque palpable.

Il salua d'un signe de tête les collègues qu'il connaissait et prit place. Au sein de la DIGOS, il n'avait pas très bonne presse : sa dernière enquête s'était soldée par une confrontation avec le chef de la division, car il n'avait pu passer sous silence certains de ses agissements. Cet épisode, ajouté au récent scandale concernant une haute dirigeante des services antimafia milanais qui semblait s'être vendue à l'ennemi et qui était toujours en cavale, avait contraint le Viminal à faire le ménage au sein de la DIGOS. Le nouveau chef s'appelait Antonio Iovine, personnage avec lequel Strega avait aussi connu des frictions par le passé, à l'époque où ils travaillaient ensemble à la section homicides. Toutefois, le fait qu'il l'ait invité à participer était un signe de dégel. Tous deux échangèrent un hochement de tête et Iovine prit la parole.

— Nous pouvons commencer. De toute façon, ça ne sera pas long. Vous savez tous que nous sommes ici parce que, depuis hier soir, quelqu'un nous vole notre travail.

Un chœur de rires discrets contribua à faire retomber la tension qui tenaillait les dirigeants après la tempête déclenchée par les médias.

— Blague à part, comme vous l'avez sans doute déjà vu dans les circulaires internes, ce sont nos amis de la brigade mobile de Cagliari qui mènent l'enquête sur l'enlèvement et la séquestration de personne. En ce qui concerne les modalités d'actions de notre justicier, c'est à nous que la Direction centrale anticriminelle a décidé de confier l'enquête. Pour l'instant, toute cette affaire sera traitée comme un acte de terrorisme politique. Bien évidemment, nous bénéficierons du soutien logistique de nos collègues de la postale et de la troisième division du SCO*. Leurs enquêteurs travaillent à plein régime sur la piste virtuelle.

Strega regarda sa montre. Plus de quinze heures s'étaient écoulées depuis les résultats du vote, qui étaient restés en ligne quelques minutes; puis le site avait été effacé, probablement par le Dentiste. Si les spécialistes en cybercriminalité n'avaient pas encore réussi à découvrir l'identité du justicier, cette piste pouvait aussi bien être abandonnée.

Iovine continuait à parler, mais Strega avait la sensation qu'il brassait de l'air: il n'avait rien de concret sous la main et ne savait pas par quel bout attaquer ce dossier. Strega ne l'enviait pas, car lui non plus n'aurait pas su comment procéder à sa place. C'était une de ces enquêtes qui ont besoin de sang chaud pour démarrer. Tant qu'ils n'avaient pas retrouvé de corps, il n'y avait pas grand-chose à faire. Mais surtout, c'était le Dentiste qui dictait le tempo.

Au bout de quelques secondes, Strega sentit une présence dans son dos et se retourna. Il fut surpris de voir Raffaele Belladonna, le chef de l'unité d'analyse du crime violent. Son supérieur lui donna une tape dans le dos et s'assit à côté de lui.

* Service central opérationnel, section d'élite de la police d'État chargée d'enquêter sur les crimes les plus violents et couvrant tout le territoire national.

— Que nous vaut cette surprise ? demanda le vice-questeur à voix basse en lui serrant la main.

— J'étais censé venir la semaine prochaine, mais avec le bordel d'hier, j'ai décidé d'avancer mes billets.

Belladonna était un vrai poids lourd du département et, en le voyant, Iovine se rengorgea.

— Ça fait cinq minutes que je suis là et il n'a fait que parler dans le vent, dit son supérieur à Strega. Qu'est-ce que tu en dis, on lève les voiles ?

— Je pense qu'il le prendrait comme une insulte personnelle.

— Raison de plus. Allez, on y va. J'ai besoin de te parler.

Strega ne put retenir un sourire et suivit son supérieur dehors.

Dans son dos, Iovine lui lança un regard assassin.

17

La Terrazza, via Palestro, Milan

Belladonna n'avait pas lésiné : il leur avait réservé une des tables de la petite terrasse arborée qui donnait sur le parc Indro Montanelli, un des poumons verts de la ville, au quatrième étage du centre suisse de Milan. C'était un endroit idéal pour les rendez-vous d'affaires, les repas de travail et autres conférences de presse pour invités triés sur le volet. La vue était à couper le souffle.

Belladonna avait fait des pieds et des mains pour avoir Vito Strega dans son équipe ; depuis plus d'un an, en plus des cours de psychologie appliquée qu'il donnait aux futurs enquêteurs, Strega collaborait à la mise à jour du système informatique nommé SASC, une banque de données centralisant au niveau national les divers éléments recueillis sur les scènes de crime de toutes les affaires d'homicide et de violences physiques ou sexuelles commis sur le territoire italien ; un instrument inestimable pour les enquêteurs, qu'ils devaient à l'insistance de Belladonna. Le programme était actualisé en permanence par des rapports, des circulaires et des notes personnelles de tous les inspecteurs des sections homicides du pays. Strega, accompagné d'un groupe de collaborateurs, analysait chaque dossier avec l'œil du criminologue. Le rêve de Belladonna était d'offrir aux enquêteurs un historique exhaustif de tous les actes de violence afin qu'ils puissent comparer les stratégies d'investigation les plus efficaces et, à terme, augmenter le taux d'affaires résolues.

— Qu'est-ce qu'il y a ? Je te sens un peu désorienté, dit Belladonna en scrutant Strega qui jetait des regards méfiants autour de lui.

— Je ne suis pas habitué à ces endroits chics. Je ne me sens pas dans mon élément.

— Bah, je me suis dit qu'il fallait bien célébrer notre collaboration. Et puis, je voulais te parler de cette enquête loin des oreilles indiscrètes.

— Je ne fais pas partie de l'enquête, comme tu l'as vu.

— Je sais. Mais c'est une affaire vraiment intéressante.

— Intéressante et dangereuse politiquement. Des têtes vont tomber, j'en suis certain.

— Sans aucun doute. Je t'avoue que je ne pense pas que la DIGOS et la cybercriminalité vont réussir à la résoudre aussi rapidement qu'ils l'espèrent.

— Moi non plus.

— Clairement, il faut suivre la piste informatique, mais ce crime a aussi besoin d'enquêteurs, disons, "analogiques", poursuivit le directeur avant de boire une gorgée de prosecco bien frais. Pour la faire courte, je m'intéresse à la manière dont notre détraqué a mis au point ce cirque insensé.

— L'exercice de la justice en temps réel, renchérit Strega, citant le titre d'un article publié le matin même dans un quotidien de premier plan.

— Voilà. La nouvelle mise à jour du SASC sera bientôt opérationnelle à cent pour cent. Nous avons des tas de données, comment dire, traditionnelles, inhérentes aux homicides.

— Mais ?

— Mais, à mon avis, pour être vraiment compétitif, le programme devrait aussi englober les “nouvelles dynamiques du mal”, comme les appelle le chef. Les délits informatiques liés à ce type de conduite criminelle. La technologie au service des assassins.

Strega savait que Belladonna était une figure controversée au sein du Département de sécurité publique : on l'aimait ou on le détestait. Beaucoup de dirigeants étaient convaincus que ses analyses n'étaient qu'un ramassis d'inepties et un gaspillage d'argent public. Heureusement pour lui, le chef de la police d'État ne voyait pas les choses sous cet angle. Il croyait en ce projet et nourrissait l'ambition d'être un précurseur vis-à-vis des autres forces de police européenne. Tant qu'il était sous son aile, Belladonna était intouchable, et la vanne des financements, pour lui et les projets qu'il dirigeait, était toujours ouverte.

— Et si tu arrêtais de tourner autour du pot et que tu m'expliquais ce que tu as derrière la tête ? Tout ça, dit Strega en désignant le restaurant sophistiqué, c'est juste une manière de me faire avaler la pilule, n'est-ce pas ?

Raffaele Belladonna sourit.

— Je me disais que ça ne serait pas une mauvaise chose si tu jetais un œil à ce qui se passe du côté de la brigade mobile de Cagliari. Je voudrais que tu sois là s'ils arrivaient à retrouver le corps du pédophile. Et ça me paraît une éventualité assez plausible, non ?

Strega sourit à son tour.

— Tu crois que mon supérieur va me laisser partir comme ça, de but en blanc ?

— Ça ne sera pas un problème, fais-moi confiance. Je sais qu'ils t'ont mis derrière un bureau ici, pour te tenir à l'écart du terrain. Et je pense te connaître suffisamment pour imaginer que l'opérationnel et l'instinct de chasse doivent te manquer. Je me trompe ?

— Non, tu ne te trompes pas. Mais nos amis cagliaritains, comment vont-ils le prendre ?

— Mieux que ce que tu l'imagines. Pour eux, avoir un inspecteur de ton niveau, avec ton expérience et ton tableau de chasse, c'est un moyen de protéger leur cul vis-à-vis des médias.

— Merci pour ta franchise. C'est sympa que tu veuilles m'utiliser comme bélier *et* comme bouc émissaire. Et toi, qu'est-ce que ça t'apporte ?

— Honnêtement ? Je veux le tampon de l'UACV sur cette affaire. J'en ai besoin pour me faire bien voir du chef en vue des prochaines subventions. Mais au-delà de ça, cette enquête m'intéresse sincèrement d'un point de vue presque clinique, et ne me dis pas que ce n'est pas ton cas, parce que je le vois dans tes yeux. Nous sommes face à un sujet diabolique.

Strega joua avec le pied de son verre. Belladonna avait beau être un habitué des hautes sphères, il restait un policier : lui aussi ressentait l'excitation de la chasse à l'homme.

— Il y a un détail que personne n'a encore souligné, dit Strega.

— Lequel ?

— Le déguisement. Il y a une signification derrière ce masque, mais personne ne semble intéressé par cette piste. Alors que ça pourrait être un élément important.

— J'ai pensé la même chose…, acquiesça Belladonna. Tu te souviens de Pierluigi Palamara, ton ancien supérieur ? C'est lui qui est à la tête de la brigade mobile de Cagliari, maintenant.

— Je sais.

— C'est un type bien et il a couvert tes arrières dans le passé. Sa mutation était une sanction.

— Je le sais aussi.

— Ils l'ont transféré à cause de toi, parce que tu avais provoqué un sacré remue-ménage avec ta dernière enquête. Comme ils ne pouvaient pas s'en prendre à toi, ils se sont vengés sur lui. Et aujourd'hui, Palamara est de nouveau dans l'œil du cyclone. Au premier pas de travers, ils le mangeront tout cru. C'est lui qu'ils utiliseront comme bouc émissaire. Il a besoin de toi.

Belladonna disait vrai. Palamara avait payé pour des fautes qui n'étaient pas les siennes et Strega sentait qu'il avait une dette envers lui.

— Soyons clairs : c'est une proposition officielle ? demanda Strega.

Belladonna sortit de sa veste une feuille A4 pliée et la posa sur la table en verre.

— Vois ça comme un petit séjour tous frais payés, sur les deniers de l'UACV. Cagliari n'aura pas à débourser une lire.

Strega parcourut le document d'un œil. C'était un contrat de consultant à son nom. Assignation : section homicide et crime contre la personne, brigade mobile de Cagliari, jusqu'à nouvel ordre.

— J'ai le choix ? demanda Strega.

Raffaele Belladonna sourit et finit son prosecco d'un trait.

— À ton avis ?

18

Bierbaum 1599, corso Vittorio Emanuele, Cagliari

DEVENIR mère ne signifiait pas perdre l'appétit pour la vie. Beaucoup d'hommes n'arrivaient toujours pas à l'accepter. Et aussi beaucoup de femmes, à vrai dire. Mara, en un sens, avait été l'une d'entre elles. Après le divorce, elle n'avait pas réussi à reprendre sa vie en main. Le juge, sous la pression de son ex-mari, avait tranché pour une garde alternée, mais dans les faits Sara était presque toujours avec elle, ce qui l'empêchait de voir quelqu'un. Au début, ça ne lui avait pas pesé : la culpabilité envers sa fille était encore trop vive et l'avait poussée à se focaliser entièrement sur elle et à mettre ses propres exigences de côté. Mais maintenant que Sara grandissait, et qu'elle allait bientôt devenir indépendante, Mara souffrait de plus en plus des frimas de la solitude. Persuadée que c'était la cause principale de son sale caractère, Eva l'avait convaincue de se ménager un peu de temps pour elle et de chercher un homme avec qui construire une relation. Elle l'avait forcée à télécharger des applications de rencontre pour ne plus l'entendre se plaindre de sa désolation sentimentale.

— Tu ne m'as rien dit sur ce type avec qui tu chattais sur Tinder, la taquina Eva.

— Lequel ? Il y en a eu tellement…

— Le médecin.

Mara se cacha le visage entre les mains dans un geste d'abattement.

— *Ohi, lassa perdi*[*]…

Elles étaient dans un bar à bière du corso Vittorio Emanuele. Après avoir quitté la questure, elles avaient éprouvé le besoin de s'accorder au moins une heure pour décompresser. L'idée était d'écluser quelques pintes pour balayer les tribulations de la journée, avec le pacte de parler de tout sauf du travail.

— Qu'est-ce qu'il y a ? Pourquoi tu fais cette tête ? Il avait l'air charmant, non ?

— Tu as tout dit : il *avait l'air*.

— Et en fait ? demanda Eva, amusée, avant d'avaler une gorgée de bière.

Elles avaient toutes les deux opté pour une Black Sheep blonde, une brasserie du Yorkshire.

— Et en fait c'est juste un vulgaire allumeur.

— Un allumeur ?

— Un de ces types qui te disent, mais surtout qui t'écrivent, des trucs torrides, qui te chauffent le minou et qui te taquinent les hormones, qui te font des caresses soi-disant involontaires si tu as l'honneur de les rencontrer en personne, mais qui ne font jamais une approche directe. Des mauviettes déguisées en *latin lover*. Des midinettes à barbe, quoi.

— Et pourquoi ils se comportent comme ça ?

* Ne m'en parle pas (sarde).

— Je crois que ça vise à satisfaire un besoin narcissique de plaire et de se sentir désiré. Donc, pour la faire courte, je l'ai envoyé chier. J'ai plus treize ans, Croce.

— Bah, si c'est vraiment ça, comment te donner tort ?

— Voilà. Et toi ? Tu as fait des conquêtes sur ta terre natale ?

— Joker.

— Bon, faut dire que tu le cherches, aussi. Fagotée comme ça, tu pourras pas ramasser mieux qu'un ivrogne dans un concert de métal.

— Merci pour cette dose d'amour propre. Trop aimable, comme toujours.

Elles échangèrent des sourires lucifériens et gardèrent le silence quelques minutes, laissant l'alcool anesthésier leurs appréhensions. Au-delà du travail – et dans le cas de Mara, de sa fille –, toutes les deux, à un peu plus de quarante ans, s'étaient retrouvées avec une existence en miettes, mais c'était comme si aucune des deux n'avait vraiment envie de recoller les morceaux et de refaire sa vie.

— J'ai du succès chez les petits jeunes, par contre, dit Mara, relançant la conversation.

Eva éclata de rire.

— Jeunes comment ?

— La morve au nez. Je pourrais être leur mère. Ils m'écrivent des cochonneries, tu n'as pas idée. En lisant ça, je n'arrive pas à ne pas penser à leur complexe d'Œdipe mal résolu.

— Je suis sûre que tu finiras par trouver le bon.

— De jeune ?

— T'es bête.

— Je sais pas, Croce. Vraiment, je sais pas. Ceux de notre âge se tapent des jeunettes, et les petits jeunes vont avec des cougars comme nous. Personne n'a plus le courage de s'exposer et tout le monde a un besoin permanent de validation. Ces réseaux sociaux nous pourrissent la vie, ça fait de nous des poseurs en quête de consensus social. Et des assassins, apparemment.

— Peut-être, mais moi je suis convaincue que si tu le voulais vraiment, ça se bousculerait au portillon pour toi.

— Ben tiens. Une file de psychopathes… J'ai perdu espoir, soupira Mara, redevenant sérieuse. À mon âge, je ne crois pas trouver l'amour sur Tinder ou Inner Circle. Je me farcis juste une collection de cassos qui n'ont rien à envier aux types qu'on arrête.

— Tu sais, moi j'ai cessé de m'embêter avec ça. Je ne cherche plus rien. Si quelque chose doit se passer, ça se passera… L'important, c'est de se tenir à la règle qu'on s'est fixée.

Soit : éviter comme la peste les avocats, les magistrats et les flics. Elles en fréquentaient déjà bien trop au travail.

— J'ai vraiment eu peur, hier, dit Mara de but en blanc.

Eva n'avait jamais entendu sa voix aussi chargée de tension.

— Quand ?

— Quand j'étais chez cet enfoiré, avant de trouver la dent. Je suis peut-être folle, mais c'est comme si j'avais senti la présence du Dentiste. J'ai eu la sensation que quelqu'un m'avait léchée juste ici, dans le cou. C'était juste une sensation, mais ça m'a filé la chair de poule. Qui que ce soit, il a une haine en lui qui laisse presque une marque, une sorte de présence.

Eva ne savait pas quoi dire. C'était comme si tous les bruits autour de la table s'étaient soudain estompés. Un silence chargé de mots réprimés tomba entre elles.

— Pardon. On ne devait pas parler boulot.

— Mais non, enfin. C'est juste que…

— Oublions ça. Fais comme si je ne t'avais rien raconté, dit Mara en terminant sa bière d'une longue gorgée. Je vais payer, puis je te dépose chez toi et je vais mourir dans mon lit.

Eva enfila sa veste et se frotta les bras sur la poitrine comme pour se réchauffer.

Le regard terrifié de sa partenaire lui avait soudain donné un coup de froid.

19

Petrus 1935, via Fiori Chiari, Brera, Milan

Le directeur de la chaîne 10 avait choisi un petit restaurant élégant dans le quartier de Brera, le Petrus. Luana n'y était jamais allée. Elle était impressionnée par son côté intime et raffiné, un mélange de design post-industriel et scandinave avec des matériaux bruts, des lumières tamisées, des bougies et des tables en granit noir.

Luana arriva avec quelques minutes de retard et un serveur l'informa que son convive s'était déjà installé : il l'attendait à une table d'angle sur la mezzanine. Le fait que le directeur soit seul et qu'il ait choisi cet endroit select et, pour autant qu'elle sache, pas fréquenté par leur cercle de connaissances, renforça sa conviction qu'il voulait la licencier loin des oreilles indiscrètes et, qui sait, lui faire une fleur en lui évitant une humiliation publique.

Depuis la veille au soir, quand elle avait envoyé la vidéo du justicier en direct, Luana avait subi des attaques d'une violence inouïe de la part de la quasi-totalité des télévisions et journaux italiens. On l'accusait de n'avoir aucun sens moral et de cracher allègrement sur la déontologie du métier. C'était un tel massacre que son agente l'avait lâchée, prenant ses distances avec ce "cirque de pornographie sanguinaire", comme l'avait défini dans un communiqué l'Ordre national des journalistes.

Luana s'excusa du retard et le laissa choisir le vin et les antipasti. Pendant quelques minutes, ils échangèrent des propos convenus qui n'avaient pas grand-chose à voir avec leur univers. Voyant qu'il n'abordait pas le sujet, Luana se décida à faire le premier pas.

— Vous m'excuserez d'aller droit au but, mais je préfère ne pas vous faire perdre de temps.

Le directeur la dévisagea d'un air perplexe, pris de court.

— Pardon ?

— Pourquoi sommes-nous ici ? J'imagine que vous souhaitez me licencier. En ce cas, dites-le-moi. J'ai le cuir solide. Je ne ferai pas d'esclandre, promis.

L'homme plissa le front avant d'éclater de rire.

— Pourquoi est-ce que je devrais vous licencier ?

— Mais…

— Si j'avais voulu vous licencier, il m'aurait suffi d'un message à votre agente. Je ne vous aurais pas dérangée, croyez-moi.

— Mon agente a décidé de ne plus me représenter.

— Tant pis pour elle. Elle le regrettera.

— Je pensais… Vu qu'hier soir…

— Hier soir, l'émission a presque triplé d'audience. Ce n'était encore jamais arrivé.

Le directeur souriait.

— Au contraire, ça se fête.

Il interpella un serveur et commanda une bouteille de champagne à cinq cents euros.

— Je vous ai invitée à dîner parce que je voulais vous féliciter. En effet, vous avez pris une décision totalement arbitraire, qui venait des tripes, mais elle s'est avérée gagnante.

— Je ne sais pas quoi dire.

L'homme sortit une chemise cartonnée de son sac et la lui tendit.

— Jetez-y un œil. Considérez ça comme une ébauche de contrat.

Luana obéit, incrédule. Lorsque ses yeux se posèrent sur le montant qu'on lui proposait, elle éprouva un léger vertige.

— L'émission d'hier a enregistré la meilleure part de marché de toute l'histoire de la chaîne. Vous avez eu du courage. Vous avez osé, et on vous a critiquée pour ça. Mais au bout du compte, à en juger par les résultats, c'est vous qui avez gagné. Maintenant, il va falloir surenchérir.

— Dans quel sens ?

— Je veux que l'émission aille encore plus loin dans le trash. Plus de sang, plus de détails macabres, plus de haine. Je ne sais pas, vous pourriez inviter sur le plateau quelqu'un qui a participé au vote, par exemple. Je vous donne carte blanche, Luana. Mais en échange, je veux que le public devienne dingue. Vous voyez ce que je veux dire ?

En Italie, le meurtre vend plus que le cul, pensa-t-elle.

— Oui, je vois.

— Et vous pensez en être capable ?

— Les télés et les journaux concurrents vont nous tomber dessus comme jamais.

— Qu'ils le fassent. Ça fera autant de pub gratuite pour *Verdict*. Alors ? Vous en êtes ?

Luana Rubicondi sourit, autant que le lui permettait son lifting.

— À cent pour cent, dit-elle avant de trinquer avec lui.

20

Bistrōlinda, théâtre Elfo Puccini, Milan

Bien qu'encore relativement jeune, Vito Strega avait souvent l'impression d'avoir vécu plusieurs vies. Et en un sens, c'était le cas. Avant d'entrer dans la police, il avait mis à profit ses études de psychologie et de criminologie en enseignant quelques années à l'université où il avait obtenu son diplôme, puis il avait travaillé comme thérapeute en milieu hospitalier. Quand il avait été accusé, des années plus tard, de la mort de son partenaire – bien que disculpé ensuite après plusieurs mois d'une attente interminable –, il avait été contraint d'aller consulter une psychologue, chargée de déterminer s'il était prêt à réintégrer ses fonctions. En se présentant à son cabinet, il avait souri devant les bizarreries de l'existence. Voulant à tout prix retourner au travail, la seule chose qui lui restait, il s'était soumis à ce qu'il avait vécu comme une humiliation. La psychologue s'appelait Livia Salerno, une femme extrêmement compétente qui avait essayé d'ouvrir une brèche en lui. En vain. En revanche, une belle relation s'était créée entre eux, qui, avec le temps, avait franchi les confins de la thérapie pour prendre les contours d'une drôle d'amitié.

Après l'avoir jugé apte au service, Livia Salerno avait demandé aux supérieurs de Strega de poursuivre les entretiens quelques mois, par mesure de précaution. Quand les séances de contrôle s'étaient achevées, ils avaient continué de se voir en dehors du cabinet. C'était un passage très naturel, où n'intervenait aucun autre sentiment que de l'estime et du respect mutuels.

— Qu'y a-t-il ? Tu as l'air perdue, dit-il en l'arrachant à ses pensées.

Ils étaient installés au bar du foyer de l'Elfo, le théâtre où ils venaient de voir *Actes obscènes*, une pièce magnifique sur les procès qu'avait subis Oscar Wilde. Pour son anniversaire, Vito lui avait offert un abonnement et ils avaient pris l'habitude d'y aller ensemble une fois par mois.

— Rien, pardon. Je pensais à la manière dont tout ça avait commencé.

— Tout ça quoi ?

— Notre amitié.

Vito sourit.

Même si cela contrevenait à la déontologie de sa profession, la psychologue n'avait eu aucun mal à continuer de fréquenter cet homme élégant, à l'âme noble et sensible, quoique complexe et tourmenté. Elle avait treize ans de plus que lui, et cela avait contribué à convaincre son mari qu'il n'y avait rien d'autre entre eux qu'une forte affinité élective ; quand il l'avait rencontré en personne, il avait compris que Vito était juste un patient particulièrement intéressant.

— Ça va bientôt faire deux ans, dit Vito. Incroyable comme le temps passe vite.

— Toi tu n'as pas changé, veinard. Je te trouve même encore plus en forme.

— C'est la natation. Tu avais raison : ça m'aide énormément. Le problème, c'est que c'est devenu une drogue. Je suis totalement accro.

— Bah, disons que c'est une saine addiction.

— Il est probable que je doive quitter la ville pendant quelques semaines, dit-il.

— Tu redescends enseigner à Rome ?

— Non, on m'a demandé d'aller en Sardaigne. À Cagliari.

Le visage de la psychologue s'assombrit.

— Ça ne serait pas lié à cette fameuse vidéo, par hasard ?

Vito acquiesça et but une gorgée de Primitivo.

— Toi aussi, tu as voté, hier soir ?

— Ne sois pas bête… Qu'est-ce qu'ils te veulent ?

— Le chef de l'unité veut que j'aille jeter un œil.

— Tu ne m'avais pas dit que ton ancien supérieur travaillait là-bas, maintenant ?

Livia avait vu plusieurs fois ce flic bourru, qui n'avait eu de cesse d'insister pour que son protégé reprenne du service.

— Si, mais c'est autre chose. Belladonna veut que je suive l'affaire parce qu'il pense qu'elle pourrait présenter des aspects intéressants pour le travail de l'unité.

— Comment tu te sens par rapport à ça ?

Vito haussa les épaules.

— Je ne sais pas trop… Normal.

Lorsque l'enquête sur l'inspecteur Jacopo Di Giulio, son ancien partenaire, avait été définitivement classée, Vito lui avait raconté toute la vérité sur la nuit de sa mort, et Livia avait compris alors qui était vraiment Vito Strega : une personne d'une profonde droiture, une espèce de gentilhomme à l'ancienne, à certains égards.

— C'est aberrant, ce qui s'est passé hier.

— Aberrant et dangereux.

— Tu as peur qu'il fasse des émules ?

— Ce n'est pas une crainte. Je sais qu'il en fera. Je suis convaincu que c'est ce qu'il veut.

— Le facteur critique, c'est que son raisonnement part d'un constat malheureusement exact : l'Italie est un pays où il est courant de poursuivre les victimes, surtout si ce sont des femmes, tandis que les coupables courent en liberté.

— Je ne le sais que trop bien, crois-moi, mais il y a un autre problème.

— Lequel ?

— La dépersonnalisation du crime.

— Dans quel sens ?

— Je pense qu'aujourd'hui, beaucoup de gens ont du mal à faire la différence entre le réel et le virtuel. Les réseaux sociaux brouillent les frontières entre la réalité et la fiction, et lui en a bien conscience. La voie de communication et la théâtralité du message conditionnent le jugement. Le choix qu'il a donné au public était illusoire. Il les a manipulés pour qu'ils prononcent la peine capitale.

Livia acquiesça.

— Le fait qu'il parte d'un constat objectif, du fait établi que nous avons un système judiciaire grotesque, apporte une justification éthique à leurs instincts justiciers et vengeurs. Ajouté à la violence qui sévit sur les réseaux sociaux, ça crée un cocktail incendiaire. Viscéralité, injustice et frustration. Voilà sa formule meurtrière.

— Exactement, dit Vito, soulagé de ne pas être le seul à voir les choses ainsi.

— Tu crois qu'il fait ça pour se justifier ?

— Non, il ne me fait pas l'effet de quelqu'un qui ait besoin d'une excuse ou d'une béquille psychologique pour agir. Il lui a arraché vingt-neuf dents, Livia. Il m'a l'air déjà bien motivé tout seul, non ?

— Mon Dieu… Selon toi, qui se cache derrière ce masque ?

— Pour l'instant je n'en sais rien.

— Tu pars quand ?

— Demain matin.

— Tu es prêt à me mentir en disant que tu feras attention ?

— Je n'y vais qu'en qualité de consultant.

— Qui espères-tu leurrer ?

Vito leva les mains en signe de reddition.

Pendant quelques secondes, ils restèrent là à observer les personnes qui essaimaient vers la sortie, puis Livia lui demanda :

— Tu penses vraiment qu'il va le tuer ?

Vito la fixa en silence, en se demandant s'il fallait être sincère.

Il décida que oui.

— Je crois qu'il l'a déjà fait, répondit-il.

21

Viale Poetto, Cagliari

DEPUIS sa mutation sur l'île, Eva avait appris à distinguer les différents mouvements de l'air. Le vent était la langue la plus antique de cette terre. Pour ses habitants, il pouvait s'avérer un allié fidèle ou un ennemi mortel ; d'où la nécessité de connaître ses humeurs et son tempérament. À la véhémence du mistral qui faisait bruisser les frondes des palmiers et rafraîchissait la nuit, Eva comprit que la mer serait encore plus agitée le lendemain. Ce qui annonçait de bonnes vagues à surfer. Elle s'en réjouit. Elle avait envie de se perdre dans les flots, après ces deux semaines d'absence.

Elle ouvrit les fenêtres pour aérer l'appartement, défit sa valise et entassa le linge sale dans un coin. Quand elle eut terminé, elle se surprit à contempler la photo de Dolores Murgia qu'elle avait accrochée au mur. L'enquête sur cette pauvre fille avait été la première affaire sur laquelle elle avait travaillé après son transfert à la brigade mobile de Cagliari depuis Milan. L'enquête avait été dure, douloureuse. Pas exactement le meilleur cadeau de bienvenue pour sa nouvelle vie en Sardaigne. Mais au bout du compte, elles étaient parvenues avec Rais à élucider le meurtre de la jeune fille, même si l'issue de l'enquête avait laissé plus de points d'interrogation qu'à son commencement.

Une rafale plus intense emplit la pièce du parfum saumâtre de la mer. Eva ferma les yeux, inspira à pleins poumons et se laissa tomber sur le matelas. Quand on l'avait expédiée en terre sarde pour la sanctionner, elle était une fugitive. Elle fuyait son passé, déchirée par ses erreurs. Au début, elle avait cru que l'île ne serait qu'une destination temporaire. Et en définitive, c'est en Sardaigne qu'elle avait trouvé sa dimension naturelle. Elle s'était non seulement sentie accueillie, protégée des orages qui faisaient rage en elle, mais aussi comme guérie.

En deux ans ici, tu ne t'étais jamais éloignée aussi longtemps que ces dernières semaines, pensa-t-elle. Le retour en Irlande, la terre natale de sa mère, avait été une nouvelle étape nécessaire vers la guérison. Dans le même temps, l'éloignement lui avait fait comprendre à quel point elle était liée à cette île. À son giron. À sa renaissance.

C'était bon de rentrer chez soi.

Elle descendit dans la buanderie et lança un programme rapide ; elle profiterait du vent pour faire sécher son linge. Une fois remontée, elle prit une longue douche et jeta un œil au dossier que Mara lui avait préparé. Selon les premiers retours de la postale, on soupçonnait qu'en plus d'avoir masqué tous ses mouvements virtuels, le Dentiste avait dit vrai : il devait avoir acheté les fiches des personnes qui avaient reçu en premier la vidéo auprès d'un *data broker* russe ou ukrainien. Les données personnelles que l'on produisait au quotidien en naviguant sur Internet étaient vendues de manière tout à fait légale à des entreprises qui les utilisaient à des fins de marketing pour cibler leurs clients potentiels. Eva savait que c'était aujourd'hui un des business les plus lucratifs au monde. Ce marché, cependant, avait aussi sa ramification illicite : il existait des *data centers* dans des pays comme la Russie, la Chine ou la Corée du Nord où l'on pouvait acquérir, dans le plus parfait anonymat, des bases entières de fichiers contenant toutes sortes de données sensibles : adresses e-mail, numéros de téléphone, détails sur l'orientation sexuelle et politique, etc. Ces hackers déguisés en brokers installaient leurs serveurs dans ces pays car ils échappaient au champ de compétences des polices européennes.

Ça signifie que la piste virtuelle ne mènera pas à lui. Ou du moins, ça sera très difficile, pensa Eva. Elle continua à lire : la DIGOS avait déjà découvert – et supprimé – divers groupes publics et privés sur Facebook qui soutenaient le justicier et faisaient l'éloge de son travail de "justice réparatrice". Eva lut quelques commentaires et sentit son estomac se serrer.

Mon Dieu. Les gens sont complètement acquis à sa cause. Ils ne se sont pas contentés de voter, ils sont prêts à le soutenir.

Elle se força à mettre le dossier de côté.

Elle avait besoin de repos.

Elle se prépara à dormir mais, une fois sous les draps, elle continua à tourner dans tous les sens comme une âme damnée.

Chaque fois qu'elle essayait de fermer les yeux, elle revoyait le masque diabolique du justicier et cette horrible perruque orange qui lui encadrait le visage.

22

Angle de la via Scarlatti et de la via Macchi, Milan

Au retour de sa promenade du soir, Sofia avait un rituel bien précis : elle se juchait sur le canapé, du côté le plus proche de la cheminée, à quelques mètres de la platine, et lézardait en écoutant les albums de jazz que passait Vito. Elle observait la ville à travers la grande baie vitrée d'un air rêveur et savourait la chaleur du feu.

Ce soir-là, les notes d'*I'm Old Fashioned*, de John Coltrane flottaient dans l'air. De temps à autre, Vito lui lançait un regard, auquel elle répondait en crachant son mépris.

— Je sais, je sais. Je t'ai déjà dit que j'étais désolé, murmura-t-il, affairé à préparer sa valise.

Le lendemain, il devait embarquer à bord d'un Piaggio P180 de la police d'État qui le déposerait à l'aéroport militaire de Decimomannu, à quelques kilomètres de Cagliari. Un avion qui transportait d'ordinaire le ministre de l'Intérieur, le chef de la police ou les hauts dirigeants du Viminal. Vito avait un peu honte de jouir de ce privilège. Si ça ne tenait qu'à lui, il aurait préféré éviter de voyager en classe affaires comme un gros bonnet de la politique, mais Belladonna s'était montré intraitable.

— Comment puis-je me faire pardonner ? demanda-t-il à Sofia.

Il n'avait pas réussi à gagner ses bonnes grâces, même avec du filet de saumon ; signe qu'il avait atterri sur sa liste noire.

Depuis qu'il l'avait trouvée chez lui un soir, les rapports de pouvoir entre eux avaient toujours été en sa défaveur. En théorie, ils s'étaient adoptés mutuellement pour soulager leur solitude respective ; mais parfois Vito avait l'impression d'être un simple invité, comme si c'était la chatte qui dictait sa loi. Sofia était loin d'être bête, et dès qu'elle l'avait surpris en train de sortir sa valise à roulettes, elle lui avait fait une véritable scène de jalousie.

— Je te jure que ce n'était pas prévu. Il s'agit d'une urgence et…

Pour toute réponse, la chatte sauta du canapé et, sans un regard, quitta le salon d'un pas altier, le laissant seul.

Vito secoua la tête, amusé.

Incroyable, murmura-t-il à part lui.

Une fois sa valise prête, il se versa deux doigts de Yamazaki, un excellent whisky japonais offert quelques mois plus tôt par ses étudiants, et il prit la place de Sofia sur le canapé.

Il n'avait pas été tout à fait sincère avec Livia. Il avait tu son désir de larguer les amarres, d'abandonner son travail. Un dilemme l'avait arrêté : la psychologue avait mis sa carrière en péril pour le faire réintégrer, et il n'avait pas le cœur de lui annoncer qu'il avait envie de tout envoyer en l'air. D'un autre côté, la volonté de tourner la page était toujours là, inébranlable.

Il sourit à l'idée de retrouver Pierluigi Palamara, son vieux chef colérique.

Il prit son PC portable et lut le compte rendu que Belladonna lui avait envoyé par e-mail. Il provenait de la section homicides de la questure de Cagliari. C'était une note interne qui résumait chronologiquement toutes les actions entreprises par ses agents depuis qu'ils avaient reçu l'appel concernant la découverte du sachet de dents. Vito ne trouva rien à y redire ; la procédure avait été suivie à la lettre, si tant est que le rapport correspondait bien à la réalité. Il était signé de deux inspectrices, Mara Rais et Eva Croce.

Vito mémorisa ces deux noms.

Le lendemain, il irait les interroger en personne.

23

Bureaux de la brigade mobile, questure de Cagliari

Eva frappa à la porte du chef de la brigade. Quand il leur dit d'entrer, Mara se signa.

— Asseyez-vous, ordonna Palamara dans le dialecte sicilien dont il assaisonnait son italien raffiné, sans leur accorder un regard. Rais, ferme la porte, histoire que cette bande de rabat-joie ne se plaigne pas de la fumée.

Ça commence bien, pensa Mara en s'exécutant.

Il était interdit de fumer dans les bureaux, mais Palamara s'en fichait royalement. C'était un bel homme à l'orée de la soixantaine : sec et émacié, à la peau mate, avec une petite moustache anachronique et parfaitement symétrique qui lui donnait un air distingué et sévère, de longs cils presque féminins et d'épais cheveux gominés en arrière ; il dégageait une odeur d'eau de Cologne si intense qu'elle piquait les yeux. Son veston croisé semblait repassé de frais. C'était une pièce de haute couture artisanale qui avait dû lui coûter une petite fortune. Palamara jouait avec un porte-cigarettes en argent qui reflétait le soleil matinal. Il contemplait d'un air mélancolique la vue de la fenêtre à demi-ouverte, son profil encadré par des volutes de fumée et une spirale de poussière qui se détachait dans le contre-jour.

Eva se fit la remarque qu'il sortait tout droit d'un roman de Pirandello.

— Va à Cagliari, qu'ils disaient, commença Palamara d'un ton confidentiel, presque mielleux. Neuf mois d'été par an, des filles à moitié nues qui courent sur le front de mer. On ne peut pas te renvoyer en Sicile, mais la Sardaigne, ce n'est pas si différent. On y mange divinement bien, et les Sardes sont trop paresseux pour s'entretuer. Cagliari est une ville tranquille. Pas de crime organisé. Seulement quelques voleurs à la petite semaine. Prends ça comme un passage en douceur vers la retraite… Et toi, *minchione*[*] suprême, tu y crois. Tu te fais avoir comme un bleu. Alors qu'en fait…

L'homme asséna à son bureau une claque si violente que les deux inspectrices sursautèrent.

— Évidemment, dès que tu baisses la garde, tu l'as dans le cul. Ça, pour l'avoir dans le cul…

Il toisa les deux policières, blanches de peur.

— Vous n'avez rien à dire ?

Mara et Eva échangèrent un regard inquiet. Avec le nouveau chef, chaque mot devait être soupesé, tant il risquait de déchaîner une pluie d'insultes et d'imprécations.

— Mon prédécesseur est mort d'un infarctus, c'est ça ?

Mara murmura un timide "oui".

— Pendant le service ?

— Oui, chef, répondit Eva.

Palamara leur lança un regard diabolique.

— Voilà. C'est le sort qui m'attend.

* Crétin (sicilien).

— Mais non, chef. Qu'est-ce que vous racontez ? chercha à le rassurer Mara.

— Arrête, Rais. J'ai déjà assez de cette putain d'affaire qui me pourrit la vie, alors garde pour toi ta compassion dégoulinante.

Pierluigi Palamara : le seul homme sur terre qui ait ses règles, pensa Mara, croisant le regard amusé d'Eva.

Le supérieur souffla et écrasa son mégot dans le cendrier avec une force excessive.

— *Lassamu stari*[*]... Alors, dites-moi : du nouveau ?

— Pour l'instant, rien, dit Eva.

— Hmm. Avec un peu de chance, cette saloperie de vidéo est seulement un coup de bluff et la petite souris nous ramènera notre homme.

— J'en doute fort.

— *Ecchemminchia*[**], Croce ! Tu pourrais me laisser au moins cette illusion, non ? Tu es vraiment une femme sadique.

— Et mal habillée, renchérit Mara.

Palamara toisa Eva et haussa un sourcil.

— En effet...

— Et si on revenait à l'enquête ? proposa Eva.

— Il vaut mieux en rire qu'en pleurer, mesdames... Bref, Croce, merci d'être rentrée en avance. Vraiment. Alors, racontez-moi tout.

Mara prit la responsabilité de lui résumer l'avancée de l'enquête.

Quand elle eut terminé, il les fusilla du regard.

— Donc, si je comprends bien, toutes ces circonvolutions pour me dire que vous en êtes au point mort ?

* Bref (sarde).
** Eh merde (sicilien).

— Eh bien, ce n'est pas exactement…

Palamara leur imposa le silence d'un geste.

— Écoutez-moi bien. Je veux être sincère avec vous, parce que vous faites partie des rares personnes à qui je fais confiance et pour qui j'éprouve de la sympathie ici.

J'imagine pas les autres, pensa Mara.

— Comme ça, au feeling, je me dis qu'avec un peu de chance nous n'aurons pas de cadavre sur les bras et que la psychose retombera progressivement, dit Palamara. Mais, parce qu'il y a toujours un mais, si d'aventure nous n'avions pas cette chance, il serait judicieux de se préparer à l'idée que notre ami a une petite surprise pour nous.

— Se préparer comment ? demanda Mara.

— On m'a proposé les services d'un expert qui a travaillé avec moi à Milan. C'est un très bon flic, spécialiste du profilage criminel. Tu l'as forcément croisé, Croce.

Eva lui lança un regard interrogateur.

— Le vice-questeur Strega.

Eva acquiesça. Non seulement elle le connaissait, mais il avait été son professeur dans un séminaire de criminologie.

— Bien sûr, je le connais, même si je n'ai jamais travaillé avec lui. Quand je suis rentrée de Rome, il était en congé. Depuis quelques années, il collabore avec l'UACV, c'est ça ?

— Exact. Et c'est le directeur de l'unité en personne qui m'a proposé ce "coup de main".

Mara était prête à bondir, mais Palamara anéantit ses velléités belliqueuses d'un regard.

— J'ai accepté pour une raison simple : les médias adorent Strega. Il a écrit des livres de criminologie et résolu des affaires retentissantes. Il sera notre miroir aux alouettes. Il va attirer sur lui toute l'attention des journaux et des télés, ce qui nous laissera les coudées franches pour travailler sans les avoir sur le dos en permanence. Vous me suivez ?

Les deux inspectrices acquiescèrent à contrecœur. Mara, surtout, avait du mal à contenir son indignation devant cette ingérence extérieure. Elle s'était toujours montrée possessive quant à ses dossiers, qu'elle défendait telle une lionne ses petits.

— Je comprends vos hésitations. Aucun policier n'aime qu'on vienne marcher sur ses plates-bandes, je le sais bien. Jusqu'à preuve du contraire, je suis flic, moi aussi. Mais Strega sera là en qualité de consultant. L'enquête est entre nos mains et elle le restera. Sa présence va rassurer les médias et les hautes sphères du ministère, qui m'appellent toutes les demi-heures pour me remonter les bretelles. C'est clair ?

Les deux inspectrices eurent la sagesse de ne pas manifester leur mécontentement.

— Bien. Pour l'instant, je veux que vous vous concentriez sur l'enquête. Vous êtes exemptées des opérations courantes jusqu'à nouvel ordre… Et maintenant foutez-moi le camp. On fait le point quand il arrive.

Elles étaient déjà sur le pas de la porte quand Palamara les interpella.

— Ce déguisement, dit-il en agitant un cliché du Dentiste. Je me prends la tête depuis ce matin. Qu'est-ce que ça signifie ?

— C'est une piste que je voulais suivre aujourd'hui, dit Eva.

Palamara hocha la tête.

— Si vous trouvez quoi que ce soit, vous me tenez au courant. Fissa.

— Bien, chef.

— *Amunì*[*], les congédia-t-il.

[*] Allez (sicilien).

24

Bureaux de la section homicides et violences aux personnes, questure de Cagliari

Une heure plus tard, Mara Rais était en train de répondre à des e-mails urgents de la DIGOS lorsqu'elle entendit frapper à la porte. D'un geste automatique, elle retira ses lunettes de lecture – elle avait horreur qu'on la voie en binoclarde – et leva les yeux vers le casse-pieds de service, prête à le remettre à sa place avec une insulte en sarde bien sentie.

— Bonjour. Vous devez être l'inspectrice Rais ?

Mara fixa l'homme imposant qui se tenait devant la porte, occupant presque tout l'espace. Il devait frôler les deux mètres. Il était vêtu de manière très élégante. Un style classique et distingué, la grande classe. Sa voix profonde, un peu rauque, ne trahissait aucun accent, alors que sa pigmentation et ses cheveux courts et crépus dénotaient clairement une origine étrangère.

— Je suis le vice-questeur Strega, de la brigade mobile de Milan, reprit l'homme, n'ayant obtenu aucune réponse.

Il entra dans la pièce et, sans afficher la moindre gêne, retira son trench sombre et le cala au creux de son bras, révélant des épaules d'athlète, amples et puissantes. Mara ne put s'empêcher de remarquer qu'il ne portait pas d'alliance. Son parfum aux essences orientales flottait dans le bureau, intense et pénétrant.

Vito Strega parcourut la pièce du regard et le reporta sur Mara, qui le dévisageait d'un air ébahi. Il avait réussi à laisser Mara sans voix, un exploit.

— En général, quand un supérieur pose une question, le subordonné répond, vous savez ?

Il n'y avait pas une once de reproche dans sa voix, plutôt une pointe d'amusement.

Mara rougit comme une adolescente et se leva tellement vite que tout son sang reflua dans ses jambes. Un essaim d'abeilles lumineuses lui brouilla la vue et sa tête se mit à tournoyer comme si elle était sur des montagnes russes. Elle dut s'appuyer au mur pour ne pas tomber.

— Tout va bien ?

— Bonjour, oui oui, bien sûr, bien sûr…, s'excusa-t-elle, embarrassée, la pièce tourbillonnant autour d'elle.

En entendant sa propre voix, elle se maudit pour son accent à couper au couteau dont elle n'avait pas conscience d'ordinaire.

— Enchantée, Mara Rais, balbutia-t-elle en lui tendant une main que Strega, après l'avoir observée quelques instants, serra.

Au contact de sa peau, Mara eut un frisson.

— Enchanté. Vito Strega.

— Tout le plaisir est pour moi, répondit Mara, de plus en plus mal à l'aise, évitant son regard, elle qui avait toujours la mauvaise habitude de fixer les gens dans le blanc des yeux au point de paraître déplacée.

Mais cet homme l'avait désorientée.

— Je peux récupérer ma main ? demanda-t-il.

— Comment ? Oh, bien sûr, pardon, pardon, mitrailla-t-elle, bafouillant sous l'effet du trouble et de la surprise.

— Vous avez été prévenue de mon arrivée ?

— Votre arrivée ?

— Oui, mon arrivée, répondit-il dans un haussement d'épaules. Est-ce que vous auriez bu, inspectrice ?

Mara sentit ses joues s'enflammer et se sortit d'embarras avec un éclat de rire qui semblait trop nerveux, même à ses propres oreilles.

Qu'est-ce qui te prend, putain ? Reprends-toi. Tu es en train de passer pour la reine des connes.

— J'ai juste bu trop de café, le rassura-t-elle. (Elle désigna la chaise devant son bureau.) Je vous en prie, asseyez-vous.

— Vous savez pourquoi je suis là ? demanda l'homme, en posant sa sacoche en cuir sur le bureau et son trench sur la chaise.

Mara se concentra sur sa réponse comme si elle devait faire une ultime tentative pour se souvenir de son code au distributeur.

— Pour l'affaire, se résolut-elle à répondre.

— Quelle affaire ? la taquina-t-il.

Le spectacle commençait à l'amuser.

— Le Dentiste, lâcha Mara. Je veux dire… Enfin, voilà, quoi. Le justicier.

Strega la toisa quelques secondes, puis observa son bureau parfaitement rangé, au contraire de l'autre, de l'autre côté de la pièce, où régnait une pagaille tout adolescente. Sa déformation professionnelle le poussa à relever les différences majeures entre les deux enquêtrices.

— Oui, excusez ma partenaire. Elle est un peu comme ça.

— Comme ça comment ?

— Elle a un peu une mentalité d'artiste. Elle est bordélique, mais très compétente.

— Je sais que vous n'êtes pas en reste. J'ai lu vos états de service sur le trajet. Impressionnant.

— Merci, bredouilla Mara.

Elle ne s'était jamais sentie aussi intimidée par quelqu'un, et elle ne se rappelait pas la dernière fois qu'elle avait reçu un compliment.

— Vous n'avez pas à me remercier.

Mara songea que si Croce avait été là, elle se serait bien amusée de la voir aussi en difficulté. C'était la faute de cet homme : il était attirant et cela allait au-delà de son physique, certes remarquable ; il y avait quelque chose de plus fascinant encore dans sa façon de se déplacer, dans sa gestuelle, dans la gentillesse déterminée dont il faisait preuve envers elle, et ce quelque chose l'avait déboussolée. Vito Strega dégageait une impression instinctive de sécurité et de protection. Mais surtout, il avait une manière de la regarder plus intime encore que le sexe.

— Excusez-moi, d'habitude je ne suis pas aussi à côté de la plaque. C'est que je ne vous attendais pas aussi tôt, dit Mara, reprenant contenance.

— La vidéo est le sujet numéro un sur Internet. On ne parle plus que de ça, inspectrice. Et ils sont presque tous du côté du justicier. Les réseaux sociaux dégoulinent de haine et de sang. Une campagne d'hostilité et de délégitimation s'est engagée contre nous et la justice, qui me laisse pantois.

— Je suis d'accord. J'ai lu des commentaires qui font froid dans le dos.

— Étant donné le climat de tension qui règne dans ce pays, je crains sincèrement qu'ils passent des paroles aux actes. C'est pour ça que j'ai cherché à venir ici le plus vite possible. Croyez-moi, je n'ai pas l'intention d'empiéter sur votre travail ou de vous dire quoi faire. Je suis juste là pour donner un coup de main, si je peux.

Mara hocha la tête. L'entendre parler de l'enquête lui ramena les pieds sur terre.

— Bien entendu, et je vous en remercie. Une seconde, j'appelle ma partenaire, pour qu'on puisse…

Avant que Mara sorte son téléphone de son sac, Eva passa le seuil du bureau avec un dossier sous le bras.

— Oh… Bonjour, dit-elle, surprise elle aussi de voir le vice-questeur déjà là.

Vito Strega se tourna vers la nouvelle venue et reconnut un visage familier.

— Je sais qu'on pourrait croire à une blague, mais voici ma partenaire, dit Mara.

Eva se rendit compte que l'homme s'efforçait de remettre son visage et elle le devança avec un sourire.

— Ignorez-la, comme je le fais depuis deux ans… Eva Croce. J'ai travaillé comme enquêtrice détachée à la brigade mobile de Milan.

Strega hocha la tête et lui serra la main.

— Oui, j'ai lu votre fiche.

— J'ai aussi été votre élève dans un cours de criminologie scientifique à Rome. Ça n'était sans doute pas sur la fiche.

— Non, mais maintenant je me souviens de vous.

— Bienvenue à Cagliari.

25

Parc Monte Urpinu, Cagliari

Certains journaux l'avaient surnommé le Dentiste. D'autres, de manière plus prosaïque, le Vengeur ou le Justicier. En parcourant la revue de presse ce matin-là, il avait souri. C'était un sourire empreint de désillusion. Ils n'ont rien compris, avait-il pensé. Ils se trompent de cible. Mais il avait anticipé leur incompréhension. L'important était que tout le monde en parle, qu'il y ait une prise de conscience, que la haine continue de monter.

Assis sur un banc situé devant un des étangs artificiels du parc où nageaient des canetons, les narines chatouillées par les odeurs de pin et de thym charriées par le mistral, le meurtrier regardait des enfants jouer, entourés d'un petit groupe de parents – surtout des mères – qui parlaient entre eux, immergés dans cette oasis de verdure au cœur de la ville. Il calcula qu'il existait une forte probabilité qu'au moins un des adultes ait vu la vidéo ; dans ce cas, il était plausible qu'il ait aussi voté. L'homme replia le journal et observa un superbe paon au plumage d'un bleu intense, presque électrique, qui passait à côté de lui en quête de miettes. Les enfants s'en aperçurent et fusèrent en direction de l'oiseau, émerveillés. L'un d'entre eux lui sourit, et l'inconnu lui rendit son sourire. Il adorait les enfants. Ils éveillaient en lui une irrésistible sensation de sécurité et de guérison.

— Tu es très grand, dit un des enfants en le dévisageant. Tu mesures combien ? Deux mètres ?

— Oui, presque deux mètres, répondit-il.

— Ouah ! fit un autre. Tu fais du basket ?

— Non.

— Qu'est-ce que tu fais, comme métier ?

— Dentiste.

Après cette réponse, ils le dévisagèrent avec une curiosité renouvelée.

Il se rendit compte qu'un des plus jeunes, à la différence de ses compagnons de jeu, n'avait pas de pain à émietter pour le paon, alors il en prit un morceau dans sa poche et le lui tendit.

— Tiens, petit. Donne-lui ça.

L'enfant le remercia en le gratifiant d'un regard où se mêlaient joie et émerveillement, et suivit le paon qui marchait d'un pas altier.

L'homme qui avait eu tant de succès sur les réseaux sociaux, et dont parlaient tous les journaux, se demanda si les fautes des pères devaient retomber sur les enfants.

Ce n'est pas le moment de se laisser aller à ces idioties, se dit-il. Concentre-toi sur le travail à finir.

Il reporta les yeux sur sa prochaine victime. Quand il la vit aller récupérer son fils pour l'emmener, main dans la main, vers un des sentiers arborés qui conduisaient hors de la pinède, le meurtrier se leva, fourra son journal dans la poche arrière de son jean et les suivit. Ce jour-là, il portait une perruque blonde et la couleur naturelle de ses yeux était dissimulée par des lentilles de contact bleues. Il tenait dans la main un sachet de toile vide, qu'il triturait comme un antistress.

Bientôt, il l'aurait rempli de dents.

26

Bureaux de la section homicides et violences aux personnes, questure de Cagliari

Les deux inspectrices étaient agréablement surprises : avant de retrouver Palamara, Vito Strega avait souhaité échanger avec elles pour recueillir leurs impressions sur l'affaire. Ils avaient pris trois cafés à la machine et s'étaient installés dans le bureau, passant en revue les éléments dont elles disposaient.

Eva et Mara ne mirent pas longtemps à découvrir que le professeur Strega était un homme capable de créer une intimité en quelques regards et une poignée de mots ; sa capacité d'écoute et le degré d'attention qu'il réservait à ses interlocuteurs rendaient la conversation si naturelle qu'on éprouvait un plaisir presque physique à s'ouvrir, à faire tomber le masque et les conventions et – dans leur cas – les rapports hiérarchiques. À la différence de la plupart des supérieurs auxquels elles avaient eu affaire dans leur carrière, il les avait traitées en égales.

Est-ce que c'est juste un leurre pour nous pousser à baisser la garde et nous la faire à l'envers ensuite ? se demandait

Mara, méfiante par nature en bonne Sarde, sans parvenir à détacher ses yeux de ces grandes mains noueuses.

Quand elles eurent fini de parler, le vice-questeur les informa des avancées de ses collègues milanais.

— Je peux vous assurer qu'ils n'ont pas fait beaucoup de progrès. L'enquête s'est déjà enlisée.

— Donc on est dans le même bateau, dit Eva.

— Pas forcément. J'imagine que vous connaissez bien le SASC et que vous l'avez sans doute déjà utilisé.

Les deux partenaires acquiescèrent. Cagliari était une ville où le taux d'homicide était très bas, mais la base de données, qui recensait les détails de toutes les affaires de crime violent des vingt dernières années, leur avait permis d'analyser des similarités entre plusieurs meurtres, qu'elles avaient pu attribuer au même auteur.

— Depuis près d'un an, je m'occupe de perfectionner le logiciel avec une équipe de techniciens de la scientifique et des collègues de l'Unité d'analyse du crime violent. Chaque mois, nous publions des mises à jour qui en font un outil de plus en plus précis et efficace. Bref, je connais bien le programme, je sais quelles sont ses forces et ses faiblesses, que nous nous efforçons de corriger.

Il ouvrit son sac et en sortit des dossiers qu'il leur tendit.

— Pour l'heure, nous avons peu d'éléments pour établir un profil exact de notre homme, mais mon sentiment est que ce n'est pas un sociopathe ordinaire.

— Ah bon ? Si ce n'est pas un sociopathe, alors qui l'est ? ironisa Mara.

— Laissez-moi finir. Je ne crois pas qu'il agisse par impulsion ou par recherche de gratification sexuelle – en partant du principe qu'il va tuer le pédophile, ce dont nous n'avons pas encore la certitude, n'est-ce pas ?

Les inspectrices hochèrent la tête.

— Bien. Cependant, arracher vingt-neuf dents d'une manière aussi brutale suppose des connaissances et des compétences spécifiques. Ou du moins, il est logique de penser qu'il s'est exercé, qu'il n'en est pas à son coup d'essai.

Eva et Mara échangèrent un regard complice. Elles en étaient arrivées à la même conclusion.

— Nous n'avons rien trouvé de similaire dans les archives, cela dit, rétorqua Mara. Ni dans le SASC.

— Ne le prenez pas mal, mais vous avez peut-être cherché dans les mauvais dossiers.

Au même instant, Mara croisa les bras et Eva les jambes. Strega interpréta ça comme des signes de circonspection.

— Je ne vous accuse de rien, je veux seulement que vous me donniez un avis objectif.

— On vous écoute, dit Mara, toujours sur ses gardes.

— Dans ces dossiers, vous trouverez deux meurtres non élucidés qui ont eu lieu ici, en Sardaigne, reprit-il. Ils remontent tous les deux à l'année dernière, à six mois d'intervalle. Les deux corps ont été retrouvés calcinés. Un dans la campagne autour de Nuoro. L'autre dans les environs d'Alghero. Individus de sexe masculin, la cinquantaine. Le fait que les corps aient été brûlés et que le ou les meurtriers aient arraché dans les deux cas toutes les dents des victimes a conduit les enquêteurs sur la piste d'un règlement de compte mafieux, et c'est la Direction antimafia qui a mené l'enquête.

— En effet, ils avaient des antécédents intéressants, dit Eva en parcourant les dossiers.

— Ce qui confortait l'idée qu'ils gravitaient dans le milieu du crime organisé. Les enquêteurs ont considéré que le feu et l'arrachage des dents étaient un moyen d'éviter la reconnaissance immédiate des cadavres et de laisser aux tueurs le temps de se volatiliser. La thèse de l'antimafia est que les deux crimes étaient l'œuvre de tueurs à gages venus de l'extérieur, qui étaient déjà loin de l'île quand on a pu avoir une identification fiable des victimes, plusieurs mois plus tard.

— Et pourquoi ça ne se serait pas passé comme ça ? demanda Eva.

— Dans le premier cas, la victime avait des antécédents de viol. Trois femmes l'avaient accusé, avant de se rétracter l'une après l'autre. Une des affaires s'était quand même retrouvée devant le tribunal, mais il avait réussi à s'en sortir sur un vice de procédure… Le deuxième a fait l'objet de nombreux procès, dans lesquels il a systématiquement été acquitté, comme s'il jouissait de protecteurs haut placés. Un procès en particulier a éveillé ma curiosité. Il a échappé à l'accusation d'incitation au suicide à l'égard de sa femme. Un suicide clairement ambigu. Selon plusieurs sources, monté de toutes pièces.

— En général, les assassins professionnels – et ceux-là en avaient tout l'air – ont plus de chance de passer entre les mailles du filet, précisément en raison de leur "compétence", remarqua Eva.

— Très juste. De fait, la piste d'une vengeance potentielle n'a même pas été envisagée par les enquêteurs. Mais il y a un élément plus troublant.

— Lequel ? demanda Mara.

— Un mois précisément après la découverte des corps, une des femmes violées dans le premier cas et la fille de l'individu calciné dans le second cas ont retrouvé une dent appartenant à la victime.

Les inspectrices frémirent.

— Les enquêteurs y ont vu une marque de bonté de la part de vieux mafieux, pour faire comprendre aux deux femmes que les hommes étaient morts et qu'il n'était pas nécessaire de s'acharner à les chercher. À la lumière des faits, tout semblait pointer vers cette hypothèse.

— Mais vous n'y croyez pas, dit Mara.

— Je n'ai pas d'éléments concrets pour appuyer mes propos, mais j'ai passé une nuit blanche à étudier ces affaires, et je pense qu'on peut voir dans ces meurtres des actes de justice réparatrice personnelle, précisément comme notre ami avec le pédophile.

— Où voulez-vous en venir ? demanda Mara.

— Je suis convaincu que la personne que nous cherchons s'est entraînée avant de parvenir à ce niveau de dextérité et d'organisation. Truzzu ne pouvait pas être son coup d'essai.

— Et ces deux affaires pourraient représenter la naissance et le perfectionnement d'un *modus operandi*, dit Eva.

Strega acquiesça.

— Donc notre homme pourrait s'être déjà vengé par le passé, avoir torturé et tué, conclut Mara.

— Et maintenant il vise plus haut et veut devenir le justicier du peuple, renchérit Eva.

— C'est une progression assez naturelle pour certains tueurs en série, expliqua-t-il. D'abord, ils s'essaient au meurtre. Non seulement ils y arrivent, mais ils y prennent goût et réussissent à passer entre les mailles du filet. Ils essaient une deuxième fois : ils affinent leur technique, s'organisent mieux, mettent en place un schéma bien précis, et ils s'en sortent encore. Et c'est là qu'ils sont pris d'une espèce de délire de toute-puissance et qu'ils essaient de laisser une marque, en quête de reconnaissance sociale.

— Par exemple, en s'adressant à un public virtuel potentiellement infini, suggéra Eva.

— Exactement.

Un silence glacial tomba dans le bureau.

— Pourquoi avez-vous souhaité nous en parler d'abord et pas directement à Palamara ? demanda Mara.

Vito Strega haussa les épaules.

— Parce que j'avais peur qu'il me fasse une crise cardiaque.

27

Palais de justice, Cagliari

DEPUIS ses premiers instants dans cette ville, Vito Strega s'était rendu compte que la nature de la lumière en Sardaigne était différente : elle avait un aspect lactescent, et la douceur enveloppante avec laquelle elle s'attardait sur les choses lui rappelait Marrakech, Marseille ou les villes du sud de l'Espagne. Le mistral, qui soufflait maintenant avec moins de vigueur, semblait embaumer l'air d'arômes méditerranéens.

Palamara esquissa un sourire en le voyant perdu dans la contemplation extatique de ce ciel d'un bleu vertigineux, vierge de tout nuage. Le vice-questeur avait laissé son trench au bureau et portait sa veste sur l'épaule. C'était une journée d'octobre au parfum d'été, et l'idée d'un bain de mer n'était pas si absurde que ce qu'il avait imaginé.

— Pas trop dépaysant, quand on vient de Milan ? plaisanta le Sicilien.

— Ça…

Ils avaient quitté la questure pour se promener, boire un café et se rendre au parquet, situé à quelques minutes de marche. Palamara voulait présenter Strega aux deux magistrats qui s'occupaient de l'affaire, pour leur montrer que la brigade mobile mettait les bouchées doubles en ayant recours à l'un des principaux experts dans le domaine. En réalité, cette promenade était également une mise en scène à destination des caméras et des journalistes, qui ne manquèrent pas l'occasion d'essayer d'interviewer le chef de la brigade mobile. Palamara se retrancha derrière un *no comment*, mais il savait bien que l'homme massif à ses côtés serait très vite associé au célèbre enquêteur qui avait résolu l'affaire du Marionnettiste, parmi tant d'autres. Vito Strega était un habitué des médias ; une simple recherche sur Google Images suffisait à l'identifier. Sa présence allait réconforter l'opinion publique. Du moins, Palamara l'espérait-il vivement.

Alors qu'ils approchaient du tribunal, ils virent une foule compacte de manifestants qui exhibaient leurs poignets menottés et brandissaient des pancartes colorées.

— Que se passe-t-il ? demanda Strega.

— L'Ordre des avocats pénalistes est en pleine ébullition, expliqua Palamara. Ils manifestent contre la réforme de la prescription pénale. Ils demandent la démission du ministre. Ils l'accusent de ne pas maîtriser des notions élémentaires de droit.

— Mais…

— On vit vraiment une époque formidable : des gamins de couleur battus jusqu'au sang, près d'un féminicide par jour, des étoiles de David dessinées sur les portes des personnes d'origine juive et des slogans antisémites tagués devant les écoles. Et maintenant ce crétin qui fait des procès sur Internet. On n'a pas respiré un air aussi serein depuis l'assassinat de l'archiduc François-Ferdinand, hein ?

Strega ne pouvait pas lui donner tort.

— Pour revenir à l'affaire, c'est précisément ça qui me préoccupe, dit-il. Dans cette époque de haine numérique, avec cette hostilité diffuse et la rage sociale qui anime les gens, la situation risque d'exploser, si on ne l'arrête pas à temps.

— C'est pour ça que je suis content que tu sois là.

— Je vous devais bien ça, chef… Les voilà, dit-il en désignant les deux inspectrices à une centaine de mètres d'eux.

Elles sortaient tout juste du palais de justice. En accord avec Palamara, elles avaient décidé de revisionner les bandes des caméras de surveillance du tribunal les jours d'audience du pédophile. Sous l'impulsion de Mara, elles s'étaient également penchées sur la question des documents d'identité : pour accéder au tribunal, chaque visiteur devait passer sous un détecteur de métaux et – en théorie – présenter ses papiers. Elles espéraient que les responsables du contrôle avaient tenu un registre des entrées avec le nom des visiteurs.

— On croise les doigts, dit Palamara.

— Comment ça se passe, avec elles ?

— Croce et Rais ?

Strega hocha la tête.

— Elles ne sont pas en odeur de sainteté à la questure, et ça joue en leur faveur.

— Vous avez toujours eu un faible pour les francs-tireurs, chef.

— Possible… Disons que je m'amuse un peu à les faire tourner en bourrique.

— Je n'en attendais pas moins de vous.

— Elles ont résolu une affaire importante, il y a quelque temps. Elles font un drôle de binôme. Regarde-les : les parfaites opposées. Et pourtant, ça marche. Elles sont sérieuses et travaillent dur.

— Vous leur faites confiance ? demanda Strega en se tournant vers lui.

Palamara alluma une cigarette et toisa les deux inspectrices, désormais à quelques mètres.

— Je me méfie même de ma propre mère, Strega. Enfin, surtout de ma mère, *mischinazza*[*].

— Ça me paraît un tantinet exagéré.

— Disons que oui, alors. Ce sont peut-être les deux seules personnes à qui je fais confiance, pour le moment. C'est pour ça que je veux que vous travailliez ensemble.

Strega acquiesça.

— C'est vrai que Croce a été une de tes élèves ? demanda Palamara.

— Oui, il y a des années.

— Tu te rappelles comment elle était ?

— Brillante.

— Elle l'est toujours. Tout compte fait, elle s'est bien remise.

— De quoi ?

Les deux femmes étaient maintenant à portée de voix.

— On en reparlera une autre fois… Alors ? demanda le chef aux inspectrices.

Eva secoua la tête.

— Rien à faire. Ils n'enregistrent pas les accès en raison d'un manque de personnel.

Le Sicilien poussa un juron.

— Notre seul espoir, pour le moment, ce sont les bandes des caméras.

— Quelqu'un travaille dessus ? demanda Strega.

* La pauvre (sicilien).

— Oui, nous avons mis six personnes sur le coup, répondit Mara. Elles sont en train de visionner tous les enregistrements.

— Très bien. Je suis convaincu que vous avez raison : notre ami doit avoir assisté aux audiences pour mieux observer ce salopard, dit-il. Avec un peu de chance, on pourra en tirer quelque chose.

— Espérons, dit Mara.

Le vice-questeur regarda autour de lui. Il remarqua que certaines caméras donnaient sur le grand parking devant le tribunal.

— Vous avez aussi obtenu les enregistrements de celles-ci ?

— Non. Mais c'est seulement une question de temps, précisa Mara.

— Quelqu'un qui a organisé les choses de manière aussi minutieuse ne peut pas être tombé dans un piège aussi grossier, mais si on réussissait à l'identifier, on pourrait peut-être voir dans quelle direction il est parti ou si quelqu'un l'attendait. Je répète, je ne pense pas que ça nous mène quelque part. Mais au point où nous en sommes, je serais d'avis de ne rien laisser de côté.

— Aucun problème. J'enverrai quelqu'un demander les bandes… Allez, en route. Nous sommes attendus, dit Palamara.

— Vous avez un endroit où loger ? demanda Mara à Strega au bout de quelques secondes, avec une candeur enfantine.

Tous les regards se braquèrent sur elle.

— Qu'est-ce que j'ai dit ?

— Rais, commença Palamara d'un ton faussement compréhensif. Occupe-toi de ton cul et fais-en des fritures. Tu t'adresses à un supérieur, là, pas à ton cousin.

— Excusez-moi.

— Excusez-moi, mes couilles. Un peu de respect, merde.

— En tout cas, oui, j'ai une chambre au T Hotel, répondit Strega, amusé.

— Eh ben putain, il vous traite bien, le Belladonna.

— Je n'ai pas à me plaindre. J'aurais aussi besoin d'une voiture, si c'est possible.

— Ce n'est pas un problème. Comment es-tu venu ici ?

— C'est un maréchal de l'armée de l'air qui m'a déposé.

— Bien. Une de vous l'accompagnera à l'hôtel, quand on aura terminé, ordonna Palamara aux inspectrices. Pendant ce temps, je m'occupe de te dégoter une voiture. Tu me prends un peu de court. Je ne m'attendais pas à ce que tu viennes aussi vite… OK, nous y voici. Bon, surtout, vous me laissez parler, compris ?

Les autres acquiescèrent.

— Et votre théorie sur les deux corps calcinés, ça reste entre nous pour l'instant.

Ils s'apprêtaient à entrer au parquet quand le portable de Palamara vibra.

Un instant plus tard, celui de Strega émit un bip.

Puis ce fut au tour de ceux d'Eva et Mara.

Les quatre policiers échangèrent un regard préoccupé.

En consultant leurs téléphones, ils surent qu'ils avaient vu juste.

Ils avaient reçu une nouvelle vidéo.

De *lui*.

28

Parquet de Cagliari

CETTE fois l'enregistrement était plus saccadé, comme une vidéo amateur prise avec un portable. À la couleur blême du ciel, on devinait que le tournage avait eu lieu à l'aube, sur une sorte de sentier herbeux qui longeait un torrent. Le premier bruit qu'on entendait était le rugissement du vent qui faisait ondoyer la végétation sauvage et les roseaux au bord du ruisseau. Au bout de quelques secondes, un grognement presque animal couvrit le souffle du vent et le tumulte de l'eau. La caméra se dirigea sur le pédophile : il était agenouillé par terre, les mains derrière le dos, probablement ligoté. Il ne portait plus la camisole de force. En revanche, le même masque de cuir que dans la vidéo précédente lui cachait la partie inférieure du visage, étouffant ses lamentations. Le justicier avait disposé autour de lui, en demi-cercle, les photos des victimes, qui semblaient le dévisager, allongées sur l'herbe et sur l'humus. La caméra zooma sur chacune d'elles, s'attardant sur les gouttes rouges qui éclaboussaient le papier glacé. Les gamines souriantes, constellées de sang artériel, apparaissaient comme de petites créatures diaboliques.

La caméra revint sur l'homme. Du sang s'écoulait d'une entaille nette à la carotide. Son corps était agité de convulsions. À l'ampleur de la flaque fumante qui s'était formée sur ses genoux, on devinait qu'il lui restait peu de temps à vivre. Le "metteur en scène" se concentra sur le regard désespéré du mourant. Il zooma encore davantage, s'attardant avec une intensité morbide sur les yeux. Les cils papillonnaient, incertains et tremblants, telles des chrysalides à peine sorties du cocon ; les pupilles, qui s'étaient d'abord dilatées de manière démesurée, semblaient désormais s'oblitérer, rétrécissant à vue d'œil. En proie à un dernier spasme violent, le pédophile s'affaissa au sol et expira. Le chant des oiseaux et le mistral formèrent la toile de fond d'un plan large où le corps était cadré en buste. La peau pâlissait déjà. Quelques secondes plus tard, les premiers insectes arrivèrent, pressés de festoyer.

Après une lente séquence panoramique sur les photos des victimes, la vidéo s'interrompit brutalement, cette fois sans aucun lien où cliquer.

Adele Mazzotta, la substitut du procureur en charge de l'enquête, leva les yeux du téléphone d'Eva Croce et tourna un visage terreux vers les quatre policiers dans son bureau.

Sans dire un mot, elle prit le dossier posé sur son bureau et ajouta quelque chose au stylo à côté de la mention "enlèvement et séquestration".

Vito Strega, quoique debout à deux mètres d'elle, n'eut aucun mal à lire.

Le mot inscrit était "homicide".

29

T Bar, via dei Giudicati, Cagliari

APRÈS avoir accompagné Strega à son hôtel, Eva et Mara tuaient le temps au bar de luxe, dans la partie appelée “jardin d’hiver”. Bien que de service, elles n’eurent aucun scrupule à commander deux cocktails. Elles en avaient toutes les deux besoin pour faire retomber la pression. La vidéo avait tout remis en question. La certitude accablante que les propos du Dentiste n’étaient plus seulement une menace ou une mascarade les avaient plongées dans un profond silence. Depuis leur départ du parquet, Palamara avait tellement blasphémé que toutes les statues de la Vierge à Cagliari devaient avoir versé des larmes de sang. Pour éviter de subir son ire funeste, elles s’étaient volatilisées à la première occasion en proposant d’accompagner le vice-questeur.

Comme quelques jours plus tôt, la nouvelle vidéo était devenue virale. Elle s’était propagée en quelques minutes, et presque tous les journaux télévisés avaient ouvert leur édition du soir avec ce sujet, intensifiant davantage encore l’invraisemblable déferlement de haine qui animait la population.

Eva et Mara, agacées, regardaient l'interview d'un sociologue sur un des écrans de l'élégant salon.

— Cet événement est le miroir des déchirures à l'œuvre dans le pays, disait l'expert. Les réseaux sociaux créent une confusion entre les sphères publique et privée. Les névroses de la société contemporaine y trouvent leur défouloir et on assiste à une célébration narcissique permanente de l'individu qui, en se voyant au centre de l'attention, commence non seulement à s'identifier à cette fausse projection, mais, pour alimenter son besoin de reconnaissance sociale et se démarquer de la masse, se sent légitimé à libérer son animalité et ses instincts les plus barbares, ce qu'il n'oserait jamais faire dans la vie de tous les jours.

Eva secoua la tête devant ce chapelet de banalités.

— Du nouveau ? demanda-t-elle à Mara qui échangeait sur son smartphone avec la salle de crise de la brigade mobile, où les techniciens analysaient la vidéo pour remonter au lieu de l'exécution.

— Rien pour l'instant, dit Mara en avalant une gorgée de Martini dry. Sinon, pour changer de sujet : c'est quoi ce beau gosse de l'espace ?

— Qui ?

— Comment ça, qui ? Strega !

— Eh ben ?

— On en parle, ou pas ? D'où ils l'ont sorti, celui-là ? mitrailla Mara, en baissant la voix.

— Vu comme tu le regardes, je dirais de tes fantasmes les plus fous, la taquina Eva.

— Naan, c'est pas mon style.

Eva plissa le front d'un air malicieux.

— Non, évidemment.

— Il est marié ? demanda Mara au bout d'un instant.

— Tiens, tiens. Tu ne viens pas de dire que ce n'était pas ton style ?

— Quel rapport ? Je demande comme ça, par curiosité.

— Je ne sais pas et, franchement, ça m'est égal. Il me semble qu'on a des problèmes plus urgents, non ?

— Si, si. Je disais ça comme ça, pour détendre l'atmosphère.

— Le voilà qui arrive. Silence.

— Merde, faut cacher les verres.

— Trop tard. Lève-toi et allons à sa rencontre, en espérant qu'il ne se rende compte de rien.

Quand ils se croisèrent à mi-chemin, le professeur Strega leur demanda :

— Je vous offre une deuxième tournée ?

Elles rougirent toutes les deux.

Et voilà, je me tape encore l'affiche, pensa Mara. Je suis la reine des poissardes.

— Non merci, professeur. Il ne vaut mieux pas, dit Eva, surmontant son embarras. On a juste…

— Cette vidéo, la panique qu'elle a créée, les sorties de Palamara… Tout ça méritait bien un verre, les rassura-t-il.

— Ou deux, tant qu'on y est, fit Mara.

— N'exagérons rien, dit le vice-questeur, un demi-sourire aux lèvres.

— Vous buvez quelque chose, vous ? demanda Eva.

Avant qu'il puisse répondre, le téléphone de Mara se mit à vibrer.

— Oui ?

Eva et le vice-questeur virent son visage s'assombrir.

— OK, c'est noté… Oui, on arrive.

— Que se passe-t-il ? demanda Eva dès qu'elle eut raccroché.

— Ils ont retrouvé le corps. Il faut qu'on y aille.

Strega posa un billet de vingt euros sur le comptoir et se dirigea vers la sortie.

— Mais…, protesta Mara.

— Pas de mais. C'est un ordre. En route, rétorqua-t-il sans même se retourner.

— Eh ben…, murmura Mara à sa collègue, satisfaite. C'est un dominateur, il aime donner des ordres. Ça ne gâche rien.

Eva secoua la tête et suivit le vice-questeur.

30

Su Pranu, rivière Leni, Serramanna

TANDIS que l'Alfa filait à travers les paysages ruraux de la plaine de Campidano, Eva, assise sur la banquette arrière, rompit le silence gêné qui s'était installé.

— Je suis déjà venue ici, dit-elle en observant par la vitre les terrains incultes à perte de vue.

Mara, au volant, échangea un regard perplexe avec Strega.

— Tu es déjà venue ? Qu'est-ce que tu foutais ici ? Tu allais aux fraises ?

— Très drôle… Il y a un menhir du néolithique dans le coin. On l'appelle *Perda Fitta*. Il représente la Déesse mère. Il remonte à la culture d'Ozieri, plus de trois mille ans avant Jésus Christ.

Mara se tourna vers Vito Strega :

— Elle ne fait pas ça parce qu'elle est fan d'Alberto Angela* – contrairement à moi. C'est parce qu'on a travaillé sur un meurtre rituel qui…

* Célèbre paléontologue et homme de télévision italien, connu pour son œuvre de vulgarisation et son éternelle chemise en jean.

— L'assassinat de Dolores Murgia, la coupa-t-il.

— Exact. Impressionnant. Vous vous êtes bien renseigné sur nous.

— Ça me semblait un minimum.

— Bref, cette affaire-là, on l'a résolue. Mais il restait de vieux meurtres encore non élucidés. À partir de là, madame ici présente est devenue experte en *cosas antigas*, comme on dit ici. Elle fait une fixette sur l'archéologie prénuragique et sur les rituels de cette période. Elle en sait plus que moi sur la Sardaigne, maintenant.

— Arrête un peu, rétorqua Eva.

— Que signifie Serramanna ? demanda Strega.

— On peut le traduire par "grande plaine" ou "grande vallée". Quelque chose comme ça, dit Mara.

— C'est à quelle distance de Cagliari ? reprit-il, remarquant que plus ils approchaient de la rivière, plus la végétation devenait luxuriante et verdoyante.

Mara vit qu'il avait sorti un petit carnet noir sur lequel il prenait des notes.

— Trente ou quarante kilomètres… Voilà, on doit être arrivés.

Quelques centaines de mètres plus loin, ils aperçurent des voitures de police et le fourgon de la scientifique, garés à proximité d'une sorte de digue en béton armé. Les trois policiers poursuivirent à pied, et ne mirent pas longtemps avant de comprendre, aux carcasses carbonisées et rouillées abandonnées dans les fourrés, que l'endroit servait de cimetière de voitures. Le soir déclinait, se teintant de violet. La lumière pourpre renforçait l'aspect spectral des lieux.

— Malin, commenta Mara. Ici, il n'y a pas une caméra à des dizaines de kilomètres à la ronde. Ce ne sont que des routes de campagne, peu contrôlées.

Eva regarda autour d'elle. Comme ça lui arrivait souvent sur l'île, elle percevait une étrange énergie au milieu de cette nature sauvage. Une force ancestrale et spirituelle. Le lieu en était imprégné.

— Tout va bien ? demanda Strega en la voyant troublée.

— Oui, oui. J'étais juste en train de réfléchir.

Ils présentèrent leur badge et signèrent le registre des agents présents sur la scène de crime. Après avoir enfilé des surchaussures, ils longèrent une barrière impénétrable de roseaux, de joncs et d'autres arbustes aquatiques qui poussaient près du lit de la rivière. L'air embaumait la saponaire, la stramoine et l'odeur rance des troncs et des plantes moisis qui s'accumulaient sur les berges. Des techniciens avaient isolé des traces de pas sur l'herbe. L'un d'entre eux tenait un petit pointeur laser et semblait absorbé dans une série de calcul sur une tablette.

— Vous avez trouvé quelque chose d'intéressant ? demanda Strega.

Le technicien le dévisagea avec réticence. Quand Mara, derrière le vice-questeur, hocha la tête pour indiquer qu'il était des leurs, il répondit :

— Oui. On a eu de la chance.

Il montra trois empreintes.

— Il a essayé d'effacer ses traces, mais celles-ci ont dû lui échapper. Elles vont dans la direction de la digue en béton, donc elles remontent au moment où il s'éloignait de la scène.

— Putain, il a de sacrés panards, commenta Mara, en regardant la modélisation de la botte sur la tablette.

— On peut le dire.

— Vous pouvez déjà nous en dire plus sur sa corpulence ? demanda Strega.

L'homme désigna l'écran : le programme avait recréé un calque 3D de l'empreinte.

— Au vu de la pression exercée par rapport à la force de gravité, de la profondeur et de la longueur de la botte, je dirais que nous sommes en présence d'une armoire à glace d'un mètre quatre-vingt-dix-huit pour cent quinze, cent vingt kilos. Pointure : 47 ou 48.

— Putain de merde…, murmura Mara. Ça fait un sacré indice. Mais qu'est-ce qui vous fait croire que ces empreintes sont bien les siennes ?

— Cette autre série d'empreintes, expliqua le technicien, en montrant de petits creux dans le sol.

Il leur montra les images créées par le logiciel, qui les avait rendues plus nettes : les empreintes allaient dans le sens inverse de l'autre série, vers l'endroit où la victime avait été retrouvée ; elles étaient plus profondes et avaient laissé une ride plus prononcée au bord de la chaussure que l'autre, qui allait vers la digue.

— Je ne comprends pas, avoua Mara, perplexe.

— Regardez, l'aida le vice-questeur, en désignant les deux séries sur le petit écran. La taille de l'empreinte et la forme des chaussures sont les mêmes. Mais quand il est arrivé, et qu'il a marché dans ce sens, les traces étaient plus prononcées, comme s'il était plus lourd. Il est fort probable qu'il ait porté la victime sur ses épaules et qu'il l'ait allongée là. Au retour, il n'avait plus son fardeau, c'est pour ça que les traces qui vont vers la sortie sont moins profondes. Il voyageait plus léger.

Le technicien le fixait d'un regard approbateur.

— Exactement.

— Vous avez déjà établi la différence de poids ? demanda Strega.

— Une soixantaine de kilos. À vue de nez, ça devrait être le poids du cadavre.

— Ces éléments, la taille et le poids, vont nous permettre de faire un bel écrémage sur les vidéos du tribunal, dit Eva. Je préviens tout de suite les collègues qu'il faut isoler les individus qui présentent ces caractéristiques.

— Excellente idée, acquiesça le criminologue.

— Donc le profil correspond à celui de l'homme de la vidéo. Selon les experts, c'est censé être une sorte de géant, dit Mara. Ils n'en étaient pas sûrs à cause de la tunique et de la perruque qui avaient faussé les estimations, mais je pense qu'on est fixés sur sa corpulence, maintenant.

— Je le pense aussi, confirma Strega, avant de se diriger vers le groupe d'enquêteurs en civil et d'agents de la police locale.

Il reconnut l'endroit où le pédophile avait été tué.

Mara, restée quelques mètres en arrière avec Eva, murmura à sa partenaire, occupée à écrire aux techniciens vidéo de la brigade mobile :

— Dis, c'est moi qui suis ensuquée aujourd'hui, ou c'est lui qui a une intuition hors du commun ?

Avant qu'Eva puisse répondre, tous entendirent au loin, portés par le vent, des cris bestiaux, rauques mais absurdement aigus, qui leur glacèrent le sang. Leurs regards horrifiés se dirigèrent au-delà de la rivière. Là-bas, perdues dans un labyrinthe d'eucalyptus, se trouvait une série de cabanons en bois délabrés.

— C'est quoi ce bordel ? explosa Mara.

Les bruits évoquaient des cris d'enfants torturés.

— Ce sont les porcs qu'on va égorger, expliqua un des policiers du coin, un sourire sournois aux lèvres. Dans ces champs, il y a des bergers, des éleveurs et des agriculteurs. Pas de doute, ils sont en train de sacrifier un porc.

— De sacrifier ? murmura Eva.

— C'est juste une façon de parler, t'en fais pas, dit Mara. Allez, on continue.

Elles rejoignirent Vito Strega, qui leva soudain les yeux vers le ciel. Au-dessus de la scène de crime, à une dizaine de mètres d'altitude, un drone muni de caméras volait en petits cercles concentriques. Il était sûrement en train de filmer et de prendre des photos ; il était même probablement en train de les écouter.

— J'y crois pas… Saletés de charognards, pesta Eva.

Strega se tourna vers les véhicules garés. À une centaine de mètres des voitures de police se trouvait un petit fourgon où un opérateur devait diriger le drone à distance avec une manette.

— Les chacals, murmura-t-il. Ils ont dû nous suivre depuis la questure.

— *Mo ci du fazzu entrai in su*[*]…, jura Mara en sarde entre ses dents, en avançant d'un pas belliqueux vers les voitures et en gesticulant comme une possédée à l'adresse de ses collègues en uniforme.

— Quelqu'un a un brouilleur d'ondes ? demanda Strega d'une voix forte aux policiers.

Ils secouèrent la tête.

— Tant pis, murmura-t-il.

Il écarta sa veste, défit son holster et empoigna son Beretta à deux mains. Il le braqua sur l'appareil télécommandé et, devant les regards incrédules, tira deux coups rapides. Le drone s'éleva dans les airs, puis il se mit à vriller avant de plonger dans la rivière. Les détonations retentirent dans toute la vallée, faisant s'envoler des nuées d'oiseaux effrayés.

* Je vais les faire retourner dans le ventre de leur mère (sarde).

En entendant le vacarme des coups de feu, Mara sursauta et se tourna d'un bond, la main à l'étui de son pistolet. Elle regarda Vito Strega rengainer son arme et le drone couler à pic.

— Dans ta gueule, le quatrième pouvoir, murmura Eva, admirative, avec un sourire amusé.

— Je serais prête à payer pour voir la tête de ce connard dans le fourgon, dit Mara, approchant à côté d'elle. Il vient vraiment de faire ça ?

— Oui.

— Allez, les exhorta Strega après avoir récupéré les douilles par terre, comme si de rien n'était. Il ne nous reste que quelques minutes de jour.

Bien qu'encore sous le choc, tout le monde se remit au travail.

Après tout, il était le plus haut gradé des agents présents.

31

Studio 10, centre de production télévisuelle Italset, Cologno Monzese

Sans maquillage et loin des feux séraphiques des projecteurs, Luana Rubicondi faisait déjà peur à voir. Mais quand elle eut fini de regarder la vidéo transmise par l'équipe qu'elle avait envoyée en Sardaigne, la rage déforma à tel point ses traits que ses collaborateurs reculèrent, pris d'effroi. Ce soir-là, les maquilleuses allaient devoir faire des miracles pour la rendre présentable.

— Il a vraiment joué au tir au pigeon avec notre drone ? demanda-t-elle, stupéfaite, ses joues botoxées semblant sur le point d'exploser.

Sa voix suintait de haine.

— Oui, trouva le courage de répondre un des rédacteurs. Ce sont les dernières images enregistrées par l'appareil il y a quelques minutes avant d'être… abattu.

— C'est qui, *el negher* ?

— Selon nos informations, il s'agit d'un vice-questeur de la brigade mobile de Milan. Il s'appelle Vito Strega. Il a plusieurs succès majeurs à son actif et c'est un criminologue reconnu jusque dans le milieu universitaire, et pas seulement en Italie.

— Strega, oui. Ça me dit vaguement quelque chose. Et qu'est-ce qu'il fout à Cagliari ?

— Ce n'est pas encore officiel, mais il est probable qu'il y soit en qualité de consultant pour aider ses collègues sardes, vu la nature de l'affaire.

— Hmm… Intéressant.

Un des rédacteurs lui tendit une note résumant les principaux éléments de la biographie de l'enquêteur. Luana mit ses lunettes et la parcourut rapidement.

— Vous êtes certains de l'exactitude de ces informations ? demanda-t-elle perplexe au bout de quelques minutes.

— À cent pour cent.

— Il est écrit ici qu'il a tué son ancien partenaire.

— Mais il a été disculpé. Apparemment, c'était un accident.

— C'est un personnage ambigu, commenta Luana.

— Ambigu, mais brillant.

Luana acquiesça. Elle lut que le vice-questeur avait assisté par le passé à un séminaire de spécialisation au centre de formation du FBI à Quantico, réservé aux officiers d'Europol travaillant sur la criminalité ; il avait même rédigé un traité de criminologie. Une idée prit forme dans sa tête : une des règles de base du storytelling était qu'à tout monstre devait correspondre un héros ; encore mieux si celui-ci avait des points communs avec son ennemi. Et Strega n'en manquait pas. Loin de là.

Luana sourit. Elle avait trouvé le chevalier noir dont son public avait désespérément besoin.

— Strega… Même son nom est fascinant*, ça ne s'oublie pas. Et bel homme, avec ça.

Elle enleva ses lunettes et se tourna vers les rédacteurs :

— La philosophie de notre émission, c'est d'impliquer notre public, de lui en mettre plein la vue, de lui faire peur. Non ?

Tout le monde hocha la tête.

— Là, on a la possibilité d'aller un cran plus loin.

À ce stade, tous avaient interrompu leur activité pour l'écouter. Son magnétisme télévisuel fonctionnait aussi hors caméra.

— Nous avons un antagoniste qui devrait être le méchant, mais qui est motivé par une cause juste, et qui a le soutien de la population, expliqua-t-elle en désignant l'écran où passait la vidéo du Dentiste. Et celui qui est à ses trousses est un héros torturé, un personnage hors norme, brillant mais au passé obscur, poursuivit-elle en tapotant la fiche biographique de Strega. Alors qu'il devrait être le gentil, il est plein de zones d'ombre et fait preuve d'une impétuosité qui sied mal à un policier… On a la lumière et les ténèbres qui dansent ensemble, échangeant les rôles. La lutte éternelle entre le bien et le mal. C'est ça qu'on doit raconter. C'est ça que veut le public.

Les rédacteurs et les opérateurs acquiescèrent, fascinés. Ils étaient nombreux dans le milieu à connaître les ficelles dramatiques du divertissement télévisé, mais rares étaient ceux qui savaient réellement en jouer. Luana était la meilleure.

— Ce soir je veux qu'on diffuse l'enregistrement du meurtre, en floutant les parties les plus sanglantes, et la vidéo où le flic abat notre drone. Ça fera une présentation

* *Strega* signifie sorcière en italien.

épique du protagoniste et de l'antagoniste de ce drame. Ça va rendre les gens dingues, je vous le garantis. Trouvez-moi le plus d'images possible de ce Vito Strega à mettre en fond, y compris des photos d'archives. Allez, au boulot. Je veux faire sauter le record d'audience.

32

Su Pranu, rivière Leni, Serramanna

Tous les trois, à la vue du cadavre, furent en proie à une sorte de dissociation sensorielle. Non pas à cause de la brutalité du meurtre – au fil des années ils avaient enquêté sur des crimes bien plus atroces –, mais parce qu'ils avaient observé la mort du pédophile à l'écran quelques heures plus tôt. Ils avaient l'habitude d'intervenir sur des scènes de crime "froides", où l'homicide avait eu lieu depuis un certain temps, et c'était alors à leur imagination de reconstituer le déroulement des faits et les modalités de la mise à mort. Ce soir-là, à l'inverse, ils s'étaient retrouvés face à la matérialisation de ce qu'ils avaient vu de leurs propres yeux, comme si, de simples spectateurs, ils étaient devenus acteurs de ce film d'horreur. Le cauchemar s'était mué en réalité. Et il n'y avait aucun mystère à résoudre. Ils connaissaient parfaitement la dynamique du meurtre car, à leur corps défendant, ils en avaient été témoins. Et avec eux des milliers de personnes. Sauf que, contrairement aux internautes qui s'étaient contentés de voir la vidéo, ces images qui, encore quelques minutes auparavant, demeuraient abstraites, médiatisées par l'écran, s'étaient animées pour Vito Strega, Eva et Mara d'un bagage d'odeurs, de reflets chromatiques, de bruits de la nature et de mille autres impressions foutrement réelles.

— Qui l'a découvert ? demanda Mara, la première à avoir surmonté cet effet d'aliénation, tout en agitant les mains pour chasser les mouches attirées par la chair en décomposition, qui se posaient sur ses vêtements griffés.

L'air empestait les troncs pourris, odeur à laquelle s'ajoutaient peu à peu les relents organiques de mort qui émanaient de l'entaille à la gorge. Le manteau d'humidité avait accéléré le processus de décomposition.

— Un berger qui vit à quelques kilomètres d'ici, répondit un des policiers du coin. Et c'était un hasard, parce qu'il vient rarement dans cette zone. C'est un lieu peu fréquenté. On y brûle des voitures volées, surtout la nuit.

— Donc il a cherché à retarder le plus possible la découverte du corps, dit Eva en se tournant vers ses deux collègues.

— Il faut l'interroger, de même que les habitants de ces cabanons, au cas où ils auraient vu quelque chose ou quelqu'un… Les techniciens ont trouvé les traces de pneus de sa voiture. On ne devrait pas tarder à connaître le modèle, conclut Mara.

— N'attendons pas trop de cette piste-là, tempéra Strega. Une personne capable de planifier un meurtre de cette portée, avec un tel sang-froid, n'aurait sans doute pas laissé une trace aussi grossière.

— Il a déjà commis une erreur avec les empreintes de pas, lui rappela Eva.

— Ce serait pas mal si la poisse arrêtait de planer au-dessus de nous façon condor des Andes, fit Mara. Mais s'il est vraiment aussi froid et calculateur qu'on le pense, je ne crois pas que le coup des empreintes ait été une erreur. Ou plutôt : pas exactement.

— Dans quel sens ? demanda Eva.

— Si on part du principe que c'est un perfectionniste obsessionnel, il y a fort à parier que ces empreintes n'aient pas été une étourderie. Il est plus probable qu'il ait été interrompu. Ou bien il a entendu une voiture ou quelqu'un approcher, et il a dû abandonner la scène *de pressi*, sans prendre plus de précautions, dit Mara.

— Très juste, confirma Strega. Si quelqu'un l'a vu, lui ou sa voiture, avec un peu de chance nous pourrions faire le lien avec les images des caméras du tribunal, vu que nous avons désormais une idée plus précise de sa corpulence.

Les inspectrices acquiescèrent. Elles ressentirent toutes deux une décharge d'adrénaline : elles étaient bredouilles jusque-là, et voilà qu'une brèche s'ouvrait enfin dans l'enquête. Ils décidèrent de se répartir les tâches. Eva ordonna à deux subalternes d'aller interroger les habitants de la zone dans un rayon de quinze kilomètres, et elle se chargea d'entendre le témoignage de l'homme qui avait retrouvé le corps ; Mara Rais et Vito Strega s'approchèrent du médecin légiste. Ils voulaient prendre de l'avance avant que leurs collègues de la DIGOS ne monopolisent la scène et les témoins.

— Salut, Agostino, fit Mara.

Le légiste, accroupi, se leva et lui serra la main.

— Rais. On ne se croise que dans ces réceptions mondaines, c'est fou, non ?

— C'est pas faux. Dans la série "apéro avec le mort"... Je te présente le vice-questeur Vito Strega. Il nous apporte son soutien dans cette enquête. Il vient de la brigade mobile de Milan.

Les deux hommes échangèrent une poignée de main ferme. Le légiste avait beau être massif, Strega le dépassait d'une tête.

— Enchanté, Agostino Trombetta, déclara-t-il, trahissant un accent méridional.

Soixante ans, le visage débonnaire illuminé par deux yeux verts qui semblaient sourire en permanence.

— Milan ou Inter ? demanda-t-il au vice-questeur.

— Ni l'un ni l'autre. Je suis allergique au foot.

— Quelle horrible maladie. Mais vous n'êtes pas supporter de la Juventus, c'est déjà ça.

— Agostino est un Sarde né dans les Pouilles par erreur, expliqua Mara. Il a le Cagliari tatoué sur le cœur, il a fait des pieds et des mains pour être muté ici avant sa retraite, et puis il a pris racine. Pour notre plus grand bonheur, c'est un excellent légiste en plus d'être un ultra.

— Trop aimable, *picciocchedda**, dit Trombetta dans son sarde approximatif, avant de se couvrir la bouche et le nez avec un masque chirurgical. Bien, revenons à l'heureux motif de notre présence ici. Comme vous pouvez le constater, nous sommes sans équivoque face à un suicide.

La plaisanterie détendit l'atmosphère et arracha un demi-sourire aux policiers, Strega et Rais compris.

— Blague à part, il y a peu de surprises. J'ai regardé la vidéo aussi et le tableau concorde avec ce que nous avons tous vu, dit Trombetta, reprenant son sérieux. (Il s'accroupit et indiqua avec un stylo les traînées de sang incrustées sur le torse.) J'imagine que vous voulez connaître l'heure du décès… Au vu du niveau de décoloration des marques hypostatiques, la mort doit remonter à douze ou treize

* Petite (sarde).

heures. Je vous dirai ça avec plus de précision dès que je pourrai travailler dessus dans mon "bureau".

Strega hocha la tête.

— Donc le décès est intervenu autour de six, sept heures du matin.

— Ça coïnciderait avec le lever de soleil d'aujourd'hui, dit Mara en vérifiant les horaires sur son téléphone. Et avec la lumière blafarde sur la vidéo.

— Vous n'avez rien trouvé qui sorte de l'ordinaire ? demanda Strega en désignant le tas de chair livide.

Le légiste lui montra ce qui ressemblait à des traces de morsures.

— Là, vous voyez ? Des morsures, post-mortem. Au premier examen, je dirais qu'elles sont l'œuvre d'un chien enragé. À part ça, on dirait que les insectes s'en sont donné à cœur joie. C'était Noël avant l'heure pour eux. Mais pour le reste, rien de particulier. Vos collègues n'ont relevé aucune empreinte digitale ni aucun matériel biologique étranger. Un examen plus minutieux révélera sans doute quelques fibres de latex. Aucun doute que le responsable de cette boucherie portait des gants.

Ils restèrent discuter quelques minutes avec Trombetta et les premiers agents à être intervenus sur la scène de crime, puis le téléphone de Strega vibra. C'était Palamara.

— Bonsoir, chef, dit-il en s'éloignant de quelques mètres.

— Bravo pour la précision, triple buse. Tu t'es cru à Luna Park ?

— Vous êtes déjà au courant.

— Souviens-toi que tu es un étranger ici, en vertu de quoi on observera tes moindres faits et gestes. Il paraît que les Sardes mettent entre onze et quinze ans avant de faire confiance à un continental, alors imagine pour toi… À part le tir au pigeon, vous avez quelque chose ?

Stregalui fit un bilan de la situation.

— Bon, on avance, donc. Bien. Moi aussi j'ai une bonne nouvelle, annonça Palamara.

— Je suis tout ouïe.

— Les techniciens ont isolé des bouts d'enregistrement des caméras du tribunal où revient le même individu. Comme par hasard, ce sont toujours les audiences qui concernent notre vermine…

— Et… ?

— D'après ce que je vois sur les écrans, les dimensions physiques de ce salopard correspondent aux données que tu viens de me fournir.

33

Strada statale 196, "Villasor"

Sur le chemin du retour, Eva et Mara s'étaient cloîtrées dans un silence anxieux. Elles étaient épuisées et la tension assombrissait leurs visages. Strega se demanda ce qu'elles pensaient de lui et de son ingérence. Il savait d'expérience qu'enquêter sur un meurtre avec d'autres personnes n'allait jamais de soi : les premiers jours étaient décisifs pour établir une bonne synergie entre les membres de l'équipe. Faute de quoi, l'enquête en pâtissait. Il comprit qu'il devait éradiquer d'entrée de jeu le germe de la défiance, pour éviter que les jalousies, les réticences et les rancœurs personnelles inhibent la confiance et la spontanéité vitales à la résolution de l'affaire. Pour avoir une chance de succès, il fallait qu'ils pensent et agissent comme une seule et même personne. Strega voulait donc s'assurer de leur entière coopération, et c'était à lui de faire le premier pas.

— Je ne suis pas ici pour mon prestige personnel, déclara-t-il, brisant le malaise qui se crée inévitablement entre des inconnus. Je n'ai aucune visée de cet ordre.

Les inspectrices le regardèrent d'un air gêné, comme s'il avait lu dans leurs pensées.

— Que ce soit en bien ou en mal, la plupart des choses qu'on raconte sur mon compte sont fausses, continua-t-il. Je ne suis là que pour rendre service à Palamara. Il m'a toujours couvert et protégé par le passé, parce que je n'étais pas bien vu à la questure. S'il a été envoyé ici chez vous, c'est partiellement ma faute.

— C'est-à-dire ? demanda Mara.

— Les hautes sphères n'ont pas pu se défouler sur moi, parce que j'étais sous le feu des projecteurs et que ça aurait été inopportun et contre-productif. C'est donc Palamara qui a payé les pots cassés. Je ne suis là que pour lui donner un coup de main.

— Professeur, vous n'avez pas besoin de…

— Au contraire, Croce. Je tiens à insister sur votre autonomie. Cette enquête est la vôtre. Vous savez pourquoi j'ai tiré sur ce drone ?

Elles secouèrent la tête.

— Pour préserver l'enquête, bien sûr, mais surtout parce que je veux que les médias se concentrent sur ma personne. Une fois l'attention sur moi, vous pourrez travailler plus librement. Tout erreur ou échec éventuel me sera imputé, pas à vous et pas au chef non plus.

Mara acquiesça. Pour elle, il avait marqué plusieurs points : ces aveux venaient renforcer l'idée qu'elle s'était faite de cet homme solitaire et mystérieux. Strega semblait être une de ces rares personnes qui n'ont pas besoin des autres pour avancer, aussi bien au niveau professionnel que dans la vie privée. En outre, plus elle passait de temps avec lui, plus elle était convaincue de sa bonne foi.

— Et votre carrière ? Vous n'avez pas peur de la compromettre ? demanda Eva.

Le vice-questeur pinça les lèvres en un sourire amer.

— Ma carrière est finie depuis un bail. Je suis un personnage qui dérange au sein du département. Alors ne vous en faites pas pour ça.

— Quelles sont vos impressions sur le Dentiste ? fit Mara en portant la voiture à une vitesse de croisière.

Strega garda le silence quelques secondes, comme s'il mettait de l'ordre dans ses pensées.

— Si l'on se base sur ce seul meurtre, disons que nous n'avons pas suffisamment d'éléments pour établir un profil précis. En plus, je dois admettre que cet individu manifeste des contradictions profondes qui ne facilitent pas le travail. Mais à mon avis, il ne s'agit pas d'un criminel pathologique.

— C'est-à-dire ? fit Mara.

— Ce n'est pas un assassin qui a révélé une nature ou un comportement psychotiques. La question des dents pourrait témoigner d'un plaisir sadique, d'une forme de paraphilie. Mais je ne crois pas que ce soit le cas. Nous sommes confrontés à un prédateur atypique, qui n'obéit pas à des pulsions d'ordre sadique ou sexuel.

— Donc vous ne considérez pas que c'est un hédoniste ? intervint Eva.

— Non, ce n'est pas un hédoniste. Il ne tue pas par pur plaisir. Si c'était le cas, il n'aurait pas monté ce procès en place publique. Il aurait joui dans son coin de la souffrance de sa victime. Il semble animé par une autre motivation.

— Laquelle ? demanda Mara.

— Au vu du mépris pathologique qu'il éprouve envers la société et ses lois, qu'il juge injustes, je serais tenté de voir en lui un sociopathe aliéné. La note discordante, c'est qu'à la différence des individus qui souffrent d'ordinaire de sociopathie, nous sommes ici en présence d'un sujet qui éprouve une forte empathie envers les victimes et envers tous ceux qui souffrent d'injustice... Il est encore trop tôt pour l'affirmer avec certitude, mais je crois que nous sommes face à un criminel qui échappe à toutes les classifications habituelles.

— Le fait qu'il rende le public et les médias complices avec sa mise en scène des procès, ça ne fait pas de lui un pervers narcissique ? demanda Mara.

— Je crains que non, répondit-il. Sa volonté de provoquer les médias avec son procès virtuel ne témoigne qu'en apparence d'un désir d'attirer l'attention sur lui. Et puis, si c'était le signe d'un trouble narcissique de la personnalité, il ne réussirait pas à se contenir et à refréner ses instincts, comme il l'a fait. Il aurait signé le meurtre différemment, avec une patte plus personnelle.

— Quand même, les photos en demi-cercle des victimes du pédophile, vous ne voyez pas ça comme une signature ? demanda Eva.

— Non, à mes yeux, cette mise en scène n'est pas une signature, mais fait partie intégrante du procès para-judiciaire. Les photos des gamines regardent l'exécution comme si elles assistaient à l'événement. C'est un rituel où lui-même se tient à bonne distance, comme en témoigne la vidéo. Un pervers narcissique aurait profité de ce moment de célébrité, il aurait occupé toute la scène.

— Et la dent qu'il a placée sous l'oreiller ? C'est une façon de nous provoquer, de jouer avec nous ? demanda Mara.

Strega secoua la tête.

— Si ce meurtre avait germé dans l'esprit d'une personne psychotique, j'aurais répondu oui sans hésiter. Mais il est plus probable que ce soit une fausse piste pour nous faire perdre du temps. Réfléchissez : après cette découverte, nous avons envahi la maison avec des techniciens de la scientifique qui n'ont finalement rien trouvé. Ça nous a ralentis et, indirectement, il a gagné un temps précieux. C'était un acte délibéré.

— Et si c'était une sorte de "missionnaire" ? suggéra Eva.

— C'est quoi, ça, encore, un "missionnaire" ? fit Mara.

— Ce sont ces serial killers qui aspirent à rendre le monde meilleur en éliminant certaines catégories de personnes. Les prostituées, les prêtres, les Noirs…

— Les pédophiles, dit Mara.

— Je ne crois pas que ce soit ça, dit Strega. Si on ne réussit pas à l'arrêter avant, je suis certain que la prochaine victime ne sera pas un pédophile. Nous sommes face à un projet plus vaste et plus ambitieux. Pensez à son éloquence et à sa connaissance des mécanismes judiciaires. Je ne crois pas qu'on ait affaire à un tueur en série, mais à un criminel "de concept".

— C'est-à-dire ?

— À votre avis, que fait-il, à part tuer ? demanda-t-il.

— Il lubrifie la machine judiciaire avec du sang, déclara Mara.

— Je n'aurais pas dit mieux, répondit-il avec un regard étonné.

— Donc selon vous, tout tourne autour de la justice ? demanda Eva.

— Exact. Selon moi, il essaie de se faire passer pour quelqu'un qu'il n'est pas. Le crime qu'il a commis a une haute portée symbolique, dans la mesure où ce n'est pas la simple victime qu'il veut punir, mais la société dans son ensemble, et plus particulièrement le système judiciaire. C'est ça, son inspiration. Plus qu'un criminel souffrant de troubles mentaux, c'est un homme très intelligent et lucide, qui s'est voué tout entier à une cause. Il y a une philosophie précise derrière ses actes.

— Mais pourquoi ? demanda Mara, les yeux rivés sur la route.

— Pour faire exploser le système.

34

Bureaux de la brigade mobile, via Amat, Cagliari

DANS les dernières phases du procès du pédophile, un homme, qui correspondait à la corpulence du meurtrier présent sur la scène de crime de Serramanna, avait participé à quatre audiences. Chaque fois, il avait cherché à camoufler son apparence avec des perruques, des barbes et des moustaches postiches, des lunettes de soleil ou de vue, des styles vestimentaires divers et variés et autres astuces.

Après avoir visionné les images pour la quatrième fois, le trio convint qu'il s'agissait du même homme.

— Vous pouvez isoler son visage pour le rentrer dans le logiciel de reconnaissance faciale ? suggéra Eva. Avec un peu de chance, s'il a des antécédents judiciaires récents, le système devrait pouvoir l'identifier.

— Ça m'étonnerait, répondit le technicien. Les images sont très granuleuses. Et, regardez bien, il se place presque toujours de profil, comme s'il connaissait l'emplacement de toutes les caméras.

— C'est vrai. Même celles qui l'ont filmé à l'entrée et dans les couloirs ne sont pas parvenues à l'avoir de face. Et quand il ne pouvait pas se cacher, il plaçait toujours une main devant son visage. Observez-le ici, par exemple, dit Strega en désignant un des arrêts sur image. Il fait semblant de se gratter, mais c'est juste pour ne pas être filmé. Enfin bon, essayez quand même. On ne sait jamais.

— Donc on peut supposer qu'il connaît très bien le tribunal et qu'il savait où étaient placées les caméras, conclut Mara. Il faut approfondir ce point. Peut-être en remontant encore en arrière dans l'examen des bandes ? À moins de travailler là-bas, il a dû venir en reconnaissance pour les localiser.

— Excellente idée, dit Eva.

— Des nouvelles de la postale ? demanda Strega à Palamara.

Le Sicilien, mains dans les poches, secoua la tête, renfrogné.

— Ni la DIGOS ni la postale ne sont parvenues à retracer les points d'origine et les circuits virtuels. La thèse la plus probable est qu'il a eu recours à une structure étrangère, en payant en bitcoins ou dans une autre cryptomonnaie pour ne pas laisser de traces bancaires, dit-il de sa voix goudronnée par des milliers de cigarettes annuelles. On sait qu'il a utilisé un fournisseur russe, mais c'est à peu près tout.

— S'il a engagé des hackers professionnels, ça va être problématique, commenta Eva.

— C'est fort possible, notamment parce que, croyez-le ou non, le CED interforces… – on parle quand même du système informatique du Viminal ! – est complètement HS à cause d'une cyberattaque.

— On soupçonne un lien avec l'affaire ? demanda Eva.

— Disons que le timing est particulièrement suspect, non ?

— Les déguisements renforcent l'idée d'un individu extrêmement organisé et bien décidé à ne pas se laisser capturer, dit Strega en revenant aux vidéos.

— Pas avant d'avoir mené à bien son projet, en tout cas, ajouta Mara.

— Et quel serait ce fameux projet, s'il vous plaît ? demanda Palamara, plantant ses yeux dans ceux de la policière.

Un collègue la tira d'embarras en disant :

— Mesdames, messieurs, ça commence.

Le personnel de la section homicides se rassembla à la hâte dans la salle de crise, autour d'un téléviseur d'où provenaient les notes d'*Un colpo al cuore*, la chanson de Mina qui servait de générique à l'émission *Verdict*.

— Cette chanson commence à me sortir par les yeux. Et dire que j'adore Mina, murmura Mara à sa partenaire.

— Tu n'es pas la seule, répondit Eva. La prochaine fois qu'on va au stand de tir, rappelle-moi d'utiliser la photo de Rubicondi comme cible.

— Bonne idée, fit Mara. Je la mettrai à la place de ta tronche.

Eva sourit.

Après les images d'ouverture en noir et blanc d'une métropole nocturne, l'émission ne débuta pas avec le plan habituel sur le studio, mais avec une vidéo aérienne d'aspect amateur qui montrait d'en haut la scène de crime constellée de policiers et de techniciens avec des combinaisons en Tyvek. Ils avaient choisi comme bande-son une musique hypnotique de film d'horreur.

— Merde, soupira Mara.

— C’est ce que je pense ? dit Palamara.

— Oui, répondit Strega.

Le drone voltigea en exécutant un plan panoramique de la zone pour se focaliser ensuite sur l’endroit où le corps avait été découvert. L’objectif captura la silhouette massive de Vito Strega qui, après avoir regardé autour de lui, sortait son pistolet et faisait feu. La vidéo s’achevait sur un fondu improvisé.

Les agents présents dans la salle explosèrent dans un concert d’applaudissements accompagnés de sifflements joyeux.

— Ça suffit ! brailla Palamara, douchant l’euphorie collective. Tu as pris ton pied, au moins ? murmura-t-il à Strega.

— Si vous aviez été à ma place, vous auriez fait pareil, répliqua ce dernier.

— Il ne te reste plus qu’à espérer qu’ils mettent un peu de temps à t’identifier.

Vain espoir.

Luana Rubicondi salua les téléspectateurs et démarra l’émission par une image d’archive où un Vito Strega plus jeune de quelques années intervenait dans une conférence de presse.

— Ce soir nous parlerons bien évidemment de la nouvelle vidéo abominable qu’a publiée le justicier, où on le voit exécuter la sentence annoncée, et nous évoquerons avec nos invités le rôle qu’ont joué la communauté et l’opinion publique dans cette exécution. Mais nous avons souhaité ouvrir cette émission sur ces images d’un de nos drones abattu par un membre des forces de l’ordre. Et pas n’importe lequel, puisqu’il s’agit ni plus ni moins de l’homme pressenti pour diriger l’enquête qui a tant secoué et divisé notre pays.

— Sale *buttana**, souffla Palamara entre ses dents.

Strega continuait de fixer l'écran, impassible.

— L'homme que vous voyez à l'écran est le vice-questeur Strega, un des meilleurs criminologues d'Italie, avec plusieurs affaires d'homicides brillamment élucidées à son actif. Un enquêteur auréolé de tous les honneurs, avec un CV qui impose le respect, des cours de formation au FBI, professeur de profilage criminel à l'Unité d'analyse du crime violent…

— C'est louche, ces flatteries, fit Mara.

Comme si elle l'avait entendue, Luana poursuivit, durcissant le ton et l'expression de son visage :

— Mais, comme tous les héros, le nôtre aussi a ses zones d'ombre, et il sera intéressant de voir à quel point les deux principaux acteurs de cette histoire se ressemblent. Restez avec nous, parce que nous allons le découvrir ensemble ce soir.

La journaliste sourit à la caméra.

Strega eut la nette sensation que ce sourire perfide lui était adressé.

* Pute (sicilien).

35

Assemini, communauté urbaine de Cagliari

Après l'amour, ils s'étaient allongés sur le canapé devant *Verdict*. Il l'avait fait rire en lui disant qu'il ne manquait jamais un épisode.

— Je n'aurais pas cru que c'était ton genre d'émission, avait plaisanté Maria Elena.

— J'adore les mystères, avait-il répondu, évacuant le sujet.

Ils avaient siroté un verre de blanc et il s'était lancé dans un massage de pieds expert, la faisant roucouler de plaisir. Puis il l'avait couverte d'un plaid et l'avait serrée contre lui, et ils avaient vu la présentatrice remuer le passé du policier qui traquait le Dentiste, en le présentant comme un enquêteur obsessionnel et peu porté sur les règles, connu pour ses écarts de conduite.

— C'est vraiment une garce.

— Pas faux. Mais le public l'adore, avait-il répondu en lui caressant les cheveux.

Il était plein d'attentions envers elle, pendant les quelques heures ensemble qui leur étaient accordées.

Quand l'émission fut interrompue par une page de pub, elle l'embrassa et glissa hors du plaid.

— Tu sais que je resterais volontiers, mais je dois rentrer chez moi, s'excusa-t-elle. Il se fait déjà tard. Je ne voudrais pas qu'il rentre avant moi.

— Je rêverais que tu restes, mais je sais que tu ne peux pas.

— Tu es vraiment un amour. Je peux prendre une petite douche avant d'y aller ? Je sens encore ton parfum.

— Mais bien sûr. Prends tout ton temps.

Maria Elena lui adressa un clin d'œil puis, après avoir récupéré ses vêtements, elle s'enferma dans la salle de bains.

Quelques minutes plus tard, l'émission reprit. La journaliste interviewait un reporter qui avait suivi de près une des affaires de Strega. Apparemment, le vice-questeur avait été suspendu quelque temps après avoir été accusé de la mort d'un de ses collègues.

L'homme se tourna vers la salle de bains. Il entendit le jet régulier de la douche. Il calcula que sa maîtresse devait encore en avoir pour plusieurs minutes ; c'était une femme extrêmement sophistiquée. Il baissa le volume, de manière à pouvoir entendre tout bruit suspect, et s'agenouilla devant le téléviseur. Quand la caméra revint sur la photo de Vito Strega, il saisit le poste à deux mains et lécha le visage du criminologue à l'écran. Il le fit les yeux fermés, comme s'il voulait savourer le goût de sa peau. Il sentit un picotement électrique au bout de sa langue et sourit instinctivement.

Au bout de quelques minutes, elle sortit de la douche, impeccablement vêtue et parfumée. Il était assis sur le canapé, encore absorbé par l'émission. Il semblait ne pas avoir bougé d'un pouce.

— Ça va mieux ? lui demanda-t-il en se levant.

— Hmm, oui… Mais je suis triste de devoir partir.

— On se rattrapera, dit-il avant de l'envelopper dans ses bras et de l'embrasser. Je te raccompagne en bas.

— Non, ne t'en fais pas. Ce n'est pas la peine, vraiment.

— Sûre ?

— Oui. Je ne voudrais pas t'arracher à ton émission favorite.

Il éclata de rire.

— Je dois dire que cette affaire-là est plutôt intéressante.

— Sacrément flippante, tu veux dire. Toi aussi, tu as reçu la vidéo ?

Il acquiesça.

— Et tu as voté ?

— Oui, on peut dire ça.

— C'est-à-dire ? Tu as voté ou pas ? le pressa-t-elle.

— J'ai voté. Et toi ?

— Moi non. Mon mari si. Et je te l'ai dit, il est magistrat. Tu te rends compte ?

— Cette histoire est très bizarre.

— Tu peux le dire… Allez, j'y vais, sinon je ne partirai plus.

Après l'avoir raccompagnée à la porte, il retourna s'asseoir.

Dès que la photo du policier reparut à l'écran, le Dentiste se passa la langue sur les lèvres et éprouva un frisson d'excitation à l'idée que le criminologue se trouvait dans sa propre ville, probablement à quelques kilomètres de lui. Il tira de sous le canapé les clefs de la maison qu'il avait subtilisées dans le sac à main de la femme et se mit à jouer avec, regardant une nouvelle fois la vidéo du vice-questeur qui abattait le drone. Il avait conscience qu'avec un tel professionnel à ses trousses, il allait devoir prêter une attention particulière à ses prochains mouvements, qui s'annonçaient décisifs. Scrutant la dentition régulière d'un beau blanc nacré, le Dentiste sourit.

— Ne te mets pas sur mon chemin, Strega, murmura-t-il à l'écran. Je te le déconseille.

36

Quartier La Vega, Cagliari

— ELLE t'en a fait baver avec les devoirs ? demanda Mara en se versant un généreux verre de rouge.

Elle en avait bien besoin, après cette journée infernale.

— Pas du tout. Les exercices de math, c'est comme un passe-temps pour elle. Écoute-moi : cette petite est plus *scira** que toi et moi réunies. Elle a forcément pris de son père.

Mara avala son vin de travers.

— Ben quoi ? marmonna Antonia Priu, cherchant l'affrontement.

— Maman, j'ai pas envie de me disputer, OK ? dit Mara après avoir inspiré à fond.

— OK, OK… C'est juste qu'une femme de ton âge, seule avec une gamine sur les bras… *Òja*.

Mara laissa tomber ses couverts sur son assiette et fit mine de se lever.

* Éveillée, vive, dégourdie (sarde).

— T'as gagné, je m'en vais.

— J'arrête, j'arrête…

— Qu'est-ce qu'il y a ? demanda le père de Mara, attiré dans la cuisine par le bruit des couverts. La petite dort, vous voulez bien cesser ?

— Ce qu'il y a, c'est que ma mère est en réalité ma belle-mère. Non mais faut le vivre, quand même. T'as qu'à l'adopter, si tu l'aimes tant que ça, ce *fill'e bagassa**, brailla Mara en se tournant vers sa mère.

— Mais enfin ? Tu veux baisser d'un ton, *inspectrice* ? la taquina son père en fermant la porte.

Ils entretenaient tous les deux une vieille chamaillerie amicale. Silvio Rais était un maréchal de l'armée en retraite, et toutes les occasions étaient bonnes pour asticoter la *pulotta*** qu'il avait sous son toit. Il n'avait jamais digéré la décision de Mara de rejoindre les rangs de la police, source de railleries sans fin dans son cercle de carabiniers retraités. Alors il charriait sa fille dès qu'il le pouvait, pour faire bonne mesure.

— Antonia, laisse-la tranquille, va. Tu sais qu'elle n'aime pas aborder ce sujet, *ajò*.

Sa femme haussa les épaules, peu convaincue.

— L'affaire avance ? demanda-t-il en se versant un verre à son tour. Si c'était nous qui menions l'enquête, on l'aurait déjà attrapé, ce détraqué.

Mara éclata de rire.

— *Eja*, mais bien sûr… Vous seriez encore en train de débattre devant le dossier pour savoir si homicide s'écrit avec un ou deux "m".

* Fils de pute (sarde).

** Policière (sarde).

— Alors ? insista son père. C'est vrai ce que raconte l'autre harpie à la télé ? Et ton nouveau collègue, là ? Il ne serait pas un peu dangereux ?

Mara avait envie de tout, sauf de parler de l'enquête ; mais elle ne voulait pas se montrer malpolie envers ses parents, qui s'étaient occupés de Sara toute la journée et sur lesquels elle allait sans doute encore devoir compter les prochains jours. L'attaque en règle de Rubicondi contre Strega l'avait beaucoup heurtée. Néanmoins – et elle en avait honte –, elle avait éprouvé un certain soulagement quand toute l'attention médiatique s'était déplacée d'un coup vers son supérieur, la déchargeant des risques qu'une affaire de cette ampleur pouvait causer à sa carrière.

— Non. C'est un ramassis de *scimprate**. C'est un type bien... Vous aussi, vous avez reçu la nouvelle vidéo ? demanda-t-elle en s'écartant du sujet.

Elle remarqua leur regard plein d'appréhension.

— Qu'est-ce qu'il y a, *maréchal* ? demanda-t-elle à son père.

L'homme soupira et fit un signe à sa femme.

Antonia Priu ouvrit un tiroir et en sortit un téléphone. À la coque rose brillant, Mara reconnut celui de sa fille. Elle s'était opposée à ce cadeau de son ex-mari : elle estimait qu'une fille d'à peine onze ans n'avait pas la maturité suffisante pour gérer un portable et les embûches de l'univers numérique. Mais ce génie avait insisté, trouvant un soutien solide en sa fille, et Mara avait dû céder, à condition que tous les adultes de la famille connaissent le code d'accès et puissent y fourrer leur nez quand ils le voulaient.

— Qu'est-ce qu'il y a, *mà* ?

* Bêtises (sarde).

Antonia Priu déverrouilla le smartphone, ouvrit WhatsApp et le montra à sa fille.

— Il n'y a pas que nous qui l'avons reçue, Mara.

37

T Hotel, via dei Giudicati, Cagliari

À TRAVERS la baie vitrée de sa chambre au quatorzième étage de l'hôtel, Vito Strega observait les lumières palpitantes de la ville plongée dans l'obscurité. Depuis qu'il avait commis l'erreur de jeter un œil au délire collectif qui s'était déchaîné contre lui sur Internet après l'émission, il éprouvait une terrible sensation d'impuissance. Il avait anticipé les conséquences possibles de son geste, mais il ne s'était pas attendu à un tel acharnement. Paradoxalement, le Dentiste était devenu le héros de l'histoire, tandis que lui était perçu comme le "méchant" qui voulait l'arrêter. Ça ne l'atteignait pas vraiment, mais cette chape de haine et de suspicion n'allait pas faciliter l'enquête.

Son portable vibra. Belladonna. Il appréhendait cet appel.

— Allô ?

— Pas mal, comme premier jour de travail, hein ?

Strega sourit. Le ton de son chef n'était pas aussi acerbe qu'il le craignait. Il avait plutôt l'air d'humeur taquine.

— J'ai voulu clarifier les choses tout de suite, dit Strega.

— Eh bien, on dirait que tu as réussi ton coup. Mets-moi un peu au parfum.

Strega lui fit un rapport bref et concis de leurs dernières découvertes.

— C'est déjà un résultat. Je suis désolé pour cette histoire à la télé. C'est une chaîne privée, il n'y a pas grand-chose qu'on puisse faire.

— Sincèrement, je ne pensais pas qu'ils s'abaisseraient jusque-là. Révéler le nom et le prénom d'un cadre de la police qui travaille sur l'enquête, diffuser des images volées de la scène de crime et disséquer ma vie privée et professionnelle… Mon Dieu, ils ont vraiment touché le fond.

— Je sais. Et crois-moi, je le regrette. Cette salope a envoyé valser toutes les règles. Mais l'essentiel est ailleurs.

Strega savait déjà où voulait en venir son supérieur.

— On doit résoudre l'affaire, le devança-t-il.

— Exact. Elle t'a balancé un paquet de merde dessus, rien de plus vrai. Mais elle t'a aussi dépeint en génie de l'investigation. Maintenant, si tu ne veux pas te taper une affiche monumentale, tu dois absolument boucler cette enquête de la meilleure façon possible. Aussi parce que, à ce stade, il en va de l'image de l'Unité. Et nous avons fait trop de sacrifices et mobilisé trop de ressources pour tout envoyer en l'air… Tu comprends ce que je veux dire ?

— Bien sûr.

— Écoute-moi bien. Je sais que c'est moi qui t'ai proposé cette “mission” et que je t'ai mis sous pression pour que tu acceptes, mais si tu penses que cette enquête peut s'avérer une arme à double tranchant et nuire à l'Unité, je ne vois aucun problème à ce que tu rentres à la maison. On invente un prétexte et on en reste là.

— Non, dit Strega d'un ton décidé. Je veux rester.

— Tu es sûr ?

Strega songea à ce qui était en jeu : non seulement sa carrière – qui finirait aux égouts s'il n'arrêtait pas le justicier –, mais aussi le chaos qui s'annonçait si le Dentiste menait son projet à bien.

— Oui, je suis sûr. On va l'attraper. Et j'en assume personnellement la responsabilité, dans le cas contraire.

— Espérons ne pas en arriver là. Pour le moment, nous avons encore les faveurs des hautes sphères. Donc, si tu as besoin de quoi que ce soit, je suis là.

— Merci beaucoup.

— Avec les deux inspectrices, comment ça se passe ? Comment tu les trouves ?

— Ce sont deux parias comme moi. Alors on se comprend à demi-mot.

— Parfait. Repose-toi bien et… bonne chasse.

Strega sourit et mit fin à la conversation.

Le sous-texte de ce coup de fil était très clair : à partir de maintenant, il serait irrémédiablement seul.

38

Ancien hôpital maritime, plage du Poetto, Cagliari

Chaque policier a son truc pour relâcher la tension d'une enquête. Pour Eva Croce, c'était devenu le surf. Elle avait commencé presque par jeu, pour laver la noirceur que l'enquête sur le meurtre de Dolores Murgia avait laissée en elle. Et puis, au bout de quelques sessions avec son prof, elle s'était rendu compte que ce sport n'était pas un passe-temps, mais une religion. Ainsi, la mer était devenue son temple, où elle accomplissait ses premières "dévotions" du matin. Le surf lui purifiait l'âme. Il la purgeait des horreurs du travail. Il n'avait qu'un seul défaut : l'addiction.

Ce matin-là, elle avait été réveillée par le vent qui faisait claquer les volets. Il lui avait suffi d'un coup d'œil aux frondaisons des palmiers secoués par les rafales pour comprendre qu'elle devait profiter de ces conditions favorables. Après un double café et une douche rapide, elle s'était rendue à la plage, au niveau de l'ancien hôpital maritime, un bâtiment en ruine aux airs de gardien de la plage. Le soleil se levait sur sa gauche, et il disparaîtrait le soir derrière la Selle du

Diable, le promontoire rocheux qui marquait le début du littoral. La mer rugissait. Il n'y avait encore personne dans l'eau. Ce paradis était tout à elle.

Elle enfila sa combinaison en néoprène et étala de la wax sur sa planche pour en augmenter l'adhérence, scrutant les vagues tubulaires et impétueuses qui se déroulaient lentement, du moins en apparence. Eva savait bien qu'il y avait un monde entre la perception de la vitesse et de la force du mouvement ondulatoire qu'on avait depuis la plage et la confrontation avec les éléments lorsqu'on se trouvait au milieu des rouleaux. En un an et demi de pratique, elle avait affiné sa technique pour lire les tempêtes côtières à la manière d'une partition musicale. Elle reconnaissait les points d'origine, interprétait la cadence et l'évolution des vagues, parvenait à anticiper les changements impromptus de rythme et, surtout, elle savait exactement à quel moment faire son approche, se faufiler habilement dans l'angle d'entrée comme un violon dans une sonate.

Elle fit glisser son regard sur la farandole de réverbérations du soleil naissant sur l'eau turquoise et rama avec ses bras vers le line up, l'endroit où les vagues formaient des rouleaux. Le fond n'était pas très haut et, à l'impétuosité des flots, Eva comprit qu'elle allait s'amuser, mais qu'il lui faudrait faire preuve de la plus grande vigilance : ces six derniers mois, elle avait déjà cassé deux planches en évaluant mal la profondeur du banc de sable. En attendant le set parfait, elle pensa à Strega. Le vice-questeur dégageait une gentillesse authentique, jamais mielleuse, et semblait sincèrement déterminé à les protéger des risques médiatiques de l'affaire en attirant toute l'attention sur lui, comme la veille. Au-delà de ses évidentes qualités d'enquêteur, il lui faisait l'effet d'un homme au bord du précipice. Il lui restait à découvrir quel était ce précipice. Strega avait eu beau faire preuve avec elles d'une attitude irréprochable, Eva nourrissait encore à son égard une circonspection instinctive, comme s'il dissimulait un secret.

Au fil des minutes, la lumière prit une texture de plus en plus granuleuse, à mesure qu'Eva se familiarisait avec la scansion des vagues.

La voici, pensa-t-elle, quand elle vit *la sienne* surgir et enfler. Elle l'avait reconnue à sa crête compacte et étendue. Elle se positionna dans son sillage. Après un dernier coup de rame vigoureux, elle prit son élan et sauta sur la planche, se sentant léviter. Elle retint son souffle. L'espace d'un instant, ce fut comme si le monde autour d'elle s'arrêtait. Elle ne faisait plus qu'un avec l'eau et le vent. Elle se baissa encore davantage sur la planche, la saisit à deux mains pour garder l'équilibre, tandis que dans son dos se formait un mur liquide aux veines bleues hypnotiques. Une fois recouverte par la crête de la vague, Eva fut prise d'une sensation d'ivresse. L'adrénaline la traversa tout entière, chassant la peur et affûtant ses sens. Elle imprima une légère pression à l'arrière de la planche pour favoriser le mouvement et, avec un virage décidé, glissa à une vitesse vertigineuse dans le tunnel vert émeraude. Les sons s'étouffèrent et elle eut l'impression de n'entendre que le battement de son cœur dans ses oreilles. Sous la combinaison, elle avait la chair de poule, mais pas à cause du froid.

Aux marges de son champ de vision, elle surprit un mouvement sur sa gauche. Elle jeta un bref coup d'œil et sourit instinctivement à la vue de deux dauphins qui se faufilaient dans le tube avec elle.

Elle goûta cette harmonie parfaite, cet instant de poésie pure où tous les éléments naturels semblent coexister dans un équilibre absolu.

Elle chevaucha la vague jusqu'à la dernière secousse.

Les dauphins célébrèrent ce petit succès en se lançant dans une série de sauts acrobatiques parfaitement synchronisés qui l'aspergèrent d'une gerbe de fines gouttelettes. C'était leur façon de la féliciter et de la saluer.

Eva se laissa tomber entre les flots avec un sourire enfantin.

À cet instant, parée de la lumière féerique de l'aube, aucune pensée, aucune douleur, ni aucun souvenir n'aurait pu briser l'enchantement que lui offrait la mer. Elle savoura l'extase qui s'infiltrait dans les fibres les plus intimes de son âme et en fit provision pour les jours sombres qui allaient fatalement arriver.

Quand elle sortit de l'eau une heure plus tard et qu'elle posa la planche sur le sable, elle aperçut un banc de nuages noirs qui s'amoncelaient sur la ville.

Sans raison particulière, elle y vit un mauvais présage.

39

Bureaux de la brigade mobile, via Amat, Cagliari

Les trois policiers contemplaient la perruque orange et le masque en cuir posés sur le bureau. Les mêmes qu'avait utilisés l'assassin pour la première vidéo.

— C'est quand même dingue que ça fasse partie des dix articles les plus vendus sur Amazon en ce moment, dit Eva sans détacher les yeux de ces objets en apparence inoffensifs, mais que leurs esprits chargeaient de sombres connotations.

— Ça ne m'étonne pas, répondit Strega, sirotant son troisième café de la matinée. Les gens le soutiennent et ces objets leur permettent de se rallier plus encore à sa cause, de s'identifier davantage à lui.

— *Cos' 'e maccusu*[*], cracha Mara entre ses dents.

Strega prit le masque dans sa main. Il avait un côté bouffon, mais il dégageait surtout une impression de difformité et d'horreur. Il passa ses doigts sur l'esquisse de corne près du front.

* Truc de fou (sarde).

— Arlequin, dit-il.

Eva acquiesça.

— C'est aussi mon avis. Je crois que c'est lui qu'il a pris pour modèle pour son déguisement.

— Pourquoi ça ? demanda Mara.

— En partie parce que c'est un personnage très populaire, qui parle à tout le monde et auquel il est facile de s'identifier, comme disait le professeur Strega. Et puis il pourrait y avoir toute une symbolique liée au masque.

— Mais encore ?

— J'ai fait des recherches, et il semble que de nombreux éléments convergent dans ce masque, dit Eva en consultant ses notes. L'héritage nordique médiéval du personnage infernal ou païen, par exemple, caractéristique de la ritualité rurale. Le roi des enfers teuton s'appelait Hölle Köning, et le roi des elfes anglo-saxon Herla Cyning. Des noms qui ont une forte assonance avec Arlequin, non ? On passe ensuite aux représentations sacrées françaises, où le nom est tour à tour Hellequin ou Arlequin, puis au plus célèbre d'entre tous, notre Arlecchino national, lié à la tradition lombardo-vénitienne des *zanni* et de la *commedia dell'arte*. Ce sont des masques empreints de références païennes, pré-chrétiennes, chtoniennes et carnavalesques, où se mêlent des archétypes comiques, tragiques et macabres.

— Arlequin peut aussi être rapproché du symbole de l'homme sauvage, typique de tout l'arc alpin, où cet être semi-divin est abhorré et moqué, ajouta Strega. Dans la majorité des représentations, il porte un bâton noueux, il est marginalisé et se réfugie dans les bois, comme un ermite. Un outsider, dirait-on aujourd'hui. Dante lui-même parlait d'un démon nommé Alichino. Je me souviens qu'il le cite dans la scène de la bolge des escrocs jetés dans la poix bouillante…

Mais à mon avis, ce n'est pas cette symbolique-là que lui a attribuée notre homme.

— Mais vous ne dormez jamais la nuit ? s'indigna Mara.

— Laquelle, alors ? demanda Eva au vice-questeur, ignorant sa partenaire.

— La plus commune et la plus banale. Ce personnage est un miroir où tout le monde peut se reconnaître, comme nous l'avons dit. Dans l'imaginaire collectif, c'est surtout un valet, un pauvre diable, qui en tant que tel subit des injustices, des abus et des vexations, jusqu'à ce qu'il se rebelle contre ses maîtres, utilisant son intelligence diabolique. Son émancipation sur scène est ce que le public aimerait éprouver dans la vie réelle. Ça ne vous rappelle rien ? suggéra-t-il, en posant le masque.

Le vibreur du téléphone de Mara rompit le silence.

— C'est Trombetta. Il dit qu'il a pratiquement terminé l'autopsie.

— Qu'est-ce que vous voulez faire ? On va l'écouter en personne ou on attend le rapport par mail ? demanda Eva.

Strega regarda sa montre. Mara avait remarqué que c'était un modèle féminin, mais elle n'avait pas encore assez d'assurance pour l'interroger sur cette extravagance.

— Palamara nous attend dans deux heures pour une réunion avec la DIGOS et le reste de l'équipe. Je ne crois pas qu'il faille espérer grand-chose de cette autopsie, mais je serais quand même d'avis d'y faire un saut, proposa Strega.

Ils s'apprêtaient à quitter le bureau lorsque Mara lança :

— Hier, ma fille a reçu et vu la vidéo du meurtre. C'est une copine qui la lui a envoyée.

— Mon Dieu, murmura Eva.

— Je suis désolé, Rais, dit Strega.

— Je ne cherche pas à me plaindre ni à vous apitoyer, croyez-moi, mais la situation devient vraiment préoccupante.

Et en plus, professeur… Ce qu'a fait cette garce hier était vraiment ignoble. J'imagine que vous avez passé un sale quart d'heure.

Strega hocha la tête. Dans le sillage de *Verdict*, de nombreux quotidiens en avaient rajouté une couche. Quand il était arrivé à la questure quelques heures plus tôt, il avait été accueilli par une salve de regards suspicieux et méfiants. Il les avait ignorés et avait continué de marcher la tête haute, mais les deux inspectrices avaient eu honte de ce climat hostile.

— Pour le peu que je vous connaisse, vous m'avez l'air de quelqu'un de bien, dit Mara, et je vous suis reconnaissante de vous être exposé pour protéger l'affaire et notre travail.

Strega et Croce se dévisagèrent, perplexes.

— Ce que j'essaie de dire, reprit Mara, embarrassée, c'est que je veux me débarrasser de ce fils de pute, et je sais que vous pouvez nous aider. Alors tenez bon.

— Merci, Rais.

Quand le vice-questeur leur tourna le dos, Eva adressa un clin d'œil à sa partenaire, consciente de ce que cette déclaration avait dû lui coûter.

Pour toute réponse, Mara rougit et l'envoya paître d'un geste explicite.

40

École I Pini, via Monsignor Cogoni, Cagliari

Depuis la mort de son père, Nicolò Murtas était devenu un enfant taciturne. Introverti, solitaire, peu enclin à socialiser avec ses camarades. Il passait l'essentiel de ses journées à l'école. Sa mère le déposait à 7 h 30 le matin et revenait le chercher à 7 h 30 le soir, jamais une minute plus tôt. Et chaque jour, quand approchait l'heure de rentrer chez lui après l'étude, Nicolò rêvait que son père venait le chercher, et que cette année n'avait été qu'un affreux cauchemar. La psychologue de l'établissement lui avait dit qu'il devait faire plus d'efforts pour jouer et se lier avec les autres, que la vie continuait et que – s'il le permettait –, il retrouverait vite la joie des petites choses ; une joie différente, bien sûr, mais une joie quand même. Foutaises. Ce mot, Nicolò l'avait rayé de son vocabulaire. Et puis, il aimait bien être seul. Ses camarades lui rappelaient ce qu'il avait perdu. Chaque fois qu'il voyait leurs parents, lui qui était toujours le dernier à être "ramassé", comme il l'avait entendu dire par une auxiliaire de vie scolaire, il se sentait mourir, parce que c'était dans ces moments que le souvenir de son père lui lacérait les entrailles avec le plus de force.

Cet après-midi-là, il se trouvait dans la cour, assis par terre, dos à la clôture grillagée. Après le déjeuner, le règlement leur accordait vingt minutes de liberté avant de s'atteler aux devoirs pour le lendemain. Nicolò était en train de se dessiner un tatouage au stylo sur l'avant-bras lorsqu'un camarade s'approcha de lui. Il tenait quelque chose dans sa main.

— Nico ? l'appela-t-il.

Nicolò leva la tête.

— Tiens.

— C'est quoi ?

— Je sais pas, répondit Matteo Locci. Un monsieur m'a dit de te le donner et de pas regarder dedans.

— Qui ? Quel monsieur ? demanda Nicolò en regardant autour de lui.

À part une jeune institutrice plus occupée à regarder son smartphone qu'à les surveiller, il n'y avait aucun adulte.

Matteo scruta le parking à la recherche du monsieur qui lui avait offert dix euros en échange de cette “mission”, mais il n'était plus là.

— Un qui était là juste avant.

Perplexe et réticent, Nicolò haussa les épaules et tendit la main gauche, sur laquelle Matteo fit tomber un sachet de toile qui, à en juger par son poids, semblait contenir un tas de petits cailloux.

— Ouvre-le. Je suis curieux, maintenant, dit Matteo.

Nicolò aussi avait envie de savoir ce que le sachet renfermait, alors il défit le nœud et laissa glisser son contenu sur la paume de sa petite main.

Matteo écarquilla les yeux et fit un pas en arrière.

Nicolò, d'instinct, écarta les doigts et retira sa main.
Le "cadeau" tomba en tintant sur le béton.
Ce n'étaient pas des cailloux, mais des dents.
Des dents humaines.
Avant que Nicolò puisse ouvrir la bouche, Matteo partit en courant et appela la maîtresse à tue-tête.

41

Lieu inconnu

L'ANCIEN membre du Conseil supérieur de la magistrature Riccardo Pintore se réveilla avec un goût acide et métallique dans la bouche. Lorsqu'il ouvrit les yeux, il comprit qu'il était encore sous l'effet d'une substance psychotrope, parce qu'il avait le tournis et n'arrivait pas à focaliser sa vision. Comme si cela ne suffisait pas, il n'arrivait pas à bouger ses doigts et ses orteils malgré plusieurs tentatives, ce qui augmentait son angoisse. Il n'avait pas la moindre idée de l'endroit où il se trouvait, ni de ce qui s'était passé au cours des dernières heures. Un brouillard épais comme un essaim d'abeilles voilait son regard. Il parvint tout de même à distinguer les contours d'une silhouette gigantesque, dos à lui, qui enfilait une perruque orange en sifflotant une chanson de Mina. Celle du générique de cette émission trash qui exaspérait tant ses confrères.

À cet instant, en entendant cette petite musique, il comprit brutalement ce qui s'était passé et pourquoi il sentait dans sa bouche cette sensation de vide et d'ablation. Saisi d'angoisse, il cligna des yeux et vit le plateau métallique où étaient posées des pinces chirurgicales marbrées de sang coagulé. Il essaya de se débattre, mais sa camisole de force et les sangles de cuir qui le maintenaient fermement attaché au fauteuil de dentiste l'en empêchèrent.

L'inconnu devait avoir entendu les bruits, parce qu'il cessa de siffloter et se retourna. Quand il lui sourit, le magistrat se sentit mourir.

— Tu dois être un peu embrumé, j'imagine, dit le Dentiste en se courbant. Je t'ai donné du chlorhydrate de midazolam. C'est une benzodiazépine utilisée comme anesthésiant, mais si on se trompe dans les doses, elle peut causer des amnésies et des états hypnotiques. Je ne suis pas encore tout à fait au point sur les dosages. Alors si tes souvenirs sont un peu confus, ne t'inquiète pas. C'est parfaitement normal.

Le Dentiste laissa courir ses doigts sur les lèvres du magistrat, dévoilant l'intérieur de sa bouche.

— Pour l'arrachage aussi, j'ai des progrès à faire, désolé. Mais regarde le bon côté des choses : tu as résolu une bonne fois pour toutes le problème des caries, non ?

Il lui rit au visage.

Pintore essaya d'articuler des sons, mais c'était comme s'il ne contrôlait plus son corps au-dessous du nez.

— J'imagine que tu dois penser : "Tu ne sais pas qui je suis. Je suis juge. Laisse-moi partir, j'ai fait partie du CSM", ce genre de conneries. Mais c'est précisément l'idée : tu es là en raison de ta profession. Comment tu avais formulé ça ? Je te cite de mémoire : "La justice ne peut être vengeance, un sentiment qui ne figure pas dans la Constitution." Tu te rappelles cette déclaration, sale hypocrite de merde ?

Le Dentiste se redressa et fit pivoter le fauteuil du magistrat, le plaçant face au mur couvert de dizaines de photos.

— Tu reconnais ces personnes ? Je ne crois pas. Mais tu as détruit leur vie. Certaines l'ont perdue, par ta faute. J'ai tué un pédophile, récemment. Mais tu sais quoi ? Il ne me dégoûtait pas autant que toi.

Le magistrat sentit le sel de ses larmes brûler ses blessures au visage et à la bouche.

— Après que je l'ai baisée, ta femme m'a dit que tu avais voté sur mon site, lui murmura le Dentiste à l'oreille. Comme la vie est étrange. Il y a quelques jours, tu étais de l'autre côté de l'écran, et maintenant te voici sur ce même fauteuil où le pédophile s'est fait dessus… Là, là, détends-toi. Encore quelques minutes de patience et on commence.

Il lui asséna une grande tape sur l'épaule avant de se remettre à se maquiller.

Riccardo Pintore fixa d'un regard coupable les photos des innocents dont il avait gâché la vie en les envoyant en prison.

Il aurait voulu leur demander pardon, mais il était trop tard.

Il était trop tard pour tout.

42

Institut médico-légal, polyclinique universitaire de Monserrato, Cagliari

Au cours de sa carrière, Strega avait pu constater que la majorité des médecins légistes – en particulier ceux qui exerçaient le métier depuis longtemps – cultivaient certaines bizarreries et singularités. Mais le docteur Agostino Trombetta venait sans conteste de remporter la palme de l'excentricité dans son classement personnel.

— On lui permet vraiment de garder ces trucs-là ? demanda le vice-questeur en montrant la feuille A4 accrochée à l'entrée de la salle d'autopsie qui annonçait "Autopsie prioritaire pour les supporters de la Juventus".

— Ça, ce n'est rien, encore. Attendez de voir l'intérieur.

— Qu'est-ce qu'il a contre la Juve ? dit Eva. Je n'ai jamais compris.

— De vieilles rancunes entre les deux équipes. Une haine qui remonte à l'époque de Gigi Riva, expliqua Mara.

— Et vous autres Sardes n'oubliez jamais rien, intervint Strega.

— Jamais, confirma Mara.

Vito Strega découvrit bientôt que Mara disait vrai ; le cabinet du légiste était tapissé de posters de Gigi Riva, le héros de l'année du titre de Cagliari, et d'une sélection d'articles de l'*Unione Sarda* sur les performances récentes de l'équipe. Bruce Springsteen devait être une autre passion de *Trombeddu* – comme l'avaient surnommé les policiers locaux – parce que Strega aperçut aussi des photos, des billets de concert et autres objets de collection liés au chanteur.

Trombetta surprit le regard curieux du vice-questeur et sourit.

— Chez moi, c'est un mausolée du Cagliari et de Springsteen. Vous aimez le Boss ?

Il s'apprêtait à lui dire que Springsteen avait servi de bande-son à certaines des nuits les plus fragiles de sa vie, mais Eva lui lança un regard d'avertissement qui lui suggérait fortement de ne pas le lancer sur le sujet.

— Je suis plutôt jazz, se borna-t-il à répondre.

— Moi je l'ai vu une dizaine de fois en concert et…

Avec deux toussotements bien sentis, Mara fit comprendre à Trombetta qu'ils n'étaient pas là pour causer musique ou football.

— Bien sûr, bien sûr, mettons-nous au travail. Je vous en prie, installez-vous. Si vous voulez une petite douceur…, proposa-t-il en désignant un petit bac en plastique qui contenait un tas de bonbons gélatineux dont chacun avait la forme d'un os humain. Pour rester dans le thème, dit-il à Strega, riant tout seul.

— Ne faites pas attention, professeur, intervint Mara. Il est un peu fou, mais il n'est pas dangereux.

Vito Strega esquissa un sourire. Dans son genre, Trombetta lui était tout à fait sympathique. Eva lui avait confié qu'il sacrifiait une bonne partie de ses vacances à travailler comme médecin volontaire en Afrique, où, en plus de s'occuper de femmes et d'enfants, il avait monté une équipe de foot aux couleurs de Cagliari. Sur le mur, Strega vit de nombreuses photos de Trombetta au milieu de ces gamins. Faire le bien autour de lui et cultiver ses passions devaient être ses soupapes pour échapper à la bestialité de la mort qui planait autour de lui à la morgue.

— Voici le rapport, pondu en un temps record, déclara-t-il en leur tendant une chemise cartonnée.

Tandis que Mara jetait un coup d'œil, Strega lui demanda :

— Quelque chose à signaler ?

— Comme je vous l'ai dit hier, tout semble correspondre à la vidéo, en ce qui concerne les modalités d'exécution. Le tableau des lésions externes est formel et ne laisse aucune place au doute. Il y a eu une perte de sang massive, qui a entraîné le décès. Le coup de couteau a été administré de gauche à droite, avec force et sans la moindre hésitation. Ce qui me permet d'affirmer avec une certitude quasi mathématique que votre individu est un gaucher naturel, comme Gigi Riva…

— *Accabbadda*[*], Agostì. Alors, tout est normal ? Pas de surprise ?

— À dire vrai, il y a bien quelque chose de bizarre. Le seul détail insolite provient des premiers résultats des examens toxicologiques, si bien que j'en ai réclamé de plus approfondis.

— Qu'est-ce qui cloche ? demanda Eva.

* Arrête (sarde).

— Nous avons trouvé dans son sang un cocktail assez intéressant de médicaments, principalement des anesthésiants.

Il attendit qu'ils digèrent l'information, puis il ajouta :

— Dans ce mélange, j'ai été frappé par la présence d'un sédatif à base de benzodiazépines parfois utilisé dans des opérations chirurgicales délicates. En gros, ce n'est pas le genre de truc qu'on trouve au supermarché du coin. Autre élément intéressant de l'analyse toxicologique : la présence d'une classe particulière de médicament, des antiarythmiques, utilisés ici pour baisser le rythme et l'intensité des battements cardiaques, à en juger par les doses.

— Et à ton avis, que pouvons-nous en déduire ? demanda Mara.

— Qu'il a tout fait pour le maintenir vivant et lucide pendant qu'il lui arrachait les dents, répondit Strega.

Trombetta le pointa du doigt et hocha la tête, satisfait.

— Il est encore tôt pour le dire, il faut attendre les résultats des examens officiels, qui seront plus précis, mais j'ai voulu vous voir tout de suite parce qu'à mon avis, au-delà de le maintenir en vie, il a aussi voulu garder ses sens en éveil pendant qu'il le torturait.

— Donc la victime a souffert ? demanda Eva.

— Absolument. Il y a fort à parier qu'il ne lui ait administré qu'un sédatif léger, juste pour qu'il ne meure pas de douleur, mais la victime a enduré chaque instant de cette torture. J'imagine que ça en dit long sur la psychologie de votre assassin, non ?

Strega acquiesça, le visage sombre.

— Je parie un mois de paie qu'il est pour la Juve, dit Trombetta.

Mara le fusilla du regard.

— À votre avis, au vu de la composition de ce cocktail médicamenteux, avons-nous affaire à un professionnel, un homme qui a des notions précises de médecine et de chimie pharmaceutique ? demanda le vice-questeur.

— Non, j'exclurais cette option. Je pencherais plutôt pour un amateur qui a glané deux ou trois connaissances sur Internet ou dans les manuels disponibles dans n'importe quelle bibliothèque biomédicale.

Eva s'apprêtait à poser une question quand son téléphone se mit à vibrer.

— C'est la salle de crise, dit-elle aux autres avant de répondre. Oui… ? Quand… ? D'accord… Où est-il, maintenant ? Bien sûr, bien sûr. Non, au service médico-légal. Très bien… Oui, on arrive.

À mesure qu'elle parlait, sa voix devenait de plus en plus tremblante.

Trombetta tendit le panier de bonbons à Mara, qui l'envoya balader. Le légiste haussa les épaules et engloutit deux "os".

— Il faut qu'on y aille, dit Eva en se levant.

— Qu'est-ce qui se passe ? fit Mara.

— Un élève d'une école privée a reçu vingt-neuf dents en cadeau.

— Mon Dieu… Salut, Agostì, dit Mara, expéditive, fourrant le rapport dans son sac avant de gagner la sortie.

— *A si biri, picciocchedda**, la salua Trombetta en sarde.

Strega se leva et tendit la main au légiste.

— Merci pour votre aide. J'ai comme l'impression que nous allons nous revoir bientôt.

— J'en ai bien peur. Je reste à votre disposition, professeur.

* À plus tard, petite (sarde).

Le légiste regarda le trio quitter son cabinet au pas de course et relança la playlist de son téléphone. Les notes de *Dancing In The Dark* de Springsteen emplirent la pièce. En entendant cette chanson, ses lèvres dessinèrent un sourire triste. À cet instant, les trois enquêteurs aussi semblaient danser dans le noir, songea-t-il avant de se remettre au travail.

43

École I Pini, via Monsignor Cogoni, Cagliari

Mara savait que les enfants mettaient sa partenaire mal à l'aise, aussi se chargea-t-elle de leur parler. Elle avait insisté auprès de ses collègues pour ne pas écouter les témoignages des enfants à la questure, mais directement à l'école. Il valait mieux discuter dans un lieu qui leur était familier, entourés de gens en qui ils avaient confiance, comme les institutrices et la psychologue de l'établissement assises avec elle, accompagnées d'une assistante sociale qui supervisait l'entretien. Les membres du personnel étaient plus traumatisés que les élèves, si bien que Mara, agacée par leurs regards terrorisés, leur demanda d'attendre dehors. Son regard glacial les persuada que ce n'était pas une invitation, mais un ordre.

Strega aussi avait laissé à Rais le soin de parler aux enfants. D'expérience, il savait qu'ils étaient intimidés par sa stature, et sa couleur de peau était souvent source de peurs et de réticences ; à cause d'héritages sociaux, culturels et familiaux, ils y associaient généralement des individus peu recommandables. Il décida de se joindre à Croce pour s'entretenir avec la mère de Nicolò Murtas, l'élève qui avait reçu les dents "en cadeau". D'après une première recherche, les policiers avaient découvert qu'Alberto Murtas, le père du garçon, était mort un an plus tôt alors qu'il purgeait une peine pour corruption et banqueroute frauduleuse à la prison d'Uta, à quelques dizaines de kilomètres de Cagliari. Ce détail les avait alertés.

Arrivant à hauteur de Croce dans la petite salle que la directrice avait mise à leur disposition, Strega secoua la tête pour lui signifier qu'il n'y avait pas de circuit de vidéo-surveillance susceptible d'avoir identifié le véhicule de l'inconnu.

Eva Croce opina du chef et reprit l'interrogatoire de la mère de Nicolò :

— Madame, j'imagine que vous êtes au courant de la situation que nous traversons, de la menace de ce…

— Bien sûr. J'ai lu les journaux et j'ai vu quelques émissions. Une amie m'a aussi envoyé une vidéo. Vous pensez qu'il s'agit de lui ? demanda la femme, le visage congestionné de terreur. Celui qui arrache les dents aux…

— C'est une possibilité, mais vous n'avez rien à craindre, la rassura Strega. (Il lui montra le badge qui attestait de sa qualité de vice-questeur, espérant qu'elle n'avait pas vu l'émission de Rubicondi la veille, auquel cas sa présence aurait causé plus de torts qu'autre chose.) Jusqu'à ce que nous arrivions à la conclusion de cette histoire, nous affecterons des agents à votre protection, je vous le promets.

Manuela Pasini hocha la tête, soulagée.

— Merci. Vous savez sans doute que je suis seule…

— Bien sûr. Et c'est précisément pour neutraliser cette menace et garantir votre sécurité et celle de votre fils que nous avons besoin de comprendre pourquoi cet homme a choisi Nicolò, déclara Eva.

— Je n'en ai pas la moindre idée.

— C'est pour ça que nous sommes ici, la rassura Eva en lui souriant et en lui posant une main sur le bras.

Les commentaires sur Eva Croce signalaient un véritable talent pour les interrogatoires ; Strega en eut la confirmation. Elle gardait toujours un contact visuel avec la personne interrogée, elle s'efforçait de la mettre à l'aise avec un sourire et un ton chaleureux et intime. Quand elle sentait son interlocuteur se tendre, elle recourait au contact physique pour restaurer la confiance et insuffler un sentiment de sécurité. Strega était fier. Son enseignement avait porté ses fruits. Il lui laissa le champ libre et étudia les réactions de Pasini.

— Avant tout, sachez que nous sommes navrés pour la perte de votre mari, mais pensez-vous qu'il puisse exister un lien avec ce qui est arrivé à Nicolò ?

— Dans quel sens ?

— Nous n'avons pas encore eu l'occasion d'étudier le dossier de votre mari. Vous pourriez nous fournir quelques détails supplémentaires, pour comprendre si ces deux événements pourraient être corrélés.

La femme soupira et lança un regard en direction du couloir, comme pour s'assurer que son fils n'était pas à portée de voix.

— Son père a été victime d'une injustice retentissante. Un coup monté par un magistrat qui fait actuellement l'objet d'un procès.

Croce et Strega échangèrent un regard stupéfait.

— Pourriez-vous être plus précise ? demanda ce dernier.

— Vous trouverez tout dans les journaux, ce n'est même pas la peine de consulter les actes. Alberto était entrepreneur en bâtiment. Il s'est retrouvé impliqué dans un système de corruption qui durait depuis des années, manœuvré par deux avocats et un juge influent. Ceux qui ne suivaient pas leurs règles étaient mis sur la touche. Faux dossiers, accusations montées de toutes pièces… Ça a été comme ça pour mon mari. Il ne s'est pas plié à leurs règles et ils l'ont fait passer pour un corrompu et un corrupteur… En ville, l'affaire a fait beaucoup de bruit.

Les deux "continentaux" regrettèrent de ne pas avoir Rais à leurs côtés, ignorant tous deux l'actualité locale.

— Alberto était un homme honnête, il n'a jamais supporté l'infamie d'être arrêté et de passer pour quelqu'un qu'il n'était pas. Il est tombé malade. Ça a été assez fulgurant, hélas… Le juge qui a orchestré sa chute n'a pas passé un seul jour en prison. Il attend l'issue de son procès en appel. Nicolò et moi nous sommes constitués partie civile, mais je n'ai pas vraiment d'espoir. Ces gens-là retombent toujours sur leurs pieds, et aucun tribunal ne me rendra mon Alberto.

Strega sentit un picotement électrique, et il était certain que sa collègue éprouvait la même chose. Non seulement cette information allait dans le sens de leur thèse, mais elle la renforçait.

— Comment s'est passé le procès en première instance ? demanda Eva.

— Acquittement au bénéfice du doute pour insuffisance de preuves, récita Manuela Pasini. De nombreux témoins, parmi lesquels des magistrats et des avocats, se sont rétractés. Les journalistes ont parlé d'une "farce légale", une énième mascarade organisée par cette caste intouchable.

— Vous vous souvenez du nom du magistrat qui a condamné votre mari ? s'enquit le vice-questeur.

La femme ricana nerveusement.

— Bien sûr. Comment pourrais-je l'oublier ? Tous les soirs, je rêve qu'il meurt dans d'atroces souffrances. Il s'appelle Riccardo Pintore.

Stregà nota ce nom dans son carnet noir.
— Mais… Vous pensez qu'il… Je veux dire… Les dents pourraient appartenir à ce salopard ?
Les deux policiers acquiescèrent.
Le visage de la femme s'illumina d'un sourire étincelant, comme si on venait de lui annoncer qu'elle avait gagné au loto.

44

Lac de Poggio dei Pini, Capoterra, communauté urbaine de Cagliari

Dès l'instant où il avait été mis en examen, Riccardo Pintore avait expliqué à sa femme qu'elle ne devait plus s'approcher des policiers, des carabiniers et des représentants de la loi en général, à moins que lui ou son avocat se trouvent dans les parages. Jusqu'à cet après-midi, Maria Elena Fois avait scrupuleusement respecté son conseil.

Peut-être que je devrais les appeler, pensa-t-elle. Ça sent mauvais, cette absence.

Debout sur la terrasse de leur chambre, elle contemplait le lac paisible et les collines couvertes de pins dans la quiétude du soir, comme si elle cherchait dans la nature un allié pour conjurer son angoisse. Son mari avait disparu depuis le matin. Quand elle était rentrée après avoir accompagné son fils à l'école et suivi son cours de pilates quotidien, elle n'avait pas trouvé Riccardo à la maison. Bizarre, avait-elle pensé : quand elle lui avait demandé s'il voulait qu'ils déjeunent ensemble, il lui avait répondu oui, encore sous les draps, affirmant qu'il passerait l'essentiel de la journée dans son bureau au troisième étage pour peaufiner sa ligne de défense. Constatant que la Mercedes de son mari se trouvait dans le garage, elle avait imaginé qu'il était parti se promener au milieu des pins, comme il en avait pris l'habitude depuis qu'il avait été suspendu de ses fonctions à titre conservatoire. D'ordinaire, cependant, il rentrait à la villa au bout d'une heure, deux maximum.

Où est-ce qu'il a bien pu passer ? Elle se creusait la cervelle en allumant une nouvelle cigarette.

Elle éclusa sa deuxième coupe de prosecco en quelques gorgées, à mesure que montait l'angoisse.

Évidemment, elle avait essayé des dizaines de fois de le joindre sur son téléphone, mais elle était toujours tombée sur le répondeur. Elle avait aussi essayé d'appeler Nicola, son amant, mais son portable aussi était éteint; elle n'avait pas de nouvelle depuis la veille, quand il lui avait écrit pour l'informer qu'il avait retrouvé ses clefs chez lui : elles avaient dû tomber de son sac quand ils s'étaient jetés sur le canapé. De retour à la villa, Maria Elena avait dû demander à Maura, la baby-sitter, de lui ouvrir. Elle lui avait ensuite réclamé la clef qu'ils lui avaient confiée en la priant de ne rien dire à "monsieur Pintore" afin de ne pas se faire sermonner pour son étourderie.

Est-ce que Riccardo se doute de quelque chose ? pensa-t-elle en notant que les deux hommes de sa vie manquaient à l'appel.

Vers l'heure du déjeuner, n'ayant toujours aucune nouvelle de son mari, elle consulta les images de vidéosurveillance. Mystérieusement, les bandes s'interrompaient quelques minutes après le moment où elle avait quitté la villa dans sa BMW pour accompagner son fils à l'école, comme si les caméras avaient cessé d'enregistrer.

Ou comme si quelqu'un les avait éteintes.

— Non, dit-elle à haute voix, cherchant à se donner du courage. Il ne peut pas avoir découvert pour Nicola.

Pourquoi son amant était-il injoignable, alors ? Cette question la tourmentait.

Après deux nouveaux appels dans le vide, n'en pouvant plus de macérer dans sa propre angoisse, Maria Elena laissa un mot à l'entrée, au cas où Riccardo rentrerait, et sillonna leur quartier résidentiel en voiture, empruntant même – quand c'était possible – les sentiers des pinèdes où son mari aimait se promener.

Il se faisait tard et elle allait bientôt devoir aller chercher Andrea. Elle appela Maura pour lui demander de le ramener à la maison. Elle effectua plusieurs rondes dans les environs et se hasarda à demander à quelques voisins s'ils avaient vu son mari, mais sans succès. Il n'y avait aucune trace de Riccardo, et personne ne semblait l'avoir vu de la journée.

Il se serait senti mal en se promenant ? se demanda-t-elle. C'était peu probable : Riccardo se maintenait en forme depuis toujours, il n'avait pas de problème de ligne et ne souffrait ni de problème cardiaque ni d'hypertension. Maria Elena s'arrêta à un point de vue d'où l'on jouissait d'une vue panoramique sur la vallée. Elle scruta chaque sentier, mais elle ne vit rien de particulier. Tandis qu'elle retournait à sa voiture, elle rappela son avocat de famille et lui fit part de ses inquiétudes. Il la rassura, lui dit que Riccardo n'avait pas été arrêté et qu'il n'avait pas non plus été convoqué à la questure ou au parquet. Il lui conseilla d'attendre au moins deux heures de plus ; si la situation demeurait inchangée, il préviendrait les autorités. Sans trop d'illusions, Maria Elena essaya de rappeler mari et amant. Rien. Aucun des deux n'avait rallumé son téléphone.

Elle prit la route plus large pour retourner à la villa. Elle se rappela soudain qu'elle avait éprouvé une drôle de sensation en rentrant le matin, comme si les murs avaient été profanés.

Elle avait regardé partout, à la recherche du moindre signe d'intrusion, mais la propriété, qui bénéficiait d'un système de sécurité haut de gamme, était comme toujours impeccable. La seule note dissonante venait du circuit de vidéosurveillance qui avait cessé de filmer.

Hors de question que j'attende encore deux heures, se dit-elle. Dès que je rentre, j'appelle la police. Cette histoire est trop bizarre.

Quand elle fut engagée sur le chemin de la villa, Maria Elena Fois vit une voiture devant le portail et un homme très grand accompagné de deux femmes sonner au visiophone. Lorsqu'ils la virent arriver, ils échangèrent un regard entendu et lui firent signe de s'arrêter et d'approcher.

Après une vie passée aux côtés d'un mari magistrat, Maria Elena avait développé un sixième sens pour reconnaître les flics, et ces trois-là en étaient sans l'ombre d'un doute.

Au lieu de la rassurer, cela ne fit que la paniquer davantage.

Tandis qu'elle approchait, elle reconnut le criminologue dont ils avaient parlé à la télévision, et la panique se mua en terreur.

45

Poggio dei Pini, Capoterra, communauté urbaine de Cagliari

Plus les heures passaient, plus Vito Strega sentait que la science et la technologie informatique ne joueraient pas un rôle prépondérant dans la résolution de cette enquête complexe. Elles risquaient même de les induire en erreur. Il y avait une phrase qu'il aimait à répéter à ses étudiants en criminologie, et qui constituait la règle d'or du profilage criminel : "Si vous voulez comprendre un peintre, étudiez ses tableaux ; ils vous en diront beaucoup plus sur lui que n'importe quel témoignage." Le même principe, expliquait-il, valait pour les tueurs en série. En analysant leurs crimes, en découvrant *comment* et *pourquoi* la victime avait été tuée, on avait beaucoup plus de chances de déterminer *qui* l'avait tuée. Comment + pourquoi = qui : une équation élémentaire de la criminologie classique. Et c'était aux bases de la psychologie criminelle qu'ils devaient revenir, s'ils voulaient arrêter le Dentiste avant qu'il frappe à nouveau. Parce qu'il était clair qu'il allait encore tuer.

Quand la femme du magistrat avait compris qu'ils étaient là parce qu'ils pensaient que son mari pouvait être entre les mains de cet assassin, elle s'était sentie mal. Strega l'avait soutenue, l'accompagnant dans la maison ; et Croce était entrée dans la salle de bains avec elle, la tenant à l'œil en cas de nouveau malaise. Strega et Rais en avaient profité pour inspecter la villa et regarder s'il y avait des signes d'effraction. Ils n'en avaient trouvé aucun.

— Tu as vu le nombre de caméras ? indiqua Strega.

— Sans parler du système d'alarme digne d'une prison de haute sécurité, des vitres blindées… Cet endroit est une forteresse. Vous pensez qu'il l'a enlevé ici, chez lui ?

— Si l'on s'en tient à ce qu'a dit madame, la voiture n'a jamais quitté le garage et Pintore n'avait pas exprimé la volonté de sortir. Donc oui, c'est tout à fait probable. Et ça correspondrait au *modus operandi* adopté avec le pédophile.

— Ça voudrait dire qu'il a étudié sa cible à fond. Il savait où il vivait, il connaissait ses habitudes et tout le reste.

— Absolument. Qui que ce soit, cet enfoiré doit avoir pas mal de temps libre.

— Vous voulez que j'appelle une équipe de la scientifique pour un examen plus approfondi ?

Strega réfléchit quelques instants, regardant autour de lui. Plus qu'une villa, il avait l'impression qu'il s'agissait d'une de ces demeures d'acteur hollywoodien où il fallait un GPS pour trouver son chemin. Une inspection approfondie aurait exigé plusieurs heures, et ils ne pouvaient pas se permettre de gaspiller tout ce temps. Mais il s'agissait tout de même d'une potentielle scène de crime et, partant de là, d'une éventuelle source d'indices. Si l'assassin avait commis une erreur une fois, il aurait pu en commettre une autre.

— Oui, mieux vaut les appeler, dit-il. Au cas où.

— Cette maison à elle seule est la preuve du degré de corruption de Pintore, décréta Mara en parcourant les lieux du regard, après avoir demandé l'intervention des techniciens.

— En effet, le Dentiste a choisi une cible hautement symbolique et représentative d'un dysfonctionnement de l'institution judiciaire, déclara-t-il. Ce n'est pas tant un assassin que nous cherchons, qu'un semeur de colère sociale. Il veut faire monter la haine parmi la population, et l'utiliser pour renverser le système.

— Une sorte de justice poétique, quoi.

— C'est ça. Mais ne le répète pas devant les journalistes, OK ? Mieux vaut garder cette définition pour toi, si tu ne veux pas finir au pilori, toi aussi.

Mara lui sourit, avant de déclarer :

— S'il fait aussi un procès à Pintore, cette fois le vote sera unanime. Et je peux vous dire une chose, professeur ? Je sais que ce n'est pas très convenable de la part d'une fonctionnaire de police, mais après avoir parlé à ce gamin et à sa mère, après avoir vu les souffrances qu'ils ont endurées, cet enfoiré mérite de…

— Ce n'est pas à nous d'en juger, Rais, la coupa-t-il. Nous sommes payés pour autre chose : l'arrêter, avant tout. Ça ne signifie pas que je ne suis pas d'accord avec toi. Mais nous ne pouvons pas nous laisser aller à ces pensées et ces sentiments, là tout de suite. Comme je vous l'ai déjà dit, ma crainte est qu'il veuille déchaîner…

— Le chaos, le devança Mara.

— Exact. Quand tu as des doutes sur notre action, pense aux effets de ses agissements sur la population.

De retour dans le salon – qui faisait deux fois la taille de l'appartement de Strega – ils trouvèrent Eva Croce et la femme assises sur le canapé. Strega remarqua que le visage de Fois ne portait plus la moindre trace de maquillage. Elle avait dû le retirer quand les larmes avaient fait couler son mascara.

D'un signe de tête, Eva indiqua qu'ils pouvaient reprendre la conversation.

— Madame Fois, pourriez-vous tout reprendre depuis le début, s'il vous plaît ? demanda Mara. Nous avons besoin de savoir à quand remonte la dernière fois que vous avez vu votre mari, s'il avait reçu des menaces quelconques récemment, et s'il y a le moindre détail qui vous aurait paru sortir de l'ordinaire ces derniers jours.

La femme soupira et leur fit un récit complet, dissimulant seulement le fait qu'elle avait un amant et qu'il était injoignable. Elle se montra volontairement vague quant à l'endroit où elle avait passé une partie de la nuit précédente.

Les policiers comprirent que la maîtresse de maison omettait certains détails, mais avant de se lancer dans leur ballet de questions destiné à la déstabiliser et la pousser dans ses contradictions, ils sentirent leurs téléphones vibrer presque à l'unisson.

Mara eut la présence d'esprit d'éloigner la femme, en lui demandant si elle aurait la gentillesse de lui offrir un verre d'eau.

— Mais bien entendu. Souhaitez-vous quelque chose, vous aussi ?

— Non merci. Mais je vais en profiter pour faire une pause cigarette. Vous m'accompagnez, professeur ? proposa Eva, qui avait arrêté depuis plus de quinze ans.

— Allez, dit-il. Nous serons de retour dans cinq minutes.

Une fois dehors, ils sortirent leurs portables et jetèrent un œil aux messages.

Ils avaient reçu le même lien.

La mine crispée, ils ouvrirent la vidéo intitulée “La loi, c'est toi”.

46

Lieu inconnu

CETTE fois, la vidéo s'ouvrait sur un plan flou d'une vingtaine de photos collées sur un mur gris en ciment brut. Elles représentaient des gens ordinaires, des hommes pour la plupart, immortalisés sur des bancs de tribunaux. Le plan séquence s'attardait quelques secondes sur chacun des visages renfermés, tandis qu'on entendait des gémissements étranglés en arrière-plan.

— De 1992 à 2018, en Italie, vingt-sept mille personnes ont été indemnisées pour avoir été incarcérées à tort, débita hors champ une voix robotique. Vingt-sept mille… Pour une bonne partie d'entre elles, c'était une méprise, une enquête bâclée, une erreur de personne, des manquements humains. Mais pour beaucoup d'autres, il s'agissait d'une persécution judiciaire soigneusement orchestrée.

Le plan embrassa toutes les photos.

— Beaucoup n'ont pas eu le temps d'être indemnisées, poursuivit la voix métallique. Les personnes que vous voyez sont mortes en prison. Maladie pour certaines, suicide pour d'autres… Elles étaient toutes innocentes, de la première à la dernière.

L'objectif se recentra sur le prisonnier ligoté à la chaise. Le magistrat frissonnait et s'agitait, retenu par les sangles et la camisole de force. Il savait ce qui l'attendait et refusait l'idée d'être à la merci de son bourreau. Un masque de cuir lui couvrait la bouche. Son cou était strié de filets de sang séché. La caméra zooma sur la flaque d'urine fumante à ses pieds avant de remonter doucement, pour filmer sa chemise maculée de sang et sa bouche masquée et s'arrêter enfin sur les pupilles, écarquillées d'horreur.

— Bonsoir. Je m'excuse de vous déranger une nouvelle fois. Les personnes que vous venez de voir sont les "victimes" d'un usage totalement personnel de la justice. Des individus normaux, comme vous, broyés par les rouages de mécanismes de pouvoir contre lesquels ils n'ont pu opposer aucune résistance. Des individus qui ont eu la malchance de croiser le chemin de ce genre d'animal, dit-il en écrasant sa main sur l'épaule du magistrat. L'homme que vous voyez s'appelle Riccardo Pintore, juge, ancien membre du Conseil supérieur de la magistrature, accusé par ses pairs d'association de malfaiteurs en vue de corruption de magistrat et de nombreux autres délits d'entrave à la justice. Il était à la tête d'un cartel de juges, d'avocats et de responsables politiques avec lesquels il a foulé aux pieds la crédibilité de notre système judiciaire.

La caméra oscilla jusqu'à ce que le "metteur en scène" la pose sur un trépied.

— Comment cela a-t-il été rendu possible ? demanda le justicier en se plaçant derrière le prisonnier. (Son déguisement était le même que la fois précédente.) Verdicts orientés à l'envi, acquittements frauduleux, pots-de-vin visant à infléchir des procédures pénales, persécutions judiciaires commanditées… Cet homme compte à son actif pléthore de trafics, d'injustices exécrables et de violations intolérables. Il a participé à des rencontres secrètes pour influer sur la nomination de dirigeants des parquets italiens et pour fabriquer des preuves et de fausses accusations contre les magistrats opposés au système en place depuis une décennie. Les juges hostiles, quand ils osaient enquêter sur lui, étaient mutés ou pris en otages avec des méthodes mafieuses. Il s'est rendu indigne de la confiance et de la considération dont devrait bénéficier tout magistrat, compromettant le prestige de l'ordre judiciaire et l'image de rectitude et d'intégrité morale qui doit caractériser cette profession.

Le bourreau défit le masque, montrant le violent châtiment qu'il avait déjà infligé au coupable.

— Combien de jours a-t-il passés en prison, à votre avis ?

Il ouvrit en grand la bouche du magistrat, révélant les cratères sanguinolents laissés par les pinces chirurgicales. L'homme essaya de lutter, en vain, encore sous l'effet des sédatifs.

— Pas un seul… Si la dernière fois nous avons vu le fruit de l'inertie de l'action judiciaire face à des crimes de la plus grande gravité, nous sommes ici confrontés à la situation inverse : une utilisation vexatoire de cette justice, la violation répétée d'une institution qui n'est publique qu'en apparence. Maintenant, je vous demande une réponse sincère. Pensez-vous encore que, dans notre pays, la vie des citoyens est protégée par la loi ?

Le Dentiste fixa l'objectif de la caméra.

— Je vous donne trois heures pour y réfléchir. À la fin de ce message, vous trouverez le lien qui vous renverra à la plateforme de vote, parfaitement anonyme et cryptée. Si vous votez non, le juge rentrera chez lui, sans une égratignure de plus, vous avez ma parole… Si, en revanche, vous considérez que ce qu'il a déjà subi ne suffit pas, en choisissant le oui, vous voterez pour la peine maximale. Trois heures. Ensuite, la plateforme disparaîtra. Bon vote.

Le géant sortit du cadre, qui resta fixé sur le juge corrompu. Il semblait implorer du regard la clémence des votants, sachant pertinemment qu'il ne méritait aucune compassion.

Au bout de quelques secondes, le film se conclut par un fondu au noir.

En l'espace de quelques minutes, des milliers de personnes cliquèrent sur le lien reçu avec la vidéo, mettant en mouvement l'implacable vindicte populaire.

47

Via Frua, zona De Angeli, Milan

“Le succès ne se mesure pas à l’argent, mais à la beauté et à la jeunesse de qui tu mets dans ton lit.”

Luana Rubicondi ne se rappelait pas qui était l’auteur de cette perle. C’était forcément un homme ; un producteur ou un directeur de chaîne quelconque qu’elle fréquentait lorsqu’elle était au faîte de sa popularité. Mais qui que ce soit, il avait parfaitement raison.

À en juger par le jeune homme endormi à côté d’elle, elle comprit qu’elle avait renoué avec le statut de “femme à succès”. La plupart des fils de ses amies étaient plus âgés que ce tas de muscles avec une coupe à la mode qui gisait à côté d’elle. Elle l’avait ramené la veille, après une fête privée au Ceresio 7, l’Olympe des clubs glamours milanais, choisissant parmi une dizaine de stars de la téléréalité, d’acteurs à la petite semaine, de mannequins et de danseurs qui lui avaient fait les yeux doux toute la soirée tels des chiots dans un chenil. L’heureux élu était un ex-séducteur de *L’Île de la tentation*, beau comme un dieu grec, mais dépourvu de la moindre qualité intellectuelle ou artistique. Après une saison, sa carrière était déjà terminée. Vingt-sept ans, un corps parfait que Luana avait chevauché dans toutes les positions, l'essorant pour en tirer tout le plaisir possible.

— Il y aurait moyen d'être invité dans ton émission ? lui avait-il demandé entre deux parties de jambes en l'air, le regard plein d'espoir.

Luana lui avait répondu exactement ce que lui disaient les producteurs télévisés trente ans plus tôt : "Ça dépend…"

Ça dépend… Deux mots qui stimulaient la libido de ce genre d'apollon plus sûrement qu'une plaquette de Viagra. Il avait tout donné pour obtenir une "apparition" dans *Verdict*.

Les draps étaient encore humides de sueur. Le chiot dormait toujours. Luana s'apprêtait à le réveiller pour le chasser de chez elle, afin de s'accorder un bain chaud en toute solitude, lorsque son téléphone se mit à vibrer.

Son assistante lui avait transféré une nouvelle vidéo du Dentiste. Luana ferma les yeux et poussa un soupir de plaisir. Même le jeune éphèbe n'avait pas réussi à lui offrir un orgasme aussi intense.

Il est passé à la vitesse supérieure, se dit-elle une fois la vidéo terminée.

Elle composa le numéro de son assistante.

— Combien de temps nous reste-t-il avant la fin du vote ?

— Plein. Environ deux heures quarante.

— Parfait. Envoie un taxi chez moi. Tout de suite.

— Mais…

— On organise une émission spéciale. Je me charge d'en parler au directeur. Je veux un direct. Mieux, un "marathon" jusqu'au résultat du vote. Ramasse-moi quelques invités et les premiers polémistes qui te tombent sous la main et…

— Je peux venir aussi ? dit le jeune, soudain réveillé.

— Toi, la ferme. Tu t'habilles et tu dégages… Jennifer ?

— Je suis là.

— Fais ce que je t'ai dit, compris ? Je peux être là d'ici une demi-heure. Dix minutes de maquillage, ça nous laisse environ deux heures d'émission.

— Mais…

— Y a pas de mais. Lance sur les réseaux le hashtag #marathonrubicondi, OK ? Annonce qu'on va diffuser un épisode spécial de *Verdict*. Les gens vont devenir dingues.

— Comme tu veux, Luana.

Exactement, pensa la présentatrice, raccrochant pendant que l'éphèbe se volatilisait. Comme je veux.

48

Douches du vestiaire des femmes, questure de Cagliari

FACE au miroir, Mara se donna un coup de peigne et, une fois sûre qu'elle était seule, se refit une beauté express. Elle n'avait pas encore rangé sa trousse de maquillage qu'elle fut frappée par un sentiment de culpabilité, impitoyable.

Il y a dans la nature un fils de pute qui tient tout le pays en échec, qui pratique une justice sauvage, et toi tu penses à te maquiller ? Sois honnête avec toi-même et demande-toi pourquoi tu le fais. Quel est l'intérêt de se pomponner avant un interrogatoire ?

— Strega, lança-t-elle à son reflet dans le miroir.

Mara ne savait pas quelle mouche l'avait piquée, mais elle éprouvait une irrésistible attraction pour le criminologue. Elle en était surprise, parce que ce genre de régression hormonale d'adolescente ne lui était jamais arrivé, et parce que le moment choisi était absurde, étant donné l'enquête qu'ils devaient affronter et la friabilité du terrain sur lequel ils évoluaient. Et pourtant, le désir de lui taper dans l'œil – professionnellement comme physiquement – conditionnait sa contribution à l'enquête ; elle avait conscience de ne pas être entièrement lucide et elle craignait que ses collègues ne s'en aperçoivent si elle continuait ainsi.

Chaque fois que la distance avec Strega se réduisait à moins d'un mètre, Mara s'emballait comme une boussole à proximité d'un aimant et sentait son sang bouillonner. Son jugement s'altérait, les mots s'embrouillaient et le désir obscurcissait ses pensées. Elle avait beau se répéter qu'elle était une professionnelle, une inspectrice sérieuse et rigoureuse, une femme divorcée avec une enfant à charge, qui ne pouvait pas compter sur l'aide de son ex-mari, c'était comme si ses principes et ses freins inhibiteurs sautaient les uns après les autres dès qu'elle respirait le parfum du criminologue, qu'elle frôlait ce physique marmoréen, qu'elle entendait sa voix profonde ou se perdait dans son regard. La mère et la policière s'éclipsaient, et il ne restait plus que la femme Mara Rais.

Accabba ! Tu es juste en crise d'abstinence et ce salaud est beau comme un Dieu… Mais c'est ton supérieur, donc arrête avec tes scénarios où il te jure un amour éternel, où vous vous mariez et vous partez en lune de miel aux Caraïbes, et concentre-toi sur l'affaire.

Facile à dire.

Elle se lava les mains puis, tenaillée par le doute, ressortit son rouge à lèvres et finit par en remettre une couche.

— Tu me fais pitié, Mara Rais, murmura-t-elle au miroir. Tu es vraiment tombée bien bas, s'il te suffit de trois mots gentils et d'une miette d'attention de la part d'un bel homme pour te lancer comme ça dans tes fantasmes.

La porte s'ouvrit à la volée, la faisant sursauter. Son sac tomba par terre, et avec lui tout son contenu.

— Tu te bouges ? fit Eva. On t'attend.

— *Squartarara** *!* Tu m'as fait peur, dit-elle en se penchant pour récupérer ses effets personnels, le cœur battant la chamade.

— Tu te faisais belle pour quelqu'un ? la railla Eva à la vue du maquillage.

— *Mi d'accabbasa*** *?* mitrailla Mara en dialecte.

Eva ricana.

— Dépêche-toi, il ne manque que toi.

— *Eja*, c'est bon, j'ai compris… J'arrive.

Avant de sortir, Mara ne put s'empêcher de jeter un dernier regard à son reflet dans le miroir.

* Maladroite, andouille (sarde).

** Arrête ça (sarde).

49

Salle d'interrogatoire n°1 de la brigade mobile, questure de Cagliari

PALAMARA trépignait en regardant sur le moniteur Rais et Croce interroger la femme du magistrat, flanquée de son avocat, un requin de la pire espèce, à en croire les rumeurs. À sa chemise froissée, on devinait que le Sicilien n'était pas non plus rentré chez lui ce jour-là.

— *Chi cammurìa*[*], cette histoire, bougonna-t-il, exaspéré. Putain, mais on pourrait pas avoir un peu de cul, juste une fois ? Pardonnez-moi, madame la substitut.

Adele Mazzotta l'ignora, se tournant vers Vito Strega.

— À votre avis, pourquoi arrache-t-il les dents des victimes, professeur ?

— Il s'agit très vraisemblablement d'une symbolique animale. Il part du principe que les victimes sont des bêtes nuisibles. En leur ôtant les crocs, il les empêche de mordre.

* Quelle saloperie (sicilien).

Il les dompte et les rend, allégoriquement, impuissantes, expliqua le criminologue.

— Un message clair et direct, en somme, en bon populiste qu'il est. C'est une allégorie efficace.

— Oui, il joue beaucoup avec l'imaginaire collectif de la population et parle à ses tripes. Ainsi, il peut la modeler à sa guise.

— Et son déguisement ?

— D'un côté, il y a l'intention manifeste d'occulter son identité, de l'autre, c'est comme si ses vidéos étaient la mise en abyme ultime de ses actes. Une scène métathéâtrale, où se joue son propre drame.

— Du pain et des jeux, commenta Mazzotta. La plèbe a besoin d'être divertie, et qu'y a-t-il de plus divertissant que le sang ?

— Exact, acquiesça Strega. Et avec le côté émotionnel de son "spectacle", il paralyse le sens critique des gens, et plus généralement leur sens de la réalité. Le public n'a plus l'impression de participer à quelque chose de réel. C'est comme si les gens scellaient avec lui un pacte de suspension de l'incrédulité et devenaient parties prenantes de ce théâtre virtuel. Pour que l'effet fonctionne à plein, il a recours au masque le plus populaire de la *commedia dell'arte*...

— Arlequin. L'esclave rebelle.

— Et le prix de cette petite comédie, c'est nous qui le payons, grommela Palamara, en secouant la tête.

— Jamais je n'ai constaté une telle maîtrise du langage et une connaissance aussi spécifique du système judiciaire chez aucun des criminels auxquels j'ai eu affaire, à l'exception de certains policiers corrompus. Il fait preuve d'une éloquence rare. Qu'en pensez-vous ? le pressa Mazzotta.

Stregа se demanda jusqu'où il pouvait s'exposer. Les deux enquêtrices lui avaient garanti que Mazzotta était une femme compétente, qui n'avait pas hésité à leur faire confiance dans l'affaire Dolores Murgia, les soutenant même quand la situation avait mal tourné. Il décida de ne pas se dérober.

— Au vu de sa manière de dominer la situation, de son talent oratoire et de sa foi inébranlable dans la mission qu'il s'est arrogée, nous commençons à penser qu'il pourrait s'agir d'une victime du système, voire de quelqu'un qui a décidé de se rebeller en interne.

— Ça ne réduit pas le champ des suspects ; ça l'élargit, même.

— En effet.

— Et le timing ? L'intervalle entre les deux événements est très rapproché.

— C'est un trait caractéristique de notre individu. D'ordinaire, un tueur en série connaît une période d'accalmie entre deux meurtres. C'est ce qu'on appelle le *cooling-off*, une sorte de phase de refroidissement, qui fait que chaque crime est vécu comme une expérience distincte et séparée. Généralement, quand un criminel de ce genre passe entre les mailles du filet, il devient plus compulsif et se laisse aller à une sensation de toute-puissance guidée par ses instincts bestiaux. C'est là que le temps d'accalmie s'amenuise de plus en plus, dans une sorte de boulimie homicide.

— Ce n'est pas le cas ici ? demanda Mazzotta, fascinée par son explication.

Strega secoua la tête.

— J'ai peur que tout ait été froidement prémédité depuis longtemps, suivant un calendrier bien précis. C'est comme s'il connaissait à la perfection le tempo médiatique. Il savait depuis le début qu'il trouverait un relais dans les émissions télé de "justice-spectacle". De même qu'il sait parfaitement que pour profiter au maximum de l'attention du public, il doit être médiatiquement présent, "produire du contenu", au risque que la précipitation le pousse à l'erreur.

— Et il en a commis ?

Strega examina la proxémie de la femme du magistrat corrompu. Son attitude, son regard fuyant, ses mains en quête permanente d'un objet sur lequel décharger son anxiété, sa voix tremblante, tout cela le persuadait qu'elle n'était pas seulement anéantie d'avoir vu son mari dans la vidéo, mais qu'elle cachait un secret qui pouvait s'avérer décisif pour l'enquête. Telle était la véritable source de son angoisse.

— Oui, je crois que oui.

Il sentit sur lui les yeux avides de Palamara et Mazzotta.

— Et on peut savoir ce que ça serait, cette putain d'erreur ? explosa Palamara.

Strega désigna Maria Elena Fois.

— Elle.

50

Bureaux de la brigade mobile, questure de Cagliari

Les enquêteurs de la DIGOS voulaient prendre le relais de Rais et Croce pour l'interrogatoire. Ils piaffaient devant la salle depuis près d'une heure. Strega comprit que Palamara n'allait plus pouvoir les retenir très longtemps. Cette enquête se révélait non seulement une guerre contre le temps, mais également – comme toujours quand les affaires avaient une résonance médiatique – une lutte interne à la questure, et plus largement au sein du service.

— Pourquoi vous nous avez interrompues ? On tenait un bon rythme, ça se passait bien, râla Mara, en entrant dans la pièce. Encore quelques minutes et elle aurait craqué.

Même Eva, celle des deux qui lui faisait le plus confiance d'habitude, dévisageait Strega avec suspicion.

Il ferma la porte de leur bureau.

— Non. On ne va nulle part comme ça, et il faut qu'on accélère. Qu'on lui force un peu la main.

— Dans quel sens ? Et comment, surtout ? répliqua Mara.

— Maria Elena Fois protège quelqu'un, dit-il.

La phrase jeta un froid.

— Vous pensez qu'elle est de mèche avec le Dentiste ?

— Non. Ce n'est pas ce que j'ai dit, Rais. Mais elle couvre quelqu'un. Un homme, certainement.

— Je ne comprends pas, professeur, fit Eva.

— On est deux, alors, renchérit Mara.

Vito Strega retira sa cravate et la fourra dans une poche de son trench. Il détacha le premier bouton de sa chemise et fit craquer son cou.

— Faites preuve d'un tout petit peu de patience et suivez-moi.

Je te suivrais au bout du monde, mon chou, pensa Mara, le dévorant des yeux.

— Nous sommes tous les trois allés chez lui, reprit le vice-questeur. Et nous avons vu le genre de forteresse qu'est cette villa. Dans le laps de temps au cours duquel le magistrat a disparu, toutes les caméras étaient hors d'usage. Pourquoi ? Fois n'était pas chez elle, la seule option serait donc que lui-même ait désactivé le circuit de vidéosurveillance. Mais pour quel motif ? Nous savons qu'il était paranoïaque en matière de sécurité personnelle, et qu'il exigeait la même prudence de la part de sa femme.

— Quelqu'un d'autre aurait pu les désactiver. Celui qui l'a enlevé, par exemple, fit remarquer Mara comme si cela tombait sous le sens.

— Et comment serait-il entré ? La maison ne présentait aucun signe d'effraction.

Mara et Eva se regardèrent, perplexes.

— Pour accéder à la propriété, il faut entrer un code et avoir les clefs. Mais au-delà de ça, l'intérieur de la villa, aux dires de Fois, ne présentait aucune trace de lutte ni rien de ce genre. On peut donc légitimement penser que soit la femme ment, soit le magistrat connaissait l'homme qui l'a enlevé. Ou alors il a été pris par surprise.

— La femme ment sur quelque chose, dit Eva. Ça, j'en suis certaine.

— Elle ne ment pas. Elle omet, la corrigea-t-il.

— Quoi ? demanda Mara.

— Non pas quoi, mais qui, dit Eva, qui commençait à comprendre où il voulait en venir. La scientifique n'a pas relevé d'autres empreintes que celles des deux époux, de leur fils et de la baby-sitter. Donc, si Pintore a été enlevé, son ravisseur a pris soin d'effacer ses traces, ou alors il portait des gants. Un détail qui aurait dû mettre la puce à l'oreille du magistrat, non ?

— Elle aurait pu faire le ménage, dit Mara.

— Non. Elle est étrangère à l'enlèvement, affirma Strega. Elle ne joue aucun rôle dans le crime. Vous l'avez observée, non ? Elle n'a pas le sang-froid nécessaire.

— Donc vous estimez que quelqu'un est entré sans attirer l'attention du maître de maison ?

— Exactement, confirma-t-il, en leur tendant des relevés téléphoniques. Jetez un œil là-dessus. Ça vient juste d'arriver. C'est la liste des appels de Fois. Après notre arrivée, quand elle a dit qu'elle se sentait mal et que tu l'as accompagnée aux toilettes, Croce, elle a effacé quelques numéros dans la liste des appels sortants. Elle n'a pas seulement téléphoné au numéro de son mari, mais, de manière répétée, a celui que j'ai souligné et qu'elle s'est empressée de supprimer.

— Sale *bagassa*..., siffla Mara.

— Elle s'est mise à appeler ce numéro frénétiquement après être rentrée chez elle, ne trouvant pas son mari.

— À qui appartient-il ? demanda Eva.

— Au compte d'un Chinois qui en a deux cents à son nom, littéralement.

— Mon Dieu… Donc c'est un numéro acheté au marché noir, dit Mara. Intraçable.

— Exactement. Et il a été désactivé hier soir. Si on remonte dans le temps, elle a appelé ce numéro tous les jours, plusieurs fois par jour, depuis environ trois mois.

Les visages des deux inspectrices étaient tendus.

Strega poursuivit :

— Depuis longtemps, Pintore restait cloîtré chez lui, craignant une vengeance de la part des personnes qu'il avait fait incarcérer injustement, se contentant – d'après ce que nous a raconté sa femme – d'une ou deux sorties publiques par semaine. Le Dentiste savait qu'il ne pouvait pas l'enlever au grand jour, dans un lieu public. Il avait besoin d'entrer chez lui. Mais comment ?

— En utilisant sa femme comme cheval de Troie, devina Mara.

— Voilà.

— Donc il l'aurait amadouée ? demanda Eva.

— Il l'a baisée, plus vraisemblablement, fit Mara avec la délicatesse qui la caractérisait.

— Cette fois je suis d'accord avec toi, Rais, répondit-il.

— Alors elle le défend parce qu'elle en pince pour lui ?

— C'est fort probable, Croce.

— Si je comprends bien, vous êtes en train de dire qu'elle pourrait avoir couché avec le ravisseur de son mari ? Avec le Dentiste ?

D'un signe de tête, Strega indiqua la salle d'interrogatoire.

— Retournez là-dedans et découvrez-le.

— Mais si elle l'a protégé jusqu'à maintenant, comment va-t-on la convaincre de parler ?

— C'est vrai qu'on t'appelle le Pitbull, Rais ? demanda-t-il avec un sourire.

Mara fronça le nez d'un air outré, fusillant du regard sa partenaire qui haussa les épaules, affectant un air innocent.

— Prouve-moi que c'est vrai, continua-t-il, en lui tendant un sachet plastique pour pièces à conviction. Utilise ça et tu verras un peu si elle parle.

51

Salle d'interrogatoire n°1 de la brigade mobile, questure de Cagliari

PALAMARA et Mazzotta interrompirent la conversation entre Fois et les deux inspectrices, prétextant devoir s'entretenir en privé avec l'avocat. Celui-ci s'empressa de recommander à sa cliente de ne rien dire en son absence.

Dans la salle vidéo, Strega suspendit nonchalamment l'enregistrement.

À partir de là, les caméras et les micros dissimulés dans la salle d'interrogatoire continueraient de filmer et d'écouter, mais sans rien mémoriser. Mieux valait ne pas garder de trace de ce qui allait se produire.

Depuis qu'elles avaient repris l'interrogatoire quelques minutes plus tôt, Mara s'était contentée de poser le sachet sur la table sans fournir d'explication. Elle le tapotait avec ses ongles au vernis gel pourpre, s'enfermant dans un mutisme absolu et foudroyant Fois des yeux.

— Madame, il faut qu'on avance, dit Eva quelques minutes après la sortie de l'avocat. Le temps file, et il est inutile de vous rappeler que votre mari risque sa vie à chaque seconde qui passe, n'est-ce pas ?

Maria Elena Fois la dévisageait d'un air hébété, sans prononcer un mot, évitant le regard inquisiteur de Mara.

— Madame, nous avons relevé des contradictions dans votre version des faits. Jetez un œil là-dessus. Vous reconnaissez le numéro surligné ?

— Il ne suffit pas d'effacer les appels de l'historique du téléphone pour s'en débarrasser, intervint Mara. Ils restent sur les relevés de l'opérateur. Vous avez cherché à effacer les appels vers ce numéro qui, au cas où vous ne le sauriez pas, n'est plus attribué.

Le tapotement des ongles de Mara se fit plus rythmé, plus nerveux.

— Vous n'avez rien à nous dire à ce sujet ? insista Eva.

Muette comme une carpe.

— Sachez qu'il ne faudra pas longtemps à nos techniciens pour remonter au contenu des messages que vous avez échangés sur Line et Telegram. Nos collègues y travaillent déjà. Et si vous nous faisiez gagner du temps ?

Rien.

Au rythme de ses ongles, Mara ajouta le claquement agaçant de ses Jimmy Choo.

— Cette réticence à parler est quelque peu suspecte, vous savez ?

— Mon avocat m'a dit de…

— On l'emmerde, l'avocat, tonna Mara. On parle de la vie de votre mari, là.

— *Calmarì*, dit Eva en dialecte. (À force de passer toutes ces heures avec Mara, quelques mots de cagliaritain s'étaient glissés dans son vocabulaire.) Comme vous voudrez, continua-t-elle en se retournant vers Fois.

Elle tira du dossier une série de photos au format A4 qu'elle lui présenta.

— Quels genres de rapports entretenez-vous avec cet homme ?

Maria Elena Fois pâlit encore davantage à la vue des captures d'écran des caméras du tribunal. Elles représentaient le sujet correspondant à la description physique du Dentiste.

— C'est à lui qu'appartient ce numéro, n'est-ce pas ?

Le regard désespéré de la femme chercha à se raccrocher à un élément de décoration, en vain ; cette pièce aseptisée ne contenait rien d'autre que la table et les chaises, de sorte que les yeux, ne trouvant aucun appui, étaient contraints de croiser ceux de la personne en charge de l'interrogatoire.

— Vous entretenez une liaison avec lui ? la pressa Eva.

Excellent, pensa Strega en les voyant à l'œuvre. Encore quelques minutes et elle va céder.

Il entendit des pas dans le couloir. Il jeta un œil : Palamara et Mazzotta revenaient avec l'avocat.

— Merde, siffla-t-il.

Il avisa sur un bureau un gobelet en plastique contenant deux doigts de café froid et s'en empara. Il sortit dans le couloir avec le gobelet dans une main et son portable dans l'autre. Il marcha tête baissée, prétendant lire un message sur son téléphone.

— Attention, dit Palamara.

Au son de la voix de son supérieur, avec la spontanéité d'un acteur rompu à l'exercice, Strega sursauta et renversa le café sur l'avocat, trempant sa chemise et son costume.

L'avocat jura violemment, sourd aux excuses du vice-questeur. Palamara aussi agonit Strega d'insultes, puis il indiqua les toilettes à l'avocat. Mazzotta afficha un sourire complice que Vito Strega lui rendit. Sa petite mise en scène venait de leur faire gagner quelques précieuses minutes.

52

Salle d'interrogatoire n° 1 de la brigade mobile, questure de Cagliari

Eva planta ses coudes sur la table et se pencha en avant. Le passage au tutoiement indiquait qu'elle en avait marre et voulait en finir au plus vite.

— Maria Elena, en ce moment les gens sont en train de voter pour savoir si ton mari doit mourir ou pas, et crois-moi : ce n'est pas un jeu. Cette personne…, dit-elle en tapotant les photos, a été reconnue par un enfant auquel elle a remis des dents. Les dents de Riccardo… Maintenant, si tu veux te donner une toute petite chance de sauver le père de ton fils, je te demande de nous dire tout de suite qui est cet individu, et de nous fournir toutes les informations dont tu disposes sur lui. Nous le soupçonnons de t'avoir utilisée pour arriver à Riccardo. C'est bien le cas, n'est-ce pas ? Tu dois l'avoir compris aussi, maintenant.

Fois s'était murée dans un silence baigné de larmes. Elle ne semblait pas avoir l'intention de coopérer.

Eva se dit que Pintore devait être du genre très rancunier, pour que sa femme ait si peur d'admettre qu'elle l'avait trompé. Rancunier et puissant.

— Maria, je ne voulais pas en arriver là, mais si tu ne parles pas, tu risques d'être accusée d'entrave à la justice. Tu comprends ?

La menace n'eut pas plus d'effet.

Eva lança un regard complice à sa partenaire, prélude au plan B.

Mara ne se fit pas prier.

— Écoute, je crois qu'on n'en tirera rien, de celle-là. Va me chercher un café, tu veux ? dit-elle en soupirant. Elle, tu lui prends rien, elle est déjà bien assez agitée comme ça.

Eva obéit et les laissa seules, rejoignant Strega dans la salle vidéo.

— Je ne saisis pas ce qui la bloque, s'ouvrit-elle au criminologue.

— Un mélange de peur et de honte, je pense. Et peut-être qu'elle ne se rend pas compte de la gravité de la situation. Elle est encore en état de choc.

— Si elle est en état de choc maintenant, elle ne sait pas ce qui l'attend.

Dans la salle d'interrogatoire, Mara se leva, arracha violemment les scellés du sachet et en vida le contenu sur la table sous les yeux effarés de Maria Elena.

Une trentaine de dents tintèrent sur la table.

La femme eut un mouvement de recul instinctif, cherchant à se lever.

Mara l'en empêcha en la repoussant de tout son poids sur la chaise.

— Ah, non, ma chère… Regarde bien. Elles appartiennent à ton mari, lui murmura-t-elle à l'oreille. Tu vas te décider à parler, sale garce, ou tu veux attendre qu'il nous le rende morceau par morceau ?

Maria Elena étouffa un cri, prise d'hystérie.

— S'il meurt de la main de cet enfoiré, je te coffre pour complicité de meurtre, sache-le. Regarde… Regarde ! Imagine la douleur qu'il a éprouvée quand on les lui a arrachées, une par une.

La femme ne répondit pas. Elle contemplait les dents comme si elles étaient une créature vivante. Elle tremblait de tout son corps.

— Alors ? *Bolisi chistionai*[*] ? hurla Mara en la secouant.

La digue se rompit et la femme se mit à vomir un flot de paroles, si bien que Mara dut lui dire d'y aller doucement et de tout reprendre depuis le début.

— *Cu avi lingua passa u mari*, commenta Palamara derrière Croce et Strega, observant la scène sur le moniteur.

Eva lui lança un regard perplexe. Elle n'avait pas encore décidé, du sarde ou du sicilien, lequel était le plus incompréhensible pour elle.

— Qui se met en valeur surmonte la difficulté, traduisit Strega. Je le sais parce qu'il me répétait ça en boucle. Mazzotta ?

— Je lui ai conseillé d'aller faire un tour.

— Excellente idée. Je ne crois pas qu'elle aurait approuvé ce genre de méthode.

Au bout de quelques minutes, les policiers avaient toutes les informations nécessaires, parmi lesquelles l'adresse du Dentiste, où la femme avait avoué – jurant ses grands dieux qu'elle ignorait totalement que c'était lui – être allée plusieurs fois.

* Tu vas parler, bon sang (sarde).

— Croce, prends une équipe de renfort avec toi et foncez là-bas, ordonna Palamara. J'envoie les forces spéciales vous ouvrir la voie. Soyez prudents.

Les deux policiers acquiescèrent et partirent en courant, percutant l'avocat qui tomba les fesses par terre dans le couloir.

— Encore désolé ! lança Strega sans s'arrêter.

Eva ne put se retenir de rire.

L'avocat jura et se précipita dans la salle d'interrogatoire. Il se figea en voyant sa cliente recroquevillée dans un coin, en larmes, tandis que l'inspectrice, à l'aide d'un stylo, remettait dans un sachet ce qui avait tout l'air d'être des dents humaines.

— Qu'est-ce que c'est que ce bordel ? demanda-t-il, outré.

— On jouait au dentiste pour tuer le temps, répondit Mara avec un sourire candide.

53

Assemini, communauté urbaine de Cagliari

L'ADRÉNALINE semblait imprégner l'air nocturne, avec la testostérone émanant des hommes des NOCS* et des policiers envoyés par Palamara en renfort. C'était l'usage dans ce genre de situation : on cherchait à exorciser la peur en faisant preuve de violence et d'agressivité, en se rentrant dedans comme une bande de gorilles. Mais c'était de l'esbroufe. Fragiles sous leur carapace, aurait dit la psychologue d'Eva. Derrière cette virilité ostentatoire, il y avait un noyau d'angoisse profonde et la crainte de commettre une erreur qui pouvait tout faire capoter.

Eva remarqua qu'au milieu de ce rassemblement de flics exsudant la masculinité par tous les pores, Vito Strega évoluait avec fluidité et discrétion, comme s'il était étranger à tout ce cirque de film d'action. Il n'avait pas besoin de jouer les machos.

* Noyau opérationnel central de sécurité : forces spéciales de la police d'État.

Eva n'avait pas encore compris si c'était son aspect imposant, la couleur de sa peau ou l'aura de mystère qui l'enveloppait, mais d'une manière ou d'une autre le criminologue réussissait toujours à aimanter toute l'attention sur lui ; on le sentait à la manière qu'avaient les autres de le dévisager, curieux et effrayés. Il semblait s'en moquer, reclus dans cette concentration zen qui le distinguait. Depuis qu'ils avaient quitté la questure, il avait prononcé une dizaine de mots tout au plus, avant de s'enfermer dans un mutisme qui inquiétait Eva.

— Le truc des dents, c'était un coup de génie, professeur, dit-elle pour dissiper la tension de l'intervention imminente.

En réalité, ce qui restait de la denture du magistrat était encore dans le bureau de l'odontologue médico-légal ; Strega avait pris dans la salle des scellés les dents du pédophile, qui avaient déjà été archivées. Mais Fois n'en savait rien, et elle avait mordu à l'hameçon.

— Je sais que ce n'est pas une pratique très orthodoxe, mais il fallait qu'elle nous croie d'une manière ou d'une autre, répondit-il, flegmatique, en attachant son gilet pare-balles.

Eva hocha la tête et retira son perfecto pour enfiler elle aussi son Kevlar ; il n'y avait pas grand-chose à craindre, puisqu'ils entreraient après les forces spéciales, mais c'était la procédure.

— Tu pratiques la natation, Croce ? lui demanda-t-il en la détaillant.

Devant son air perplexe, il désigna ses bras toniques et ses épaules bien dessinées.

— Tu as un physique athlétique.

— Ah, non… Je fais du surf. Ça m'aide à décompresser. Je rame beaucoup avec les bras, expliqua-t-elle.

Strega s'apprêtait à répondre lorsqu'il vit les forces spéciales se préparer à l'intervention. Il se mit en file. Eva le suivit, en position tactique. Ses mouvements dissimulaient une profonde nervosité. Quand il avait fait cette remarque sur sa forme physique, Eva avait découvert qu'elle avait envie de se sentir vivante et désirée ; c'était quelque chose d'inédit, qui ne lui était plus arrivé depuis bien longtemps.

Arrête de penser à ces bêtises et concentre-toi, se dit-elle.

Le chef d'équipe des NOCS donna le signal aux autres et, avec une fougue et une détermination animales, les policiers firent irruption dans l'appartement que Maria Elena Fois avait indiqué comme celui du Dentiste.

54

Salle d'interrogatoire n°1 de la brigade mobile,
questure de Cagliari

QUAND l'avocat avait découvert que sa cliente avait entretenu au cours des derniers mois une relation sentimentale avec celui que les enquêteurs soupçonnaient d'être le justicier, toute sa pugnacité avait reflué, et il avait conseillé à Maria Elena une collaboration entière et transparente.

Elle avait été approchée dans une situation anodine par cet homme immense qui lui avait tapé dans l'œil. Ils s'étaient rencontrés à une autre occasion non moins fortuite – sans doute pas si fortuite que ça, pensa Mara – et ils avaient échangé leurs numéros de téléphone, plus par jeu qu'autre chose. Le colosse s'était présenté sous le nom de Nicola Oliana. Un quart d'heure avait suffi à Mara pour établir que cette identité – comme elle l'avait imaginé – était fausse. L'homme s'était montré très vieille école, n'avait pas précipité les choses, l'avait laissée consolider le lien, le transformer en sentiment. Il semblait la connaître mieux qu'elle ne se connaissait elle-même, et réussissait toujours à anticiper ses besoins et ses désirs. Leurs rencontres clandestines s'étaient multipliées, surtout dans l'appartement d'Oliana, dans le quartier d'Assemini, où Maria Elena avait envoyé les policiers. Mais pas seulement, avait précisé Fois entre deux crises de larmes, à la consternation de son avocat : à au moins quatre reprises, quand son mari était en déplacement, Maria Elena avait invité son amant dans la villa de Poggio dei Pini.

— Vous n'avez pas eu peur qu'il reste une trace de vos rendez-vous sur les enregistrements des caméras ? avait demandé Mara.

Maria Elena avait secoué la tête, en disant qu'elle avait d'abord pris soin d'effacer les bandes où on les voyait ensemble, et qu'elle avait fini par désactiver tout le circuit de vidéosurveillance pendant la durée de leurs rendez-vous.

— Et il a assisté à cette opération ? avait demandé Mazzotta.

Rouge de honte, Maria Elena avait acquiescé.

— Vous sauriez par hasard quelle voiture il possède ? avait tenté Mara.

Maria Elena avait décrit le modèle. C'était le même que celui qui figurait dans le rapport de la scientifique sur la scène de crime de Serramanna, déduit à partir des traces de pneus et autres relevés techniques.

— Vous vous souvenez s'il est droitier ou gaucher ?

— Gaucher. Sans l'ombre d'un doute.

Quand elle leur révéla que la veille elle avait perdu les clefs de chez elle dans l'appartement d'Oliana, Mara n'avait pu se contenir : elle avait juré et lancé une bouteille d'eau contre le mur dans un accès de colère.

L'avocat avait alors réclamé une pause de quelques minutes pour permettre à sa cliente de reprendre ses esprits ;

une façon aimable de dire à l'inspectrice de se calmer un peu, si elle voulait poursuivre cette conversation.

— Je sais que la situation est tendue, mais veille à garder la tête sur les épaules, Rais, dit Palamara une fois que les deux enquêteurs eurent fermé derrière eux la porte de la salle d'interrogatoire. Ce n'est pas le moment de craquer.

Mara s'excusa et lui demanda :

— Des nouvelles de Strega et Croce ?

— Ils interviennent en ce moment même. Qu'est-ce qu'ils vont trouver, à ton avis ?

— Sincèrement ? Rien du tout. Cet enfoiré a approché la femme de Fois il y a trois mois, sûrement après l'avoir étudiée à fond et s'être fait une idée de ses fragilités, de ses goûts et des points faibles sur lesquels faire pression. Ce qui confirme la thèse du professeur Strega. Il s'agit d'un individu extrêmement organisé et planificateur. En se basant là-dessus, il me paraît absurde de croire qu'il ait pu laisser la moindre trace dans cet appartement. Et il est clair qu'il a dû entrer dans la villa avec les clefs de cette gourde. Non seulement il savait comment y accéder, mais aussi comment désactiver les caméras.

— L'appartement d'Assemini. Vous pensez qu'il ne l'a utilisé que pour leurs rendez-vous ? demanda Mazzotta.

— C'est très probable. Il était certain qu'on allait finir par remonter jusqu'à elle, et la forcer à tout révéler.

— J'ai mis les collègues de la postale sur son compte téléphonique, dit Palamara.

— Je n'attends pas grand-chose non plus de cette piste-là, déclara Mazzotta. Espérons seulement qu'il ait commis une erreur, qu'il ait laissé une trace quelconque à Assemini.

Palamara et Rais hochèrent la tête.

En réalité, Mara jugeait cette éventualité quasiment impossible.

55

Assemini, communauté urbaine de Cagliari

QUAND les forces spéciales laissèrent le champ libre aux policiers, Vito Strega et Eva Croce se trouvèrent devant un appartement entièrement vide, comme s'il était inhabité depuis des mois. Une forte odeur d'eau de Javel et d'ammoniaque flottait dans les pièces. Quelques minutes suffirent aux inspecteurs pour arriver à la conclusion que le Dentiste avait effacé non seulement tout élément compromettant, mais aussi la moindre trace biologique qui pourrait conduire jusqu'à lui.

Par curiosité, ils entrèrent dans la salle de bain. Elle paraissait plus stérilisée qu'une salle d'opération.

— Il nous a bien baisés, commenta Eva, clignant des yeux devant les puissants relents d'alcool.

— Tu veux parier qu'il n'y a aucun contrat de location sur ce bien ? fit Strega en revenant dans le salon.

— Pas question. Je perdrais.

— Il a certainement payé plusieurs mois d'avance. En espèces, naturellement, et le propriétaire aura fermé les yeux sur toute la paperasse.

— Je le crains également.
— Combien de temps reste-t-il avant l'échéance du vote ?
— Moins d'une heure.
— Tant mieux, commenta un des techniciens de la scientifique en enfilant sa combinaison en Tyvek. Pourquoi la société devrait-elle souffrir de la disparition prématurée d'une vermine pareille ? Ça nous fera juste économiser l'argent du procès et de son séjour en prison. Moi je lui donnerais une médaille, au Dentiste.
— Donc j'imagine que tu as voté, Muscas, répliqua Eva.
— Vous imaginez bien, inspectrice. Et je n'en ai pas honte.
Eva fit quelques pas en direction du technicien, prête à croiser le fer, mais Strega la retint par le bras.
— Ça n'en vaut pas la peine. Nous avons encore une heure. Rentrons à la questure. On perd notre temps ici. (Puis, se tournant vers l'équipe :) J'attends un travail d'orfèvre, comme si c'était une scène de crime normale. Si d'aventure j'apprends que vous avez fait preuve de la moindre négligence, j'utiliserai tous les moyens à ma disposition pour vous faire perdre votre poste.
Soucieux de donner du poids à cette menace, le vice-questeur planta ses yeux dans ceux de Muscas.
— Ou alors vous nous fumez comme votre partenaire, fit un autre à voix basse, dès que les deux enquêteurs leur eurent tourné le dos.
Strega se figea et pivota lentement.
— Qui a parlé ?
Silence glacial. Tous les membres de l'équipe s'employèrent à vérifier qu'ils avaient bien enfilé leurs surchaussures.
— En tout cas, oui, reprit Strega. Si vous me la faites à l'envers, ça pourrait bien se finir comme ça.

Quand les policiers levèrent subitement la tête, incrédules, il leur adressa un clin d'œil et s'en alla.

— Préviens Rais que nous rentrons et que nous n'avons rien trouvé.

— Tout de suite, professeur, répondit Eva, un sourire amusé aux lèvres.

56

Bureaux de la section homicides et violences aux personnes, questure de Cagliari

PARLER avec sa fille avait été une bouffée d'air frais dans cette nuit lugubre. Mais elle se sentait coupable. Au bout du compte, c'était toujours Sara qui payait le prix de son travail. Et Sara avait beau être sensible et responsable, elle restait une enfant et elle avait besoin de Mara, qui devait jouer à la fois le rôle de mère et de père, vu que son ex avait allègrement sombré dans le gouffre d'une crise de la quarantaine. Sans parler des multiples tâches du quotidien : la vie suivait son cours, impitoyable, et se fichait bien des crimes violents, des inspectrices dans l'impasse et des psychopathes à arrêter. Mara songea qu'elle devait faire le ménage avant que l'appartement ne devienne le foyer d'une nouvelle souche virale, passer au supermarché, remplacer les pneus de sa voiture, si lisses qu'ils crissaient à chaque virage, payer les impôts locaux et la vignette, régler les frais de cantine de Sara, lui prendre un rendez-vous de contrôle chez le dentiste, réparer la fuite du lavabo, lancer des machines et repasser une montagne de linge…

Putain, il faut que je fume, sinon je fais un massacre, pensa-t-elle, interrompant la chaîne infinie des corvées ménagères et administratives à accomplir. Elle rejoignit Adele Mazzotta qui fumait sur le balcon, et lui demanda si elle aurait la gentillesse de lui laisser quelques taffes. Mazzotta lui offrit une de ses Marlboro, mais Mara refusa poliment.

— J'ai mis des années à arrêter, et je n'ai pas envie de recommencer maintenant. Mais j'ai vraiment besoin de deux taffes. Tout ce stress me tue.

Mazzotta eut un sourire solidaire et lui donna la moitié de sa cigarette.

— Je vais me laver les mains. À tout de suite.

Restée seule, Mara contempla le chatoiement des lumières de la ville et médita sur cette situation absurde. Quelques minutes plus tôt, Eva lui avait annoncé que le Dentiste avait "assaini" l'appartement d'Assemini, effaçant la moindre trace de son passage. Au ton grave de sa partenaire, elle avait compris qu'ils étaient revenus à la case départ.

On fait fausse route quelque part, pensa-t-elle en retrouvant le goût de sa nicotine bien aimée. C'est pas possible que cet enfoiré nous tourne en ridicule comme ça.

Elle ferma les yeux et essaya de chasser toutes les angoisses et toutes les pensées qui ne concernaient pas l'enquête. Elle passa de nouveau en revue l'ensemble des éléments qu'ils avaient recueillis, les décomposa et les analysa un à un.

Scène de crime nettoyée, pas une seule empreinte. Appartement décapé à la Javel et l'alcool. Il a dissimulé tous ses mouvements virtuels, murmura-t-elle, plongée dans ses pensées. Bref, du travail de pro.

Elle souffla la fumée vers le ciel étoilé.

Ce fils de pute a une peur panique qu'on mette la main sur une de ses empreintes. D'où cette manie de se transformer en Monsieur Propre et de faire le ménage partout. Pourquoi ?

Elle repensa au profil esquissé par le criminologue : un individu qui n'était pas esclave de pulsions psychopathologiques, mais qui obéissait à un plan précis et réfléchi dans les moindres détails. Qui pouvait atteindre un tel degré de sang-froid et de discipline ?

Un professionnel, justement, murmura-t-elle. Et il ne veut pas laisser d'empreintes parce qu'il est déjà fiché, putain !

Mara jeta son mégot et courut vers les bureaux.

Pour opérer avec ce détachement quasi clinique, c'est soit un flic, soit un militaire aguerri. Ou bien un professionnel du crime. Mais pas un délinquant à la petite semaine. Plutôt un tueur à gages ou quelque chose de cet ordre, se dit-elle en se précipitant vers le bureau du chef de la brigade mobile. Et toutes ces catégories ont ceci de commun : leurs empreintes sont enregistrées dans le système.

Elle ne savait pas pourquoi, mais elle trouvait la première hypothèse bancale, surtout à la lueur des soupçons de Strega sur ces deux meurtres étranges survenus l'année précédente. Elle avait plutôt tendance à penser que le Dentiste était un criminel avec un casier judiciaire, qui avait éprouvé dans sa chair l'expérience de la prison et savait désormais exactement comment passer entre les mailles du filet.

Elle frappa à la porte de Palamara.

— Entrez.

Mara entra, à bout de souffle. Il y avait un tel rideau de fumée dans la pièce que la prochaine cigarette risquait de déclencher l'alarme incendie.

— Quoi de neuf? dit le Sicilien.

— J'ai besoin d'entendre à nouveau Maria Elena Fois.

— Pourquoi ? Tu as pensé à une nouvelle façon de la torturer ?

— Non, chef. Je crois avoir compris comment on peut remonter jusqu'à lui.

57

Poggio dei Pini, Capoterra, communauté urbaine de Cagliari

VITO Strega éprouvait le besoin de nager quelques longueurs. Ça aurait été le moyen le plus rapide de se remettre à flot et d'évacuer le trop-plein de nervosité, pensait-il tandis que la voiture de service conduite par Eva s'engageait dans l'allée de la villa de Pintore, évitant la foule de journalistes et de cameramen massés devant le portail, tenus à l'œil par deux policiers en uniforme qui gardaient la propriété.

Eva baissa la vitre et déclina son identité.

— Les gars de la scientifique ? demanda-t-elle.

— Ils ont terminé il y a une dizaine de minutes, répondit le jeune homme en uniforme. Il n'en reste qu'un, avec l'inspectrice Rais.

— Elle est arrivée il y a longtemps ?

— Quelques minutes.

Eva hocha la tête et poursuivit vers l'entrée.

— On attend Mazzotta ? demanda-t-elle une fois sortie de voiture.

Strega jeta un coup d'œil à sa montre.

— Non, mieux vaut faire au plus vite. Et puis, elle est peut-être déjà là.

Ils sonnèrent au visiophone. Au bout de quelques secondes, la porte s'ouvrit et l'avocat de famille les invita à entrer. Strega reconnut l'odeur des substances chimiques employées par les techniciens pour leurs relevés qui, hélas, n'avaient mené nulle part.

— L'inspectrice Rais ? demanda Eva.

— Elle s'est installée dans la cuisine avec un technicien, répondit l'avocat. Par ici, je vous prie.

Strega avisa la femme du magistrat sur un des canapés du salon. Il la reconnut à peine. Elle semblait avoir pris dix ans. Elle tenait une tasse fumante dans ses mains. Camomille et Lexotan, à tous les coups, pensa-t-il. Il la salua d'un signe de tête et suivit Eva.

— Bienvenue, fit Mara, les yeux pétillants d'excitation.

Le technicien avait étalé un film plastique sur une table et semblait affairé à relever des empreintes digitales sur une chaussure de femme. En s'approchant, Strega s'aperçut qu'il s'agissait d'escarpins noirs vernis.

— Yves Saint Laurent, commenta Mara avec révérence. La grande classe.

— Ne me dis pas que…, commença Eva.

— Eh si, répondit Mara avec un sourire satisfait.

— Fabuleux, dit Strega. Comment ça t'est venu à l'esprit ?

— Je suis une criminologue manquée, vous savez…, le taquina-t-elle, plastronnant un peu.

— Mara…, la rabroua Eva.

— OK, OK. Je plaisante. Comment j'y suis arrivée ? Ben, à part mon génie d'enquêtrice, en utilisant ma tête et en écoutant le témoin. Quand vous m'avez dit que le

Dentiste avait fait le ménage de manière quasi industrielle, j'ai compris que ce fils de pute avait une peur bleue de laisser des traces, probablement parce que ses empreintes digitales étaient dans l'AFIS.

Strega hocha la tête et l'invita à poursuivre.

— Mais il a beau être un maniaque de la précaution, l'erreur humaine est toujours possible. Alors j'ai cherché l'erreur humaine. J'ai demandé à Fois de me raconter les détails de leurs rendez-vous, où ils se voyaient, ce qu'ils faisaient, etc. À un moment donné, elle a laissé échapper, les yeux pleins d'adoration, que ce salopard aimait lui masser les pieds.

— Tu vois un peu le genre, ironisa Eva.

— C'est là que la première étincelle a jailli. Il ne pouvait pas avoir fait ça avec des gants, n'est-ce pas ? J'avais remarqué qu'elle portait des talons, alors je lui ai demandé s'il s'était plié à ce rituel quand ils s'étaient vus la veille à Assemini. Elle m'a dit oui, et que dans son souvenir c'était lui qui lui avait enlevé ses chaussures. J'ai demandé quel modèle c'était, j'ai fait une recherche en ligne et j'ai vu qu'elles étaient vernies, donc une surface "imprimable"... Le résultat est sous vos yeux.

— Joli coup, Rais, commenta Eva, impressionnée.

— Vous arrivez à en tirer quelque chose ? demanda Vito Strega au technicien.

— Le pouce et l'index complets et nets. Et une bonne partie du majeur et de l'annulaire. Les empreintes sont bien grosses. Votre homme doit avoir de sacrées paluches.

Mara exécuta une révérence théâtrale.

— On dirait qu'on lui doit un bon dîner, dit Vito en se tournant vers Eva.

— Ça oui. Cette fois, elle l'a bien mérité.

— Attendez avant de crier victoire, parce qu'une bonne partie dépend de moi, tempéra le technicien.

— Ne l'écoutez pas, professeur. J'ai demandé le meilleur expert en dactyloscopie de la ville.

L'homme ricana.

— Elle ment, professeur. Nous ne sommes plus que deux à exercer.

— *Las callonisi*[*], Pinna ! Tu aurais pu jouer le jeu, bon sang.

L'expert sourit et photographia les empreintes mises en relief avec un appareil numérique ultra puissant. Après une dizaine de clichés, il traita la chaussure avec de la ninhydrine qui permettrait de révéler la luminescence des lignes papillaires quand il les analyserait au laser.

— Vous pouvez éteindre la lumière, inspectrice ? demanda-t-il au bout de quelques minutes.

Eva s'exécuta et il poursuivit ses examens.

— Merde, dit-il au bout d'un moment, les faisant tressaillir. Je crois que j'ai empiré la situation.

Eva retint son souffle, Mara un juron.

— Attendez un peu, alors, dit Strega, conciliant. Prenons quelques secondes de pause et lançons déjà une recherche sur la première série.

Le technicien fouilla dans le gros sac où il rangeait son matériel pour en extraire un scanner numérique. Il scanna les empreintes et les rentra dans l'AFIS, la base de données contenant toutes les informations biométriques des individus soumis à des relevés dactyloscopiques à des fins judiciaires, et reliée au fichier central.

— Croisez les doigts, dit-il.

En moins d'une minute, le logiciel émit un signal sonore : il avait trouvé une correspondance.

* Merde (sarde).

Le technicien sourit et tourna son ordinateur vers les trois enquêteurs.

L'instinct de Mara avait fait mouche.

— Je vous présente Dario Enardu. Il est dans le système pour homicide involontaire.

Les trois enquêteurs avaient devant les yeux les photos anthropométriques du même homme immortalisé par les caméras du tribunal, mais avec quelques années de moins.

— Putain, c'est lui, murmura Mara.

Le Dentiste avait enfin un nom.

58

Strada statale 195, "Sulcitana", communauté urbaine de Cagliari

Tout coïncidait. Le magma informe d'éléments qu'ils n'arrivaient pas à harmoniser jusque-là trouvait désormais une cohérence absolue, s'agençait dans un mouvement parfait.

Avec l'ordinateur portable de Rais, Strega était entré avec ses propres identifiants dans le fichier central et avait consulté la fiche de Dario Enardu. Tandis que Mara conduisait et qu'Eva prenait des notes, il leur lut les antécédents d'Enardu et son parcours judiciaire.

— C'est une histoire très triste, commença-t-il. Enardu doit aujourd'hui avoir cinquante-deux ans. Il est né à Villacidro. Il a débuté comme maçon avant de devenir un petit entrepreneur en bâtiment, d'après le collègue qui a rédigé la fiche… Un mètre quatre-vingt-dix-huit pour cent vingt kilos.

— Donc il correspond en tous points au descriptif établi par la scientifique, intervint Eva.

— Mon Dieu.

— Qu'y a-t-il ? demanda Mara, voyant Strega frémir.

— Il avait une fille, Valentina Enardu.

— Pourquoi en parlez-vous au passé ? s'enquit Eva.

— Parce qu'elle est morte. Suicidée. Elle avait été abusée par un baby-gang qui la faisait chanter avec des vidéos compromettantes. Un groupe de quatre jeunes de son village, entre seize et dix-sept ans. Apparemment, quand son père l'a découvert, elle n'a pas supporté l'humiliation et elle a mis fin à ses jours.

Un silence lugubre tomba dans la voiture.

— Pourquoi a-t-il fini derrière les barreaux ? le relança Mara.

— Il a tué un des jeunes à mains nues et en a rendu un autre paraplégique.

— *Beni fattu**, commenta Mara, particulièrement touchée en tant que mère.

— Il a pris combien ? demanda Eva.

— Trois ans et demi pour homicide involontaire, dont un peu moins de deux passés dans la prison d'Uta. Il avait sollicité une procédure abrégée.

— Putain, deux ans, ça fait pas beaucoup quand même.

— Non. Et ce n'est pas tout : il a invoqué le droit à ne pas comparaître pendant toute la durée du procès. "Le juge de surveillance**, je cite, a opté pour une mise en liberté anticipée et le placement dans un établissement religieux en vertu de troubles psychiques rencontrés pendant la période de détention", dit Vito.

— Qui était le juge en question ? demanda Mara.

— Raffaella Donizetti, déclara-t-il au bout de quelques secondes.

* Bien fait (sarde).

** Équivalent du juge d'application des peines en France.

— Je la connais. Elle est de Lombardie, mais elle a travaillé au tribunal de surveillance de Cagliari pendant plusieurs années. Elle a même été présidente du tribunal, si je ne me trompe pas. Maintenant, elle doit être à Milan ou à Brescia, je ne me souviens plus.

— Vous avez aussi accès au rapport psychiatrique sur Enardu, ou aux évaluations des psychologues de la prison ? demanda Eva.

Strega éplucha les documents avant de secouer la tête.

— Non. Mais j'imagine qu'il est possible de les réclamer au directeur de l'établissement.

— On a une adresse, pour Enardu ? fit Mara.

Strega ouvrit l'interface utilisateur dans une nouvelle fenêtre et lança une recherche sur le meurtrier.

— Non. Un an après son arrestation, il a divorcé de sa femme et elle a gardé la maison. Le dernier domicile enregistré est la résidence religieuse où Enardu a été placé après son incarcération. Puis il s'est volatilisé, manifestement. Où se trouve Villacidro ?

— À une cinquantaine de kilomètres de Cagliari, répondit Mara.

— Il ne figure pas non plus dans le registre des immatriculations, ajouta-t-il. La dernière voiture à son nom a été vendue quand il était en prison.

— Vous avez le numéro de l'établissement où il a purgé sa peine ? demanda Eva, qui prenait des notes à une vitesse inhabituelle.

Strega le lui donna. Il prit une profonde inspiration et tritura son téléphone nerveusement.

— Il faut qu'on avertisse Palamara. Je vous préviens : il est possible que l'enquête passe intégralement entre les mains de la DIGOS. Et je ne sais pas quelles sont vos habitudes ici mais, en général, ils n'aiment pas partager avec les autres unités.

— Ici, c'est à peu près pareil. Il est vraisemblable qu'ils nous mettent à l'écart. Mais le plus important, c'est qu'Enardu soit retrouvé et arrêté, dit Eva.

— Je suis d'accord, approuva le criminologue. Rais, qu'en penses-tu ?

— La femme de Pintore a reconnu l'homme avec lequel elle a trompé son mari pendant trois mois. Les empreintes digitales sur les escarpins ne mentent pas, de même que la stature d'Enardu, qui correspond à celle de l'individu qui a monté la scène de crime de Serramanna. C'est lui. Moi aussi je suis d'avis d'alerter Palamara, et tant pis pour l'enquête.

Strega acquiesça et appela son supérieur.

— Chef… Laissez-moi parler. J'ai du nouveau. Retenez bien ce nom : Dario Enardu. Lieu de naissance : Villacidro. Antécédents d'homicide involontaire et blessures corporelles graves… Non, c'est le nom du Dentiste… C'est Rais qu'il faut remercier : c'est grâce à une de ses intuitions que nous sommes remontés jusqu'à lui… Oui… Je vous demande seulement une faveur. J'ai besoin d'être mis en contact avec le directeur de la prison d'Uta. Vous pouvez faire en sorte qu'il m'appelle ? Merci beaucoup… Oui, nous rentrons au bureau.

Lorsqu'il eut raccroché, Vito Strega soupira et informa les inspectrices que Palamara allait demander au parquet de lancer un mandat d'arrêt contre Enardu.

— Professeur, merci de m'avoir signalée, mais ce n'était vraiment pas nécess…

— Tu as assuré, Rais. Et il est normal que ton supérieur le sache. Je travaille comme ça. Je ne m'attribue pas les mérites des autres. En revanche, j'aimerais vous demander une faveur.

— Si c'est dans nos cordes, volontiers, profess…

— Justement. Ce n'est pas la peine de m'appeler professeur. Et pas la peine non plus de me vouvoyer. Je déteste ces formalités. Respectons les usages officiels en présence d'autres personnes, mais quand nous sommes tous les trois, passons au tu, d'accord ?

— Je ne demande pas mieux, dit Mara.

— C'est bon pour toi aussi, Croce ?

— Bien sûr. Merci, prof… Merci. Écoutez, ce n'est pas pour gâcher ce moment, mais il y a un gros hic dans le profil d'Enardu.

— La maîtrise lexicale et les connaissances technico-juridiques et informatiques qui ne cadrent pas vraiment avec le profil d'un ouvrier, dit Strega, comme s'il avait lu dans ses pensées.

— Exact.

— Je trouve ça étrange, moi aussi. D'après ce que j'ai pu lire, Enardu s'est arrêté au brevet des collèges. Il y a de fortes chances qu'il ait commencé à travailler très jeune.

— Et en général les maçons, en rentrant chez eux après une dure journée de travail, ne se jettent pas sur des manuels de procédure pénale, ajouta Mara.

— La mort de sa fille a dû tout changer, dit Strega.

Pour Eva, cette phrase fut comme un coup de poignard.

59

Piazza Giuseppe Garibaldi, Cagliari

C'ÉTAIT une nuit magnifique. Vito Strega se rendit compte que cela faisait des années qu'il n'avait pas vu un ciel aussi pur et serti d'étoiles.

— Moi aussi, elles m'ont toujours fascinée, dit Eva en le surprenant le nez en l'air à contempler les constellations. Ces cathédrales d'astres infinies.

— Belle définition. C'est toujours comme ça ? demanda-t-il, ébloui.

— Presque toujours, oui. C'est une des particularités de ce paradis terrestre.

Eva s'assit sur le banc à côté de lui, déposant des Coca et un plateau de petites pizzas acheté chez Corso's, un établissement historique de la ville. Ils ne s'étaient rien mis sous la dent depuis le matin. C'était Vito qui avait décidé de décrocher quelques minutes avant de rentrer à la questure, pour manger un morceau et faire le plein de l'Alfa. Eva et Mara avaient accueilli l'invitation avec plaisir ; elles aussi avaient besoin de reprendre leur souffle.

— Combien je te dois ?

— Tu plaisantes. J'espère qu'elles sont bonnes. Selon Rais, ce sont les meilleures pizzas portefeuilles de la ville. Sers-toi, je t'en prie.

— J'ai dit quoi, moi ? s'interposa Mara, qui les rejoignait après avoir fait le plein de la voiture.

— Rien. Mange et *cittirì*.

Mara se lava les mains avec une serviette humide et ne s'assit qu'après avoir soigneusement essuyé le banc en bois, pour éviter de salir son tailleur de marque. Elle croisa les jambes et mordit dans la pizza, le visage figé dans une expression extatique.

— Putain, que c'est bon. Je mourais de faim… Mon père et ses collègues venaient aussi ici à la pause, quand ils étaient de nuit.

— Ton père aussi était flic ? demanda Strega.

L'expression de Mara s'assombrit.

— Si seulement… Il était carabinier.

Les deux autres échangèrent un regard amusé et étouffèrent – avec peine – un éclat de rire.

— C'est pas drôle, putain. J'aimerais vous y voir.

Pendant quelques minutes, ils mangèrent et burent comme trois personnes profitant d'une bonne soirée. Pendant ces deux jours, ils avaient passé tellement de temps ensemble qu'il s'était créé entre eux une forme de familiarité étrange, mais agréable.

Cependant, cet éclair de normalité ne pouvait pas durer, ils en avaient conscience.

Ce fut Eva qui, la première, retourna à ses responsabilités professionnelles et interrogea Strega :

— Que t'a dit le directeur, alors ?

Quand ils étaient entrés en ville, le responsable de la prison d'Uta l'avait appelé pour lui fournir les informations dont il disposait sur Enardu.

— D'abord, il n'était pas surpris qu'on lui demande des précisions sur ce détenu. Il affirme qu'au fond de lui il savait qu'un jour ou l'autre Enardu allait monter un sale coup. D'un certain point de vue, c'était un détenu modèle : jamais une embrouille, jamais un incident. Sa particularité était qu'il ne parlait à personne, ni aux gardiens, ni à ses compagnons de cellule, ni aux autres détenus. Après un cours d'art plastique, il s'était mis à dessiner en boucle le même sujet, une jeune fille qui, à en croire les psychologues, représentait sa fille, Valentina. Ils ont compris qu'il lui manquait une case quand il s'est mis à lécher les télés.

— Quoi ?! s'écria Mara.

— Tu as bien entendu. Il léchait les postes de télévision comme des cornets de glace et continuait à ne pas donner d'explication et à ne pas parler aux éducateurs et aux médecins.

— Putain de bordel, siffla Eva. C'est flippant.

— En effet. Je lui ai demandé de me procurer des photos de ses toiles pour y jeter un œil.

— Et sa femme ?

— Apparemment, il ne lui parlait pas non plus. Au bout du compte, elle s'est lassée et a demandé le divorce. Il ne s'y est pas opposé. J'ai demandé au directeur s'il y avait d'autres éléments notables sur la période, au-delà de ces excentricités. Il m'a seulement parlé de divers entretiens en prison avec le juge de surveillance, qui a fini par prononcer une peine alternative à la détention pour cause de troubles psychiques manifestes.

— La communauté religieuse, dit Mara.

— Exactement.
— Combien de temps y a-t-il passé ?
— Un an et demi. À la fin du délai fixé, on a perdu toute trace de lui… J'ai reparlé à Palamara : selon les enquêteurs de la DIGOS, Enardu a disparu dans la nature. Aucun compte bancaire à son nom, aucune autre arrestation ou inscription au casier le concernant. C'est comme s'il était devenu un fantôme.
— Comment c'est possible, putain ? marmonna Mara. Il n'aurait pas dû être soumis à des entretiens de routine après sa libération ?
— Parfois c'est seulement pour la forme, Rais. Une fois la peine purgée, le système t'oublie, répondit-il.
— J'imagine que la DIGOS va maintenant chercher à extorquer le plus d'informations possible à sa femme et au directeur de la communauté religieuse.
— Oui, mais je ne sais pas ce qu'ils vont réussir à en tirer.
— Je sais que c'est presque un blasphème de le penser, mais il faudrait placer sous protection les fils de putes qui ont violé sa fille, dit Mara. Peut-être qu'on pourrait l'avoir comme ça.
— Ça pourrait être une idée, approuva Eva.
Strega secoua la tête.
— Je ne pense pas. OK, peut-être qu'il faut le tenter pour ne rien laisser au hasard, mais si ces gamins étaient vraiment sa cible, il les aurait déjà séquestrés et torturés, non ?
Elles ne purent qu'acquiescer.
— Pour l'instant, je voudrais déjà comprendre si on fait toujours partie de l'enquête, dit Eva.
— De ce que j'en sais, oui. Mais comme je vous l'ai dit, je crains que nous devions rester en retrait. Ou du moins, je crois que c'est ce qu'on attend de nous.

— Il y a un autre problème sérieux qui pourrait se poser, dit Eva.

— Lequel ?

— Je ne sais pas pour vous, mais en entendant son histoire, ce qu'Enardu a traversé, j'ai ressenti une forte connexion humaine et émotionnelle avec lui. La tragédie qu'il a vécue l'a rendu plus humain à mes yeux.

— Ben, c'est normal, non ? Où est le problème ? demanda Mara, perplexe.

— Le public, dit Strega, devinant où Croce voulait en venir.

Eva acquiesça.

— Si son histoire l'a rendu plus humain à nos yeux, pensez à ce qui se passerait si quelqu'un comme Rubicondi se trouvait en possession de ces informations et qu'elle les livrait à ses téléspectateurs. Ils l'adorent déjà en l'état, expliqua-t-il à Mara. Et c'est comme si son passé justifiait ce qu'il est devenu. Il va grimper dans l'estime des gens et être perçu comme une sorte de super héros de bande dessinée.

— Merde. Je n'y avais pas pensé.

— Nous devons absolument empêcher ces informations de fuiter, ou on risque de se mettre tout le pays à dos.

— Oh, putain, j'allais oublier… Plus qu'une minute avant la fin des votes, déclara Mara.

Elle retrouva le message du Dentiste sur son téléphone et ouvrit le lien pour le vote.

Le chiffre en jaune, indiquant le nombre total de votants, s'élevait à cinq cent quatre-vingt-dix mille. Le "jury" avait triplé depuis le premier procès virtuel.

Seulement huit cents personnes avaient voté contre la peine capitale.

Le mot “pitié” avait été rayé du vocabulaire de près de six cent mille Italiens.

Pintore avait toujours cru être un loup dans une société de moutons.

À présent, il allait devoir affronter la vengeance du troupeau enragé.

60

Parking souterrain Amat, via Enrico Boi, Cagliari

AGATA Bonanno savait qu'elle n'avait pas le droit à l'échec. Elle était appuyée à la Toyota Yaris de Rais, au niveau -2 du parking souterrain. La policière s'était garée là et non aux places réservées à la questure, afin de ne pas être assaillie par les journalistes. Il avait suffi à Agata de faire les yeux doux à un garde en uniforme et de lui demander lascivement à quelle heure il terminait son service, pour savoir quelle était sa voiture et où elle la garait d'habitude.

Le bruit las d'une paire de talons résonna dans le parking vide, annonçant l'arrivée de la policière.

En voyant l'inconnue, Mara tiqua.

— Bonsoir, inspectrice, dit Agata.

— Laisse-moi deviner : journaliste, souffla Mara en dévisageant la jeune femme aux cheveux courts qui semblait l'attendre.

Agata ricana et haussa les épaules.

— Oui, ou mieux : aspirante. Je suis celle qui se coltine les directs en extérieur. Une autoentrepreneuse. La dernière roue du carrosse, quoi.

— Désolée pour toi. Directs, ça veut dire télé. Et comme tu le sais, nous ne sommes pas autorisés à parler aux médias. Je te conseille de te tourner vers le service des relations presse de la questure. Maintenant, si ça ne te fait rien, j'aimerais rentrer chez moi après seize heures de service, dit Mara en cherchant ses clefs dans son sac.

En la regardant, Agata comprit qu'elle avait fait le bon choix. Mara Rais était une belle femme, sophistiquée et attentive aux détails. Elle aimait s'habiller et avait un faible pour les bijoux et les accessoires griffés. Mais plus intéressant encore, elle sortait d'un divorce difficile, où son ex-mari, un ténor du barreau, l'avait acculée, réussissant à garder la maison et la forçant à prendre une location avec leur fille. Après quoi, la policière avait dû s'habituer à un train de vie bien inférieur à celui auquel elle était habituée ; finis les restaurants haut de gamme, le coiffeur deux fois par mois, le shopping dans les boutiques les plus chics ; elle devait se contenter de cette vieille Yaris d'occasion. "Tout le monde a un prix", avait décrété Luana lorsqu'elle lui avait confié la mission de trouver une source confidentielle au sein de l'équipe chargée de l'enquête sur le Dentiste, qui leur garantirait des informations croustillantes et exclusives, afin de laisser la concurrence dans le rétroviseur une bonne fois pour toutes.

Le prix de Rais était assez évident. Raison pour laquelle elle avait été le premier choix d'Agata.

— Je travaille pour *Verdict*, expliqua-t-elle.

— Ça ne joue pas en ta faveur. Au contraire. Je te conseille de disparaître, parce que j'ai déjà épuisé mes réserves de politesse pour aujourd'hui.

— J'ai une proposition très alléchante qui…

— Bouge de là, petite, lui ordonna Mara en désactivant l'alarme de la Toyota. Je ne suis pas à vendre.

Elle s'était déjà installée au volant quand Agata lança d'une voix forte :

— Quarante mille.

Mara s'immobilisa. Elle éteignit le moteur et descendit de voiture.

— Je n'ai pas compris, dit-elle.

— Quarante mille euros… Je vous envie. Moi, il me faudrait au moins cinq ans pour gagner une somme pareille. Vous, il vous suffit de nous tenir au courant de l'affaire, de nous communiquer toute découverte et chaque nouvelle étape de l'enquête, et en échange de cette "collaboration", nous vous verserons quarante mille euros sous la forme qui vous conviendra le mieux. Nous pouvons ouvrir un compte à l'étranger à votre nom ou un livret d'épargne à celui de votre fille. Ou bien en espèces, si vous préférez. Si vous voulez éviter de les recevoir en personne, vous nous indiquerez où déposer l'argent ou bien à qui le remettre. C'est à vous de nous dire comment vous dédommager, et nous agirons en conséquence. Paiement anticipé.

— "Nous", c'est-à-dire ?

— Les responsables de l'émission. C'est une pratique assez courante, j'imagine que vous le savez.

— Qui me garantit que tu n'enregistres pas cette conversation ?

La jeune femme regarda autour d'elle pour s'assurer qu'elles étaient seules, puis elle enleva sa veste et souleva son pull et son haut. Elle ne portait pas de soutien-gorge. Elle n'en avait pas besoin : elle était plate comme une enfant. Elle fit une pirouette et adressa un sourire à Mara.

— Aucun micro, dit-elle.

— Fais-moi voir ton sac.

Agata le lui passa. Mara vérifia ses papiers, puis jeta un œil à son téléphone. Il n'avait pas de réseau. Au sous-sol, les portables ne captaient pas.

— Ça fait un paquet d'argent, murmura Mara en lui rendant son sac.

— Il est à vous, si vous acceptez.

Mara la toisa quelques secondes, puis elle dit :

— Monte.

DEUXIÈME PARTIE

L'ILLUSION DU BIEN

Dans notre hâte à atteindre ces lieux où nous mènent nos loyautés personnelles et pragmatiques, il nous arrive fréquemment de piétiner à mort ces loyautés plus profondes qui nous définissent tous – la loyauté à l'égard de la vérité et la loyauté envers les idéaux que notre nature professe.

WILLIAM MCILVANNEY, *Étranges loyautés*

61

Jazzino, via Carloforte, Cagliari

Bien qu'au bout du rouleau, il n'avait pas eu envie de rentrer à l'hôtel. Quand ils avaient eu fini d'exposer leurs conclusions à Palamara et aux enquêteurs de la DIGOS à la questure, le Sicilien les avait renvoyés chez eux, sourd à leurs protestations. Il les avait félicités pour leurs résultats, mais leur avait enjoint de ne pas revenir avant le lendemain matin, sous peine de congé forcé.

— L'équipe spéciale va s'occuper de débusquer ce *bastardu*, avait-il promis. Vous, allez dormir un peu. Vous en avez besoin. Nous en avons besoin. Allez, *amuninni*.

Vito Strega n'avait rien répliqué, mais seulement parce qu'il était trop fatigué. Il ne nourrissait aucun espoir de capturer Enardu avant qu'il ne tue le magistrat ; et ce n'était pas un manque d'estime envers ses collègues. Certes, ils avaient découvert son identité, mais à part un nom et un prénom, ils n'avaient rien. Le Dentiste était un nuage de fumée évanescent entre leurs doigts.

Vito avait trouvé refuge dans un club de jazz, le Jazzino. C'était le genre d'établissement intimiste qu'il adorait.

Il opta pour une banquette rouge sur une plateforme légèrement surélevée, d'où il bénéficiait d'une vue parfaite sur la scène où se produisait le Ron Smyth Quartet. Vito appréciait beaucoup ce guitariste du New Jersey et son blues passionné aux accents reggae, mais il n'aurait jamais imaginé l'écouter en live, dans ce Montparnasse méditerranéen.

Ce n'est pas demain la veille que tu auras l'occasion de refaire ça, pensa-t-il.

Il s'assit, commanda un Cuba libre et savoura le concert, noyant dans la musique toutes les angoisses liées à l'enquête. Le rythme réconfortant du blues jugula ses démons pendant une bonne heure.

Quatre rhums plus tard, une fois ses défenses psychologiques émoussées par l'alcool, il décida de parcourir les réseaux sociaux et les quotidiens en ligne. Très mauvaise idée. Ils étaient infestés de venin et de rage contre la police et la magistrature. Il lut quelques commentaires sous certains articles sur le justicier. Ils exsudaient une rancœur glaçante. Des dizaines d'entre eux étaient dirigés contre lui. Les moins malveillants l'apostrophaient avec des qualificatifs tels que "sale nègre", "vice-nègre", et "gorille ignorant". Vito choisit d'en rire. Rien de nouveau sous le soleil. Depuis l'enfance, il était la cible de ce genre d'insultes, et il avait appris à les laisser glisser sur lui comme une pluie fine. Ce qui le préoccupait, en revanche, c'était l'aveuglement généralisé devant ce qui se jouait de manière plus subtile : le Dentiste était en train d'*éduquer* les gens à la haine. Et la haine est toujours l'antichambre de la violence. Raison pour laquelle l'arrestation d'Enardu était une priorité. Il fallait à tout prix éviter les graves désordres qui risquaient d'éclater par capillarité, non seulement en Sardaigne, mais dans tout le pays.

Il jeta un œil aux déclarations des politiques. La plupart d'entre eux étaient déconcertés et perplexes ; les moins scrupuleux surfaient sur la vague virtuelle de justicialisme réactionnaire pour remonter dans les sondages, fustigeaient le "terrorisme judiciaire" et invoquaient des mesures draconiennes.

Vito secoua la tête, dégoûté, et reprit sa lecture. Le chef de la police avait menacé dans la presse de poursuivre pour incitation au crime et complicité de meurtre tous ceux qui avaient voté en faveur de la mort du pédophile et du juge, mais personne ne l'avait pris au sérieux, à commencer par les journalistes et par ses hommes. Ouvrir une enquête sur six cent mille personnes était de la folie pure. Conclusion, lui aussi avait subi un *shitstorm* phénoménal.

Lassé des journaux, il consulta sa messagerie instantanée et trouva un selfie de Jessica, tout sourire, allongée sur le canapé de son salon avec Sofia lovée contre elle, un plaid qui les couvrait toutes les deux et, sur la table basse, une tasse qui devait contenir un chocolat chaud. À l'arrière-plan, on voyait les bûches qui brûlaient dans la cheminée et un livre ouvert, posé sur le canapé. La jeune fille lui avait aussi envoyé un message vocal. Vito l'écouta : "Salut chef. Ici, tout va bien. Avec ta demoiselle, on se détend en écoutant Amy Winehouse bien au chaud. Toi, ça va ? Tu as déjà capturé ce salaud ? Reviens vite. Tu nous manques."

Il lui répondit qu'il allait bien, et qu'il avait hâte de rentrer. Puis, souriant, il ajouta : "Si tu me rayes le vinyle d'Amy, je t'arrête."

Jessica était une jeune fille de quinze ans qui vivait au troisième étage de son immeuble avec sa grand-mère, Ada.

Elle avait développé avec Vito une relation très étroite, cimentée par une forte complicité : Jessica avait pris l'habitude d'emprunter l'appartement de Vito pour rejoindre, en passant par la porte vitrée de sa cuisine, l'escalier de secours qui conduisait au toit-terrasse du bâtiment, où elle se réfugiait pour fumer en cachette de sa grand-mère. Vito fermait les yeux sur ce péché véniel, à condition qu'elle lise les livres qu'il lui conseillait et qu'elle écoute certains de ses disques. En réalité, Ada n'était pas dupe, mais – en accord avec Vito, qu'elle battait régulièrement à plate couture aux échecs – elle faisait semblant de ne pas s'en apercevoir, parce qu'elle voulait que sa petite-fille continue de le fréquenter. Le policier représentait pour l'adolescente une sorte de figure paternelle et la vieille dame, au tempérament d'acier et à l'intelligence remarquable, faisait tout son possible pour alimenter l'amitié qui s'était créée entre eux.

Tu t'es trouvé une copine ? lui écrivit Jessica.

Il sourit et la remercia de s'occuper de Sofia en son absence, ignorant la question sur ses affaires de cœur. Il avait une grande affection pour Jessica et Ada. Elles incarnaient cette tendresse familiale qui lui manquait tant depuis le divorce.

La pensée de ses voisines lui rappela les deux inspectrices. Vito avait l'habitude de travailler seul, et rares étaient les collègues en qui il avait une entière confiance. Aussi était-il frappé par la symbiose qui s'était établie avec Rais et Croce. Bien sûr, partager cette enquête aussi complexe, sous les feux des projecteurs, leur avait permis de mettre de côté leurs réticences respectives et de faire équipe pour se protéger des attaques extérieures. Mais au-delà de ça, il était impressionné par la ténacité et le flair des inspectrices. Elles étaient animées du même feu que lui. Pour la première fois, il avait éprouvé un sentiment d'appartenance, et c'était un sentiment agréable.

Ron Smyth et son ensemble conclurent le bœuf final et saluèrent le public. Vito s'apprêtait à se lever et à leur serrer la main quand son téléphone vibra, signalant la réception d'un e-mail. Il l'ouvrit. L'e-mail provenait du directeur de la prison d'Uta. Il s'excusait pour l'heure tardive, mais ça avait pris plus de temps que prévu de récupérer les dessins et les toiles d'Enardu, qu'il avait mis en pièces jointes. Curieux, Vito téléchargea les images et les ouvrit.

À peine sorti de l'adolescence, Vito Strega, affecté au régiment "San Marco", avait été envoyé comme fusilier marin au Kosovo, dans les dernières phases du conflit, les plus terribles. Pendant ses années dans la police, il avait enquêté sur divers crimes violents et porté secours à de nombreuses victimes traumatisées. En somme, il pouvait se targuer d'être un vétéran de la douleur et de la souffrance humaine. Pourtant, quand il observa les tableaux poignants qu'Enardu avait consacrés à sa fille, ses yeux s'embuèrent.

Ça doit être l'alcool, chercha-t-il à se convaincre.

62

Bar Martini, corso Venezia, Milan

LUANA Rubicondi était en train de fêter son nouveau record d'audience avec son équipe lorsqu'elle sentit son portable tressauter dans son sac. Elle le sortit, jeta un coup d'œil à l'écran et sourit. C'était Agata, la jeune ambitieuse qu'elle avait envoyée en Sardaigne à la chasse aux scoops. Elle s'éloigna des autres, s'assit à une des tables en extérieur, et alluma une Camel.

— Alors ? J'imagine qu'elle a accepté, lança-t-elle, soufflant la fumée de côté.

— Je suis pas ta boniche. Et non, je n'ai pas accepté, répondit Mara Rais. Je tenais à te l'annoncer en personne.

Luana secoua la tête. La cupidité des flics ne cessait de l'ébahir.

— Cinquante mille, dit-elle. Cash.

Mara rit.

— Tu peux te les mettre au cul, Rubicondi. Un billet à la fois, d'accord ?

— Vous commettez une grave erreur, inspectrice.

— Non, c'est toi qui as commis une grossière erreur. Tu as envoyé une morveuse me corrompre, et c'était une vraie connerie. Le botox a dû te rentrer dans le cerveau.

— Je n'admets pas que…

— Tais-toi et écoute. Elle n'a pas eu les couilles de m'enregistrer, mais moi si. C'est la première chose que j'ai faite en la voyant. Elle puait la journaliste à dix kilomètres. J'ai sur mon téléphone le fichier audio où elle déballe ta proposition. Les sanglots que tu entends, ce sont les siens. Elle chiale comme une fontaine parce qu'elle sait bien que je ne plaisante pas.

— Que dois-je…

— Je t'ai dit de la fermer. Si je devais m'en tenir aux règles, il faudrait que je transmette l'enregistrement à la substitut chargée du dossier et, crois-moi, Mazzotta te botterait le cul. Mais je suis beaucoup plus tentée de la donner en pâture à certains de tes confrères. Je sais que tu n'es pas très appréciée dans le milieu. J'imagine qu'ils seraient prêts à payer pour te faire plonger, non ?

Luana étouffa un juron.

— Soixante mille, siffla-t-elle.

— Mais t'as fini ? On n'est pas dans *À prendre ou à laisser*, là.

— Tu veux quoi, alors, putain ? brailla Luana, folle de rage.

— Déjà, surveille ton langage, *egua*[*]. Voilà ce qu'on va faire. Tu vas te calmer un peu, et tu vas arrêter de dauber sur mes collègues en permanence. Tu me suis ?

— Je ne daube sur per…

— Laisse-nous travailler et contente-toi de relayer les communiqués de la questure. À la prochaine crasse envers

* Sale garce (sarde).

Strega ou n'importe qui d'autre, je transmets la vidéo à Vespa, Mentana, Berlinguer et compagnie… Dis-moi que tu as compris.

— J'ai compris, murmura Luana, livide de colère.

— Bien. Retourne à tes injections. Je te salue à la cagliaritaine. *Cravarinci in su cunnu**…

* Insulte invitant le destinataire à retourner dans l'appareil génital de sa mère (sarde).

63

Collines de Capitana, Quartu Sant'Elena

Grazia Loy devait avoir entendu le bruit de la voiture et l'attendait dehors, sous la pergola qui donnait sur le bosquet d'oliviers sauvages et sur sa roseraie adorée. Comme chaque fois qu'elle allait la voir, Eva avait une sensation étrange. Comme si elle avait du mal à se faire à l'idée que cette femme, en plus de n'éprouver aucun ressentiment à son égard, s'était prise d'affection pour elle jour après jour, cherchait sa compagnie et prenait soin d'elle.

— Bonjour Grazia, la salua Eva.

— Bonjour ma belle, répondit Grazia, souriante.

Elles s'embrassèrent dans la lueur nacrée diffusée par la lune, semblable à une caresse.

— Entre, entre, l'invita la veuve de Moreno Barrali, le mentor d'Eva, le vieil inspecteur qui les avait aidées avec Mara sur l'enquête de Dolores.

— Je te prépare quelque chose à manger ?

— Non, non, il est très tard. Tu n'étais pas obligée de rester debout à m'attendre à une heure pareille.

— Tu plaisantes. J'avais envie de te voir et de savoir que tu allais bien, surtout vu la situation.

— Ne m'en parle pas.

— Qu'est-ce que je peux t'offrir ?

— Une camomille. Ça m'aidera à dormir, parce que j'en ai sacrément besoin.

— Et si tu prenais une bonne douche pour te détendre pendant que je te prépare ça ? Tu devrais remarquer un changement dans ta chambre, depuis la dernière fois que tu es restée dormir.

Au fil du temps, une telle familiarité s'était instaurée entre elles qu'elles avaient commencé à aller au cinéma, à manger au restaurant et à faire du shopping ensemble. Parfois, quand Eva la raccompagnait chez elle le soir, Grazia l'invitait à rester. "Quand tu es là, je me sens moins seule", disait-elle. Ainsi, ce qui était au départ une chambre d'amis était devenu *sa* chambre.

— Écoute, j'accepte avec plaisir. Je suis lessivée.

Une demi-heure plus tard, quand elle revint dans la cuisine, Grazia sourit et secoua la tête.

— Qu'est-ce qu'il y a ? fit Eva.

— Tu as vraiment l'air d'une gamine, sans ce crayon noir autour des yeux.

Eva s'assit à la table rustique et sirota son infusion.

— Tu parles d'une gamine. Je tourne à la tisane comme si j'étais ma grand-mère.

— Arrête un peu. Comment va cette *stontonata* de Mara ?

Eva pouffa.

— Elle s'est entichée d'un de nos supérieurs, un nouveau qu'ils ont envoyé de Milan.

— Celui qui est passé à la télé ? Le métis ?

— Exactement.

— Bah, comment lui donner tort ? Il est bel homme. Un peu effrayant, si ce qu'on raconte sur lui est vrai.

— Non, je crois que c'est un tissu de mensonges. Il n'a pas les yeux d'un assassin.

— Et tu es assez qualifiée pour le dire.

Elles échangèrent un petit sourire complice.

— Et toi ? reprit Grazia.

— Moi quoi ?

— Tu n'es pas tombée sous le charme de ce superhéros ?

— Non, crois-moi. Jamais plus avec un flic, en ce qui me concerne. Et puis j'ai bien d'autres choses en tête.

— Par exemple ?

— L'enquête.

Grazia hocha la tête.

— Oui, sans doute. Mais je crois que le temps est venu de recommencer à vivre pour de vrai, tu ne trouves pas ?

Eva essaya de considérer la situation d'un point de vue extérieur. Elles étaient deux femmes seules, assises à la même table, au cœur de la nuit, absorbées dans une conversation sans pudeur, liées par une complicité comme Eva n'en avait jamais connu, même avec sa mère. Elles éloignaient ensemble les fantômes de ceux qu'elles avaient perdus, parce qu'elles avaient toutes les deux survécu aux ténèbres.

— C'est bizarre, dit-elle pour esquiver.

— Qu'est-ce qui est bizarre ?

— Toi et moi, ici. À la même table où on a mangé avec lui. Ça me fait drôle, même si du temps a passé.

— Tu culpabilises encore ? demanda Grazia, incrédule.

Eva acquiesça.

Grazia secoua la tête.

— Il ne faut pas. Il serait heureux de te savoir ici avec moi, je t'assure. Même si ça n'a pas duré longtemps, tu as été la fille qu'il n'a jamais eue. Qu'*on* n'a jamais eue… Il t'aimait beaucoup parce qu'il avait vu en toi la même détermination et la même volonté d'aller au fond des choses. Ce n'est pas bizarre. C'est beau.

Eva tendit la main et serra celle de Grazia.

— Il te manque ? demanda-t-elle.

— Bien sûr. Même si à la fin, comme tu sais, il n'était plus celui qu'il avait été. Je ne te cache pas que d'un certain point de vue, sa mort a été un soulagement, Dieu me pardonne. Mais c'était trop dur de le voir dans cet état.

— Je suis désolée de ne pas avoir résolu son enquête.

— Eh bien, pas moi. C'est précisément cette enquête qui est à l'origine de sa maladie. C'est elle qui lui a fait perdre la tête. Je ne veux pas que tu commettes la même erreur. Continue ton travail, mais quand il est l'heure de rentrer à la maison, laisse-le au bureau, ne l'emporte pas avec toi. Je l'ai déjà perdu lui, je ne veux pas te perdre toi aussi. Tu es tout ce qui me reste.

— Et tes roses, plaisanta Eva.

— Heureusement qu'elles sont là, ce sont les seules qui m'écoutent… Tu restes, alors ? Dis-moi oui.

— D'accord. Mais je dois partir tôt demain.

— Aucun problème. Je vais te préparer le lit.

Tandis qu'elle sortait de la cuisine, Grazia lui déposa un baiser sur le front et Eva eut l'impression d'être redevenue une petite fille.

Une fois enveloppée dans la chaleur des couvertures, quand elle allait enfin trouver le sommeil, son téléphone se mit à vibrer. Un appel.

Qui ça peut être, encore ? se dit-elle en regardant l'appareil.

C'était Strega.

64

Margine Rosso, Quartu Sant'Elena, Cagliari

Eva finit de parcourir les photos des tableaux d'Enardu sur la tablette et, sans être vue de Strega, elle se pinça les côtes sous son pull jusqu'à serrer les lèvres de douleur. C'était le seul moyen qu'elle connaissait pour chasser la pensée de sa fille Maya, que ces toiles avaient fait ressurgir.

— Qu'en dis-tu ? demanda Strega à côté d'elle.

Ils s'étaient donné rendez-vous dans la zone de Margine Rosso, à quelques dizaines de mètres du grand rond-point qui partait d'un côté vers la plage du Poetto et de l'autre vers la SS 554. Ils se trouvaient dans la voiture de fonction de Vito, qui avait insisté pour qu'ils se voient.

— Très touchant, répondit Eva en regardant la mer nocturne à travers la vitre. (En réalité, elle n'était pas intéressée par la vue, c'était juste un moyen de cacher ses yeux humides.) Il devait être fou de sa fille.

— J'ai tiré du lit les éducateurs, les psychologues et les assistants sociaux de la prison et de la communauté où il a purgé le reste de sa peine. J'ai dit qu'Enardu avait disparu et que j'avais besoin du plus d'informations possible pour pouvoir entrer dans sa tête.

— Et qu'est-ce qu'ils ont répondu ?

— Que ni en prison ni dans la communauté, Enardu ne lisait de livres ou de documents quelconques. Il ne recevait pas de visites, à part celles du juge de surveillance pour les rapports de routine. Il était d'un tempérament solitaire et réservé. À la communauté, ils lui confiaient des petits travaux de maçonnerie. Son temps libre, il le passait à dessiner ou à peindre. Le sujet était tout le temps le même.

— Sa fille.

— Exact. Il parlait très rarement, et son élocution laissait à désirer.

— Il a disparu des radars depuis deux ans environ. Il aurait pu…

— On ne devient pas spécialiste de droit en deux ans, Croce. J'ai épluché les dossiers qui le concernent et les rapports des experts, et son profil ne correspond pas à la personne qui parle dans la vidéo. Enardu était un brave type, un travailleur consciencieux dont la vie suivait un cours normal jusqu'à ce qu'on viole sa fille.

Eva acquiesça et réfléchit quelques secondes. Puis elle dit :

— Aucune compétence juridique ou informatique. Aucune connaissance en toxicologie et pas plus en odontologie. Ce n'est pas notre homme, alors ?

— Ce n'est pas ce que j'ai dit.

La portière arrière s'ouvrit et Mara entra dans la voiture en bâillant.

— Ben alors ? Je vous manquais, c'est ça ?

— Tu en as mis du temps.

— Va chier, Croce. Éteins la lumière, sois gentille. J'ai une tête à faire peur.

Eva secoua la tête, mais s'exécuta.

— Professeur, qu'est-ce qu'on fait ici ? demanda Mara.

— On n'avait pas banni le "professeur" ?

— Pardon. Alors ?

Eva lui passa la tablette avec les photos des tableaux d'Enardu.

— OK, on avait déjà compris que l'histoire de sa fille lui avait fait péter les plombs, non ? Ça fait une confirmation de plus, parce que ces toiles parlent d'elles-mêmes. La vraie question, c'est : qu'est-ce qu'on fout ici, au beau milieu de la nuit ?

Les deux inspectrices braquèrent leurs regards sur Strega.

— J'ai téléphoné au central. Ils pédalent dans la semoule. L'enquête informatique ne donne rien, et Enardu est un fantôme. La DIGOS court dans tous les sens, mais à mon avis, elle fait fausse route à chaque fois. Ils continuent de cuisiner Fois, comme si ça servait à quelque chose… En regardant ces dessins, j'ai eu une idée. Peut-être que c'est une tentative désespérée, qui ne donnera rien. Mais au point où on en est, je me dis que ça peut valoir le coup.

— Peut-on savoir de quoi il s'agit ? fit Eva.

— D'abord, dites-moi une chose. Y a-t-il parmi vos collègues quelqu'un en qui vous ayez une confiance aveugle ? Quelqu'un d'aussi fou que moi ?

— Eh non, hélas, laissa échapper Mara.

— Oui, intervint Eva. Il y a une ou deux personnes en qui on a confiance.

— Bien. Nous aurons besoin de leur aide.

— Pour faire quoi ?

— Quelque chose de dangereux.

— Ça tombe bien, le danger, c'est notre métier. Pas vrai, Croce ?

— Rais…

— *Accabbadda*, dit Strega dans un sarde quasi parfait, devançant Eva.

Les inspectrices éclatèrent de rire.

Quand Strega commença à leur exposer son plan, elles retrouvèrent aussitôt leur sérieux.

65

Cimetière de Villacidro, province de Sardaigne du Sud

La cime des cyprès oscillait dans la brise matinale. Dario Enardu contemplait cette danse légère, comme hypnotisé. Le croassement d'un corbeau le ramena à la réalité. Il posa les yeux sur la pierre tombale qu'il venait d'asperger d'urine. Le portrait du garçon sur porcelaine ravivait sa haine. Quand il l'avait surpris, non loin de chez lui, Dario avait sorti de sa caisse à outils un maillet de trois kilos et lui avait fracturé le crâne et un bras, cassé un tympan et écrabouillé la glande thyroïde. Délaissant le maillet, il avait poursuivi avec les bêches qu'il avait à la place des mains, s'était acharné sur le visage. Il s'était interrompu d'un coup, comme foudroyé par une intuition subite : il était retourné au fourgon pour prendre des tenailles. Il avait l'intention d'arracher les dents du chef du baby-gang, mais un groupe d'hommes l'avait plaqué au sol et l'en avait empêché.

Pendant le procès, le substitut du procureur avait décidé de montrer en salle d'audience les photos du corps de l'adolescent mort dans l'ambulance ; il avait dit qu'il n'avait plus l'apparence d'un être humain, mais d'un chien écrasé par un bus. Le légiste qui avait pratiqué l'autopsie sur le jeune avait révélé qu'à la suite des coups, il avait subi le décollement de ses deux rétines et des lésions aux nerfs optiques si graves qu'il avait perdu la vue dans ses derniers instants de vie ; même s'il avait survécu au passage à tabac, il serait resté aveugle et paraplégique. Quand le légiste avait énuméré ces détails devant le banc des témoins, Enardu avait souri, au point que son avocat lui avait donné un coup de coude dans les côtes pour qu'il arrête avant que les juges ne s'en aperçoivent.

Le Dentiste cracha sur la dalle de marbre et continua son pèlerinage dans le cimetière du village. Il était venu à l'ouverture des portes, pour éviter de croiser trop de monde. À part une vieille à la peau fanée et au teint gris souris, occupée à laver des jardinières à l'entrée et à chanter des complaintes *in limba**, il était seul.

Arrivé devant la tombe de sa fille, il s'agenouilla, ferma les yeux et posa son front sur le marbre, à côté de la photo de Valentina.

Il savait qu'il n'avait plus beaucoup de temps. Il avait été prudent et avait pris toutes les précautions nécessaires, mais il n'était pas infaillible. À la télévision, ils avaient dit qu'une équipe de plus de vingt enquêteurs était à ses trousses, sans compter les informaticiens et la dangereuse inconnue que représentait Strega, le criminologue qui collaborait avec eux. *Verdict* avait organisé un direct devant la villa de Pintore et annoncé que sa femme subissait un interrogatoire à la questure de Cagliari. Maria Elena avait forcément craqué, pensa-t-il, elle avait dû rapporter un détail qui avait échappé à sa vigilance. Ils ne tarderaient plus à le découvrir. Telle une

* En langue sarde.

bête traquée, il le sentait dans l'air. Mais ça ne lui importait plus vraiment. Avec un peu de chance, une fois bouclé le dossier du magistrat, il réussirait peut-être à mettre la main sur sa troisième victime. Pour l'instant, c'était son seul objectif. Il ne pouvait pas espérer plus.

— Je suis venu te saluer, dit-il à la stèle. Qui sait quand je pourrai revenir. Il est même possible que je te rejoigne, où que tu sois. Papa est fatigué.

Ses doigts parcoururent désespérément le marbre, comme s'il cherchait dans ses nervures une trace d'elle.

Il lécha la capsule de verre qui protégeait la photo de sa fille, brûlant de sentir le goût de sa peau.

Les larmes striaient son visage tordu de douleur.

Il avait rêvé que son projet lui permette de trouver un semblant de paix, de remonter la pente des abîmes de souffrance où l'avait plongé la mort de sa fille. Mais ça ne suffisait plus. Pendant un temps, il avait trouvé un certain réconfort dans l'idée que grâce à lui, d'autres s'épargneraient les tourments qu'il avait endurés, que les coupables paieraient pour de vrai et que la justice ne servirait d'autre intérêt que celui des victimes. Oui, il avait ouvert la voie à la révolution, mais il était trop exténué à présent pour la mener à bien. Il porterait un dernier coup fatal, puis il se laisserait partir à la dérive, espérant que le courant le conduise à *elle*.

— Papa t'aime très fort, Vale… À bientôt.

Le Dentiste imprima un baiser sur la pierre froide et se dirigea vers la sortie.

Au pied de la tombe, il n'avait pas laissé un bouquet de fleurs, mais un masque en cuir et une perruque orange.

66

Zone industrielle Mixeddu, province de Sardaigne du Sud

Pour éviter de le coller de trop près et d'être repérés, ils avaient placé un mouchard GPS sous son fourgon lorsque Enardu était entré dans le cimetière. C'était Strega qui s'en était chargé : à la vue du Dentiste, les deux inspectrices avaient senti leur rythme cardiaque s'emballer. Le plan du criminologue, pourtant improbable, avait fonctionné.

— Son point faible, c'est sa fille. C'est elle qui l'a poussé à agir, et qui lui donne la force de continuer. Et maintenant que la traque s'est intensifiée, il pourrait lui rendre visite et utiliser la douleur comme ressort psychologique pour se donner un dernier coup de fouet, leur avait-il expliqué quelques heures plus tôt.

Mara et Eva s'étaient montrées assez sceptiques, mais elles avaient dû se rendre à l'évidence. Enardu était allé saluer sa fille, peut-être pour la dernière fois. Ils s'étaient postés aux alentours du cimetière à l'aube, surveillant de loin l'accès principal, à deux doigts de s'endormir après leur nuit blanche. Mais quand Strega avait dit : "Le voici", le sommeil s'était volatilisé d'un coup, emporté par un tsunami d'adrénaline.

Quand Enardu avait quitté le cimetière, ils lui avaient laissé deux minutes d'avance, puis les deux voitures s'étaient mises en mouvement, sans attendre les huit agents de renfort qui devaient les rejoindre, de peur de perdre sa trace. Strega était resté avec Croce et Rais et suivait sur un écran la position du fourgon. Dans le deuxième véhicule se trouvaient deux policiers appartenant à la même brigade que les inspectrices ; des hommes compétents et expérimentés, en qui elles avaient suffisamment confiance pour les impliquer dans cette opération improvisée en quelques heures.

— Ralentis, Rais, ordonna Strega.

Ce n'était pas la première fois qu'il lui disait de lever le pied. La tension lui faisait forcer l'allure.

— Je suis ses déplacements d'ici, donc vas-y tranquille.

Mara acquiesça, les yeux rivés sur le ruban d'asphalte devant elle.

— Il se dirige vers la zone industrielle. Il est probable qu'à part lui, il n'y ait personne là-bas à cette heure.

— Raison de plus pour lever le pied de cette putain de pédale, répliqua Eva, tendue.

— *Coddati**, riposta Mara, acerbe.

Strega les invita au calme et rappela Palamara.

— Qu'est-ce qu'il a dit ? demanda Mara une fois qu'il eut raccroché.

— Deux autres voitures arrivent, avec huit hommes en tout. Ils sont quelques kilomètres derrière nous. Les forces spéciales peuvent être là dans vingt minutes. Pas avant. Il a aussi dit de ne pas faire de conneries.

* Va te faire foutre (sarde).

— Rien de tel pour faire retomber la tension…, commenta Mara.

— À partir de là, la route n'est plus goudronnée, les informa Congiu par radio.

L'autre voiture était à quelques dizaines de mètres devant eux.

— Vous le voyez ? demanda Eva.

— Non.

— Il s'est arrêté, dit Strega, scrutant son appareil.

Mara gara sa voiture à côté de celle des deux policiers, qui baissèrent la vitre.

— Qu'est-ce qu'on fait ? demanda De Nardi, le policier au volant. On attend du renfort ?

Strega se retrouva avec tous les regards braqués sur lui. C'était à lui de décider. Il n'en laissait rien paraître, mais c'était sans doute lui le plus nerveux d'entre eux. Tout était arrivé trop vite. En voyant Enardu entrer dans le cimetière, il était resté interdit, tant son plan tenait plus du coup de poker que d'une déduction fondée sur l'analyse psychologique du Dentiste. Ses collègues avaient insisté pour intervenir immédiatement, encercler le cimetière et l'arrêter. Strega s'y était opposé. Il avait craint qu'Enardu se ferme comme une huître et refuse de révéler où se trouvait le magistrat ; d'où sa décision de le suivre. Mais il se rendait compte à présent qu'il avait commis une erreur. Au vu de la situation, ils ne pouvaient faire autrement que continuer, sans attendre l'arrivée des forces spéciales. Si Enardu s'était rendu là où il cachait Pintore, plus ils attendaient et plus ils couraient le risque qu'à l'arrivée des renforts, le Dentiste prenne le juge en otage, rendant la situation plus délicate encore.

Le hangar devant lequel il s'était garé était situé à environ trois cents mètres de l'endroit où se trouvait le trio. Strega se tourna vers Rais. Il savait que l'inspectrice avait une fille encore jeune. Les deux policiers aussi avaient une famille, d'après ce qu'on lui avait dit. Croce n'avait mentionné aucun parent proche, mais il se souvenait avoir lu dans son dossier qu'elle avait participé à un échange de coups de feu qui avait sauvé la vie de Rais, démontrant qu'elle avait du cran et du sang-froid.

Tu ne peux pas mettre leurs vies en péril, pensa-t-il. Mais d'un autre côté, plus le temps passe et plus les chances qu'Enardu tue le juge augmentent.

Eva lui toucha l'épaule, le faisant sursauter.

— Qu'est-ce qu'on fait ? demanda-t-elle.

Son silence rendait les autres nerveux.

Strega ouvrit la portière. Il descendit de voiture, retira son trench et sa cravate et les posa sur le siège passager.

— Ouvre le coffre, ordonna-t-il à Mara.

Au bout de quelques secondes, il revint avec deux gilets en Kevlar.

— Vous, vous restez là et vous attendez les autres, dit-il. Croce et moi, on va jeter un œil.

— Mais…

— C'est un ordre, Rais.

Tandis qu'Eva sortait de la voiture, Mara la retint par le bras. Dans les yeux de sa partenaire, peut-être pour la première fois depuis qu'elles se connaissaient, Eva lut de l'appréhension et une invitation à la prudence.

Elle lui adressa un clin d'œil. Elle enfila le gilet pare-balles que lui tendait Strega et, ensemble, Beretta en main, ils se dirigèrent au pas de course vers le repaire du Dentiste.

67

Zone industrielle Mixeddu, province de Sardaigne du Sud

Vito Strega et Eva Croce s'accroupirent derrière le fourgon d'Enardu. Il l'avait garé devant le hangar désaffecté : un monstre de béton et d'aluminium de huit mètres de haut, avec une porte aveugle. La zone autour du bâtiment était déserte. Au milieu des broussailles qui l'entouraient, des carcasses de voitures et des matériaux industriels rouillés gisaient à l'abandon. À quelques mètres de là, un essaim de mouches enveloppait un cadavre de chien putrescent. Les relents de chair en décomposition parvinrent jusqu'aux narines des deux policiers. Le vrombissement persistant des insectes ne fit qu'accentuer leur appréhension.

Strega étudia le hangar. Les seules fenêtres étaient positionnées à environ cinq mètres de hauteur ; une série de trois grands vasistas ouverts vers l'intérieur. Une fois certain que le Dentiste ne pouvait pas les voir, il se tourna vers Eva :

— Reste ici une seconde. Je vais voir s'il a laissé les clefs sur le contact.

Il se leva et regarda dans le véhicule. Les clefs étaient bien en vue. La voiture n'était pas fermée. Il ouvrit la portière, prit les clefs et les mit dans sa poche.

— On s'approche ? demanda Eva.

— Oui. Mais attention : vigilance maximale.

Ils gagnèrent l'entrée. Strega colla son oreille à la porte de fer pour voir s'il entendait quelque chose. Il distingua l'écho de bruits de pas et le fracas de bidons en plastique jetés par terre.

— Tu sens cette odeur ? chuchota Eva.

— Du kérosène. Il s'apprête à tout brûler.

— Merde.

Ça colle avec le profil, pensa Strega. C'est un simple refuge où garder et torturer ses otages. Mais le lieu où il les tue – comme dans le cas du pédophile – n'est pas le même que celui où il les retient prisonniers.

— Il veut l'emmener quelque part ? demanda Eva.

— Possible. Peut-être qu'il veut effacer ses traces et tuer Pintore ailleurs, avant de recommencer dans un coin abandonné comme celui-ci.

— Alors on a très peu de temps.

Strega acquiesça. Trop peu pour espérer l'arrivée des forces spéciales. Il essaya de baisser lentement la poignée, mais la porte était verrouillée. Ils surent tous deux d'instinct que forcer cette serrure aurait fait un vacarme terrible, sans certitude de pouvoir entrer. Et Enardu risquerait alors de prendre le magistrat en otage et de les tenir en échec.

— Je fais le tour pour voir si je trouve une autre entrée, dit Strega. Toi, repars derrière le fourgon. Écris à De Nardi et dis-lui de venir en renfort. À pied, évidemment.

Il courut autour du hangar mais ne repéra aucun autre accès.

Une fois revenu au fourgon, son sang se glaça. Croce avait disparu. Il balaya du regard la zone désaffectée, mais il ne la vit pas.

Il entendit un sifflement par-dessus le bourdonnement entêtant des mouches, leva les yeux et avisa Croce suspendue au vasistas, sa queue-de-cheval rousse scintillant au soleil.

— Eh ! lança-t-il à voix basse. Qu'est-ce que tu f…

Elle se hissa avec une agilité féline, les muscles du dos et des bras tendus à l'extrême. Elle observa l'intérieur du hangar.

— Je passe à travers, dit-elle, reportant son regard sur le vice-questeur, près de cinq mètres plus bas. C'est juste, mais je passe.

Strega ignorait comment elle avait réussi à grimper là-haut. Elle avait dû monter sur le fourgon puis sauter sur le mur, en se cramponnant à la frêle gouttière.

— Tu le vois ?

— Non, mais je vois Pintore. Il est ligoté. Le sol est complètement trempé.

— OK. Reviens là. Je vais t'aider.

— Non. Je descends par ici et je vais ouvrir la porte pour te faire entrer.

— Ne dis pas de bêtise, Croce. C'est trop dangereux. Reviens tout de suite, avant qu'il t'aperçoive. Les renforts arrivent bientôt. Mieux vaut ne pas prendre de risque. Allez.

L'inspectrice lui lança un regard qui le terrifia. Il fut décontenancé par la totale inconscience du danger dans ces yeux de glace, comme si elle était shootée à l'adrénaline.

— Prépare-toi. J'y suis en moins d'une minute.

— Croce !

Trop tard.

Elle s'était déjà faufilée dans l'ouverture du vasistas et s'était laissée tomber à l'intérieur.

Strega jura.

Maintenant l'inspectrice était seule dans l'antre de l'assassin.

68

Intérieur du hangar, zone industrielle Mixeddu, province de Sardaigne du Sud

Eva atterrit sur une palette de sacs de sable et de ciment et roula au sol sur le côté pour amortir la violence du choc. Une fois debout, elle empoigna son Beretta à deux mains et examina l'intérieur du hangar. Dans certains coins, des néons papillonnaient. Dans d'autres régnait l'obscurité la plus totale. Le sol était jonché de matériaux de construction et d'équipements électriques. Aucune trace d'Enardu.

Eva demeura immobile quelques secondes, comme pour absorber les vibrations du lieu. Elle vit le magistrat encore attaché à une chaise. Il semblait évanoui. Derrière lui, elle reconnut le mur constellé de photos qu'elle avait vu dans la vidéo.

Où il est, cet enfoiré ? se demanda-t-elle.

Rasant le mur, elle courut vers l'entrée, de manière à pouvoir ouvrir la porte à Strega.

Elle était à une dizaine de mètres de son objectif quand la pièce fut brusquement plongée dans le noir.

Il a éteint la lumière ! se dit-elle en s'immobilisant.

Elle chercha à sortir son téléphone pour allumer la lampe torche, mais ses mains moites lâchèrent l'appareil, qui valsa au sol. Elle allait se pencher pour le ramasser quand elle sentit qu'on lui arrachait le pistolet du poing.

Avant qu'elle ait pu esquisser un geste, une main gigantesque lui serra la gorge d'une poigne de fer. Un coup de genou dans le bas-ventre lui coupa le souffle, neutralisant toute tentative de réaction.

Puis ses pieds perdirent le contact avec la terre ferme et elle se retrouva à se balancer dans le vide à cinquante centimètres du sol, comme une pendue.

69

Intérieur du hangar, zone industrielle Mixeddu, province de Sardaigne du Sud

Le Dentiste ralluma le hangar et observa le corps inanimé de la rousse sur le béton. Il s'approcha et la fouilla.

— Alors c'est toi, Eva Croce, murmura-t-il en lisant son badge. Enchanté.

Il devait sûrement y avoir d'autres policiers dehors. Cela le força à modifier ses plans. Il prit le téléphone de l'inspectrice. Voyant que la reconnaissance faciale était nécessaire pour le déverrouiller, il cadra le visage d'Eva Croce.

— Bingo, murmura-t-il une fois l'appareil débloqué.

Il regarda les derniers appels. Il reconnut un nom qui l'électrisa : Strega.

Il prit une photo de la femme évanouie et l'envoya au criminologue. Puis il en remit une couche en lui écartant la bouche avec les doigts de sa main droite pour effectuer un gros plan de son arcade dentaire. Il l'envoya et attendit.

Au bout de quelques secondes, son téléphone se mit à vibrer.

Il sourit.
Strega l'appelait.

70

Extérieur du hangar, zone industrielle Mixeddu, province de Sardaigne du Sud

En entendant la respiration du Dentiste, Strega eut la chair de poule.

— Tu es cerné. Nous sommes devant le hangar. Ne la touche pas, dit-il.

— Comment m'as-tu trouvé ? demanda Enardu.

— Le cimetière. Ta fille. Je sais que tu fais ça pour elle… Ma collègue n'a rien à voir là-dedans.

— Dommage. Juste au moment où je commençais à m'amuser…

— Laisse-nous entrer. C'est terminé.

— …

— Enardu ?

— …

— Je répète, laisse-nous…

La communication avait été interrompue.

71

Intérieur du hangar, zone industrielle Mixeddu, province de Sardaigne du Sud

Ce fut l'odeur de brûlé qui la réveilla. Eva ouvrit les yeux et vit le plastique d'un PC portable déformé par la chaleur. L'ordinateur brûlait dans un seau métallique posé sur une palette.

Le Dentiste était à quelques mètres d'elle. Il s'était maquillé, son visage était barbouillé de blanc. Il tenait le Beretta d'Eva entre ses mains.

— Ne fais pas de connerie.

Enardu l'ignora. Il posa le pistolet au sol et le fit glisser vers elle d'un coup de pied.

En un éclair, Eva ramassa l'arme, bondit sur ses pieds et le mit en joue. Elle récupéra aussi son téléphone portable, qui gisait par terre à quelques pas d'elle.

Sans attendre son ordre, le Dentiste prit les menottes qu'il lui avait subtilisées et se les attacha aux poignets, derrière le dos. Le déclic des mâchoires d'acier fut sans équivoque. Le géant ne faisait pas semblant : il se rendait.

— À terre, lui ordonna Eva.

Enardu s'agenouilla sur le sol humide et lui adressa un clin d'œil.

— Je vais t'offrir une carrière, inspectrice.

— Pas un geste, lui intima Eva.

Elle était instable sur ses jambes et avait le regard encore brumeux.

— Je t'ai laissé les clefs du hangar dans la poche. Vas-y, ouvre la porte et laisse entrer tes collègues.

Eva le dévisagea, incrédule.

— Je te conseille de te dépêcher. La chaleur risque d'enflammer le kérosène, prévint-il.

Eva se tourna vers le juge : il avait ouvert les yeux et regardait dans leur direction, mais il ne donnait pas l'impression d'être présent avec eux.

— Il est seulement sous sédatifs, ne t'inquiète pas… Allez, fais venir tes petits copains.

Eva demeura pétrifiée quelques secondes. Après avoir palpé la poche de son jean et constaté la présence des clefs, elle recula lentement, le Beretta toujours braqué sur lui.

— Pas de blague, compris ?

— Ne t'en fais pas… Ah, Croce. Avant que les autres nous rejoignent, je voulais te dire que j'étais vraiment désolé pour ta fille. Je sais bien ce qu'on ressent.

Eva pâlit.

— Comment…

— Maintenant, vas-y, avant qu'il soit trop tard.

72

Intérieur du hangar, zone industrielle Mixeddu, province de Sardaigne du Sud

— Strega ? hurla Eva depuis l'intérieur.

— Croce ! Ça va ? répondit le criminologue d'une voix crispée.

— Ça va. Il s'est rendu. Je vous ouvre. Ne tirez pas, OK ?

— OK.

Une fois qu'elle eut ouvert la grosse porte en fer, Eva vit ses collègues postés derrière le fourgon d'Enardu, en position de tir. Elle entendit Mara remercier le ciel en sarde. Les sirènes des véhicules envoyés en renfort retentissaient au loin, désormais à quelques kilomètres d'eux.

— Vite. Il faut les sortir d'ici, cria Eva, l'arme toujours pointée sur le Dentiste.

Strega fut le premier à abandonner son abri et à bondir vers sa collègue, suivi par Mara et les deux policiers.

— Tu vas bien ? lui demanda-t-il, préoccupé, en arrivant à sa hauteur.

Eva esquissa un demi-sourire et acquiesça. Toujours attentionné, même dans ce genre de moment, pensa-t-elle.

— On réglera nos comptes plus tard, la rabroua-t-il. À cause de toi, j'ai perdu dix ans de vie.

Les policiers entrèrent et se positionnèrent en cercle autour du géant agenouillé au sol et menotté derrière le dos. Les relents de kérosène étaient si puissants qu'ils piquaient les yeux.

— Tu bouges pas un cil, parce que j'ai le cœur à dix mille et que je risque de tirer à tout moment, le menaça Mara.

Strega ordonna à Congiu et De Nardi de libérer le magistrat et de l'emmener dehors. Eva remarqua que Pintore semblait avoir repris du poil de la bête.

Enardu dévisagea Strega et lui sourit.

— On pèche toujours par excès d'amour, dit-il en s'adressant explicitement à lui.

Strega fit mine de ne pas accorder d'importance à ces paroles, mais il les grava dans sa mémoire, certain qu'il les ressasserait pendant des nuits et des nuits à venir. Il dit à Mara d'éteindre comme elle pouvait les flammes dans le seau et de l'emporter dehors.

— Beau travail, professeur, le félicita Enardu.

— J'ai eu de la chance, c'est tout. Je dois m'attendre à une surprise ? répliqua Strega sans baisser son arme d'un millimètre de la tête de l'assassin, à deux mètres de lui.

— Oui. Mais pas celle que tu penses.

— Foutons le camp d'ici, dit Eva.

Moins d'une seconde plus tard, Strega avisa dans un coin, à une dizaine de mètres d'eux, deux jerricans d'au moins vingt-cinq litres. Coincés entre les bouchons et les récipients, deux chiffons humides léchaient le sol.

— Strega, relevons-le et…

— Croce, tu l’as fouillé avant de le menotter ? demanda Strega en reculant et en lui faisant signe de l’imiter.

— Non. Je n’ai pas eu le temps de…

— Emmène-la, Strega, dit le Dentiste. Maintenant.

— Croce, à couvert ! cria Strega.

Eva baissa le bras avec lequel elle tenait son arme, comme s’il s’était subitement changé en plomb. Elle aussi avait repéré les deux jerricans de kérosène.

Tous deux entendirent le cliquetis de la molette du briquet que le Dentiste tenait dans sa main, suivi du chuintement du gaz.

— Croce !

Au lieu de fuir, Eva chercha à se lancer contre Enardu pour tenter de l’arrêter.

Strega l’en empêcha. Il la saisit par le bras et la tira de côté, la forçant à renoncer.

Ils virent le Dentiste fermer les yeux, lever le menton au plafond, puis sourire, avec un air de totale béatitude. Ses lèvres murmurèrent quelques mots, mais ils n’arrivèrent pas à en distinguer le sens.

La molette cliqueta de nouveau. Cette fois, la pierre libéra une étincelle qui incendia le combustible tapissant le béton. Dans un souffle violent, les langues de feu semblèrent engloutir tout l’air du hangar et s’élevèrent soudain à un mètre et demi du sol, recouvrant intégralement la silhouette massive du meurtrier.

Strega comprit qu’il était trop tard pour le sauver.

Il saisit Eva, la protégea avec son corps et la conduisit hors du hangar, presque à bout de bras, en criant aux autres de se mettre à couvert.

Quelques secondes plus tard, les flammes atteignirent les jerricans. Les chiffons prirent feu et, dans une explosion assourdissante qui fit trembler les murs, le hangar se mua en un enfer ardent, et le Dentiste en un de ses démons.

73

Via Frua, quartier De Angeli, Milan

QUAND Luana Rubicondi lut le nom d'Agata Bonanno sur l'écran, elle fut tentée de ne pas répondre, convaincue que la gamine l'appelait seulement pour s'excuser une nouvelle fois. Elle changea d'avis avant que le répondeur se déclenche.

— Quoi encore ? fit-elle, glaciale.

— Il est mort.

— Qui ?

— Le Dentiste. Il est mort dans l'explosion d'un hangar au milieu de la zone industrielle à l'extérieur de Cagliari. Les flics ont réussi à libérer le juge. Il est dans un sale état, mais encore vivant…

— Holà, holà, doucement. Arrête de manger tes mots et explique-moi, l'interrompit Luana, entrant en mode scoop.

— Strega et son équipe ont découvert l'identité du justicier et l'ont suivi jusqu'à son repaire, où il tenait Pintore prisonnier. Ils sont intervenus et sont parvenus à libérer l'otage. Ma source ne connaît pas encore les détails, mais le hangar a pris feu et le Dentiste est mort dans l'incendie.

Apparemment, ils l'ont retrouvé menotté, mais ce détail reste encore à vérifier. Pour l'instant, c'est seulement une indiscrétion.

Luana digéra ces informations à la vitesse d'un ordinateur.

— Des blessés parmi les policiers ?

— Aucun.

— Qui a mené l'opération ?

— Strega.

— À quel point ta source est fiable ?

— Cent pour cent.

— Je l'espère pour toi. Tu es où, là ?

— En train de me rendre sur les lieux.

— Tu as un caméraman avec toi, n'est-ce pas ?

— Oui Luana. Je suis là, répondit une voix masculine.

— Bien. Je veux une mise en scène de film catastrophe. Tu as reçu le nouveau drone ?

— Oui.

— Excellent… Agata : tiens-moi au courant minute par minute dès que tu as le moindre détail. Je file au studio.

— Parfait.

Luana alla se changer. Tandis qu'elle choisissait la meilleure tenue, elle laissa un message vocal au directeur de la chaîne pour lui expliquer la situation. Elle téléphona ensuite à Jennifer et lui ordonna de rassembler l'équipe pour une conférence de rédaction urgente. Puis elle appela un service de taxi pour commander une voiture. Elle laissa son adresse et l'opérateur l'informa que le taxi “Hollywood 13” serait chez elle d'ici neuf minutes.

Hollywood 13, pensa Luana. Je prends ça comme un bon présage.

Elle réfléchit au détail qui restait à vérifier : si le Dentiste avait vraiment été retrouvé carbonisé avec les menottes aux poignets, ils étaient tous dans la merde, à commencer par Strega.

En tout cas, maintenant que le méchant de l'histoire était mort, elle devait immédiatement en trouver un autre. C'était la règle d'or de la dramaturgie télévisée.

Les flics l'ont tué. Cette fois, ce sont eux qui ont prononcé une condamnation sommaire, murmura-t-elle à part elle. Oui, les gens vont devenir dingues.

Elle sortit de chez elle avec un sourire radieux.

74

Zone industrielle Mixeddu, province de Sardaigne du Sud

Après s'être assuré que tout le monde allait bien, Strega avait pris les clefs du fourgon et l'avait déplacé pour éviter qu'il ne soit gagné par les flammes. Avant l'arrivée des secours, il s'était tourné vers ses collègues en leur expliquant que la mort d'Enardu avec les menottes aux poignets représentait une situation particulièrement délicate du point de vue légal : les médias de masse n'attendaient que ça pour les tailler en pièces. Il leur avait conseillé de raconter la vérité sur chaque étape de l'intervention, avec l'espoir que Pintore puisse confirmer leur version des faits.

Une heure après l'explosion, les pompiers réussirent à maîtriser l'incendie. La zone avait été encerclée d'un barrage de voitures de police qui tenaient les journalistes à distance. Les envoyés spéciaux de diverses publications gesticulaient à plus de trois cents mètres des restes du hangar, cherchant à attirer l'attention des enquêteurs. L'intérieur de la zone délimitée par les rubans de signalisation était un va-et-vient permanent de policiers, de secouristes et de techniciens de la scientifique. Un hélicoptère vrombissait au-dessus de leurs têtes, patrouillant autour de la zone industrielle, plus pour se montrer et tenir à distance d'éventuels drones des chaînes de télé que pour une réelle urgence opérationnelle.

Strega acheva son compte rendu auprès d'un responsable de la direction anticriminelle et de deux enquêteurs de la DIGOS, et rejoignit Rais devant un fourgon de police transformé en centre opérationnel. L'inspectrice fumait, et contemplait au loin les décombres enveloppés d'un nuage noir. Strega remarqua que la main qui tenait la cigarette tremblait.

— Tu n'as pas respiré assez de fumée aujourd'hui ? dit-il en venant à côté d'elle. Je croyais que tu avais arrêté.

— Je l'ai tapée à un collègue. Je crois vraiment que je vais finir par reprendre… Une matinée explosive, hein ?

Strega esquissa un sourire.

— Où est Croce ?

— Ils sont encore en train de l'interroger.

— Toi, ça va ?

— Oui, à part que je vais devoir jeter mes fringues parce qu'elles puent. Et que j'ai les oreilles qui sifflent salement.

— Moi aussi. Ça va durer quelques heures, ensuite les acouphènes disparaîtront.

— Ici, ils nous regardent comme des héros. On a chopé cet enfoiré.

— On dirait bien.

Mara le dévisagea. Une ombre d'incertitude voilait son regard. Elle dut se faire violence pour refréner l'impulsion de lui caresser le visage.

— Donc je ne suis pas la seule à penser qu'il y a quelque chose d'étrange dans tout ça, dit-elle en détachant son regard des yeux verts du criminologue.

— Non. Tu n'es pas la seule.

— Qu'est-ce qui s'est vraiment passé, là-dedans ?

Strega regarda autour de lui pour vérifier que personne ne les écoutait, puis il lui raconta, expurgeant son récit de l'intervention inconsidérée de sa partenaire et de sa tentative désespérée de soustraire Enardu aux flammes.

Quand il eut terminé, Mara garda le silence quelques secondes, les bras croisés.

— C'est tout ? Il n'a rien dit d'autre ?

Strega secoua la tête.

— Bizarre. Vu les vidéos, j'aurais cru que c'était un bavard… Il s'est donc laissé prendre volontairement. Je me demande bien pourquoi.

— Parce que maintenant les gens vont nous haïr. Aux yeux de l'opinion publique, nous serons ceux qui ont sauvé un magistrat corrompu ayant ruiné la vie de dizaines d'innocents et tué le héros vengeur qui apportait un peu de justice. C'est une victoire à la Pyrrhus. En réalité, c'est lui qui a gagné.

Mara hocha la tête.

— Alors sa "mission" s'achève ici, au moment où on passe pour les affreux, sales et méchants ?

Strega laissa passer quelques instants, puis il dit :

— Non, je ne crois pas. Elle ne s'arrête pas ici.

75

Via Frua, quartier De Angeli, Milan

UNE fois sortie de l'immeuble, Luana trouva le taxi qui l'attendait. Par sécurité, elle se pencha vers la vitre de la Mercedes et demanda au chauffeur :

— Bonjour. Hollywood 13 ?

— C'est bien moi.

— Formidable.

Elle s'installa et lui ordonna d'éteindre la radio : elle avait des coups de fil à passer.

— Aucun problème. Où allons-nous, madame ?

— Italset, Cologno Monzese.

— Parfait.

Luana tira son téléphone de son sac Chanel et appela la jeune journaliste pour lui demander si elle avait eu connaissance d'un autre détail.

À peine la Mercedes eut-elle bifurqué sur le viale Bezzi qu'un autre taxi s'engagea via Frua et s'arrêta au numéro indiqué par l'opératrice. Il se prépara à attendre. Lorsque près de dix minutes se furent écoulées, il appela le central pour demander une explication, pensant qu'ils s'étaient trompés de numéro ou de rue.

— Oui ?

— Bonjour. Ici Hollywood 13. Tu m'as envoyé via Frua, mais il n'y a personne.

— Ah bon ? La cliente a dû changer d'avis. Si tu es libre, je t'envoie au Marriott, tu es à deux pas.

— Très bien. J'y vais tout de suite.

Hollywood 13 raccrocha et partit vers l'hôtel.

La voiture dans laquelle se trouvait Luana Rubicondi, elle, venait de laisser Milan derrière elle.

76

Zone industrielle Mixeddu, province de Sardaigne du Sud

Quand Eva Croce eut fini de s'entretenir avec ses collègues de la DIGOS, elle trouva Strega devant le fourgon. Elle força un sourire et s'approcha, prête à en prendre pour son grade.

— Viens. On va se promener un peu, dit Strega.

Sans attendre de réponse, il prit la direction opposée à la foule de policiers.

Après une quinzaine de mètres, montrant du pouce le fourgon, il lui demanda :

— Tu as eu des problèmes, là-dedans ?

— Non. Je me suis contentée de répéter ce dont on avait convenu.

Strega hocha la tête, le visage livide comme s'il réprimait un accès de rage.

Environ une demi-heure plus tôt, avant que la DIGOS interroge Eva, il était entré dans l'ambulance où elle subissait un examen, sous prétexte de s'enquérir de son état. Constatant qu'elle allait bien, il avait demandé au personnel de les laisser seuls quelques minutes et lui avait expliqué dans le détail la version à donner aux enquêteurs, de manière à protéger ses arrières. Elle devait affirmer qu'elle avait obéi à un ordre direct de Strega et qu'elle était entrée par la fenêtre du hangar avec l'aide du vice-questeur. Craignant pour la vie de l'otage, étant donné tout le kérosène répandu par terre et ignorant si l'assassin avait laissé un explosif quelconque, elle s'était faufilée dans le hangar, où le Dentiste l'avait attaquée par surprise. Après une violente lutte avec Enardu, elle avait pris le dessus et avait réussi à lui passer les menottes. Le juge était dans un état critique, alors l'inspectrice avait ouvert la porte pour faire entrer ses collègues et mettre l'otage à l'abri, sans prendre le temps de fouiller l'assassin. Sa priorité était de sauver l'otage et de protéger ses collègues. Quand le Dentiste avait enflammé le kérosène avec un briquet, il était trop tard pour le sauver, et elle avait été obligée de quitter le hangar.

Strega lui avait garanti que si elle s'en tenait à ce compte rendu, il n'y aurait pas de répercussions pour elle, puisqu'elle avait simplement obéi aux ordres d'un supérieur et agi au mépris du danger, dans un esprit de sacrifice, pour mettre à l'abri un otage gravement blessé.

— Qu'est-ce qu'ils t'ont dit ? demanda Strega.

Avec une certaine gêne, Eva répondit :

— Que je me suis comportée de manière héroïque et que je recevrais certainement des félicitations. Comme c'est le Dentiste qui a mis le feu au hangar, ils estiment qu'on devrait s'en sortir indemnes… Merci de m'avoir soufflé quoi dire. Si je m'étais écoutée…

— …Pardon, si tu t'étais écoutée, tu veux dire, exactement comme tu l'as fait ? l'attaqua Strega, dont les yeux furieux la transperçaient de part en part. Alors ? Tu peux m'expliquer ce numéro de cirque ?

L'inspectrice esquiva son regard.

— Regarde-moi, Croce… On peut savoir ce qui t'a pris, bon sang ?

— J'ai seulement profité d'une occasion de…

— Tu as désobéi à mes ordres et tu as agi de ta propre initiative, mettant en danger ta vie et celle de l'otage.

— Ce n'est pas tout à fait ça. Je savais que…

Strega sortit son téléphone de sa poche et lui montra les photos que lui avait envoyées le Dentiste depuis le portable d'Eva.

— Devine qui m'a envoyé ça ?

Eva contempla les photos, incapable de respirer. Celle de son arcade dentaire lui glaça le sang.

— Si tu es encore en vie, c'est seulement parce qu'il l'a voulu.

Eva sentit la morsure de la vérité enfoncer ses crocs dans sa chair.

— Il a utilisé ton téléphone. Il m'a appelé, et quand je lui ai dit qu'il était cerné, il s'est rendu. Tu as la moindre idée de ce qu'il aurait pu te faire pendant que tu étais sans connaissance ? Et s'il avait utilisé ton arme contre moi ou les autres ? S'il avait décidé de se tuer en mettant le feu au hangar pendant que tu étais à l'intérieur ?

Anéantie, Eva ne trouva rien à répondre.

— Je t'ai fait confiance, mais tu m'as déçu, Croce.

Strega s'en alla, la laissant seule au milieu des broussailles, pétrifiée, les yeux écarquillés, tandis que résonnaient dans sa tête les paroles du Dentiste : “Je voulais te dire que j'étais vraiment désolé pour ta fille. Je sais bien ce qu'on ressent…”

77

Parc de la Media Valle del Lambro, Cologno Monzese

L'A52 était bloquée par des travaux. Le chauffeur de taxi avait été contraint d'emprunter une déviation pour contourner le chantier. Il demanda à sa cliente s'il pouvait prendre un raccourci afin de rattraper les minutes perdues dans les embouteillages. Luana accepta. N'importe quoi, pourvu qu'ils avancent.

La présentatrice mit ses lunettes de lecture et examina les photos envoyées par sa reporter en Sardaigne en préparation de l'émission. Malheureusement, Agata et son caméraman n'avaient pas réussi à s'approcher beaucoup, mais il avait quand même pu filmer les pompiers à l'œuvre sur le hangar en flammes. Luana indiqua à la jeune femme sur quels extraits travailler. Quand elle leva les yeux de sa tablette, elle vit que la voiture se trouvait dans une zone boisée aux alentours de ce qui lui semblait être le parc de la Media.

— Mais où est-ce qu'on est, bordel ? Vous ne deviez pas prendre un raccourci ? aboya-t-elle.

— C'est le chemin le plus court.

Luana regarda autour d'elle, décontenancée.

— Je ne crois pas, non.

— Vous voulez qu'on revienne en arrière ?

— Non. Je veux que vous m'ameniez à la putain d'adresse que je vous ai donnée !

— C'est ce que je fais, calmez-vous.

L'attitude du chauffeur ayant éveillé ses soupçons, Luana étudia de plus près l'intérieur du véhicule et se rendit compte qu'il n'y avait aucune trace de taximètre. Absorbée par l'actualité du Dentiste, elle n'avait rien remarqué. D'instinct, elle essaya d'ouvrir la portière, mais elle était fermée.

— Arrêtez-vous. Déverrouillez la portière et laissez-moi descendre.

— Mais, madame… Ici, au milieu de nulle part ?

— Exactement. Ici. Allez !

L'homme secoua la tête et se rangea sur le côté.

Il ouvrit la boîte à gants, comme pour prendre son carnet de factures.

— On s'en branle, de la facture. C'est combien ? Et débloquez cette putain de portière, je vous ai dit.

— Je l'ai débloquée.

Luana se rua sur la poignée, mais la portière était toujours fermée.

— Elle ne s'ouvre pas.

— Mince. Elle a dû se coincer. Attendez, je viens vous ouvrir de l'extérieur.

L'homme descendit du véhicule et ouvrit la portière sans problème.

— Voilà. Je vous en prie.

Luana voulut se précipiter dehors, mais le chauffeur lui aspergea le visage avec une bombe aérosol, l'endormant en un rien de temps. Il gara la Mercedes de manière à la cacher derrière une rangée d'arbres. Après avoir enfilé des gants en polyéthylène et s'être assuré qu'il n'y avait personne sur cette route peu fréquentée, il la bâillonna et lui ligota les poignets et les chevilles avec des colliers de serrage en plastique. Il ouvrit le coffre avec la télécommande, prit la femme à bout de bras et l'étendit à l'intérieur. Avec des gestes rapides et précis, il la déshabilla, lui arrachant son chemisier et la laissant en culotte et soutien-gorge. Avec une lame de rasoir, il lui incisa l'intérieur des cuisses. Il imbiba ses vêtements avec le sang qui coulait des plaies. Une fois l'opération terminée, il jeta une couverture sombre sur elle, et referma le coffre. Il fouilla le sac de la *sciura** et éteignit tous ses appareils électroniques. Il retira les cartes SIM, qu'il brûla avec l'allume-cigare, et, après avoir effacé toutes les empreintes, il jeta les téléphones et la tablette dans le Lambro. Le sac et les vêtements ensanglantés furent abandonnés un peu plus loin, sur une berge accidentée de la rivière.

De retour à la Mercedes, il remplaça la fausse plaque par une autre, volée dans un parking, et s'installa au volant. Pendant quelques minutes, il demeura immobile, se repassant toutes les étapes dans sa tête et se demandant s'il n'avait pas commis de négligence. Satisfait de son travail, il démarra le moteur et quitta Cologno Monzese par des routes secondaires.

* Terme typiquement milanais désignant une femme exagérément apprêtée.

78

Strada statale 128, Centrale sarda, Sardaigne du Sud

PALAMARA jeta un coup d'œil au criminologue assis sur le siège passager. Strega paraissait absorbé par le paysage bucolique défilant derrière la vitre ouverte, d'où filtrait un doux parfum de terre labourée. Depuis qu'ils avaient quitté la zone industrielle, il n'avait pas prononcé un mot. Palamara avait été surpris qu'il lui demande de rentrer avec lui, comme s'il avait besoin de lui parler en privé, pour ensuite se murer dans le silence.

— Tu penses te mettre à l'agriculture ? le taquina-t-il.

— Pourquoi pas ? Au moins j'aurais une vie plus tranquille.

— Naaan, tu aurais l'air d'un con avec une pioche à la main. Bon, *appizza* bien tes oreilles et écoute-moi.

Strega se tourna.

— J'écoute.

— Je viens de parler avec la substitut, Mazzotta.

— Qu'est-ce qu'elle dit ?

— Que tu es un flic qui prend trop d'initiatives personnelles. Mais, devant un tel succès, elle est disposée à passer l'éponge.

— Bien, répondit Strega d'une voix atone.

— Hé, mais qu'est-ce qui t'arrive, *minchia*[*] ? Tu as réussi ton coup et tu l'as attrapé, ce fumier, non ? *Vabbuò*, il est mort. *Vabbuò*, il est mort carbonisé avec des menottes. Mais il l'avait cherché. *Chi minchia ti' nni futti*[**] ? Tu as peur qu'on vienne vous chercher des noises ?

Strega sourit. Quand ils étaient seuls, les inflexions dialectales de son supérieur prenaient le dessus.

— Ça va forcément arriver, mais ce n'est pas ça qui m'inquiète.

— *Ca certo !* Vous êtes intouchables, maintenant. Vous avez attrapé ce *pezz'i mieidda*[***] sans le moindre gadget technologique. C'est un triomphe, Strega. Vraiment, je ne te comprends pas. C'est une réussite incontestable. Tu devrais danser de joie.

— C'est étrange, chef… Voilà tout. Toute cette histoire me paraît trop étrange.

— Qu'est-ce qu'il y a d'étrange ?

Strega ne répondit pas, comme s'il craignait d'exposer ses doutes.

— *Talia 'cca*[****], dit Palamara, en lui montrant une photo sur son téléphone. Ce sont deux agents que j'ai dépêchés sur place par acquit de conscience qui me l'ont envoyée, quand vous m'avez dit que vous étiez là-bas.

Il s'agissait de la tombe de Valentina Enardu. Au pied gisaient un masque en cuir et une perruque orange : les accessoires de scène du Dentiste.

* Putain (sicilien).

** Qu'est-ce que tu en as à foutre (sicilien).

*** Connard (sicilien).

**** Regarde (sicilien).

— Ça règle la question, non ? fit Palamara en se lissant la moustache.

Strega hocha la tête.

— Je ne doute pas un instant que ce soit lui, chef. Et je suis certain que Pintore, une fois qu'il pourra parler, confirmera tout. De ce point de vue, l'enquête est blindée.

— Alors c'est quoi le problème ?

Strega se remit à contempler le paysage champêtre.

— Et c'est reparti pour le jeu du silence. *Che camurrìa !* Mais je ne vais pas te laisser me gâcher la fête, Strega. J'ai réservé une table pour le déjeuner chez Luigi Pomata, le top du top en ville. Comme c'est le questeur qui régale…

Vito Strega fut saisi d'horreur à la pensée de la rafale de questions de ses deux supérieurs. Au moment opportun, il inventerait une excuse pour se défiler. Après quasiment une minute de silence, il reprit :

— Vous ne m'avez pas encore dit ce qui était arrivé à Croce, avant qu'elle soit mutée ici.

Le visage de Palamara s'assombrit.

— Pourquoi tu me demandes ça ? Elle a montré des signes de déséquilibre ?

— Non, mentit le criminologue. Simple curiosité.

— C'est une histoire triste que je te prie de garder pour toi. Il y a trois ans environ, elle a perdu sa fille. Une gamine de six ou sept ans. Un ostéosarcome particulièrement agressif. Les médecins ont été contraints de lui amputer les deux jambes. D'après ce qu'on m'a raconté, il suffisait de l'effleurer et ses os tombaient en miettes… Le cancer l'a emportée en quelques mois.

— Mon Dieu.

— Je crois que ça a foutu son mariage en l'air. Elle était mariée à un collègue de la scientifique, à Milan. Au bout d'un an environ, elle a repris du service. Ils l'ont affectée à la disparition d'une gamine. Une idée brillante… Pour résumer, la mère de la gamine en question était une toxico qui avait *loué* sa fille à un pédophile pour se faire quelques shoots avec le fric. Le type l'a kidnappée, il a fait ses saloperies, et pris de panique, il l'a tuée et enterrée dans un parc.

Strega soupira. Il avait déjà deviné la suite.

— Quand les enquêteurs ont retrouvé le corps, Croce a sauté sur la tox et l'a frappée sauvagement. Ils ont dû la retenir sinon elle la tuait. Elle lui a laissé des marques permanentes au visage.

— Pourquoi je n'ai pas eu vent de cette affaire ?

— Parce qu'ils ont cherché à l'enterrer. Jusque-là, Croce avait des états de service impeccables. Alors, émus par l'histoire de sa fille, ils y sont allés mollo. Ils l'ont envoyée ici pour calmer les esprits… Depuis que j'ai pris mon poste, elle ne m'a jamais causé de problème et n'a jamais réclamé de mutation. C'est une bonne flic et une bonne *picciotta*[*]. Qui n'a pas eu de chance, *mischinazza*.

Strega sentit une pointe de culpabilité de s'être montré aussi dur avec l'inspectrice.

— Dis-moi la vérité. Elle a fait une connerie dans ce hangar ?

— Non. Au contraire. Elle a assuré.

— Hmm. J'aime mieux ça… Ils ne t'ont pas trop emmerdé, à la DIGOS ?

— Pas plus que ça. Ils étaient verts de jalousie, en revanche.

Palamara ricana. Quelques minutes plus tard, il répondit à un appel de la questure et la conversation dura une dizaine de minutes.

* Petite (sicilien).

Strega en profita pour analyser une nouvelle fois la nature des derniers événements, sans trouver de logique dans le comportement d'Enardu.

Il avait la désagréable sensation d'être un pion entre les mains d'un joueur invisible.

Et ce joueur ne pouvait pas être l'homme carbonisé dans le hangar.

Parce que lui aussi n'était qu'un pion, pensa-t-il.

79

Strada statale 131, Sardaigne du Sud

— OH, *tenisi gana mala ?* lança Mara, avec un regard suspicieux.

— Désolée, je ne parle pas arabe.

— Tu as envie de vomir ? traduisit Mara. *Mì di non cacciarmi* la voiture.

— T'en fais pas pour moi. Concentre-toi sur la route, répondit Eva, agacée.

— Si tu te sens mal, tu me dis, et je me gare.

— Je te le répète. Je vais bien. Arrête avec tes questions. Et ne me regarde pas comme ça.

— Si tu le dis… Moi je trouve quand même que tu as une sale gueule.

Eva la fusilla du regard.

— OK, OK… Ça t'embête si je mets un peu de musique ?

— Oui.

— Oh, Croce, *pitticca sa tristura**. On peut savoir ce que tu as ? Tu as des scrupules pour cette ordure ? Un type qui arrachait les dents des gens ?

* Tu parles si t'es pas déprimée (sarde).

— Non. Ça n'a rien à voir avec lui. Laisse-moi un peu tranquille, s'il te plaît.

— Ah, j'ai compris, fit Mara avec un sourire malicieux.

— Tu as compris quoi ?

— Strega. Le prince charmant – enfin, façon de parler – qui t'a sauvée du château en flammes. Tu as été ensorcelée.

— Arrête tes conneries…

— Hé, je vous ai vus faire des messes basses comme deux ados. Qu'est-ce que vous aviez à vous raconter de si intime ?

Eva laissa échapper un petit rire sardonique.

— Tu es vraiment à côté de la plaque, Rais.

— Si tu le dis…

Au bout de quelques minutes, Mara repartit à l'attaque.

— Tu es amoureuse ?

— Mais arrête de délirer ! explosa Eva.

— Hmm, il me semble pourtant que tu es en train de succomber à ses bras puissants. En tout cas, laisse tata Mara te donner un conseil impartial.

— Je n'ai pas besoin de conseil.

Mara l'ignora et poursuivit.

— La question est très simple : si tu t'aperçois que tu es en train de tomber amoureuse, pars en courant. Ne jette pas un regard en arrière, ne lui adresse plus un mot. Épargne-toi cette erreur. Fuis. Disparais, avant de tomber toute crue dans sa gueule. On a passé quarante ans, Croce. On n'est plus des gamines. À notre âge, un mauvais choix amoureux peut nous briser le cœur pour toujours. Alors dans le doute, pars en courant.

— Carrément ? C'est une vision très cynique de…

— Merde, je le savais. Tu as déjà plongé, soupira Mara en secouant la tête.

— Rais, range-toi sur le côté.

— Pourquoi ? Tu as envie de vomir ?

— Encore ? Non, bon sang. Mais range-toi quand même.

— *Las callonisi*…, bougonna Mara en s'arrêtant sur un petit accotement. *Inza ?* Qu'est-ce qu'il y a ?

— Strega n'a rien à voir là-dedans, OK ? Tes conseils façon courrier du cœur, tu ferais mieux de te les appliquer à toi-même. Je méditerais là-dessus, si j'étais toi.

— Quoi ? Ça va pas la tête ?

— Mais franchement, je me fous pas mal de tes peines de cœur. Le problème n'est pas là.

— Il est où, alors ?

— Quand j'étais dans le hangar, ce connard m'a dit quelque chose de personnel, un détail sur ma vie privée, et je ne comprends pas comment il peut savoir un truc pareil.

Mara la dévisagea quelques secondes, surprise, avant d'éteindre le moteur.

— Personnel comment ? demanda-t-elle.

— *Très* personnel.

— OK. Peut-être que c'est quelque chose qu'il a découvert en faisant des recherches, en épluchant de vieux journaux qui parlaient de toi ou de tes dossiers, et…

— Impossible. Ce n'est pas une information publique.

— Je peux savoir ce qu'il t'a dit ?

— Non.

— Alors pourquoi tu m'en parles ?

— Je ne sais pas.

Mara sentait que sa partenaire était au bord des larmes, mais que l'orgueil l'empêchait de pleurer devant elle.

— Écoute, ce connard est mort, *gratzias a deus*, alors tu n'as plus à t'en faire, OK ? dit-elle pour l'apaiser. Et tu sais quoi ? Une fois qu'on aura réglé la paperasse, on va aller se détendre un peu au spa du T Hotel. C'est moi qui invite… Ça te va ?

— Ça me va.

— Formidable.

— Dis, tu gardes cette conversation pour toi, d'accord ?

— Évidemment… Je peux repartir, maintenant ?

Eva acquiesça.

Mara revint sur la chaussée. Un instant plus tard, elle vit du coin de l'œil sa partenaire essuyer une larme.

Mais qu'est-ce qu'il a bien pu lui dire, cette ordure ? se demanda-t-elle.

80

Studio n° 10, centre de production télévisée Italset, Cologno Monzese

JENNIFER essaya pour la énième fois de contacter Luana Rubicondi sur ses deux numéros de portable, mais elle tomba à nouveau sur son répondeur.

— Alors, toujours rien ? lui demanda un assistant de production préoccupé.

— Non. Elle a dit qu'elle arrivait. Ça fait plus d'une heure et demie. C'est quelqu'un d'extrêmement ponctuel, tu le sais, répondit Jennifer. Et elle était surexcitée par ce truc. Ça me surprend vraiment qu'elle soit en retard.

— Dis, Bonanno est prête pour un direct devant la scène de crime. Qu'est-ce qu'on fait ? Elle m'appelle toutes les cinq minutes.

— Je ne sais pas.

— Quelque chose lui serait arrivé ?

— Tu crois que je devrais aller voir chez elle ?

— Vu la situation, je pense que ce n'est pas une mauvaise idée d'y faire un saut. Tu as les clefs ?

— Oui… Elle s'est peut-être sentie mal…

L'autre exhiba un sourire diabolique.

— C'est ce qu'on espère tous.

Jennifer éclata de rire.

— Croise les doigts, alors. J'y vais.

81

Bureaux de la brigade mobile, questure de Cagliari

RAFFAELE Belladonna buvait du petit lait. La résolution de l'affaire donnerait lieu à une couverture médiatique sans précédent. Peu importait la mort du Dentiste. Ce qui comptait, c'était que Strega, grâce à ses compétences de criminologue, leur avait permis de sortir de l'impasse en découvrant l'identité de l'assassin et en sauvant le magistrat. Sa réussite rejaillirait sur l'UACV, garantissant à Belladonna tous les fonds qu'il lorgnait.

— Et au sujet de Pintore, tu as du nouveau ? demanda Belladonna, une fois que Vito Strega eut terminé son compte rendu.

— Oui. La substitut, Adele Mazzotta, a réussi à lui parler il y a une petite heure, à l'hôpital. Elle lui a montré des photos d'Enardu et il a confirmé que c'était bien lui qui l'avait enlevé et torturé. Il a aussi confirmé dans les grandes lignes notre version de sa libération.

— Magnifique. Bon, demain en conférence de presse, essaie de…

— Je n'ai pas l'intention d'assister à la rencontre avec les journalistes, l'interrompit-il.

Silence de plomb à l'autre bout du fil.

— Comment ça ? demanda Belladonna au bout de quelques secondes.

— Je ne crois pas que ce soit une bonne idée de me mettre en avant, vu comme Rubicondi m'a traîné dans la boue. J'aimerais me tenir à l'écart de la presse un moment. Et comme je te l'ai dit, je crains que le détail des menottes ressorte. On a déjà eu une fuite, ici à la questure. Il pourrait y en avoir d'autres.

— Strega, écoute-moi bien, moi non plus je n'aime pas avoir affaire à ces parasites, mais…

— … Je sais à quel point ce résultat est important pour toi, je préférerais donc que ce soit toi qui y assistes. Cagliari n'est qu'à une heure de vol de Rome.

— Je ne te comprends pas, Strega. C'est l'occasion ou jamais de te réhabiliter et de passer pour…

— Ce n'est pas ça qui m'intéresse. Je suis sérieux. Et puis, le travail n'est pas terminé. Il y a encore un tas de choses sur lesquelles j'aimerais y voir plus clair, si la DIGOS ne me met pas sur la touche.

Belladonna réfléchit quelques secondes, mais Strega savait très bien que, le lendemain, son directeur serait en conférence de presse, vêtu de son plus beau costume pour les caméras, afin de vanter les mérites de l'Unité d'analyse du crime violent.

— Je ferai en sorte que les collègues te fichent la paix. Si tu as le moindre problème, tu m'appelles et je m'en occupe, compris ?

— Bien sûr. Et au sujet de cette conférence ?

— Je serai là demain.

— Formidable, merci. Une dernière chose. Rais et Croce, les inspectrices avec lesquelles j'ai travaillé, se sont distinguées par leur courage et leur esprit d'initiative. Elles sont douées. J'aimerais que quelqu'un en tienne compte.

— J'en fais mon affaire, sois tranquille. Autre chose ?

— Non, répondit Strega.

Il lui avait tout raconté au téléphone, à l'exception de l'insubordination de Croce.

— Excellent. J'imagine que tu dois être au bout du rouleau, mais dès que tu peux, fais-moi une ébauche de profil psychologique et criminologique d'Enardu pour le rentrer dans le SASC.

— Aucun problème. À demain.

— À demain.

Strega raccrocha et quitta le bureau où il s'était enfermé pour parler avec son supérieur. Il se dirigeait vers celui de Palamara quand la porte s'ouvrit et Croce sortit de la pièce. Dès qu'elle le vit, les muscles de son visage se contractèrent. Embarrassée, l'inspectrice le salua d'un signe de tête et passa droit devant lui en regardant le sol.

Strega frappa à la porte du directeur, qui lui fit signe d'entrer. Depuis qu'ils étaient revenus à la questure, le bureau de Palamara était pris d'assaut par des policiers, des magistrats et des bureaucrates qui n'en finissaient plus de le féliciter et de le remercier d'avoir mis fin à ce cauchemar.

— Tu as une minute ?

— Pour toi, j'en ai même deux. Ferme cette putain de porte, par contre, avant qu'il nous arrive un nouveau lèche-cul.

Il était neuf heures du soir passées. Maintenant que l'adrénaline commençait à s'estomper, même Palamara montrait des signes évidents de fatigue physique et émotionnelle.

— J'ai fait une chose que tu m'as demandée.

Strega haussa les épaules.

— Laquelle, parmi les mille "choses" ? demanda-t-il en s'asseyant.

— L'ordinateur de notre *bastardu*. La scientifique a essayé de jeter un œil. Rien. Avant d'y foutre le feu, il semble qu'il ait renversé de l'acide sur le disque dur, qui est irrécupérable. Idem pour la carte SIM de son portable. Piste morte.

— C'est ce que je craignais… Que voulait Croce ?

— Peut-être que tu l'ignores, mais quand ce délire a commencé, elle était en vacances en Irlande, chez sa mère.

— Sa mère est irlandaise ?

Palamara hocha la tête.

— Maintenant tu comprends pourquoi elle est rousse, cette fille du diable. Le fait est qu'elle est revenue fissa, brave *picciotta*. Maintenant que vous avez résolu l'affaire, elle m'a demandé si elle pouvait prendre la semaine de congés qu'elle n'a pas terminée.

— Et qu'as-tu répondu ?

— Oui, évidemment. À condition de se tenir disponible pour éclairer tel ou tel point avec la substitut.

Strega hocha la tête, pensif et préoccupé, en se demandant s'il devait aller voir l'inspectrice pour s'excuser.

— Dis-moi, tu as vu les journaux en ligne ces dernières heures ?

— Je m'en suis bien gardé.

— Il y a un *pezz'i mieidda* dans ce bâtiment qui a parlé à la presse. On les a déjà sur le dos.

— Qu'est-ce qu'ils savent ?

— Trop de choses. Il est probable que quelqu'un se soit laissé corrompre et qu'il ait tout balancé. Je sais que tu viens d'arriver, mais tu n'aurais pas remarqué quelque chose d'étrange, par hasard ?

— Non, chef. Essaie de demander à Rais. Rien ne lui échappe, à cette fille-là.

— Je vais le faire. Au fait, le déjeuner t'a plu ? T'as vu ce qu'il bouffe, *u quistori* ?

Strega s'apprêtait à répondre quand ses yeux surprirent un scintillement derrière le supérieur. En un éclair, il se jeta de l'autre côté du bureau pour protéger Palamara avec son propre corps.

La fenêtre du bureau vola en éclats et une pierre grosse comme le poing frappa le dos du vice-questeur.

— *Minchia*, c'était quoi ça ? brailla Palamara, une fois que Strega l'eut aidé à se relever.

— Je ne sais pas. Écarte-toi, chef.

Une autre pierre, plus grosse que la précédente, fracassa ce qui restait du carreau, mais les deux policiers étaient déjà hors de portée.

— *Figghiu cuinnutu di sucaminchia** *!* jura Palamara en se dirigeant vers la persienne.

Strega le retint par le bras et le tira en arrière.

— Je croyais que c'étaient des fenêtres blindées.

— Ici, y a que mes couilles qui soient blindées, répliqua Palamara, fou de rage.

Dehors retentissaient des cris et des sifflements. Les deux hommes résistèrent à la tentation de regarder ce qui se passait et sortirent dans le couloir. Ils y trouvèrent un remue-ménage de policiers.

— Professeur ?

Strega se retourna. C'était Rais.

* Fils de pute (sicilien).

— Mieux vaut que vous veniez voir depuis mon bureau, dit-elle. C'est plus sûr.

Ils suivirent son conseil et se disposèrent de part et d'autre de sa fenêtre.

— *Pacchiu di to soru**, frémit Palamara.

Dans un tic inconscient, Strega serra les mâchoires. Le scénario qu'il redoutait venait de se matérialiser devant ses yeux. Sur la place en bas de la questure, une foule bruyante d'une quarantaine de personnes brandissait des pancartes et des torches. Tous portaient des masques en cuir et des perruques orange, et invectivaient un petit groupe d'agents en uniforme qui cherchaient à les disperser.

— Je vous présente le fan-club du Dentiste, fit Mara derrière eux.

* Insulte sicilienne générique évoquant l'appareil génital de la sœur du destinataire (sicilien).

82

Restaurant Stella Marina di Montecristo, via Sardegna, Cagliari

QUAND Vito Strega lui avait proposé de dîner ensemble, Mara avait accepté avant même qu'il finisse sa phrase. Il lui avait demandé de choisir un endroit tranquille, pas trop chic. Vue l'heure tardive, elle avait opté pour le Stella Marina di Montecristo, dans le quartier de la Marina, à quelques encablures du port, où elle avait ses habitudes et savait qu'on leur aurait dressé une table même sans réservation.

— Ça sera comme un retour dans le temps, l'avait-elle prévenu.

— Dans quel sens ?

— Je ne voudrais pas te gâcher la surprise.

Une fois à l'intérieur, Vito eut exactement la sensation promise par Mara : c'était une *trattoria* intime et familiale, remplie de reliques de l'équipe de Cagliari qui avait remporté le championnat en 1968, où l'on respirait l'air des tavernes d'autrefois. Il fut accueilli par un homme débonnaire et souriant, Giacomo, le propriétaire, qui traitait Mara comme sa fille et Vito comme un neveu tout juste rentré au pays.

— *Fazzu deu, Marixedda*[*] ? demanda le restaurateur après les civilités d'usage.

— Et mets les petits plats dans les grands. Mon supérieur arrive de Milan. Il faut que je lui en mette plein la vue, Giacomì, répondit l'inspectrice en s'asseyant.

— Ne t'en fais pas. *Ci pensu deu*, dit *su meri*[**] avec un sourire en s'éloignant vers la cuisine.

— En rentrant à l'hôtel, tu devras mettre ton linge au pressing à cause de l'odeur de friture, mais ça en vaut la peine, je te le garantis.

— Je sens qu'on va se régaler, répondit Strega, prenant place à son tour. Tiens, regarde qui voilà.

Mara se tourna en suivant son regard et secoua la tête, amusée.

Agostino Trombetta, le corpulent légiste, quitta la table où il était assis en compagnie d'un vieux monsieur distingué et les rejoignit avec une mine joviale, posant la main sur l'épaule de Mara.

— J'aurais une remarque à vous faire, messieurs-dames, lança-t-il. La prochaine fois, je prendrai mon steak un peu moins carbonisé, si vous me suivez.

Les deux policiers sourirent.

— Tu trouves qu'on a exagéré sur la cuisson ? fit Mara.

— Juste un peu. J'ai la salle de dissection qui pue le barbecue.

— C'est noté.

— Blague à part, j'ai entendu dire qu'il y avait eu un peu d'agitation à la questure.

* Tu veux que je m'en occupe, Mara (sarde).

** Je m'en occupe, dit le patron (sarde).

— Ne m'en parlez pas, dit Strega. Pour l'instant, ce n'est que du vent. Espérons qu'il ne souffle pas sur les braises.

Trombetta sourit.

— Et vous, ça va ?

Les deux policiers acquiescèrent.

— Formidable. Cette fois, je ne vous serai pas d'une grande utilité. Le corps est vraiment dans un sale état. Mais il me semble que la dynamique des faits est assez évidente.

— En effet.

— J'espère ne pas vous avoir coupé l'appétit, ce serait un crime dans un endroit pareil. Je vous laisse. Comme vous le voyez, j'ai des invités de marque, dit Trombetta en indiquant sa table avec un clin d'œil. Mara vous a amené au paradis du poisson, professeur. Bon appétit et à plus tard.

— Ôte-moi d'un doute, dit Strega une fois que le légiste se fut éloigné. L'homme qui est avec lui, c'est…

— C'est bien *lui*. Le roi unique et incontesté de Cagliari, auquel ce restaurant est dédié. Cet autel avec son maillot et toutes les photos, c'est un véritable lieu de pèlerinage en ville. À propos, avant de sortir, n'oublie pas de t'agenouiller et de réciter une prière.

Strega secoua la tête, amusé.

— Incroyable.

Quelques instants plus tard, on leur servit un Vermentino bien frappé, puis les antipasti. Des rougets au feu de bois ouvrirent les festivités, suivis d'une salade de poulpe et pommes de terre, de saint-jacques gratinées, de seiches farcies, d'une nage de moules, de *scabecciu* et de *burrida* cagliaritaine, de crevettes, et de filets de dorade en croûte de *carasau*.*

* *Scabecciu*: escabèche. *Burrida*: ragoût de poisson. *Carasau*: pain typique de Barbagia.

— Ma définition de l'orgasme multiple, commenta Mara.

— Je ne peux que te donner raison.

Ils se jetèrent sur la nourriture, qui eut le pouvoir d'éclipser la journée terrible qu'ils avaient passée. La farandole d'entrées se chargea de remiser aux oubliettes les angoisses de l'affaire : *fregula* aux fruits de mer et linguine *allo scoglio** saupoudrées de poutargue.

Strega s'abandonna aux délices de la table. Pendant le déjeuner avec le questeur et Palamara, il n'avait pratiquement pas touché à son assiette, l'estomac hermétique à cause de la tension accumulée lors de l'opération du matin. Il se rattrapait sur le dîner, goûtant chaque nouveau plat que Mara lui passait.

Mara éclata de rire, ravie de son extase culinaire, et lui versa à boire.

— Je suis vraiment contente que tu apprécies le dîner. Mais je te conseille de garder un peu de place. On ne fait que commencer.

— Pardon ?

— Pas de spoiler, éluda-t-elle avec un clin d'œil.

Peu après, Giacomo leur présenta le plat de résistance : un énorme plateau en écorce de chêne-liège couvert d'une friture de calamars et crevettes, de gambas, de dorades et de loups grillés.

— Bienvenue au paradis, commenta Mara.

— Je suis au bord des larmes, répondit Strega, admirant ce don du ciel.

Son regard enchanté arracha un sourire à sa collègue.

* *Fregula* : petites pâtes en forme de gros grains. *Allo scoglio* : aux fruits de mer.

Deux petits verres de myrte glacée et un plateau de biscuits sardes conclurent leurs agapes en beauté.

Au bord du coma hyperglycémique, et recourant à toutes les techniques de guérilla acquises au sein du régiment "San Marco", Strega réussit à échapper au marquage serré de la Cagliaritaine et s'approcha de la caisse pour régler. Le propriétaire secoua la tête et lui sourit, en leur souhaitant une bonne soirée : *Trombeddu* s'était déjà chargé de l'addition.

— Vous ne vouliez quand même pas payer ? demanda le légiste en donnant une tape dans le dos du vice-questeur.

— Mais si, je ne…

— Jamais de la vie. Avec toute la viande que vous m'avez offerte, c'est moi qui vous suis redevable.

Strega sourit et lui serra la main.

— Merci de tout cœur.

— C'est tout naturel. Et encore bravo.

— Salut, Agostì. À charge de revanche, le salua Mara. Et fais gaffe de ne pas trop *alloriare** ce pauvre Gigi.

Les deux policiers quittèrent la Stella di Montecristo et se promenèrent dans la fraîcheur de la nuit entre les ruelles de ce vieux quartier portuaire, qui rappelaient à Strega certaines rues de Lisbonne ou de Marseille.

Mille mots tourbillonnaient dans l'esprit de Mara, mais, craignant de gâcher cet instant parfait, elle se fit violence et ne dit rien – fait rare pour elle –, elle se contenta de marcher, la tête légère, une agréable sensation de sécurité inspirée par la présence de cet homme gigantesque. Elle avait beau essayer de le semer, le sentiment de culpabilité d'avoir confié une fois de plus Sara à ses parents pour la nuit la poursuivait comme un chien de rue. D'une manière

* Tracasser (sarde).

ou d'une autre, Strega s'en aperçut. Sa capacité à lire en elle l'impressionnait.

— Désolé de t'avoir soustraite à ta famille, dit-il.

— Penses-tu. J'avais besoin de souffler, après la journée qu'on a passée.

À force de déambuler, ils s'étaient retrouvés sur le port. Le criminologue indiqua un banc en bois devant la marina.

— Tu m'offres encore quelques minutes ? Il y a certains détails de l'affaire dont il faut qu'on parle.

— Bien sûr, dit Mara en s'asseyant.

Elle parvint à cacher sa déception. Elle avait conscience que, tôt ou tard, l'enquête se serait de nouveau immiscée entre eux, mais elle avait espéré qu'elle mettrait plus de temps avant de gâcher la soirée. Parce qu'elle la gâcherait, c'était inévitable.

Pendant quelques instants, ils restèrent en silence à observer le balancement hypnotique des mâts des bateaux, tandis que derrière eux bruissaient les frondes des palmiers.

— Il n'a pas pu tout faire tout seul, finit par dire Mara, exprimant à haute voix leur pensée commune et remisant définitivement les joies du dîner.

Strega acquiesça.

— Il est coupable, parce que trop de preuves et de témoignages le confondent. Mais c'est comme s'il avait suivi un plan préparé par d'autres, continua l'inspectrice.

— Un plan qu'il a été capable de modifier quand nous nous sommes présentés au hangar, comme s'il avait prévu les incidents de parcours, abonda Strega. Sa mort s'inscrivait parfaitement dans la mise en scène de son œuvre. C'est elle qui a enflammé le cœur des gens qui ont manifesté devant la questure, et de tous ceux qui nous massacrent sur les réseaux. Il est mort, c'est vrai, mais sa mission est plus vivante que jamais.

Ni les hauts responsables de la questure ni ceux du département n'avaient publié de communiqué officiel sur la mort d'Enardu, attendant la conférence de presse du lendemain, mais les médias avaient anticipé : de nombreux journaux avaient publié sur leur site des indiscrétions concernant la mort – ou le meurtre – du Dentiste. Dans ces articles, la police n'avait jamais le beau rôle.

— Jusqu'à ce matin, l'hypothèse qui tenait la corde était qu'il agissait seul. Maintenant, je n'en suis plus si sûre.

— Je suis d'accord. Pour l'instant, aucun élément concret n'indique qu'il ait eu des complices, seulement une montagne de "si" et de conjectures. C'est pour ça que je voudrais que tu m'accompagnes demain matin pour interroger l'ex-femme d'Enardu, histoire de savoir ce qu'elle pense de toute cette affaire.

— Bien sûr. Aucun problème… Croce ? Tu lui as déjà demandé ?

— J'aurais aimé, mais elle s'est mise en congé.

Mara plissa le front.

— Sérieusement ?

— Après les incidents, elle a disparu. Elle est officiellement au repos… Pour te dire la vérité, je suis un peu inquiet pour elle. C'est elle qui s'est le plus exposée avec Enardu.

Mara se demanda si elle devait révéler à Strega ce que lui avait confié sa partenaire. Elle décida de le garder pour elle. C'était une confession personnelle.

— Elle est passée très près, poursuivit Strega. Mais au-delà de ça, je voulais te demander si tu avais remarqué quelque chose d'étrange dans son comportement, récemment.

— Je peux te demander pourquoi ?

— Parce que lorsqu'on était dans le hangar, elle ne semblait attendre qu'une seule chose, risquer sa vie en se jetant dans la gueule du Dentiste.

Mara sentit un picotement dans la nuque. Elle feignit la nonchalance :

— Je dois t'avouer que Croce et moi, nous n'avons pas de véritable relation. On est collègues, oui, mais ça s'arrête là. Il y a quelque chose entre nous qui… Écoute, je te le dis parce que tôt ou tard tu finiras par le savoir, et je préfère que tu l'apprennes de moi. Il y a quelques années, j'ai été trahie par plusieurs collègues femmes. Elles ont soutenu un supérieur qui m'avait agressée, et elles m'ont collé tous les torts.

— Merde… Je suis désolé.

— Merci. Tout ça est derrière moi, heureusement. Mais depuis, j'ai beaucoup de difficulté à travailler avec une collègue et plus généralement à faire confiance à une femme. Et ça vaut aussi pour Croce.

— Je comprends.

— Tu veux savoir si ces derniers temps j'ai remarqué quelque chose d'étrange dans son comportement, quelque chose qui m'a poussée à m'inquiéter pour son équilibre. Oui, plusieurs épisodes m'ont donné à réfléchir, pour être honnête.

— Tu acceptes de m'en parler ?

Mara lui raconta, et Strega comprit qu'il avait vu juste.

83

Lieu inconnu

Le premier sens qui s'éveilla fut celui du goût. Elle perçut dans sa bouche la saveur douceâtre d'un reflux ferreux. Sa mémoire reconnut un médicament : un puissant antalgique qu'on lui avait donné à la suite d'une intervention de chirurgie faciale qui avait entraîné des complications.

Luana Rubicondi essaya d'ouvrir les yeux, mais ses paupières refusèrent d'obéir. Elle chercha à s'orienter dans le brouillard médicamenteux qui lui altérait les sens et tenta de les solliciter. L'ouïe : rien. L'odorat, pas plus.

Elle sentit l'angoisse monter et son pouls s'accélérer au niveau des tempes. Elle se força à se calmer et à ne pas s'abandonner à cette sensation de pesanteur qui menaçait de la repousser dans les abîmes de l'inconscience.

— Oh, oh, fit une voix ouatée une minute plus tard. Tu t'es pissée dessus, très chère.

Faisant appel à toute sa volonté, Luana réessaya d'ouvrir les yeux. Elle n'y parvint que partiellement. Mais le peu de lumière qui fendit l'obscurité dans laquelle elle pataugeait lui provoqua une vague de vertige.

— Bonjour, bonjour. La forme ?

Cette fois la voix était moins distante. Elle appartenait à un homme.

— Vas-y doucement. Pas de précipitation. Je crains de t'en avoir trop donné.

De quoi ? se demanda-t-elle. Elle se sentait ralentie jusque dans son activité cérébrale.

— Voyons un peu.

La voix était désormais toute proche.

— Je te touche, là. Tu ne sens pas mes mains ?

Si elle avait pu parler, Luana aurait répondu non. Son corps était totalement insensible, comme s'il avait été anesthésié. Ce qui fut confirmé quelques secondes plus tard par la voix de l'inconnu :

— Tu es bourrée d'analgésiques. C'est normal que tu ne sentes rien… Il y a une seule zone qui ne devrait pas tarder à se réveiller. Là. Juste ici… Tu sens mes doigts ?

Luana distingua quelque chose de rugueux qui lui comprimait les lèvres, puis les entrouvrait, s'infiltrait dans sa bouche, tapotait ses dents.

À cet instant, elle comprit, et voulut hurler.

Elle ne produisit qu'un halètement étouffé.

Elle cligna des yeux et ajusta son regard sur la personne qui se tenait au-dessus d'elle. Au début, elle ne vit que trois taches indistinctes et mouvantes : une orange, une blanche et une noire, plus petite. Peu à peu, les couleurs se coagulèrent et l'image se fit plus nette. La tache orange était une perruque, la blanche le visage peinturluré d'un homme, la noire un masque en cuir qui lui dissimulait la bouche.

Le Dentiste, pensa-t-elle, anéantie.

Les yeux lui souriaient.

— Tu me croyais mort ?

Il avait maintenant les deux mains dans sa bouche. Il força le passage et lui écarta les mâchoires, avant de les bloquer avec un instrument que Luana n'arrivait pas à reconnaître.

Il approcha une lampe et la journaliste dut fermer les paupières, aveuglée.

— Non, je ne suis pas mort. C'est un peu comme avec les films, non ? Avec le temps, les acteurs meurent, mais le personnage survit. Voyons un peu… Je t'avoue que je suis néophyte. Je risque donc de ne pas arriver à un résultat aussi satisfaisant que mon collègue. Ça sera plus barbare. J'espère que tu me pardonneras.

Luana entendit un claquement métallique.

— Si j'ai bien fait mes devoirs, dans quelques minutes ta bouche devrait récupérer cent pour cent de sa sensibilité. Tu ne pourras pas écarter les mâchoires, mais je te garantis que tu sentiras tout. Tu vas voir, on va s'amuser. Tu es prête ?

Luana tâcha de se débattre, mais son corps était comme déconnecté de son esprit. Elle ne pouvait que subir, et espérait que ça durerait le moins longtemps possible.

L'inconnu se mit à siffloter le générique de *Verdict* et commença le travail.

84

T Hotel, via dei Giudicati, Cagliari

DEMANDER pardon aux autres est assurément plus simple que de se demander pardon à soi-même. Parfois, cela prend une vie entière. D'autres fois, une vie entière ne suffit pas. Voilà ce que se disait Vito Strega, en méditant sur les profondes blessures que Croce s'efforçait de dissimuler.

Il s'était réveillé en sursaut après à peine plus de quatre heures de sommeil. Sachant qu'il lui serait impossible de se rendormir avec toute cette adrénaline, il s'était laissé choir au sol et avait entamé une série de pompes et d'exercices désormais devenus comme une seconde nature, après les années de dur entraînement militaire. L'idée était d'arriver à l'épuisement : éreinter le corps afin que l'esprit suive. Mais la fatigue physique n'avait pas aidé. Il revenait sans cesse à l'inspectrice italo-irlandaise. Ils avaient un point commun. La même rage. Le même besoin compulsif de courtiser les ombres, de s'y laisser emprisonner. Tous les deux avaient quelque chose à se faire pardonner. Dans son cas à lui, ce *quelque chose* l'avait conduit à un pas du gouffre. Il s'en était fallu d'un souffle pour que l'obscurité l'envahisse à jamais. Il s'en était sorti par miracle. Croce, elle, gigotait au bord du précipice, les yeux bandés. Depuis que Vito avait eu connaissance de son passé, il avait la certitude qu'elle n'arrivait pas à se pardonner la mort de sa fille. Suivant ce raisonnement, son comportement téméraire dans le hangar prenait un tout autre sens. Ce n'était pas un geste irréfléchi, mais une manière inconsciente d'aller au-devant de sa fin.

Tu dois trouver un moyen de la sauver d'elle-même, se dit-il. Avant qu'il soit trop tard.

Pour tromper l'insomnie, il prit son téléphone et ouvrit une application de vidéosurveillance qui lui permettait de contrôler à distance l'intérieur de son appartement grâce à deux caméras reliées au réseau, avec des LED infrarouges pour la vision nocturne. Il pouvait écouter les bruits de chez lui et, s'il le souhaitait, communiquer par l'intermédiaire de deux petites enceintes sans fil. Grâce à l'objectif grand-angle, il repéra immédiatement Sofia couchée devant la platine avec son port altier caractéristique. Elle était réveillée et paraissait contrariée. Ses yeux phosphorescents brillaient dans l'image en noir et blanc, lui conférant un air démoniaque.

Vito activa le micro et lui parla.

— Coucou, ma petite.

La chatte se tourna brusquement vers la caméra. Pour toute réponse, elle feula.

— Je suis désolé, je sais que tu es fâchée. Mais je reviens bientôt.

Avec le pas feutré d'une petite panthère, Sofia avança lentement sur le canapé avant de bondir ensuite sur l'étagère où était positionné l'appareil de vidéosurveillance. Elle arqua le dos, le poil hérissé, la voix rauque, et se mit à grincer des dents.

— Allez, ne me regarde pas comme ça…

Il voyait maintenant un gros plan de ses yeux possédés, les pupilles dilatées à l'extrême.

— Un ou deux jours, maximum et…

Sofia écarta les mâchoires, émettant un feulement hystérique, et fit valser l'appareil au sol d'un violent coup de patte. La transmission s'interrompit.

Oh, oh, pensa Vito avec un sourire en fermant l'application. Voilà qui n'annonce pas un bel accueil.

Il s'étendit sur le matelas et ses pensées retournèrent inlassablement à l'affaire. Tout le monde à la questure avait une folle envie de mettre un point final à cette horrible histoire et de la laisser derrière soi une bonne fois pour toutes. La mort d'Enardu avait été considérée comme une bénédiction jusqu'aux plus hautes sphères du Viminal. Mais plus Vito y réfléchissait, plus les questions restées en suspens lui paraissaient nombreuses.

85

Ancien hôpital maritime, plage du Poetto, Cagliari

La lumière du matin transformait la mer en un tourbillon vertigineux d'argent et d'or. L'écume scintillante des rouleaux léchait l'air jusqu'à dix mètres du rivage. Les vagues semblaient vouloir punir les surfeurs, rugissant avant chaque coup de fouet et éclatant d'un rire sonore chaque fois qu'elles les emportaient telles des quilles fragiles et les projetaient dans les airs.

Eva Croce sortit de l'eau toute contusionnée, comme si, plus qu'une session de surf, elle sortait d'un monumental passage à tabac. Chaque muscle palpitait de douleur et elle savait que, d'ici quelques heures, les élancements seraient plus aigus encore. Sans la décharge d'adrénaline qui lui permettait de passer outre, elle aurait eu de sérieuses difficultés à marcher.

Après s'être essoré les cheveux et avoir lancé un dernier regard à la mer déchaînée, elle leva les yeux et vit une silhouette massive qui l'attendait. Passé le moment de surprise, elle posa sa planche sur le sable à côté de son sac et alla à sa rencontre.

— Qu'est-ce qu'on ressent ? demanda Strega, indiquant les rouleaux.

— Une infinie sensation de liberté, répondit Eva en s'arrêtant à quelques mètres de lui, encore essoufflée.

Strega hocha la tête.

— Comment m'avez-vous trouvée ?

Elle était revenue au *vous*, comme si quelque chose s'était brisé entre eux et qu'elle voulait le signifier.

— Je me suis dit que tu n'aurais pas voulu manquer des vagues pareilles. Et puis, il n'y a pas des masses de surfeurs avec de longs cheveux roux. En fait, il n'y a que toi.

Eva opina.

— Vous êtes là à titre officiel ?

S'il avait voulu s'en tenir scrupuleusement au règlement, Strega aurait dû signaler son comportement à Palamara, son responsable direct, mais il avait préféré faire une entorse à la procédure et écouter sa conscience. Il n'avait pas envie de tourner autour du pot, aussi alla-t-il droit au but, et ses mots la frappèrent de plein fouet.

— Non, je suis ici à titre personnel. Je suis venu te chercher parce que je crains que tu aies envie d'en finir.

Le fracas des vagues combla le silence abyssal qui s'était installé entre eux.

— Vous vous rendez compte de l'absurdité de ce que vous dites ?

Pendant qu'elle parlait, Strega avait surpris un éclair d'acier dans son regard. Les lèvres de Croce tremblaient comme celles d'une gamine prise en train de chaparder. En plus de confirmer qu'il avait vu juste, il comprit à cet instant à quel point l'inspectrice était en équilibre au bord de son gouffre existentiel.

— Ton comportement d'hier m'a beaucoup fait réfléchir, continua Strega, adoucissant le ton de sa voix. Avant tout parce que je me suis vu en toi.

Cette ouverture sembla la tempérer.

— Il y a quelques années, à cause du travail, ma femme m'a quitté. Mon ex-femme, devrais-je dire. Elle répétait que j'étais marié à l'insigne. Et avec le recul, je ne peux pas lui donner tort. Je m'occupais des dossiers qu'on m'assignait comme s'il en allait de ma propre vie, je me laissais complètement accaparer, au détriment de tout le reste. Tu sais comment ça marche, et tu sais bien comment ça te transforme, comment ça te rend étranger même aux personnes qui te sont les plus proches. Elle a été patiente jusqu'à ce qu'elle comprenne qu'il n'y avait rien à faire. Je m'étais trop éloigné du rivage, pour rester dans le thème.

Il haussa les épaules et poursuivit.

— Pétri de culpabilité, je me suis jeté corps et âme dans mes enquêtes, comme si ça pouvait m'aider à ne pas penser à tout ce que j'avais perdu, à ma vie qui partait en miettes… J'étais devenu maniaque. Obsessionnel. Imprudent. Je dormais très peu et mon côté agressif ressortait. Pour la faire courte, j'étais totalement hors de contrôle, et il n'y a pas de faute plus grave pour un policier.

Eva connaissait parfaitement ces sensations, pour les avoir éprouvées dans sa chair.

— Je ne me suis même pas rendu compte que mon partenaire s'était foutu dans la merde, et qu'il avait plongé dans un engrenage de chantage et de violence. Il m'avait envoyé des tas de signaux, que j'avais ignorés, trop occupé à m'autodétruire. Au bout du compte, tu sais comment ça s'est terminé. Sa mort m'a précipité encore plus loin à la dérive… Je m'en suis tiré de justesse quand j'ai compris que, pour m'en sortir, je devais demander de l'aide.

Au bout de quelques secondes, Eva déclara :

— Je suis désolée. Vraiment. Mais quel rapport avec…

— Je me suis renseigné sur toi. Au cours des six derniers mois, les collègues de la brigade routière t'ont arrêtée trois fois pour excès de vitesse. Et on ne parle pas de vingt ou trente kilomètres au-delà de la limite. Tu fusais comme un missile sur ta moto, comme si tu voulais te suicider.

Eva était pétrifiée. Elle ne comprenait pas comment le criminologue avait eu vent de ses incartades.

— Tu as montré ton insigne et ils t'ont laissée partir, en promettant de ne pas signaler l'incident à tes supérieurs. Mais ce sont des choses qui restent, Croce. Et c'est sans compter toutes les fois où tu es passée entre les mailles du filet.

En réalité, pour éviter de lui causer du tort, ses collègues ne s'étaient pas adressés à Palamara, mais directement à sa partenaire, Rais : ils l'avaient informée des "courses" d'Eva pour qu'elle se penche sur la question, comme le lui avait avoué Mara la veille. Elle n'y avait pas accordé plus d'importance que ça : Eva était une fille bizarre, qui aimait les sensations fortes.

— J'étais juste…

— Tu éprouvais l'ivresse de t'abandonner aux ténèbres, ne le nie pas.

Eva se demanda si Strega avait eu connaissance de son drame personnel, et dans ce cas ce qu'il savait au juste. L'espace d'un instant, elle eut la sensation qu'il pouvait la comprendre. Si seulement elle avait réussi à baisser la garde, si seulement elle avait admis que…

— Vous vous trompez, dit-elle, lapidaire. J'aime la vitesse à moto ? Oui, c'est vrai. Est-ce que ça m'arrive d'exagérer ? Oui. Mais je ne suis pas hors de contrôle, professeur.

Strega savait qu'elle mentait. Il n'y avait pas seulement les virées à moto. Il y avait le surf des journées comme celle-là, où il fallait être fou pour sortir en mer. Sans parler de l'escalade libre sur les falaises abruptes et périlleuses de l'Iglesiente. Il y avait les décisions impulsives qui mettaient sa vie en péril, comme dans le hangar. Et puis il y avait la solitude immense dans laquelle elle vivait et où elle ne permettait à personne de pénétrer, pas même à Mara Rais, comme si elle devait purger seule sa condamnation. Et la manière dont s'était conclue l'enquête sur le meurtre de Dolores Murgia ne l'avait clairement pas aidée à laisser toute cette noirceur derrière elle. Strega avait conscience que ces éléments mis ensemble constituaient un mélange explosif. Il avait déjà perdu un partenaire et n'avait aucune envie que ça se reproduise. Pourtant, Eva ne semblait pas avoir l'intention d'accepter son aide.

— Je l'espère, crois-moi. Je l'espère vraiment. Parce que ce serait dommage. Tu es une excellente policière. Je te connais depuis très peu de temps, certes, mais je l'ai remarqué tout de suite. Tu es vraiment douée.

Il garda le silence quelques secondes, comme pour lui donner une dernière chance de s'ouvrir, d'avouer l'existence des tempêtes qui déferlaient en elle. Mais elle ne bougea pas d'un pouce de sa position.

Strega perçut sa réticence et fit machine arrière pour se réfugier sur le terrain plus neutre de l'enquête.

— Ce matin, nous allons recueillir avec Rais le témoignage de la femme d'Enardu, histoire de mieux le cerner. Il y a encore trop de points d'interrogation à clarifier. Les gros bonnets ont hâte de boucler le dossier, mais à mon avis cette histoire n'est pas encore terminée. Je sais que tu es en congé, mais tu es évidemment la bienvenue si tu veux te joindre à nous.

Eva se contenta de secouer la tête.

— C'est ce que j'imaginais. Alors je crois que c'est tout… Fais attention à toi, Croce.

Elle le salua d'un signe de tête et resta quelques secondes à le regarder s'éloigner.

Rattrape-le. Révèle-lui ce que t'a dit cet enfoiré, ça pourrait être important, se dit-elle.

Mais cet élan resta lettre morte.

Faisant taire ses membres endoloris, elle récupéra sa planche et repartit dans les flots déchaînés.

C'était le seul endroit où elle se sentait à l'abri.

D'elle-même.

86

Villacidro, province de Sardaigne du Sud

Mara observa leur reflet sur une des baies vitrées de la maison, non sans fierté. Ils avaient tous les deux l'élégance de professionnels du style. Nombre de ses collègues la prenaient pour une maniaque de la mode et de l'image – et c'était en partie vrai –, mais son goût pour les tenues sophistiquées en service avait aussi une finalité concrète : elle était une inspectrice de police judiciaire ; en la voyant, témoins et suspects devaient comprendre qu'ils n'avaient pas affaire à une policière lambda, mais à une experte de l'investigation, une représentante de l'élite des forces de l'ordre.

La manière dont elle présentait, à commencer par ses vêtements, était le premier moyen de convaincre les gens à qui elle était confrontée qu'il valait mieux la prendre au sérieux et se plier à sa volonté. Son raffinement devait véhiculer un savant mélange de fiabilité et de sérieux et pousser à la soumission, comme le lui avait enseigné son mentor à la section homicides.

À la différence d'Eva, songeait Mara, Strega devait voir les choses du même œil, parce que sa garde-robe était impeccable : ses chaussures brillantes de facture artisanale, son costume anthracite à la coupe classique et sa chemise d'un blanc immaculé qui ressortait sur sa peau sombre renforçaient l'aura d'autorité dont le vice-questeur semblait naturellement investi.

Enfin un partenaire qui ne me fait pas honte, se dit l'inspectrice, avant de se reprocher cette pensée. Eva Croce pouvait certes sembler aux antipodes de la mode et de la coquetterie, mais ses qualités d'enquêtrice étaient indiscutables.

Strega frappa à la porte. Angelica Garau, l'ex-femme d'Enardu, vint leur ouvrir et les invita à entrer sans accorder un regard à leurs insignes. Ils s'installèrent dans un salon modeste. Les yeux des policiers ne mirent pas longtemps à repérer une grande photo de Valentina, sa fille qui avait mis fin à ses jours.

— Ça vous dérange si je fume ? demanda-t-elle.

— Aucun problème, répondit Mara pour la mettre à l'aise.

En réalité, ça la dérangeait passablement, parce qu'elle devrait apporter ses vêtements au pressing, mais elle décida de passer outre pour le bon déroulement de l'interrogatoire.

— Merci beaucoup d'avoir accepté de nous recevoir, commença le vice-questeur.

— Pour ce que ça peut valoir… Vos collègues m'ont déjà posé un millier de questions, mais je ne crois pas leur avoir été d'une grande aide.

— Il y a seulement certains points que nous aimerions clarifier pour boucler ce dossier une bonne fois pour toutes, expliqua Mara.

La femme haussa les épaules. Elle paraissait négligée, fragile et perdue. Ils eurent tous deux la nette sensation qu'Angelica Garau ne s'était jamais remise du suicide de sa fille. Un malheur n'arrivant jamais seul, apprendre que son ex-mari était le justicier qui avait paralysé tout un pays devait l'avoir frappée avec la force d'un ouragan.

Comme ils en avaient convenu pendant le trajet, ce fut Mara qui ouvrit le bal avec une série de questions inoffensives, dans le but de détendre Angelica. Elles portaient principalement sur sa relation avec son mari, quand ils étaient plus jeunes. Aucune ne concernait sa fille, afin d'éviter de la mettre dans la difficulté ou l'embarras.

Au bout d'une dizaine de minutes, avec un regard entendu, Strega fit comprendre à Rais qu'elle pouvait passer à la deuxième phase de l'interrogatoire. La plus corsée.

Elle tira une tablette de son sac et ouvrit une vidéo.

— Madame Garau, je sais qu'il va être difficile pour vous de revoir ces images, mais c'est nécessaire pour certaines questions que j'aimerais vous poser au sujet de Dario.

— S'il le faut vraiment…

Mara lança les vidéos réalisées par le Dentiste. Tandis que la femme les regardait, le criminologue étudia ses réactions et son langage corporel. Elle fit preuve d'une incrédulité désarmante, comme si l'homme masqué ne pouvait en aucun cas être la personne qu'elle avait épousée et avec qui elle avait eu une fille.

— J'ai du mal à croire que ce soit lui qui ait fait ça. Vous en êtes vraiment sûrs ? demanda-t-elle une fois qu'elle eut terminé de visionner les vidéos.

— Hélas, oui, madame. Mais il y a quelque chose qui cloche, et j'aimerais savoir si cela vous paraît étrange à vous aussi. Il s'agit d'abord du langage employé par Dario. Très technique et recherché.

Angelica se fendit d'un petit sourire ironique.

— Je ne l'ai jamais entendu parler comme ça. Moi-même, je ne connais pas la moitié des mots qu'il utilise et, contrairement à lui, je suis allée au lycée. Dario ne s'exprimait pas comme ça, croyez-moi. Entre nous, on parlait principalement en sarde, et même sur les chantiers il utilisait le dialecte... Franchement, je ne comprends pas.

— Ça vous évoque quoi ses grands monologues ? demanda Mara.

— Je ne sais pas trop. C'est comme s'il avait appris par cœur un discours écrit par d'autres.

Strega eut un hochement de tête imperceptible. Il était du même avis.

— Avez-vous eu l'occasion de le revoir, depuis sa sortie de prison ?

— Une fois seulement. Il est venu ici prendre ses affaires. J'avais déjà décidé de divorcer et je lui avais annoncé plusieurs années avant... Je n'avais pas toute ma tête, pour tout vous dire. Il faut savoir que je suis une ancienne alcoolique. Ça a été une période très difficile... En quelques semaines, je me suis retrouvée toute seule, avec une fille suicidée et un mari en prison pour meurtre.

— Nous comprenons parfaitement, madame, insista Mara.

— Et comment l'avez-vous trouvé, quand il est rentré ici ? demanda Strega.

Il n'aimait pas envahir l'intimité des gens, mais c'était la partie ingrate du travail.

— Très différent. Extrêmement renfermé et silencieux. Il n'était plus lui-même... Je crois que le jour où Valentina est morte, il est mort lui aussi. Après... Après c'est comme s'il était devenu quelqu'un d'autre.

— Ensuite, vous ne l'avez pas revu ?

— Non. Je sais que pendant un temps il a été dans une sorte de communauté de réhabilitation des détenus, et puis il a disparu. Honnêtement, je m'en fichais. J'étais trop occupée à lutter contre mon addiction, et je savais que Dario était devenu toxique pour moi.

— Revenons à son langage. Vous pensez que quelqu'un a pu l'aider, ou bien qu'il a tout organisé seul ? la sonda Mara.

Angelica Garau secoua la tête.

— Je ne sais pas trop… Je ne crois pas qu'il ait tout organisé. Ça ne lui ressemble pas. C'est évident qu'il a été poussé par le chagrin après ce qui est arrivé à Valentina, mais je ne vois pas du tout qui aurait pu l'aider.

— Ce déguisement vous dit quelque chose ?

— Rien du tout. Mon mari, celui que je connaissais avant la mort de Vale, était un homme simple, un père affectueux. Une bonne personne, croyez-moi… Ça me dépasse qu'il ait pu faire une chose pareille.

— Il savait se servir d'un ordinateur ?

— Oui. Enfin, comme tout le monde. Il pouvait envoyer des e-mails, jouer au solitaire, lire les journaux. Ce genre de choses simples, rien de plus.

— Cette histoire de dents, suggéra Strega. C'est très bizarre, non ?

Elle acquiesça.

— Est-ce que ça vous évoque quelque chose de "familier" ? Quelque chose qui serait lié à son passé, par exemple ?

Elle haussa les épaules.

— Non, je ne crois pas, non.

Le vice-questeur lui montra quelques photos du hangar de la zone de Mixeddu glanées sur Internet.

— Vous reconnaissez ce bâtiment ?

— Jamais vu, et je ne sais pas du tout où ça se trouve… C'est là que… ? Enfin...

Strega hocha la tête.

— Hélas, oui. Il y a un autre détail curieux : les fonds à disposition de Dario. Vous avez eu vent d'une rentrée d'argent importante ?

— Je lui ai racheté sa part de la maison, il y a quelques années. Mais l'argent a été immédiatement réquisitionné par le tribunal, pour payer les dommages et intérêts à ce maudit gamin. L'ironie de la vie…

— Autre chose ? demanda Mara.

— Non. Pourquoi toutes ces questions ? Je veux dire : il est mort, vous avez compris que c'était lui. J'imagine qu'il ne va pas y avoir de procès, non ? Alors ?

— Nous devons évaluer toutes les possibilités, madame, de manière à pouvoir clore le dossier, répondit Mara.

L'inspectrice reprit ses questions sur Enardu, mais Strega comprit très vite qu'elles n'aboutiraient à rien : Angelica Garau n'avait aucun lien avec l'affaire, ni avec le véritable Dentiste. C'était seulement une femme qui avait vieilli avant l'heure, tourmentée par le fantôme de sa fille.

— Je pense que ça ira comme ça, Rais, dit-il en se levant et en mettant fin à la conversation. Merci infiniment pour votre collaboration, madame. Il est probable que les magistrats vous contactent de nouveau, mais nous ne vous dérangerons plus.

Elle les raccompagna et resta sur le pas de la porte à les observer jusqu'à ce qu'ils montent en voiture et que l'inspectrice mette le contact. Quand la voiture démarra dans l'allée, elle était encore sur le seuil, les yeux perdus dans un passé disparu à jamais.

— Elle n'a rien à voir là-dedans, déclara Mara en s'engageant sur la SS 196.

— Non. Mais j'avais besoin de le lire sur son visage, répondit Strega. (Après un temps, il ajouta :) À ton avis, quand recevrons-nous la prochaine vidéo ?

Mara tressaillit et il s'en fallut de peu qu'elle perde le contrôle du véhicule.

87

Via Frua, quartier De Angeli, Milan

Les deux agents en uniforme terminèrent leur inspection de l'appartement et retournèrent au salon, où Jennifer les attendait, nerveuse. Elle les entendit communiquer un message par radio, mais n'en distingua pas la teneur.

— Récapitulons, dit le plus vieux des deux. Madame Rubicondi a disparu depuis environ vingt-quatre heures, c'est ça ?

— Exact.

— Rappelez-nous votre nom et votre fonction, pour le procès-verbal ?

— Jennifer Nicoletti. Secrétaire de production et assistante personnelle de Luana Rubicondi.

— Parfait. Dans ce laps de temps, vous n'avez pas réussi une seule fois à la contacter ?

— Non. Ses deux téléphones sont éteints. Je suis venue plusieurs fois ici, comme j'ai les clefs, pour voir si elle était revenue. Je me suis inquiétée qu'elle ait pu se sentir mal.

Les agents prirent les numéros de téléphone et les transmirent au central pour vérification.

— Elle a déjà eu ce genre de lubie, par le passé ?

— De lubie ?

— C'est une célébrité…, répondit le policier, comme si ça suffisait à clore le sujet.

Jennifer perçut la haine des flics envers son employeuse.

— Je lui ai parlé hier matin et elle m'a annoncé qu'elle se rendait dans nos locaux, à Cologno Monzese. Elle a dit qu'elle prenait un taxi. Et ça n'aurait aucun sens qu'elle ait changé d'avis, parce qu'elle avait tout intérêt à rejoindre le studio pour un direct spécial.

— La mort du Dentiste, intervint l'agent plus jeune.

— Exact.

— La *dame*… (Le policier prononça ce terme comme si c'était un gros mot) vivait seule ?

— Oui, je vous l'ai déjà dit cent fois.

— À en croire ses voisins, elle fréquentait beaucoup d'hommes. Des hommes bien plus jeunes qu'elle.

— Tous majeurs et vaccinés. C'est un délit d'avoir une vie sociale active ?

— Ce n'est pas ce que voulait dire mon collègue.

— Quoi, alors ?

— Peut-être que *madame* est chez un de ces jeunes gens, ou en tout cas en sa compagnie.

— Je l'exclus catégoriquement. Encore une fois, elle n'aurait loupé ce scoop pour rien au monde. Il ne manque rien ici, il n'y a donc pas lieu de parler de "fugue volontaire", comme vous dites.

— Vous voulez faire notre travail à notre place, *mademoiselle* ?

Jennifer se contenta de lui renvoyer son aversion.

— *Madame* Rubicondi…

— Ce ton est-il vraiment nécessaire ?

L'autre poursuivit comme s'il n'avait rien entendu.

— ...faisait-elle usage de drogues ?

— Pas que je sache. Et puis, quel rapport ?

— Vous en êtes sûre ?

Jennifer était arrivée au point de saturation.

— Vous savez quoi ? Je me casse d'ici. J'appelle son avocat, et à partir de maintenant c'est avec lui que vous parlerez. Et ce ne sera pas une expérience très agréable, croyez-moi.

Elle était en train de chercher le numéro de l'avocat dans ses contacts quand elle entendit la radio grésiller de nouveau. Un des deux policiers s'éloigna de quelques mètres et répondit. Il resta à l'écoute près d'une minute, puis il revint, l'air ragaillardi.

— L'avocat de *madame* Rubicondi arrive, déclara Jennifer avec une satisfaction exagérée.

— Bien. Contrairement à ce que vous pensez, c'est une excellente nouvelle.

— Pourquoi ça ?

Avec un plaisir mal dissimulé, le flic dit :

— Parce que la questure vient de m'appeler. Le sac à main de *madame*, avec ses papiers, a été retrouvé sur les berges du Lambro, près du parc de la Media...

Jennifer plissa le front, perplexe.

Mais le policier n'avait pas fini.

— ...à côté de vêtements féminins qui pourraient lui appartenir.

Il souriait presque à présent.

— Les vêtements étaient maculés de sang.

88

Salle de presse de la questure de Cagliari

Rarement la salle de presse de la questure avait été aussi remplie de reporters, de caméramans et d'envoyés spéciaux des radios et télévisions nationales. Après une brève introduction du questeur et du préfet, la substitut du procureur Adele Mazzotta, le chef de la brigade mobile Pierluigi Palamara et le directeur romain de l'UACV, Raffaele Belladonna, avaient livré un récit impeccable des dernières avancées de l'affaire, culminant avec la libération de l'otage, le très décrié juge Pintore. Mais malgré cette prestation cohérente et irréprochable, il n'avait pas échappé aux journalistes que pas un seul membre de l'équipe chargée de l'enquête n'était présent à la conférence de presse.

Quand l'attachée de presse de la brigade mobile ouvrit la séance aux questions, une forêt de bras se leva.

— Je vous écoute, dit-elle en désignant un homme au troisième rang, un vieux briscard du principal quotidien de la ville.

— Bonjour. Nous ne pouvons manquer de remarquer l'absence du vice-questeur Strega et des autres enquêteurs. Pouvons-nous savoir pourquoi ?

Question insidieuse. Parmi eux, Belladonna était celui qui avait le plus d'expérience et de sang-froid. Il approcha le micro et, de sa voix de baryton d'acteur consommé, il déclara :

— Après plus de soixante-douze heures de service quasi continu, je crois que nos amis sont encore sous les couvertures, dans les bras de Morphée. Et j'estime qu'ils l'ont mérité, non ?

Une bonne partie de la salle fut traversée par une vague d'hilarité et on entendit quelques applaudissements épars. Belladonna avait habilement détendu l'atmosphère et esquivé la question avec un trait d'humour, mais le deuxième journaliste y alla encore plus fort.

— Donc vous démentez formellement la rumeur selon laquelle certains agents de l'équipe auraient été suspendus provisoirement par mesure de précaution ?

L'intervention jeta un froid.

— À moins que vous ne soyez en possession d'informations dont je ne dispose pas, je considère cette rumeur comme un vulgaire bruit de couloir. À part le sens commun, personne n'a été suspendu.

Palamara pensait s'en tirer avec une boutade, mais son ironie avait une saveur trop caustique, comme s'il était sur la défensive. Tels des requins, les reporters avaient flairé sa nervosité, et la troisième journaliste qui prit la parole revint à la charge.

— Une source confidentielle nous a confié qu'au moment de l'explosion du hangar, Dario Enardu se trouvait à l'intérieur, agenouillé et menotté. Est-ce un fait avéré ? Et si oui, pourquoi la personne qui est intervenue ne s'est-elle pas souciée de sauver Enardu, en plus de Pintore, afin de le livrer à la justice ? Les policiers se sont-ils convertis eux aussi à une justice sommaire et radicale ?

Silence accablant.

Tout en prononçant cette accusation déguisée en interrogation, la jeune envoyée spéciale de *Verdict* avait pointé du doigt la grande photo du Dentiste qui trônait sur un bureau et qui faisait le bonheur des caméramans. Maintenant que Luana avait disparu du paysage, c'était le moment où jamais pour elle de se mettre en avant, et Agata comptait bien en profiter.

*Cchiù scuru di mezzanotti nun pò fari**, pensa Palamara. Mais contrairement à ce que soutenait le proverbe sicilien, la situation pouvait encore empirer. De fait, Agata, sans même leur laisser le temps de répondre, en rajouta une couche, suivant les leçons de Rubicondi.

— N'avait-il pas le droit, lui aussi, d'être sauvé ? N'est-il pas étrange que les policiers aient eu tout le temps de sauver le juge et de se sauver eux-mêmes – je rappelle qu'aucun agent n'a subi de blessure ou de traumatisme physique – mais pas Enardu ? Et surtout : quelle était la nature de l'explosion et de l'incendie ? Franchement, tout ça apparaît plus que suspect, vous ne trouvez pas ?

Belladonna s'apprêtait à intervenir quand Mazzotta le devança.

— Qu'est-ce que vous insinuez ? explosa-t-elle, furieuse.

Grave erreur, pensa le dirigeant romain. Mais le mal était fait, et Bonanno n'en attendait pas plus.

— Qu'est-ce que j'insinue ? Je n'insinue rien, madame la substitut. Je voudrais seulement avoir la confirmation que le

* Il ne peut pas faire plus sombre qu'à minuit (sicilien).

corps carbonisé de Dario Enardu a bien été retrouvé avec les menottes aux poignets, et savoir pourquoi les enquêteurs l'ont laissé brûler dans le hangar pendant que…

— En plus d'être mal informée, mademoiselle, vous avez une imagination débordante. Je vous conseille de vous mettre aux romans, parce que je vous sens plus portée sur la fiction que sur le journalisme, déclara Belladonna en se levant.

Mais Bonanno n'avait pas l'intention de lâcher sa proie, maintenant qu'elle y avait planté ses crocs.

— Le Dentiste s'est fait l'interprète d'un sentiment populaire, du désamour du peuple envers la justice italienne et ses représentants. Il aurait pu raconter des choses très intéressantes, s'il avait survécu à son arrestation. Sa mort me paraît suspecte. Qu'est-ce que vous nous cachez ?

Le préfet pâlit devant cette allégation. Il fit ricocher un regard incendiaire de Palamara à Belladonna, avant de s'arrêter sur le questeur, comme pour l'inviter à dire quelque chose.

À cet instant, une femme blonde élégante traversa la salle d'un pas impétueux, attirant l'attention des journalistes, et s'approcha de l'estrade.

Cette fois, ce fut à Agata Bonanno de pâlir, parce que cette femme n'était autre que Mara Rais.

— Puis-je répondre à la demoiselle, directeur ? demanda cette dernière.

La substitut toucha le bras de Belladonna, l'exhortant à laisser la parole à l'inspectrice.

— On peut savoir ce que c'est que ce bordel ? murmura Belladonna après avoir désactivé le micro.

— Laissez-la faire, répondit Mazzotta.

Le directeur de l'UACV décida de lui faire confiance.

— Mesdames, messieurs, l'inspectrice en chef Rais de la brigade mobile de Cagliari, section homicides et violences aux personnes. Une des principales enquêtrices sur cette affaire, la présenta Belladonna. Qui a participé à l'intervention en question et à la libération de l'otage.

Mara Rais s'installa à la tribune, à côté de Mazzotta – qui lui posa une main sur le dos pour l'inviter à poursuivre –, et sortit son téléphone de sa poche.

— En tant que membre de l'équipe chargée de l'enquête, et pour défendre l'action de mes collègues, je voudrais répondre personnellement à Mme Bonanno, dont vous avez pu entendre la véhémence, et je le ferai avec un enregistrement d'elle-même, qui fait par ailleurs déjà l'objet d'un dossier ouvert par Mme Mazzotta pour tentative de corruption d'agent public. Voici la déontologie de la presse, messieurs-dames.

Mara approcha son téléphone du micro et lança la conversation enregistrée dans le parking souterrain, quand la jeune femme avait cherché à l'acheter. Pendant toute la durée de l'extrait, elle planta ses yeux dans ceux de Bonanno.

Une fois qu'elle eut terminé, le visage d'Agata était strié de larmes.

Belladonna se tourna de nouveau vers le micro.

— Bien, je crois que ça clôt définitivement la question. Nous renvoyons à l'expéditeur toute spéculation infondée. En ce qui vous concerne, Mme Bonanno, au nom de tous les dirigeants présents, nous avons hâte de vous retrouver au tribunal… Au revoir.

Tandis que les journalistes se jetaient avidement sur Belladonna et les autres, Mara aperçut Strega au fond de la salle : il souriait, et lui adressa un clin d'œil.

Elle rougit comme une gamine.

89

Galerie San Babila, piazza san Babila, Milan

Mauro Bonetti s'efforçait de dormir le plus possible, car alors il rêvait ; et dans son rêve il retournait presque toujours à sa vie d'avant, oubliant son abri de cartons à l'intérieur de la galerie, son sac de couchage puant, le gros gobelet McDonald's où tintaient les pièces jetées par des passants apitoyés, les disputes avec les autres clochards qui essayaient de le détrousser, les quolibets des gamins, et toutes les vicissitudes qui constellaient dorénavant sa misérable existence. Quand le sommeil s'emparait de lui, Mauro n'était plus le clochard qui errait depuis près de deux ans dans les rues de Milan comme un fantôme, il redevenait l'homme heureux qu'il avait été autrefois. Ses yeux s'embuaient à la seule pensée de son ancien appartement à Pavie, intime et chaleureux, de ses vêtements propres et parfumés, de la cuisine impeccable et du réfrigérateur plein, des draps frais et de l'eau chaude de la douche. Et quand il songeait à Elena, sa femme, sa respiration s'étranglait, car rien n'était parvenu à refouler son amour pour elle, ni la douleur insondable causée par sa mort soudaine et violente. Mauro s'absorbait dans les détails de cette vie qu'on lui avait arrachée, en sachant que plus le rêve serait agréable, plus le réveil serait dur. Mais les souvenirs étaient tout ce qui lui restait. Sans eux, la vie n'avait plus de sens.

Chaque fois qu'il ouvrait les yeux, ses premiers mots étaient une imprécation à l'égard d'une personne bien précise : Luana Rubicondi, la femme qui l'avait détruit en l'accusant d'avoir tué Elena avant même que les enquêteurs soient parvenus à leurs conclusions. Dans son émission, Luana avait devancé la police et la justice et soumis Mauro à un procès médiatique qui ne lui avait laissé aucune chance. La présentatrice l'avait pris pour cible dès les premières heures après le meurtre, le transformant en monstre sur lequel déverser sa haine et son mépris. Et à partir de là, Mauro avait été perçu comme tel par l'opinion publique, qui exigea à son encontre un châtiment exemplaire. Avec toute cette pression sur les épaules, les enquêteurs et le substitut du procureur avaient mis le paquet, recourant à toutes les mesures possibles pour le condamner et apaiser la fureur vengeresse du peuple. En cour d'assises, les jurés – tous spectateurs assidus de *Verdict* – n'avaient pas hésité une seconde avant de lui infliger la peine maximale. Il n'avait traversé l'esprit de personne que Mauro puisse être innocent. Quand, des années plus tard, le véritable meurtrier d'Elena avait été arrêté pour un autre crime et avait avoué celui pour lequel il avait fini en prison, Mauro Bonetti était un homme anéanti. Il avait toujours été doux et fragile, sujet au vague à l'âme, et la perte dramatique de sa femme l'avait fait basculer dans une dépression sans issue. Il avait perdu son travail et ses amis. Sa propre famille lui avait tourné le dos. Il n'avait plus un sou : ses maigres économies avaient servi à payer ses avocats et, une fois dehors, il s'était retrouvé sans logement. Il avait beau avoir été disculpé, le matraquage médiatique de Rubicondi avait été si convaincant que tout le monde le considérait encore comme un meurtrier et personne ne voulait avoir affaire à lui. Personne n'avait le courage de reconnaître qu'il s'était trompé sur son compte ; on préférait l'éviter, faire comme si de rien n'était. Luana Rubicondi ne s'était pas excusée une seule fois. Pour elle, Mauro n'était qu'un ogre parmi tant d'autres à jeter en pâture au public pendant quelques semaines. *Verdict* s'était déjà focalisé sur un autre “monstre”, car le train du justicialisme ne pouvait pas s'arrêter. *The show must go on*…

Mauro était devenu un des innombrables spectres qui hantaient la métropole, en état de délabrement physique et mental, vieux avant l'heure, car une journée dans la rue équivalait à un mois d'une vie normale. Il avait atterri trois fois à l'hôpital : la première, parce qu'on avait tenté de l'immoler par le feu ; les deux autres parce qu'une bande de jeunes l'avaient tabassé avec une telle violence qu'ils lui avaient perforé la rate et les poumons, le forçant à passer deux fois sur le billard. L'hôpital avait été une parenthèse enchantée par rapport à la rue, mais ce répit avait été trop bref, et Mauro avait dû replonger dans les limbes de l'existence vagabonde.

Cet après-midi-là, il n'arrivait pas à trouver le sommeil. Les ouvriers qui travaillaient au chantier de rénovation de la piazza San Babila faisaient trop de bruit. Il se tourna sur le côté et soupira devant les relents d'urine émanant d'un autre sans-abri à quelques mètres de lui. Il entendit alors quelque chose tinter dans son gobelet. Il marmonna mécaniquement sa réponse habituelle :

— Merci. Que la paix soit avec toi.

Au bout de quelques minutes, incapable de s'endormir, il jeta un œil à la recette de l'après-midi. Il s'aperçut que quelqu'un avait déposé dans son gobelet un petit sac en tissu semblant contenir des pièces. Intrigué, il l'ouvrit. De prime abord, il crut que ses yeux chassieux avaient mal vu. Il laissa glisser le contenu sur sa main sale et bouffie et comprit qu'il ne s'était pas trompé.

Quelqu'un lui avait donné une poignée de dents humaines.

Dégoûté, et convaincu que ce n'était qu'une mauvaise blague, Mauro les lança sur une passante qui, à la vue des dents, poussa un hurlement hystérique, attirant l'attention de deux vigiles.

Mauro se retira dans son grabat crasseux, ignorant que ces dents appartenaient à la femme qui avait fait de lui une larve humaine.

90

Piscine Rari Nantes, Calata dei Trinitari, Cagliari

VALERIA Fortichiari, monitrice de natation, était comme hypnotisée. Elle ne parvenait pas à détacher ses yeux de l'inconnu au couloir n° 5 du bassin extérieur de trente-cinq mètres. À sa traction fluide, à la rotation précise de ses bras et au fait qu'il ne laissait jamais retomber son coude, elle devina que cette technique impeccable ne pouvait qu'être l'œuvre d'un professionnel. Chaque mouvement de son crawl était mesuré et harmonieux, puissant mais contrôlé, toujours en position hydrodynamique parfaite ; ses battements de jambes étaient réglés comme un métronome et les ondulations dans son sillage étaient discrètes, comme chez un athlète olympique.

— Qui est-ce ? demanda-t-elle à une de ses élèves, observant la progression décidée du métis aux larges épaules.

— Aucune idée. Un athlète qui n'est pas d'ici, sûrement.

— Depuis combien de temps nage-t-il ?

— Depuis plus d'une heure, et il est encore frais comme un gardon.

L'eau de la piscine extérieure scintillait dans les reflets du couchant. Une brise délicieuse s'était levée du côté du port, qui rendait la soirée d'autant plus agréable après le mauvais temps du matin.

Au bout de quelques minutes, un petit groupe silencieux – principalement des femmes – s'était formé au bord du grand bassin. Elles contemplaient lascivement ce corps de statue grecque qui nageait avec tant de grâce.

— Vous avez payé votre ticket ? demanda d'un ton acerbe une femme blonde derrière elles.

Elles se tournèrent vers l'inconnue. C'était une quadragénaire élégante et soignée.

— Alors ? répéta-t-elle. Allez, dégagez. Le spectacle est terminé.

Elles sourirent et se dispersèrent.

— *Bagasse*..., murmura Mara, en proie à un accès de jalousie.

Elle se tourna vers Strega qui, encore dans l'eau, semblait ne s'être aperçu de rien. Elle ne pouvait pas leur en vouloir de leurs regards concupiscents ; ses œstrogènes faisaient des sauts périlleux à la vue de ce dos sculpté.

Accabbadda. Sois professionnelle. Tu n'es pas là pour déconner, se dit-elle en contrôlant sa respiration.

Elle s'approcha encore de la piscine et attira l'attention du vice-questeur.

En quelques brasses, il s'accouda au bord du bassin et retira ses lunettes. Ses yeux verts marbrés de jade se fixèrent sur Mara. Il sentit à sa raideur qu'elle était porteuse de mauvaises nouvelles.

— Que se passe-t-il ? demanda-t-il.

Elle l'avait trouvé du premier coup. C'était elle qui lui avait suggéré cet établissement quand il lui avait demandé des conseils sur les piscines de la ville.

— Nous avons un problème, répondit Mara en s'évertuant à ne pas regarder ses pectoraux qui palpitaient encore sous l'effort.

— Grave ?

— Très. Quelqu'un à Milan a remis trente dents à un clochard, du côté de la piazza San Babila. D'après les premiers examens, il semble qu'elles appartiennent à une femme.

Strega hocha la tête. Il ne paraissait nullement surpris.

— Le clochard, qui est-ce ?

— Il y a quelque temps, il a été arrêté et condamné pour le meurtre de sa femme. Puis on l'a disculpé, mais la prison avait déjà ruiné sa vie et il s'est retrouvé à faire la manche. La rue l'a rendu à moitié fou. Au moment du crime, la presse s'est acharnée sur lui et l'a désigné comme coupable avant même la fin de l'enquête. Tu devines qui, en particulier ?

— Luana Rubicondi.

— Exactement.

— Les dents pourraient être…

— Ça fait plus de vingt-quatre heures qu'on est sans nouvelles de cette garce. On a retrouvé ses vêtements tachés de sang à côté d'une rivière qui s'appelle le Lambro, c'est ça ?

Strega acquiesça, l'air grave.

— Merde, murmura-t-il.

— Comme tu dis. Il est très probable qu'elle ait été enlevée. Et il est tout aussi probable que ces dents soient les siennes. Comment on explique ça à Palamara, putain ?

Malgré l'eau chauffée, Strega eut un frisson.

Palamara était le cadet de leurs soucis.

— Donne-moi quelques minutes et je suis à toi, lança-t-il, disant adieu à la sensation de bien-être insufflée par la nage.

91

Palais de justice, via Carlo Freguglia, Milan

La voiture de patrouille “Guastalla-Como” reçut de la salle de crise l’ordre de se rendre immédiatement au tribunal avec le code radio 010 : urgence avec gyrophares et sirène.

— Qu’est-ce qui se passe ? demanda le conducteur, allumant les gyrophares et prenant immédiatement la voie de dépassement.

— Aucune idée. Il est trop tard pour que ce soit une manif, répondit le chef de patrouille, nerveux.

Au bout de quelques centaines de mètres, les deux policiers virent trois autres véhicules de patrouille converger vers le palais de justice. Il n’y avait pas eu de nouvelle communication du central. Silence radio. Leur nervosité s’accrut.

— C’est du sérieux, dit le conducteur.

— Ne te laisse pas distancer. Accélère et suis-les.

Moins d’une minute plus tard, la voiture s’arrêta à l’entrée de la via Freguglia, derrière une file de fourgons de la police d’État. Des membres d’une unité d’intervention rapide en tenue antiémeute descendaient d’un d’entre eux.

— C'est quoi ce bordel ? demanda le conducteur de la "Guastalla-Como" à un collègue qui enfilait son casque.

L'air nocturne était chargé de tension.

L'autre se contenta de désigner du menton l'entrée du tribunal.

Le conducteur regarda dans la direction signalée et son sang se glaça.

Une centaine de personnes étaient assises sur les marches devant l'entrée. Elles portaient des perruques orange et des masques en cuir sombre, et les portions découvertes de leur visage étaient fardées de blanc. Beaucoup brandissaient des torches, comme pour une veillée funèbre.

— Mon Dieu, murmura le conducteur. Ça me rappelle un film que j'ai vu récemment.

"La police protège les assassins", dénonçait une des pancartes.

"Le Dentiste est vivant. Nous sommes tous le Dentiste", proclamait une autre.

Il y avait des dizaines de messages de la même teneur.

À travers un mégaphone, le chef de l'unité d'intervention déclara que ce rassemblement n'avait pas été autorisé, et ordonna aux manifestants de se disperser sous peine d'évacuation forcée ; un doux euphémisme qui sous-entendait une pluie de coups de matraque.

Les émules du justicier ne bougèrent pas d'un millimètre.

Aucun des policiers présents ne savait encore qu'au même moment, depuis le *Palazzaccio*[*] de Rome jusqu'au tribunal de Turin, devant tous les palais de justice de toutes les grandes villes italiennes, les admirateurs du Dentiste s'étaient donné

* Littéralement "vilain palais", siège de la Cour de cassation, du conseil des avocats et de la bibliothèque juridique.

rendez-vous sur les réseaux sociaux pour un flash mob pacifique.

Pour l'instant.

92

Bureaux de la brigade mobile, questure de Cagliari

Quand Vito Strega et Mara Rais eurent fini de parler, Palamara chercha le regard de Belladonna, qui était livide, avant de reporter son attention sur les deux policiers.

— *Ma che state babbiando*[*] *?* demanda-t-il, un sourire ironique aux lèvres.

Strega secoua la tête. Il aurait voulu dire que oui, ils plaisantaient. Mais c'était impossible. Luana Rubicondi avait été enlevée et on lui avait arraché les dents.

— Vous en êtes certains ? demanda Belladonna.

— Oui, monsieur le directeur, dit l'inspectrice. Le dentiste légiste de l'Université de Milan qui a fait la comparaison avec les radios des arcades dentaires de Rubicondi n'a aucun doute. Les dents sont celles de la présentatrice.

Ils s'étaient enfermés dans le bureau de Rais et Croce pour ne pas attirer l'attention et éviter que la nouvelle se propage au sein de la brigade. Vaine précaution, avait pensé Strega : il

* Qu'est-ce que vous racontez (sicilien).

était probable que d'ici quelques heures, cette "rumeur" soit de notoriété publique.

Palamara porta les mains à son visage, en proie à un désarroi indescriptible.

— Mais comment c'est possible, *minchia* ? Mazzotta est allée à l'hôpital ce soir même pour réinterroger Pintore, et il lui a tout confirmé. Il a reconnu Enardu, c'est bien lui qui l'a enlevé et qui lui a refait la dentition. Je ne comprends pas…

— Tu penses à un *copycat* ? demanda Belladonna à Strega.

— J'aurais tendance à l'exclure pour l'instant. Nous en aurons le cœur net dans quelques heures.

— Si une nouvelle vidéo nous arrive, devina Belladonna.

— Exact.

— D'un certain point de vue, il vaudrait mieux avoir affaire à un imitateur, dit Mara Rais. Parce qu'un autre scénario serait beaucoup plus inquiétant.

— Sans se lancer dans de grands concepts, intervint Palamara, les yeux plantés dans ceux de Strega, dis-moi ce que tu en penses vraiment. À quoi je dois m'attendre ?

— Je crois qu'il est raisonnable de s'attendre à une nouvelle vidéo.

93

Parquet de Cagliari

DEPUIS le bureau de la substitut du procureur, on distinguait la foule compacte de manifestants masqués à la manière du Dentiste devant le tribunal. Un cordon de policiers en tenue tactique les entourait. Pour l'instant, aucun heurt n'était à déplorer, mais l'air était saturé de violence latente.

— On dirait une scène du film *Joker*, dit Mazzotta.

Strega acquiesça.

— L'imaginaire sur lequel il joue est le même.

Belladonna était assis sur un fauteuil en cuir sombre. Une main lissait la jambe droite de son pantalon, croisée sur la gauche, l'autre tenait une tablette où défilaient les images des manifestations devant les tribunaux de Milan, Rome, Turin, Bologne et d'autres villes italiennes, comme si ces rassemblements obéissaient à une minutieuse coordination. L'agitation du chef était palpable. En l'observant, Mara comprit qu'il cherchait à évaluer les torts que les développements de cette affaire risquaient de causer à son unité.

Après un long silence, Adele Mazzotta tourna le dos à la fenêtre, cherchant Strega du regard.

— Pourquoi ? se contenta-t-elle de demander, condensant dans sa question toutes les informations alarmantes que lui avaient déversées les policiers au cours des dernières minutes.

Strega se dressait de toute sa hauteur au milieu du bureau, les mains derrière le dos, tel un soldat au repos.

Tu es un ancien militaire, Vito Strega ? se demanda Mara, qui malgré la situation continuait à se sentir attirée par cet homme insondable.

— Si le scénario que nous envisageons se concrétisait, tout nous ramènerait à notre hypothèse première : une attaque en règle contre le monde de la justice dans toutes ses acceptions. Le premier procès médiatique a eu pour accusé un criminel abject, le pédophile remis en liberté. Le deuxième, le magistrat corrompu érigé en symbole de toute une caste et d'une justice aux abois. Le troisième pourrait dénoncer dans la "justice-spectacle" une nouvelle dérive du système, résuma Strega.

— *'Na billizza**, quoi, ironisa Palamara, vautré dans un fauteuil et enveloppé d'un épais nuage de fumée.

— Donc cela suppose une opération concertée entre Enardu et le ravisseur de Milan, ajouta Mazzotta.

— Si nous recevons la vidéo selon les mêmes modalités, oui, clairement, répondit Strega.

Mazzotta étudia les policiers : Rais, Palamara, Strega et Belladonna. Elle s'aperçut de l'absence de Croce.

— Où est l'inspectrice Croce ?

* Formidable (sicilien).

— Je lui ai donné quelques jours de congé, répondit Palamara en soufflant la fumée de côté. Je ne m'attendais pas à retomber dans une situation pareille.

D'une main, Mazzotta désigna la foule devant la fenêtre.

— Ici et dans toute l'Italie, ils pleurent la mort de leur chouchou refroidi par la police. Vous vous rendez compte du niveau d'hystérie collective et médiatique que pourrait générer la nouvelle que le Dentiste est encore en vie ?

Personne n'eut le courage de répondre.

— La presse va nous tailler en pièces et nous accuser d'avoir attrapé – et tué – la mauvaise personne. Qu'est-ce que je vais raconter à De Paolis, putain ? éclata la substitut en les foudroyant du regard.

Tullia De Paolis, la procureure générale qui dirigeait le ministère public sarde, était convaincue que Mazzotta avait brillamment résolu l'affaire ; et quand une demi-heure plus tôt la substitut lui avait timidement demandé de se rendre au palais de justice, elle était attablée avec le préfet pour fêter la résolution de cette enquête compliquée. D'ici quelques minutes, sa conviction serait balayée par les derniers rebondissements de l'enquête. De Paolis était connue pour son caractère impétueux et pour la perfidie avec laquelle elle distribuait les sanctions disciplinaires et les mutations punitives.

— Alors ?

Les hommes se gardèrent bien d'ouvrir la bouche.

Paradoxalement, ce fut la moins gradée qui trouva le cran de répondre.

— Dites-lui que nous ne nous sommes pas trompés, madame. Nous n'avons pas commis d'erreur, comme en témoigne Pintore, intervint Mara avec orgueil. Le faisceau d'indices relatif à Dario Enardu est plus que solide. Il est blindé. Nous avons réussi à sauver le juge. Que pouvions-nous faire d'autre ? Ni la brigade mobile ni le parquet n'ont de faute ou de manquement à se reprocher. Nous avons agi sur la base des informations dont nous disposions, et tout laissait croire à un auteur unique : Enardu. S'ils veulent vraiment des boucs émissaires, ils n'ont qu'à se pencher sur les défaillances technologiques de la postale et des unités informatiques, qui en sont encore à zéro résultat. Je refuse d'être tenue pour responsable de l'inefficacité des autres. Le professeur Strega, l'inspectrice Croce et moi-même avons risqué nos vies pour mener cette mission à bien. Et nous avons réussi.

Mazzotta eut un sourire amer et acquiesça. Puis, se tournant vers les trois dirigeants, elle dit :

— Pardonnez ma franchise, mais cette femme a plus de couilles que vous trois réunis, messieurs. À votre place, je me poserais des questions… Attendez-moi ici et croisez les doigts.

Sans rien ajouter, la substitut quitta le bureau en direction de celui de De Paolis.

L'inspectrice Rais entendit Palamara, Belladonna et Strega soupirer de soulagement à l'unisson.

— Si vous voulez changer de couche, les toilettes c'est la deuxième à droite, dit-elle sans se démonter.

Les trois hommes échangèrent un regard stupéfait et éclatèrent de rire.

Leur hilarité se tarit instantanément lorsqu'ils entendirent les hurlements de la procureure générale au fond du couloir.

— *Mìzzica*[*], commenta Palamara.

— Vous deux, allez chercher Croce. Et ramenez-la ici, dit Belladonna à Strega et Rais d'un ton solennel, revenant

[*] Merde (sicilien).

dans son rôle. Aucun doute que De Paolis veuille aussi l'interroger. Les collègues de la DIGOS et du parquet de Milan veulent organiser une visioconférence d'ici une heure. Veillez à revenir à temps, parce qu'il faudra établir une ligne de conduite commune.

— Alors ? Vous avez entendu le directeur ? *Amunì*, les exhorta Palamara.

Une fois seuls, Palamara avala une gélule de caféine et passa la plaquette à Belladonna.

— Une longue nuit nous attend, se justifia-t-il.

Belladonna acquiesça et en avala deux.

— Que ça ne sorte pas de cette pièce, fit le Sicilien. Mais si ce *bastardu* bis fait un procès à Rubicondi, non seulement je vote, mais je fais aussi voter toute ma famille jusqu'aux cousins au cinquième degré.

— Pareil. Si je dois perdre mon poste, je veux au moins m'accorder la satisfaction de voir cette truie avoir la fin qu'elle mérite, répondit Belladonna. On est une vingtaine dans la famille. Ça fait autant de votes que tu peux ajouter.

— On est vraiment affreux, hein ?

— Sinon on ne serait pas flics.

Tous deux sourirent.

Mais cet instant de complicité n'était qu'un moyen d'exorciser les présages du cataclysme apocalyptique qui allait leur tomber dessus.

94

Bodie Art – Rock club, via San Giovanni, Cagliari

Eva s'était réfugiée dans ce pub intimiste parce qu'elle était à peu près sûre de n'y croiser personne qui la connaissait. Elle avait besoin d'être seule pour refouler les souvenirs qui l'assaillaient.

Je voulais te dire que j'étais vraiment désolé pour ta fille. Je sais très bien ce qu'on ressent…

Cette phrase d'Enardu avait éveillé en elle une douleur qu'elle avait crue en sommeil depuis son voyage en Irlande.

Tu es bien naïve, si tu croyais vraiment pouvoir t'en libérer comme ça, se dit-elle en buvant sa deuxième pinte de Paulaner. Les notes d'*I Hold You* de Clann s'égrenaient dans les enceintes du pub. Eva cramponnait sa pinte pour éviter de sortir son téléphone et faire défiler les photos de sa fille. Depuis la veille, l'obscure marée des souvenirs et de la culpabilité avait commencé à enfler et à gronder de façon menaçante ; la fatigue physique avait réussi à la circonscrire et à la garder sous contrôle pendant un temps. Mais les digues avaient fini par se rompre, et Eva se noyait dans ses fautes inavouables de mère.

Elle éclusa sa pinte en quelques gorgées et en commanda une troisième.

Tu crois que cautériser tes plaies à l'alcool va servir à quelque chose ? s'accusa-t-elle. Ou bien tu veux finir comme ta mère ?

— Oh, et puis merde, chuchota-t-elle, et elle se remit à boire.

À cet instant, elle voulait seulement faire disparaître la souffrance qui l'oppressait.

Et si Strega avait raison ? Est-ce que tu essaies d'en finir parce que tu n'as pas réussi à accepter sa mort ? se demanda-t-elle. Elle resta suspendue à cette question quelques minutes, incapable d'y répondre. Avec l'index de sa main droite, elle inscrivit son nom sur le verre embué : Maya.

— Arrête ça, murmura-t-elle.

Elle était tourmentée par la conscience terrible qu'elle et Enardu n'étaient pas si dissemblables : leurs vies avaient été bouleversées par le deuil ; immergés dans leur propre enfer personnel, ils avaient cherché à aller de l'avant en se raccrochant à la violence, quoique de deux points de vue opposés.

Eva ferma les yeux et, pendant un moment, elle se retrouva projetée dans le hangar, comme si elle voulait revivre les derniers instants avant l'explosion.

Je voulais te dire que j'étais vraiment désolé pour ta fille. Je sais bien ce qu'on ressent… répétait *sa* voix.

Elle rouvrit les yeux et continua à boire, tâchant de se concentrer sur autre chose. Elle réussit à se distraire en lisant les nombreuses inscriptions gravées dans la table en bois, mais cela ne fonctionna que quelques minutes. Elle ne parvenait pas à se libérer de l'image de l'homme une seconde avant qu'il déclenche son briquet et se condamne à une mort certaine ; il avait levé les yeux au ciel, et dans ses yeux Eva avait lu une étrange forme de sérénité, comme s'il avait enfin cessé de souffrir. À cet instant, elle l'avait envié.

La troisième Paulaner fut engloutie, et avec elle la sensation lénifiante offerte par la bière.

Maintenant ça suffit. Tu es à moto et tu dois rentrer chez toi. Tu as déjà assez bu.

Marco, le propriétaire du pub, entra dans la petite salle pour servir des jeunes à une table voisine et, quand il eut pris les commandes, l'inspectrice attira son attention en levant son verre vide. Un geste quasi instinctif.

— Une autre ? Tu es sûre, Eva ? Tu ne veux pas que je t'apporte quelque chose à manger, d'abord ?

— Non. Je veux me noyer dans l'alcool, si je dois écouter ces mièvreries, rétorqua-t-elle en désignant les haut-parleurs.

Le barman sourit et, peu après, il changea pour Pantera et son métal rageur.

— Mieux ? dit-il en se penchant par-dessus le comptoir.

— Carrément.

Eva passa aux toilettes et à son retour trouva un demi de Paulaner accompagné d'une *piadina** coupée en morceaux et de frites. Elle repoussa l'assiette et sirota son demi dans l'espoir de dompter sa douleur.

Elle allait crier à Marco que dans son pays d'origine les demi-pintes étaient illégales quand son téléphone se mit à vibrer : elle avait reçu un SMS.

Intriguée, Eva le sortit de la poche de son jean et, à cause de ses yeux embrumés par l'alcool, elle crut d'abord avoir mal lu. Quand elle s'aperçut ensuite que les autres clients

* Spécialité de l'Émilie-Romagne. Fine galette de blé et de saindoux, garnie de fromage, de légumes ou de charcuterie.

consultaient leur téléphone de manière presque simultanée, elle comprit qu'elle avait très bien lu.

Le message était anonyme, mais le titre la fit frémir.

Ce n'est pas possible, pensa-t-elle. J'ai vu son cadavre.

Incrédule, Eva lança la vidéo intitulée "La loi, c'est toi".

95

Lieu inconnu

La vidéo débutait avec la voix de Mina qui chantait *Un colpo al cuore*. Dans le cadre, une chaise où était ligoté un otage encapuchonné. Sur le mur de tôle derrière étaient accrochés une vingtaine de clichés, représentant différentes personnes. Aux formes arrondies du corps attaché à la chaise, il s'agissait manifestement d'une femme. La robe légère qui la couvrait était maculée de sang coagulé. Sous le capuchon de jute, on distinguait des gémissements étouffés. Les pieds nus tremblaient.

La musique s'arrêta et le Dentiste, camouflé par son déguisement habituel, entra en scène et se campa derrière la prisonnière. Par rapport aux fois précédentes, on voyait que le justicier mesurait une bonne tête de moins ; son physique était moins imposant.

Il écarta une mèche de la perruque orange de son visage et se tourna vers la caméra avec solennité, la voix déformée par un appareil électronique.

— Bonsoir. Je ne suis pas un fantôme. La police a lâchement assassiné un homme au service de la justice, la vraie, mais elle ne peut pas tuer l'idéal qu'incarne ce masque. Un idéal collectif, une identité collective, dans laquelle toute personne avide d'équité peut se reconnaître. Comme vous le voyez, je suis vivant, aussi vivant que *notre* mission.

L'homme posa ses mains gantées sur les épaules de sa prisonnière.

— Vous aurez certainement reconnu le générique. La liberté d'information est un droit fondamental qui garantit le caractère démocratique de l'administration de la justice. Il n'y a pas de procès équitable sans liberté d'information. Cela va de soi… Mais nous ne parlons pas ici de liberté ni de droit d'informer. Le titulaire de l'action pénale doit être la magistrature, pas la télévision. Et pourtant, depuis quelques années dans notre pays, ce principe est foulé aux pieds. Quand certains directeurs d'antenne flairent une affaire atypique qui pourrait provoquer une flambée des parts d'audience, la justice est contournée sans scrupule et les procès se tiennent dans un studio de télévision, sans garantie de sécurité ni d'anonymat des témoins et des accusés, et sans aucun critère objectif autre que l'indignation personnelle. La priorité est alors d'alimenter la curiosité morbide et compulsive du public, qui de simple spectateur se mue en juge, suborné sans le moindre scrupule par des présentateurs et des présentatrices flanqués d'une armée de rédacteurs qui vont jusqu'à soudoyer des enquêteurs pour découvrir les détails les plus sordides et les plus macabres.

Le Dentiste détacha le sac de jute et révéla le visage livide de Luana Rubicondi.

À la lumière impitoyable des néons, sans maquillage, la bouche en sang et les cheveux ébouriffés, elle était presque défigurée; on aurait dit une vieille poupée sale et abandonnée. À ses yeux hagards, on devinait qu'elle était sous sédatif. Pour ceux qui avaient l'habitude de la voir apprêtée, en tailleur Armani et talons vertigineux, elle devait être méconnaissable.

— Cette femme est le symbole de l'effet délétère de l'intrusion des médias dans une arène judiciaire déjà en crise… Alors que le droit à un procès équitable est une exigence morale et légale, cette femme a trop souvent entravé la procédure consacrée par la Constitution, bafouant le droit à la défense au nom de quelques points d'audience.

Luana baissa le visage, comme si elle voulait se cacher.

Le Dentiste ne le lui permit pas ; il l'attrapa par les cheveux et la força à regarder l'objectif.

— Elle nous a contaminés pendant des années avec ses diatribes incendiaires, qui mettaient une telle pression sur la justice qu'on a incarcéré plus d'un innocent dans le seul but de satisfaire les instincts réactionnaires de l'opinion. Et lorsqu'une affaire venait à lasser le public, elle l'abandonnait pour se jeter sur du sang frais. Ce n'est pas du journalisme, mais de la prostitution. Et vous devez comprendre que les jurés sont des gens comme vous. Ils lisent les journaux et regardent la télévision. Il est évident qu'ils se laissent conditionner par ce matraquage et arrivent en cour d'assises remplis de préjugés envers les accusés, et tant pis pour l'impartialité…

Le vengeur désigna les photos derrière lui.

— Les personnes que vous voyez ne représentent qu'une partie des innocents dont la vie a été détruite par le terrorisme médiatique de Luana Rubicondi.

Tout en parlant, il se mit à les détacher une par une, pour les faire tomber sur les genoux de la prisonnière, jusqu'à ce que le mur soit nu.

— Des hommes et des femmes vite oubliés, des existences anéanties de manière irrémédiable. Croyez-moi, cette mise en scène de la justice ne correspond pas à la réalité. Elle la déforme et la remodèle au gré de son plaisir et de ses intérêts. Et souvenez-vous que dans la jungle judiciaire actuelle, nier la vérité, c'est nier la justice. Cette personne, qui se pose en apôtre du droit à l'information, se sent autorisée à disserter sur la justice et la moralité, alors qu'en réalité elle ne fait que s'enrichir sur le malheur d'autrui. Et presque toujours, ceux qui paient le prix de son ambition sont des individus potentiellement innocents, mais qui correspondent à son *storytelling*. Des monstres créés de toutes pièces et sacrifiés sur l'autel télévisuel.

Le Dentiste la força à ouvrir la bouche, révélant la punition sanguinaire qu'il lui avait infligée.

— Luana Rubicondi est l'ange vengeur de la justice émotionnelle, mais l'ennemie jurée de la justice impartiale, celle dont doit pouvoir se réclamer toute personne qui a subi un tort. C'est pour cette raison qu'elle a été châtiée. Parce qu'elle ne sert pas la loi, mais l'entrave… À présent, c'est à vous qu'il revient de décider si elle a déjà payé suffisamment pour ses fautes, ou si une peine supplémentaire et définitive est nécessaire. Vous connaissez tous le système pour exprimer votre choix. Si vous jugez que cette femme ne mérite pas d'autre condamnation, je la libérerai… Vous avez trois heures pour voter. Merci de votre attention et bonne soirée.

Le Dentiste sortit du cadre.

En fond, les notes d'*Un colpo al cuore* résonnèrent de plus belle.

Pendant quelques instants, la caméra zooma sur le regard implorant de Rubicondi, avant de finir sur un fondu.

Quelques secondes plus tard, le compte à rebours sur le site Internet était lancé.

96

Il Terrapieno, viale Regina Elena, Cagliari

Eva Croce se sentait asphyxiée par une sensation d'irréalité. Après le premier visionnage de la vidéo, elle avait fini sa bière d'une traite pour trouver le courage d'affronter le cauchemar qu'elle pensait avoir laissé derrière elle dans le hangar en flammes. Elle avait payé et elle était sortie, s'était assise sur des marches pour revoir seule le message du Dentiste, incapable de se faire à l'idée que tout ça était vrai.

Et pourtant.

Il nous accuse d'avoir assassiné Enardu de sang-froid, songea-t-elle, effarée. Et en séquestrant Rubicondi, il amplifie encore l'attention médiatique dont il bénéficie. Strega avait raison.

Elle porta ses mains à sa tête comme si elle voulait faire cesser la sensation d'étourdissement. Ces deux minutes de vidéo avaient bousculé ses certitudes. La maîtrise de la situation, le déguisement, l'éloquence du réquisitoire et la théâtralisation du "procès" faisaient écho aux vidéos précédentes, comme s'il s'agissait de la même personne. Mais ça ne pouvait pas être le même individu, car Enardu était un tas de chair carbonisée. En fermant les yeux, elle pouvait encore en sentir les relents de soufre.

— Nous pensions qu'il était seul, alors qu'ils sont deux, voire plus, murmura-t-elle tandis que sa tête n'avait aucune intention de cesser de tourbillonner. Ça change tout.

Tu dois aller à la questure pour parler à Strega. Tout de suite, s'intima-t-elle. Avant l'apocalypse.

Elle se leva, mais se rendit compte qu'elle avait du mal à tenir sur ses jambes. Elle maudit ses trois pintes et demie sur un estomac vide, et essaya de composer le numéro de Mara pour qu'elle vienne la chercher. Alors seulement, elle s'aperçut qu'elle n'avait plus qu'un pour cent de batterie. L'appareil sonna une fois, puis rendit l'âme.

— Merde, chuchota-t-elle.

Elle inspira à pleins poumons l'air piquant de la nuit et se dirigea d'un pas vif vers le viale Regina Elena, où elle avait garé sa moto, espérant que ces quelques centaines de mètres de marche l'aideraient à atténuer ce qu'elle considérait comme une légère ébriété. Elle s'attacha les cheveux, enfila son casque, et réussit à dégager la béquille à sa troisième tentative. L'idée était de rejoindre la questure, qui n'était pas très loin.

Elle démarra le moteur et se mit en route. Elle ne rabattit pas la visière afin de laisser la brise la revigorer. Elle ferma légèrement les yeux, éblouie par les lumières des réverbères.

Si tu avais écouté Strega, peut-être qu'Enardu serait encore en vie, s'accusa-t-elle.

Moins de trois cents mètres plus loin, elle amorçait un virage quand elle avisa une voiture qui venait vers elle à toute allure.

Prise de panique, elle cligna des yeux et klaxonna.

Le vacillement des phares de la Ford l'aveugla quelques instants et lui arracha un juron.

Ce ne fut qu'en voyant la terreur animale dans les yeux de la femme au volant qu'Eva comprit que ce n'était pas la voiture qui venait vers elle.

Mais le contraire.

C'était *elle* qui lui fonçait dessus.

Eva se sentit désynchronisée, comme si elle observait la scène de l'extérieur. Elle tenta de freiner, mais sa main droite ripa sur la poignée.

Elle braqua au dernier moment, évitant la Ford par miracle, mais perdit le contrôle de la moto, qui alla s'écraser contre l'enceinte du Terrapieno.

Quand sa tête heurta le mur de pierre, Eva Croce avait déjà perdu connaissance.

TROISIÈME PARTIE

JUSTICE NULLE PART

Dans une chaîne de mensonges, c'est toujours l'honnêteté qui sera le maillon le plus faible.

WILLIAM McILVANNEY, *Étranges loyautés*

97

Lieu inconnu

LUANA rouvrit les yeux. Elle n'avait aucune idée du temps qui s'était écoulé depuis la fin de la vidéo. Elle s'était pour ainsi dire éteinte et avait tourné de l'œil.

Elle tâcha de vaincre la léthargie de ses membres, en vain. Elle entendit un grincement métallique aigu qui la fit sursauter.

Le Dentiste traînait une chaise par terre. Il s'arrêta devant elle et s'assit. Il saisit sa robe légère entre ses doigts et dit :

— Coucou… Je suis vraiment désolé pour cette tenue modeste, mais je n'ai pas trouvé mieux.

Il la fixa en silence pendant quelques secondes, comme s'il s'enivrait de sa soumission.

Elle n'arrivait toujours pas à admettre l'absurdité de la situation.

— Tu m'en veux, on dirait ? Pourquoi ? Je t'ai simplement mise face à toi-même. Les personnes qui t'aiment t'ont vue pour la première fois sans fard, sans masque. Ils ont compris qui tu étais vraiment… Hé, reste avec moi, ne te rendors pas.

Le justicier lui asséna quelques gifles pour la garder éveillée.

— J'ai dû forcer sur la codéine… Essaie de tenir encore quelques minutes. Je veux te faire voir quelque chose.

Il retira ses gants et pianota sur un smartphone. Puis il lui montra une vidéo. Des centaines de personnes habillées comme lui manifestaient violemment, attaquaient des tribunaux et des voitures des forces de l'ordre. On aurait dit des scènes de film de science-fiction. Mais c'était bien réel. Luana reconnut le tribunal de Milan et celui de Rome. Les policiers chargeaient sur les manifestants pour les disperser.

— La haine est comme un orchestre. Elle a besoin de quelqu'un qui la dirige, qui fait monter la tension et la cadence, pour laisser ensuite exploser toute son impétuosité dans une chevauchée majestueuse. Mais tu sais quel est l'aspect de la haine qui me fascine le plus ? J'aime sa manière d'effacer les distances sociales… C'est un peu grâce à toi que ces émeutes éclatent. Tu fais désormais partie de ce superbe projet. Tu devrais être honorée, non ?

Luana excellait à interpréter les sentiments de la masse et les soumettre à sa guise, aussi comprenait-elle parfaitement ce que cet assassin cherchait à réaliser. Ce n'était plus seulement une question de votes, de choisir un camp. Il avait réussi à impliquer les gens au point de les pousser à agir. Il les avait arrachés à leur passivité marmoréenne, à la torpeur de l'inaction, il les avait enflammés d'une fureur vindicative. Il avait été bien plus efficace qu'elle.

— Je t'ai rendue célèbre comme jamais tu ne l'as été. Tu es contente ? Bon, cette gloire risque d'être éphémère, c'est vrai. Mais qui peut le prévoir ? Tu sais mieux que personne que le public est impondérable.

Il posa son téléphone et enfonça ses doigts dans la bouche édentée de la présentatrice, laissant courir le bout de ses doigts sur ses gencives gonflées et dévastées.

— Les stigmates du succès, commenta-t-il avec ironie. Ce sont des blessures de reporter de guerre. Tu dois en être fière.

Il essuya ses mains ensanglantées avec un chiffon et attrapa un thermomètre infrarouge qu'il pointa sur elle.

— Quarante-trois, annonça-t-il. Eh, oui. C'est une belle infection que tu as là… Si tu éprouves une sensation de vertige et un violent mal de tête qui se répercute dans les oreilles, qui s'étend à la nuque et aux épaules, c'est ma faute. Je te l'ai dit. Je ne suis pas encore spécialiste en extraction.

Des larmes de rage, de souffrance et de peur coulèrent sur le visage tuméfié de Luana Rubicondi. Si elle avait pu, elle lui aurait dit que ces lames de douleur irradiaient depuis les mâchoires pour traverser tout son corps jusqu'à la pointe de ses pieds, la mettant au supplice, et que, si elle avait eu un pistolet entre les mains, elle se serait tiré une balle sans la moindre hésitation.

— Voilà qui devrait retarder l'infection, dit-il en lui faisant deux piqûres à l'intérieur de la bouche. Dans moins d'une heure, nous connaîtrons ton destin. Tu meurs d'impatience, pas vrai ?

Le Dentiste éclata de rire et s'en alla.

Luana sentit son cœur exploser dans sa poitrine.

Elle fut envahie par une puissante léthargie, qu'elle chercha à repousser de toutes ses forces.

Ça ne peut pas être vrai, pensa-t-elle, anéantie, avant de sombrer dans le brouillard.

98

Hôpital maritime, plage du Poetto, Cagliari

La fenêtre de la salle d'attente donnait sur la mer. La lune dardait d'argent l'étendue d'eau délicatement ridée par l'air nocturne. Le visage de Vito Strega se refléta dans la vitre. Il tenait dans ses mains deux gobelets de café. Mara se tourna vers lui et le remercia d'un regard pour cette attention.

— Du nouveau ? demanda-t-il en s'asseyant à côté d'elle.

Mara jeta un œil en direction du service de neurochirurgie.

— Ils sont en train de lui faire passer un scanner pour repérer d'éventuelles lésions cérébrales.

Strega hocha la tête, tendu.

Ils avaient peu d'informations. Ils savaient seulement qu'Eva Croce était en vie et qu'elle avait subi un traumatisme crânien sans gravité lors de l'impact avec le mur. Si elle n'avait pas porté de casque, elle serait morte sur le coup. Le médecin avec lequel ils avaient échangé quand ils s'étaient présentés à l'hôpital leur avait dit qu'Eva s'en était sortie par miracle ; pour vérifier la présence et l'ampleur d'éventuels troubles neurologiques causés par l'accident, il fallait effectuer d'autres examens et la garder en observation.

— Ce n'est pas à nous qu'il parle, dit Mara de but en blanc.

Strega la regarda d'un air perplexe.

— Le Dentiste... Ce n'est pas à nous qu'il s'adresse, répéta-t-elle en avalant une gorgée de café.

— Précise ta pensée.

— Ce message est encore plus cryptique que les précédents. Il y a deux niveaux de lecture. Le premier est le plus immédiat et le plus superficiel. Un niveau émotionnel. Comme toujours, il parle aux tripes. Et il reste en terrain connu, comme le faisait Enardu.

Strega l'invita à poursuivre d'un signe de tête.

— Le deuxième niveau est beaucoup plus profond. C'est un niveau que je n'arrive pas à appréhender pleinement, alors que je m'y connais un peu en droit et en tribunaux.

— Et à qui s'adresse-t-il, selon toi ?

— Bonne question... Si on arrive à découvrir ça, je pense qu'on a de bonnes chances de le coincer.

Strega garda le silence quelques secondes, comme s'il cherchait les mots les plus appropriés pour répondre.

Mara perçut sa nervosité.

— Qu'y a-t-il ? demanda-t-elle.

— Il faut que nous allions à Milan.

Mara le dévisagea d'un air perplexe.

— Pour quoi faire ?

— Le procureur en chef de Milan et les dirigeants de la DIGOS et de la brigade mobile veulent nous voir en personne. Ils ont besoin de nous interroger et de savoir comment nous avons procédé. Belladonna vient de m'appeler pour me le dire, quand j'étais à la machine à café.

— Qu'est-ce qu'ils attendent de nous ?

— Comprendre comment nous avons réussi à identifier Enardu, j'imagine. Ils veulent me voir moi, toi, Mazzotta, et ils auraient aussi aimé que Croce soit du voyage.

— Tous en virée au *Duomo* ?

Strega sourit.

— Voilà. Quelque chose dans ce genre.

— Hors de question. J'ai une fille dont je dois m'occuper.

— Je sais. Mais c'était la première invitation, disons, *cordiale*. La prochaine sera une requête formelle avec le tampon du parquet.

Mara secoua la tête, incrédule.

— Tu cherches juste à bien faire ton travail, et voilà comment on te remercie.

— Bienvenue dans ma vie, commenta-t-il, ironique.

— En ce qui me concerne, c'est niet. Je dois rester près de ma partenaire. Cette crétine n'a personne, pas une seule amie… Je ne peux pas la laisser seule comme ça.

Strega apprécia sa sollicitude. Même si elles semblaient toujours prêtes à s'entre-tuer, Croce et Rais formaient un sacré duo d'enquêtrices et, quoiqu'elles aient du mal à l'admettre, un lien solide s'était créé entre elles, qui allait au-delà du travail.

— C'est tout à ton honneur, Rais, mais il y a urgence et…

— Excusez-moi, fit le neurochirurgien.

Ils se levèrent tous deux pour aller à sa rencontre.

— Alors, la patiente est réveillée et consciente, bien qu'encore dans un léger état de confusion. Pour le moment, nous n'avons constaté aucune lésion d'origine vasculaire. Donc pas d'hémorragie. Le tableau neurologique me semble bon. Mais nous restons sur un diagnostic réservé.

L'inspectrice devra rester sous contrôle strict pendant au moins vingt-quatre heures, voire quarante-huit. Dans ce genre de cas, le temps est le seul facteur qui permette de révéler l'évolution du traumatisme.

— Pouvons-nous la voir ? demanda Mara.

— Dans des conditions normales, je ne vous le permettrais pas, mais je vais faire une exception. Une personne seulement, et pas plus de quelques minutes. Pour l'heure, la patiente est sous sédatif léger.

Strega fit signe à Rais d'y aller.

Elle avait déjà pris le couloir menant au service de neurochirurgie, quand Strega la rappela.

Mara se tourna vers lui, et le vit lever les yeux de son téléphone.

— Les résultats du vote sont tombés, dit-il avec effroi.

99

Service de neurochirurgie, hôpital maritime, Cagliari

QUAND Eva eut rouvert les yeux, son cerveau mit quelques secondes à faire la mise au point sur le visage de sa partenaire, assise à un mètre de son lit.

— Bien, fit Mara. Il est donc établi que mon diagnostic était correct depuis le début : tu as la tête plus dure que la pierre.

Eva la bénit pour cette pique sarcastique. Si Mara s'était montrée compatissante, elle aurait fondu en larmes. Ce ton badin, au contraire, lui permit de garder le contrôle de ses émotions.

— Tu te rappelles quand je t'ai dit que cette terre te rentrait dans le sang ? reprit Mara.

Eva eut un vague hochement de tête.

— Eh bien, je parlais au sens figuré. Ce n'était pas une invitation à suivre à la lettre. Tu voulais ne faire qu'un avec le Terrapieno ?

— J'ai glissé, c'est tout.

— Ah oui ? Et tes 1,5 gramme d'alcoolémie n'ont rien à voir là-dedans ?

Eva se détourna, mal à l'aise.

— Que disent les médecins ?

— Que je vais malheureusement devoir te supporter encore longtemps.

— La moto ?

— Bonne pour la casse. Mais tu sais quoi ? On s'en fout de la moto. Remercie le ciel d'être encore en vie.

Eva chercha à se lever, mais Mara la força à rester allongée.

— Ça va pas, non ? Reste tranquille. Tu vas devoir rester ici au moins deux jours.

— Tu plaisantes ? C'est impossible. Tu es au courant, pour la vidéo, non ?

— Bien sûr.

— Quand je l'ai vue, je suis montée en selle direct. J'allais à la questure.

— Avec tout cet alcool dans le sang ? Bravo. Excellente idée.

— Cette histoire de taux d'alcool, tu crois que ça va rester dans les registres ? Je dois m'en inquiéter ?

— Strega m'a garanti qu'il ferait en sorte que les supérieurs n'en sachent rien. Tu dois lui avoir tapé dans l'œil, pour qu'il soit aussi attentionné envers toi. Tu n'aurais pas couché avec, par hasard ?

— Tu as de la chance que je sois encore abrutie par les médicaments et le choc. Arrête avec ça…

— En tout cas, c'est ce qu'il m'a dit. Donc, à moins que tu essaies de faire jouer ton assurance, ça devrait en rester là. Il faudra juste payer la dépanneuse et quelques restos à bibi, qui a fait les yeux doux aux carabiniers pour qu'ils lèvent le camp sans trop poser de questions.

— Merci, Rais. Avec toutes les fois où je t'ai tirée d'affaire, je pense qu'on est à peu près quittes… Quelle heure est-il ?

Mara lui donna l'heure.

— Tu mens.

— Ne dis pas de bêtise. C'est toi qui as une perception déformée du temps à cause de…

— Rais, ton mensonge est gros comme une maison. Il y a une horloge au mur, juste derrière toi. Je t'ai demandé exprès pour voir si tu me dirais la vérité. Mais tu m'as menti, parce que tu veux me cacher le résultat du vote pour éviter que je m'agite.

— T'es vraiment une putain de flic, commenta Mara, dépitée. Le choc t'a rendue plus intelligente, ou quoi ?

— Alors ? Les trois heures sont écoulées… Ils l'ont condamnée, n'est-ce pas ?

Mara s'assura qu'il n'y avait pas de médecin dans les parages, puis elle sortit son téléphone et lui montra l'écran avec les résultats.

— Regarde par toi-même.

En tout, six cent dix-neuf mille personnes s'étaient exprimées.

Trois cent neuf mille deux cents avaient condamné la présentatrice à mort.

Mais trois cent neuf mille huit cents avaient voté pour sa libération.

À six cents votes près, Luana Rubicondi avait été sauvée par le public.

— Elle en a réchappé ? murmura Eva, incrédule.

— Apparemment… Et là, ça commence à devenir intéressant, parce qu'enlever une célébrité comme miss botox pourrait s'avérer une énorme connerie, décréta Mara. Si cet enfoiré ne veut pas perdre la face, il est obligé de la libérer, maintenant.

100

Lieu inconnu

Ce fut le rire hystérique du Dentiste qui l'arracha à sa torpeur. Entre deux gloussements, il lui lança un regard. Voyant qu'elle était réveillée, il secoua la tête et s'approcha d'elle en tenant son ordinateur portable. Il se pencha et lui montra l'écran.

Luana essaya de cligner des yeux, mais elle n'arrivait pas à lire, encore embrumée par les médicaments.

— Ils t'ont sauvée. Grâce au vote de six cents personnes, je dois te libérer, mon chou… Mais tu sais ce qu'il y a de plus drôle ? C'est que tu sauras certainement mettre cette histoire à profit. Je te vois déjà en prime time, invitée sur tous les talk-shows, avec tout le monde qui se dispute pour t'avoir. Je me trompe ?

Même si elle avait voulu répondre, Luana n'en aurait pas eu la force.

— Je dois te laisser partir, répéta le Dentiste.

Cette fois il y avait une note de résignation dans sa voix.

Pris d'un accès de rage, il bondit sur ses pieds et se mit à démolir tout ce qui lui tombait sous la main.

Dans son dos, les lèvres de Luana s'arquèrent légèrement.
En la voyant, on aurait pu croire à une grimace de douleur involontaire.
En réalité, Luana Rubicondi souriait.

101

Port de plaisance de Marina Piccola, Cagliari

Il s'était souvenu d'une maxime qu'Ada, la vieille dame de son immeuble, lui avait révélée lorsqu'il lui avait demandé le secret de sa vitalité. "Le secret pour ne pas vieillir est de vivre chaque jour en essayant d'être toujours à la hauteur de ses rêves. Le déclin commence quand tu cesses de rêver, quand tu n'as plus de désir et que tu te laisses porter par le courant."

Vito Strega s'était arrêté dans l'amphithéâtre à ciel ouvert face à la mer, à côté du port touristique de Marina Piccola. Il était fatigué, et son corps exigeait un peu de repos. Mais il était encore debout, parce qu'avant de s'écrouler dans son lit, il avait besoin de réfléchir et de mettre de l'ordre dans les nouveaux éléments apparus ces dernières heures.

Il cala ses avant-bras sur la balustrade en fer et contempla l'immense étendue d'eau sillonnée de reflets de lune et agitée d'un tremblement nerveux. Le temps avait encore tourné et virait à l'orage. Dans le ciel lourd de nuages, les éclairs tissaient une majestueuse tapisserie brodée d'or. En plus des effluves saumâtres, l'air charriait une odeur électrique qui annonçait la tempête à venir.

Il se sentit soudain vieux avant l'heure.

Peut-être que tu as cessé de rêver ? se demanda-t-il en se remémorant les mots d'Ada.

Il chassa cette pensée idiote et observa les bateaux amarrés le long de la jetée à sa droite, tandis qu'à sa gauche étincelaient au loin les phares des voitures qui parcouraient le viale Poetto. Peu d'autres villes de Méditerranée pouvaient se vanter d'avoir une plage aussi belle à deux pas du centre. À cet instant, il comprit à quel point il avait Milan dans la peau. Il l'aimait à bien des titres, mais elle exigeait de lui davantage que ce qu'il voulait bien admettre. À commencer par le temps : à Milan, c'était comme s'il s'écoulait plus vite et le forçait à courir après les jours ; à Cagliari, le rythme était beaucoup plus tranquille, plus contemplatif. Chez lui, ses rêves et ses désirs s'étaient enlisés dans un travail qui ne le satisfaisait plus. Cagliari avait été une respiration qui lui avait permis de distinguer avec une grande netteté les contours de sa vie. Et ce qu'il avait vu ne lui avait pas plu du tout.

— Arrête de penser à ton nombril et concentre-toi sur l'affaire, murmura-t-il.

L'affaire… Le Dentiste – ou quiconque se dissimulait derrière ce masque – allait sortir gagnant du vote sur Rubicondi. Vito était certain qu'il respecterait sa parole et libérerait la journaliste, ce qui ne ferait qu'accroître sa popularité, car – à la différence des politiques et des membres de l'establishment –, il honorait ses promesses. Il y avait un travail psychologique et subliminal très subtil derrière cette stratégie. Tout partait d'un postulat presque banal : le peuple pensait valoir mieux que ceux qui le gouvernaient. Non seulement le Dentiste voulait être du côté des citoyens ordinaires, mais il aspirait à devenir un modèle, une figure de référence. Sa fin ultime ne pouvait qu'être la radicalisation du conflit social.

— Et à certains égards, il a déjà réussi, pensa-t-il à haute voix, en songeant aux manifestations devant les tribunaux. Ce qui allait compliquer encore les choses, parce qu'ils allaient désormais avoir toute une communauté contre eux.

Il sentit son téléphone vibrer dans sa poche.

Qui ça peut bien être, encore ? se demanda-t-il.

Il lut sur l'écran le nom d'Eva Croce. Inquiet que son état ait pu empirer, il répondit.

— Allô ?

— Professeur… C'est moi.

— Croce ? Tu devrais te reposer. Pourquoi es-tu encore debout ?

— Je vais bien, ne vous en faites pas. Je suis toujours un peu retournée, entre le choc et les médicaments. Mais je vais bien, vraiment.

— Tu n'es pas passée loin, cette fois…

— C'est vrai.

— Les médecins savent que tu m'appelles ?

— Non. J'ai volé un chargeur à une vieille qui partage ma chambre.

Sa voix était à peine plus qu'un murmure.

— Voler une pauvre vieille… Quelle honte, la railla-t-il.

Même s'il ne pouvait pas la voir, Vito était certain qu'elle souriait.

— Pourquoi m'appelles-tu ? reprit-il.

— J'avais besoin de vous parler.

— Que se passe-t-il ?

— Je voulais vous remercier et m'excuser.

— Croce, oublions ça, d'accord ? Tu n'as à t'excuser de rien. Tu dois seulement te soucier de récupérer et te remettre sur pied.

— Je sais… Il y a autre chose. Quand j'ai pris ma moto, je voulais venir à la questure parce que je pensais avoir compris le projet derrière tout ce délire. Il y avait un élément qui nous échappait et j'avais compris de quoi il s'agissait. Seulement, je ne m'en souviens plus. J'ai beau me creuser la cervelle, je n'y arrive pas.

— C'est normal, tu as subi un violent traumatisme. Je suis sûr que ça va te revenir, ne t'inquiète pas. Maintenant, tu dois te reposer. Alors arrête de ruminer sur cette enquête… Croce ?

Il entendit la respiration d'Eva se briser, entrecoupée de sanglots qu'elle essayait sûrement d'étouffer avec sa main.

— Disons-le ainsi, poursuivit-il, même si ça peut te paraître absurde, tu avais sans doute besoin de cet accident. Par chance, tu vas bien et tu vas t'en remettre, mais ce qui t'est arrivé va surtout te permettre de prendre du recul, de remettre de l'ordre en toi. C'était un détour nécessaire, et tu dois l'exploiter au mieux. Comme tu vois, la vie continue, non ?

— Si, gémit l'inspectrice.

— Et puis, si tu n'es plus là pour chaperonner Rais, nous sommes tous dans le pétrin. Tu veux vraiment me laisser à sa merci et à celle de Palamara ? Je mérite vraiment une telle cruauté ?

Il l'entendit rire et cela le rassura.

— Le Dentiste…

— Ne pense pas à lui. Pour le moment, tu dois juste veiller à nous revenir en forme. Promis ?

— Promis.

— Bien. Bonne nuit, Croce.

— Bonne nuit.

Il raccrocha et passa plusieurs minutes à se demander pourquoi il éprouvait un lien aussi fort avec Eva.

Peut-être parce qu'elle a été ton élève ? Et que tu te sens responsable d'elle ? Non : ce n'était pas que ça ; et ce n'était pas non plus simplement de la compassion pour ce qui était arrivé à sa fille. C'était quelque chose de plus profond, qu'il avait perçu dès le départ.

C'est sa fragilité et le fait qu'elle ne tient pas en place, comprit-il. Exactement comme toi.

C'étaient ces caractéristiques qui les rendaient si semblables. Raison pour laquelle ils avaient tous deux besoin de Rais : la Cagliaritaine, avec sa légèreté et son assurance, les complétait.

Qu'est-ce qui t'arrive, mon vieux ? Comment un solitaire comme toi a-t-il pu se prendre d'une telle affection pour ces deux filles ? murmura-t-il.

Une violente averse se mit à tomber et l'empêcha de trouver une réponse. Il en fut soulagé.

Parce qu'en réalité, Vito Strega craignait cette réponse.

102

Stampace alta, Cagliari

Il ne lui avait pas laissé le temps de comprendre ce qui se passait. Après être entré, Vito Strega avait claqué la porte derrière lui d'un geste brusque. Sans dire un mot, il l'avait saisie par les jambes et l'avait soulevée contre lui d'un mouvement fluide et impérieux, comme si elle ne pesait rien. Il avait descendu sa bouche vers ses épaules pour remonter vers la gorge, tout en lui mordillant la peau. À cet instant, Mara avait fermé les yeux et, roucoulant de plaisir, avait mis son cerveau en veille pour s'abandonner à la passion.

— Tu es seule ? avait-il chuchoté, la voix rauque de désir, en la déshabillant.

— Oui, avait-elle répondu dans un soupir, serrant encore plus fort les paupières alors que sa barbe rugueuse lui râpait le cou. Quand elle les avait rouvertes, elle se trouvait sur le canapé, nue, la bouche à quelques centimètres de sa puissante cage thoracique. Au-dessus d'elle, le corps de Strega brillait d'un éclat brun cuivré qui lui avait donné envie de lécher chaque centimètre de cette peau brûlante.

Prise d'un élan irrépressible, elle se mit à sucer ses tétons gonflés et durs, d'un marron plus prononcé que sa peau, et s'enivra de son odeur vanillée tandis que sa bouche cherchait ses lèvres charnues. Elle fit glisser ses mains sur le galbe de ses muscles jusqu'à enrouler ses doigts autour de sa nuque. Mara sentait l'excitation monter sous les mains puissantes de l'homme qui, sans retenue ni pudeur, la touchaient et l'exploraient comme si ce n'était pas la première mais la millième fois qu'ils faisaient ça. Elle le regarda, affamée de détails. Comme elle se l'était imaginé, il avait des abdominaux bien dessinés, une taille fine et des fessiers petits mais fermes. Elle était comme désarmée face à ce physique sculptural qui pesait sur elle, évoluant avec une ardeur bestiale. Chaque fois qu'il lui effleurait les seins, elle sentait tout son corps se contracter.

Elle l'aida à se débarrasser de son pantalon. Quand il lui arracha violemment son tanga en dentelle, Mara tressaillit.

— Je croyais que je ne te plaisais pas…

— Tu te trompais.

— Va doucement, s'il te plaît, le supplia-t-elle, excitée et effrayée à la fois par ce corps imposant.

Elle l'enveloppa de ses bras et ses jambes, l'attira délicatement en elle. Strega la cloua au canapé avec son torse massif, impatient, lui tirant un glapissement de surprise. Pendant quelques secondes, Mara resta le souffle coupé, envahie d'une sensation de plénitude. Elle arqua le dos pour donner libre cours au plaisir aigu qui la transperçait. Elle essaya de parler, mais il l'en empêcha en lui mordant la lèvre inférieure et se laissa tomber sur elle de tout son poids, comme une furie.

Mara sentit la douleur se muer en une cascade de volupté. Elle l'empoigna par les fesses et roula des flancs frénétiquement, accueillant chaque saillie avec un abandon total. Le fouettement de leurs corps ondulants se fit de plus en plus violent, telle la fièvre qui les consumait et les faisait haleter.

Quand Strega lui caressa le bas-ventre d'une main tout en la maintenant par une épaule de l'autre, Mara ne résista plus aux décharges de jouissance : elle ferma les yeux, relâcha ses muscles et se noya dans une extase totale.

Quand elle les rouvrit, elle découvrit qu'elle était seule.

Elle inspira à fond et retira ses doigts de son sexe humide et palpitant, éprouvant une sensation croissante de honte et d'apitoiement, tandis que les ondes de plaisir provoquées par l'orgasme refluaient.

Elle se couvrit avec un drap léger et posa le creux de son coude sur ses yeux, comme pour savourer encore quelques secondes les dernières bribes de son fantasme.

Maudit sois-tu, Strega, pensa-t-elle, alanguie.

Quelques instants plus tard, elle sentit un liquide salé lui humecter les lèvres.

Elle aurait voulu de tout son être que ce soit de la sueur.

Mais c'étaient des larmes.

Elle s'endormit au bout de quelques minutes, avec le fantôme de Strega encore sur elle.

103

Deux jours plus tard
Via Pallanza, Milan

Le dernier tronçon de la via Pallanza était parfait pour les cinq cents mètres de sprint final par lesquels Roberto Visetti terminait généralement son footing matinal. Ce jour-là, il courait à un rythme moins soutenu que d'habitude, parce qu'il avait plu toute la nuit et que la langue d'asphalte sous le pont de chemin de fer était encore trempée. Il avait déjà glissé deux fois et ne voulait pas prendre de risque avec ses chevilles.

Au bout de la rue, où s'entassaient d'ordinaire de vieux appareils électroménagers, des sacs-poubelle et des bouteilles de bière vides, il aperçut quelque chose par terre qui attira son attention. Il ralentit le pas et regarda de plus près : il s'agissait d'une sorte de drap blanc qui recouvrait ce qui, de profil, ressemblait à une silhouette humaine. En s'approchant encore, Roberto remarqua que le tissu était tacheté de rouge sombre. Il s'arrêta, décontenancé. Il se tourna pour chercher de l'aide, mais, à cette heure matinale, il n'y avait personne alentour. L'obscurité qui précédait l'aube n'était interrompue que par la lumière exsangue d'un groupe épars de réverbères.

C'est une blague. Je ne peux pas être tombé dans le cliché le plus éculé du monde : le joggeur qui trouve un cadavre, pensa-t-il avec cynisme.

Il s'arma de courage et marcha d'un pas circonspect vers la masse abandonnée devant le passage souterrain condamné, habituel repaire de clochards. Ce matin-là, il n'y en avait pas un seul : la pluie les avait sans doute dissuadés de dormir dessous, parce que la zone avait tendance à s'inonder.

Roberto décrocha son portable de son brassard et se demanda s'il devait appeler la police ; d'autant qu'il voyait désormais une masse de cheveux blonds dépasser du tissu.

Attends. Vérifie d'abord que c'est bien un corps, pensa-t-il.

C'en était un.

Il écarta le pan qui recouvrait le visage et recula instinctivement en voyant le visage terreux d'une femme qu'il reconnut aussitôt, malgré sa pâleur. Quand il s'aperçut qu'on lui avait cousu la bouche avec du fil de suture noir, il eut un haut-le-cœur. Il s'éloigna de quelques mètres et rendit son petit-déjeuner, plié en deux par les spasmes.

— Putain de merde, murmura-t-il, haletant.

Il composa le 113 et resta en attente quelques secondes, fébrile.

Allez, bordel… Réponds.

— Bonjour, je vous écoute, fit un opérateur blasé.

— Bonjour. Dites, je crois que je viens de trouver un cadavre.

— Un cadavre ?

— Oui, je faisais mon footing… Je suis, je suis via…

— Calmez-vous, monsieur. Êtes-vous en situation de danger ?

— Non, non, pas du tout.

— OK. Respirez à fond et expliquez-moi où vous êtes, pour que j'envoie tout de suite un véhicule.

— Je suis au bout de la via Pallanza. Sous le pont ferroviaire.

— Parfait. Nos agents seront là dans quelques minutes. Pouvez-vous me décrire la scène, en attendant ? Qu'est-ce qui vous fait penser qu'il s'agit d'un cadavre ?

— Le corps a été enveloppé dans un drap et jeté par terre comme un sac-poubelle… Il est immobile. Le tissu est taché de sang. Quelqu'un lui a cousu la bouche avec du fil et une aiguille… Elle est…

— Nous parlons donc d'une femme ?

— Oui.

— OK. Maintenant, écoutez-moi. Je vais vous demander de vous éloigner du corps et de ne rien toucher qui pourrait…

— Je crois savoir de qui il s'agit.

— Pardon ? Vous connaissez la victime ?

— Non, non, mais je l'ai reconnue. Je crois que c'est la journaliste kidnappée.

— Luana Rubicondi ?

— Oui, elle.

Roberto Visetti entendit l'opérateur pousser un juron.

104

Bureaux de la brigade mobile, questure de Cagliari

Palamara était occupé à signer un tas de notes de service quand il entendit frapper à la porte.

— Entrez, cracha-t-il, furieux d'être interrompu.

— Bonjour, chef, le salua Eva Croce, en franchissant le seuil.

Palamara la dévisagea comme si c'était une gardienne de parking non autorisée.

— *Minchia*, qu'est-ce que tu fous là, toi ?

— Ils m'ont laissée sortir. Je vais bien.

— Croce, soyons francs. Tu n'es jamais allée bien. Bon, raconte-moi : ils t'ont laissée sortir ou tu t'es laissée sortir toi-même ? Et prends garde à ne pas me baratiner, parce qu'il me suffit d'un coup de fil pour vérifier.

— Ils m'ont laissée sortir ce matin, je vous jure. Aucun danger. Je suis remise et prête à reprendre du service.

Palamara éclata de rire.

— Ah, tu reviens parmi nous, donc. Ben alors ? Le grand prix de moto, c'était pas pour toi, finalement ?

— Je peux entrer ? demanda-t-elle, ignorant la pique.

— Qu'est-ce que tu as dans la main ?

Eva lui montra un sachet blanc d'où émanait un parfum de pâte feuilletée chaude. Elle le secoua et l'arôme parvint aux narines de son supérieur, qui sourit, secoua la tête d'un air sournois et s'alluma une cigarette.

— *Cu' secchi caccia e fimmini criri, facci di paraisu nun ni viri*, récita-t-il. Tu sais ce que ça signifie ?

— Je n'en ai pas la moindre idée.

— "Si tu crois les femmes, tu peux oublier le paradis". Le machisme sicilien dans toute sa splendeur, claironna Mara derrière elle. (Puis, à voix basse :) On peut savoir ce que tu fous ici ?

— Et voilà. Comme si ça ne suffisait pas..., rouspéta Palamara. Allez, entrez, Tic et Tac.

Palamara ouvrit le sachet et l'arôme huileux des petites pizzas tout juste sorties du four envahit la pièce. Le Sicilien aimait à répéter que la *pizzetta* était le seul motif qui l'avait empêché de faire ses valises et de quitter Cagliari ; pour lui, ces deux disques de pâte feuilletée posés l'un sur l'autre et farcis de sauce tomate, de quelques câpres et d'une subtile couche de fromage étaient devenus une drogue. Eva et Mara connaissaient bien cette faiblesse, et elles en abusaient sans le moindre scrupule lorsqu'elles avaient besoin de le manipuler.

— Quand vous m'apportez des *pizzette*, sûr comme la mort, vous cherchez à m'embobiner, pour ne pas utiliser d'expression plus vulgaire, déclara Palamara en entamant sa première pizza croquante. Alors ne tortillez pas et crachez le morceau. Qu'est-ce que vous voulez ?

— Une augmentation, répondit Mara.

— Ha-ha, très drôle, Rais. Alors ?

— Où est Strega ? demanda Eva.

— À Milan. Apparemment, ils ont retrouvé le corps de Rubicondi. Dès qu'on l'a appris, la questure là-bas a voulu qu'il parte sur-le-champ. Belladonna a pris l'avion avec lui. Et sincèrement, c'est une excellente nouvelle pour moi, parce qu'on refile la patate chaude aux *meneghini*[*]. Ici, avec un peu de chance, l'affaire va se dégonfler et on pourra retourner à notre quotidien somnolent.

— Quand vous dites le corps, vous voulez dire le cadavre ? demanda Mara.

Palamara grignota en silence pendant quelques secondes, les laissant trépigner d'impatience.

— Non, répondit-il. Cette *buttana* est vivante. Le Dentiste lui a cousu la bouche avec du fil et une aiguille, mais seulement après l'avoir anesthésiée et lui avoir rafistolé la bouche. Ils l'ont hospitalisée au San Raffaele. Un joggeur l'a retrouvée inconsciente et a cru qu'elle était morte. Hélas, il se trompait. Dès qu'elle sera réveillée, ils vont essayer de l'interroger.

— Donc il a tenu parole, commenta Eva.

— Tu te rends compte ? Le seul homme qui tient ses promesses aujourd'hui est un serial killer, explosa Mara. On n'est pas dans la merde.

— Arrête ton cirque, la coupa Palamara. Tu veux quoi, Croce ?

— Reprendre du service.

Sous le bureau, Mara lui donna un coup de pied dans le tibia.

— Elle plaisante, chef. Vous savez comme elle est, le choc à la tête l'a rendue plus ironique.

— Je suis tout à fait sérieuse. Je veux revenir.

* Milanais.

— Laisse-la, Rais. *Ognunu è patruni di pulizziarsi 'u culu c'un corpu di lupara** …

— Mais…

— Par contre, je ne veux plus te voir ici, parce que cette histoire de Dentiste commence à me courir sur la *minchia.* Alors tu sais quoi, Croce ? Puisque tu as tant envie de *travagghiare*, tu vas prendre le premier vol pour Milan et rejoindre Strega. Et toi, ma chère…, dit-il en désignant Mara. Tu l'accompagnes, comme ça pendant un moment je n'aurais plus à passer le balai derrière vous.

— Quoi ? Nous avons résolu l'affaire et arrêté Enardu, et vous…

— Attention, ça n'a rien d'une punition. Bien au contraire. Vous avez réussi à retrouver le premier Dentiste, pas vrai ? Eh bien, on ne change pas une équipe qui gagne. Allez donner un coup de main aux collègues pour attraper le suivant. Je vous souhaite bien du plaisir.

— Mais…

— Mais rien du tout ! Allez, dégagez. Mettez-vous d'accord avec Strega et Belladonna pour les détails. Et estimez-vous heureuses que je vous accorde des indemnités de mission. Passez voir l'administration pour la paperasse et faites-moi un rapport toutes les douze heures. Ou plutôt non, pas de rapport. Appelez-moi quand l'enquête sera bouclée. Allez en paix, amen.

Eva et Mara le connaissaient suffisamment pour savoir qu'il ne plaisantait pas ; elles se levèrent et quittèrent la pièce.

Mara s'apprêtait à débiter une diatribe homérique, mais Eva la réduisit au silence avant qu'elle puisse ouvrir la bouche :

* Littéralement, "chacun est libre de se nettoyer le cul avec un fusil" ; expression sicilienne signifiant que chacun est maître de son destin.

— Attends, mieux vaut éviter de faire une scène ici. Parlons-en dans notre bureau, en privé.

Mara était à deux doigts de cracher de la fumée par les naseaux. Elle tourna le dos à sa partenaire et se dirigea d'un pas martial vers leur bureau.

— Ah, justement, je vous cherchais toutes les deux, dit un collègue qui venait à leur rencontre.

— Quoi encore ? l'attaqua Mara.

— Du calme, du calme. On vient de vous remettre un petit cadeau. J'ai signé à votre place, comme vous n'étiez pas là.

— Qu'est-ce que c'est ? demanda Eva.

Le policier leva les mains et sourit.

— Je ne veux pas vous gâcher la surprise.

Les inspectrices échangèrent un regard perplexe et ouvrirent la porte.

Elles furent médusées à la vue des deux élégants bouquets de fleurs sur leur bureau respectif.

Elles prirent les compositions de roses blanches et de lilas et lurent les billets qui les accompagnaient. Le message était le même pour toutes les deux : "Je suis désolé de ne pas avoir pu vous dire au revoir. Merci de tout cœur pour votre collaboration et pour m'avoir supporté. C'était un plaisir de travailler avec vous. À bientôt, Strega".

Eva se ressaisit la première, et reprit la discussion interrompue :

— Bon, en ce qui concerne le…

— Oublie ce que je t'ai dit. On les prend tout de suite, ces putains de billets, la coupa Mara.

Elle ferma les yeux et effleura du bout du nez les pétales soyeux, inhalant l'essence des roses, en extase.

Eva sourit.

— Tu rougis, tu sais ?

— Eh bien, dame de glace, je te conseille de ne pas trop la ramener, parce que toi aussi tu rougis.

105

Hôpital San Raffaele, via Olgettina, Milan

QUAND Luana Rubicondi émergea de la somnolence causée par les sédatifs et s'aperçut qu'elle n'était pas seule dans la pièce, ses yeux s'injectèrent de peur. Une fois qu'elle eut identifié l'homme massif qui l'observait, l'effroi laissa place à la surprise.

— Vous êtes très différente de l'image que vous donnez à la télévision, dit Strega, assis non loin du lit. Je serais presque tenté de prendre quelques photos pour les vendre à un magazine people. Combien pourrais-je en tirer, à votre avis ? Dix mille ? Vingt mille euros ?

La présentatrice parcourut la chambre du regard pour trouver de l'aide, mais ils étaient seuls. Ses yeux reflétaient encore l'horreur de la captivité.

— Calmez-vous. Malgré les torrents de haine que vous avez déversés sur moi, je ne vous en veux pas. Vous avez seulement suivi votre nature, continua le criminologue d'un ton glacial. En revanche, j'ai besoin que vous m'écoutiez très attentivement.

Il désigna le respirateur et le moniteur cardiaque auxquels elle était reliée.

— On vous a bourrée de sédatifs et d'antibiotiques pour éviter les infections des gencives et de la bouche. Mais dans l'ensemble, vous allez bien. Les médecins m'ont assuré que vous pouviez parler. Et vous *devez* parler. Croyez-le ou non, je ne vous en veux pas. Mes supérieurs et le procureur qui travaille sur cette affaire, si. Ils écument de rage. Ils sont devant cette chambre et piaffent d'impatience de vous passer au gril. J'ai demandé à vous interroger seul. Mes collègues n'auront pas le même tact… Alors : je reste ou je passe la balle aux autres ?

Luana Rubicondi écarta les lèvres avec un air terrorisé. Elle sentait avec sa langue l'aspérité tranchante des points de suture sur ses gencives et à l'intérieur des joues, où elle avait été blessée par les tenailles du Dentiste. Elle tenta d'articuler une phrase, mais n'y parvint pas.

Strega se leva. Il éprouvait une vague de répulsion envers cette femme, parce que tout ce que le Dentiste avait dit sur elle était vrai. Et pourtant, son humanité prit le dessus, et il décida de la traiter avec le respect dû à n'importe quelle victime. Il l'aida à retirer son masque à oxygène ; puis il prit une bouteille d'eau sur la commode et lui en fit boire quelques gorgées.

— Essayez maintenant.

— Je préfère parler avec vous, marmonna-t-elle au bout de quelques secondes, la voix rendue pâteuse par les médicaments.

En entendant ce timbre brisé, qui semblait ne pas lui appartenir, ses yeux se voilèrent de larmes.

— Bien, dit Strega en lui posant une main sur l'épaule, pris d'un mouvement de pitié en voyant ses lèvres rentrées et son visage transformé par l'absence de dents.

Il jeta un œil à la porte vitrée et eut un hochement de tête imperceptible, pour demander à ses collègues de l'attendre dehors afin de lui laisser un peu de temps seul avec la présentatrice.

— J'ai besoin de savoir une chose, poursuivit-il en désignant ses ongles vernis de Rouge Noir Chanel. (Ils étaient presque tous ébréchés, et un s'était cassé.) Pendant que vous dormiez, un biologiste de la scientifique est parvenu à extraire des échantillons d'ADN sous vos ongles. Vous vous rappelez avoir blessé la personne qui vous a séquestrée ?

— Oui.

— Quand ? C'est important pour l'examen du matériel biologique, mais également pour reconstruire le déroulement des faits.

— Quand il m'a cousu la bouche… Il s'est approché et je l'ai griffé pour l'en empêcher, articula-t-elle péniblement.

— Vous ne craigniez pas une réaction violente ?

— Je ne sais pas… Il m'avait garanti qu'il ne ferait plus rien et qu'il allait me libérer. Alors j'ai planté mes ongles dans son bras et sa main en espérant qu'il était sincère.

Elle parlait très lentement, avec de longues pauses entre chaque phrase. Au prix sans doute d'un effort et d'une souffrance immenses.

— Comment a-t-il réagi ?

— Il m'a menacée, puis il a essayé de me laver les mains et sous les ongles.

Il voulait effacer ses empreintes, pensa Strega. Mais il a mal travaillé.

— Vous avez une idée du temps que vous avez passé prisonnière ?

Luana secoua légèrement la tête.

— Il vous a abusée sexuellement ?

— Non.

— Était-il seul ou y avait-il quelqu'un avec lui ?

Vu l'état émotionnel de la présentatrice, le criminologue savait qu'il devait poser des questions courtes et simples. Et il était fondamental qu'il le fasse le plus vite possible, avant que les souvenirs se dissipent.

— Seul.

— Vous avez vu son visage ?

— Oui… Il est venu me chercher en bas de chez moi. Je croyais que c'était un taxi.

— Je comprends. Pensez-vous être capable de reconstituer ses traits, avec l'aide d'un technicien ?

— Je crois que oui, gémit-elle.

— Bien. J'ai demandé une procédure d'urgence pour l'expertise génétique. Nous devrions obtenir un premier profil du ravisseur en moins de quarante-huit heures. Entre-temps, vous travaillerez avec un portraitiste pour reproduire son visage et ses traits distinctifs, s'il en a.

Luana hocha la tête.

— L'avez-vous entendu parler à quelqu'un ? Par téléphone, Skype, ou tout autre support ?

— Non.

— Accent ?

— Lombard.

— Avait-il des tatouages, des boucles d'oreilles, des piercings ou des cicatrices ?

Luana ferma les paupières quelques secondes comme pour faire remonter l'image de son ravisseur, mais elle secoua la tête.

— Non, rien.

— Je vous le redemande parce que c'est d'une importance vitale : avez-vous eu la sensation qu'il agissait seul, ou bien de concert avec quelqu'un d'autre ?

— Quand il a enregistré la vidéo, il lisait son discours sur une tablette hors du champ.

Strega se sentit parcouru par un frisson électrique.

— Il lisait son discours ? répéta-t-il.

— Oui, je crois que oui. Je voyais le texte défiler sur l'écran. Donc j'imagine qu'il devait le lire.

Tu avais raison, mon vieux, pensa Strega. Il suit probablement un scénario écrit par d'autres.

— Comment était sa façon de s'exprimer avec vous ? Complexe et sophistiquée comme dans la vidéo, ou plus élémentaire ?

— Plus banale.

Donc ce n'est pas lui qui a écrit le réquisitoire, songea Strega.

— Avez-vous perçu une quelconque incongruité ou contradiction dans son comportement ?

— Dans quel sens ?

— La haine qu'il éprouvait envers vous, par exemple. Vous semblait-elle réelle ou factice ?

Luana le dévisagea d'un air confus.

— Je veux dire : à votre avis, jouait-il un rôle, ou bien paraissait-il convaincu et impliqué dans ce qu'il faisait ?

— Je ne sais pas... Je ne...

— Ne vous en faites pas, ce n'est pas très important pour le moment. Vous avez la moindre idée du lieu où il vous a séquestrée ?

— C'était un hangar. Je ne sais pas du tout où.

— Avez-vous entendu un bruit particulier, je ne sais pas, une machine industrielle, le bruit d'une autoroute, quelque chose comme ça ?

Luana réfléchit.

— Essayez de fermer les yeux. Respirez à fond et tâchez de vous souvenir. Je sais que c'est difficile, mais c'est nécessaire.

Luana obéit.

— Non. Je ne crois pas, dit-elle après une minute. Je ne me souviens d'aucun détail, à part le fauteuil de dentiste, le hangar et le déguisement.

— OK.

— La presse sait déjà que je suis ici ? demanda Luana en rouvrant les yeux.

Strega acquiesça.

— Vous avez été retrouvée par un joggeur. Il a voulu profiter de son quart d'heure de célébrité et il a appelé une radio en direct pour l'annoncer au monde, sans penser aux conséquences. Ils sont amassés dehors comme des vautours.

— Qu'est-ce qu'ils disent ?

Strega se demanda s'il fallait être sincère ou bien mentir.

Luana capta cette hésitation et demanda :

— Dites-moi la vérité, s'il vous plaît.

— Comme vous voudrez. Certains journaux en ligne émettent l'hypothèse que votre “disparition” serait un coup monté et que vous seriez liée au Dentiste. Ils relaient cette *fake news* et soutiennent que vous avez organisé tout ce cirque pour augmenter encore vos parts d'audience.

— Ils ont vraiment écrit des saloperies pareilles ? demanda-t-elle, scandalisée.

Strega se raidit.

— C'est *votre* monde. Vous devez savoir mieux que personne que les tabloïds italiens adorent transformer la victime en bourreau, non ?

La présentatrice pâlit. Elle venait juste de comprendre qu'elle avait été broyée par le même engrenage médiatique qu'elle avait contribué à créer.

— En tout cas, ne vous inquiétez pas : il y aura des agents en faction devant cette porte vingt-quatre heures sur vingt-quatre. Seul le personnel médical et policier sera autorisé à s'approcher de vous.

— Vous allez le retrouver ?

Strega ne réussit pas à se contenir, et dit en se levant :

— Si vous nous aviez laissés travailler sans semer le chaos, il est probable que nous l'aurions déjà arrêté.

Luana ne lui rendit pas son regard accusateur.

Le vice-questeur lui souhaita un bon rétablissement et s'apprêta à sortir.

— Ce connard vous soupçonne d'avoir tué son… *collègue*, murmura Luana alors qu'il allait franchir le pas de la porte.

— Enardu ? L'assassin du pédophile ?

— Oui.

— Il a dit autre chose à ce sujet ?

— C'est vrai ? Vous l'avez tué ? poursuivit-elle.

Strega secoua la tête, dégoûté.

— Vous imaginez déjà votre retour en grande pompe à l'écran, pas vrai ?

Luana ne répondit rien. Elle se contenta de braquer sur lui ses yeux de reptile.

— Je vous conseille de ne pas trop vous faire d'idée quant à votre retour sur scène. *Verdict* vous a remplacée. Ils ont pris une femme beaucoup plus jeune, plus télégénique et manifestement encore plus cynique que vous. Le public l'adore déjà. Je présume qu'il vous sera difficile de reprendre votre poste, Rubicondi.

Cette nouvelle fit plus de mal à Luana que les pinces du Dentiste.

— Ce n'est pas possible… Ils n'ont pas pu…

— Eh si. Estimez-vous heureuse d'être en vie. À votre place, je me concentrerais là-dessus.

Strega ferma la porte derrière lui avant qu'elle puisse répondre, regrettant les égards qu'il avait eus envers elle.

106

Bureaux de la brigade mobile, questure de Milan

COMME il l'avait imaginé, Vito Strega trouva l'inspecteur en chef Bepi Pavan devant le distributeur de boissons et de snacks dans l'espace restauration de la brigade mobile. Pavan contemplait dans un silence religieux et un recueillement franciscain les rangées symétriques de gâteaux, de chocolats, de chips et de biscuits à la vanille – son point faible. Toutes les dix secondes, il soupirait comme une âme en peine en admirant les emballages alléchants. Chaque fois, le tissu de sa chemise se gonflait, augmentant encore le volume de sa bedaine proéminente, et les boutons semblaient sur le point d'exploser comme des pétards.

Strega se campa à côté de lui. Un sourire cynique lui étirait les lèvres.

— C'est quoi, cette fois ? demanda-t-il d'un ton goguenard.

— Le seize-huit, soupira Pavan.

— Qu'est-ce que c'est encore que cette horreur ?

— Je dois jeûner pendant seize heures et je ne peux manger que pendant les huit qui restent. En général d'une heure de l'après-midi à neuf heures du soir. Une torture chinoise, en gros.

— Pas de petit déjeuner ?

Pour toute réponse, Pavan laissa fuser un petit rire hystérique.

— Évidemment que non. *Ghe vol pasiensa, zio can*[*].

— D'accord. Mais ça me semble moins drastique que beaucoup d'autres, non ?

— *Col casso*[**] *!*

— Pourquoi ? Tu ne peux pas manger ce que tu veux pendant ces huit heures ?

— Si seulement, gémit Pavan, les yeux toujours rivés à un sachet de cacahuètes. Seulement des sucres lents et des protéines végétales, pas de sucre et pas de condiment. Donc fini le *vin*, la *bira*, la *porcheta*, les *bigoli col musso*, la *soppressa*, la *poenta*, le *baccalà aea vicentina*, les *bisteche*, le *codeghin*…

— Ça va, ça va, j'ai compris. Quand as-tu commencé ?

— Il y a quatre jours, *zio canaja*.

Strega observa la silhouette en forme de poire du Vénitien. Pavan mesurait un mètre quatre-vingt-dix et devait peser au moins cent dix kilos. Sa tête était une jungle de boucles noires. Son visage était illuminé par deux yeux bleus qui avaient la particularité d'afficher en permanence un air affligé, car Pavan, comme il aimait à le rappeler, était au régime depuis l'âge de six ans. Régime qu'il n'arrivait jamais à suivre jusqu'au bout. Depuis qu'ils avaient commencé à travailler ensemble, Strega l'avait vu essayer des dizaines de cures amaigrissantes. Parmi les plus mémorables : le "paléo", le "régime du chimpanzé", le "chromatique", le "régime

* Que veux-tu, c'est comme ça (vénitien).

** Mon cul oui (vénitien).

glaçons", le "régime biscuits"... Une litanie sans fin de diètes improbables que Pavan attaquait le lundi pour les abandonner peu avant le week-end, si tout allait bien, noyant toutes ses bonnes résolutions dans des piscines de spritz accompagnés de *cichéti* hypercaloriques. L'unique résultat obtenu jusque-là était une palette de jurons en renouvellement permanent, consistant principalement à associer des bêtes à des divinités.

— Et combien as-tu perdu depuis que tu as commencé ? Deux kilos ?

— *To nono in cariola**, Strega ! Arrête de te foutre de ma gueule. Je n'ai pas perdu un gramme.

Strega pouffa et donna une tape amicale sur son dos ample et moelleux.

— Mais on s'en fiche, non ? C'est la beauté intérieure qui compte.

— *Va' in mona***, Strega, murmura Pavan, un sourire méprisant aux lèvres.

— Dis, ton tour de garde au distributeur va durer encore longtemps ? Tu sais ce que c'est, rapport au travail à faire...

— Allons-y, allons-y.

Ils étaient arrivés à la moitié du couloir quand Strega entendit Pavan jurer et repartir en arrière. Une minute plus tard, il le vit entrer dans le bureau avec un sachet de chips et une boisson ultra-sucrée. Sur son visage, aucune trace de repentir, seulement une expression satisfaite.

— Pas de commentaire, merci, l'avertit Pavan en s'asseyant. (La chaise émit un grincement plaintif.) Au diable le seize-huit.

* Littéralement, "ton grand-père à l'hôpital" ; insulte classique orignaire de Rome, ici dans sa forme vénitienne.

** Va te faire foutre (vénitien).

Strega secoua la tête et sortit de son sac plusieurs photos qu'il disposa sur le bureau. Elles représentaient le Dentiste et ses victimes.

Pavan continua de manger comme si de rien n'était, nullement impressionné.

Après sa visite à San Raffaele, Vito Strega s'était coltiné une longue réunion avec les dirigeants de la DIGOS et les procureurs du parquet de Milan qui enquêtaient sur l'enlèvement de la présentatrice. Il en avait conclu qu'ils n'étaient pas sortis de l'auberge. Ils avaient essayé de lui soutirer le plus d'informations possible, analysant la méthode d'investigation qu'il avait suivie avec Croce et Rais. Vito avait eu de mauvaises expériences avec cette section ; aussi avait-il livré le strict nécessaire, conscient que chaque élément qu'il leur offrait pourrait se révéler une arme à double tranchant.

— Quand est-ce que tu es rentré ? demanda Pavan.

— Ce matin. J'ai filé direct à l'hôpital, où j'ai parlé avec Rubicondi avant la DIGOS. J'ai bien fait, parce qu'elle a confirmé un soupçon que j'avais. Je crois que quelque chose m'échappait, jusqu'à maintenant. Donc je vais reprendre l'affaire depuis le début, pas à pas, et je veux que tu m'écoutes attentivement.

— Je suis tout ouïe.

Strega entreprit de résumer l'enquête à partir de son arrivée à Cagliari, sans négliger aucun détail. Cet exercice lui servait à mettre bout à bout toutes les informations recueillies jusqu'alors, mais pas seulement : il avait besoin du regard acéré de Bepi Pavan, car au-delà de sa bonhommie et de son air désinvolte, c'était un des meilleurs flics avec qui il ait travaillé.

107

Lieu inconnu

La nouvelle de la réapparition de Luana Rubicondi enflamma Internet. Le Dentiste, qui s'était initialement opposé à relâcher la présentatrice, comprenait à présent la véritable motivation derrière l'enlèvement, le vote et la libération : c'était une stratégie mûrement réfléchie pour susciter encore plus de battage et d'engouement envers la Cause. Et pas seulement. Les réseaux sociaux admiraient la droiture du justicier : en laissant cette femme libre, il avait démontré qu'il était un homme de parole, ce qui augmentait encore sa cote.

Il est évident que nous avons renforcé l'adhésion populaire en vue d'un objectif plus ambitieux, pensa le Dentiste. Mais lequel ? Je me le demande.

La réponse ne tarda pas à arriver.

Il sentit vibrer un des trois téléphones, annonçant l'arrivée d'un message.

Le Dentiste l'ouvrit. C'était une adresse : un immeuble à l'angle de la via Scarlatti et de la via Macchi, à Milan.

Il le relut plusieurs fois pour l'imprimer dans sa mémoire, puis il éteignit le téléphone jetable, retira la carte SIM et flanqua le tout dans une corbeille à laquelle il mettrait le feu ensuite. Ces appareils lui duraient le temps d'un appel ou d'un message, puis il s'en débarrassait.

Le cœur battant, il attendit le prochain message.

Dès qu'il sentit la vibration dans sa poche, il jeta l'autre appareil.

En lisant le nom de la prochaine victime, il sourit, incrédule.

— Là, on passe vraiment à la vitesse supérieure, murmura-t-il.

Il effaça le message sans avoir besoin de mémoriser le nom.

Il le connaissait très bien.

Il s'agissait du vice-questeur Vito Strega.

108

Bureaux de la brigade mobile, questure de Milan

QUAND il eut terminé son récit, Strega ouvrit la fenêtre pour prendre une bouffée d'air frais, regrettant la brise pure et parfumée de Sardaigne et ses ciels d'un bleu céruléen vertigineux.

Pavan se déplaça sur sa chaise et rompit le silence :

— *Ciò, mi dirìa che a parte ciapar cassi per palassi**...

— En italien, je te prie. Je ne sais pas si tu es au courant, mais la République de Venise n'existe plus depuis longtemps, Pavan.

— Hélas, *zio can*. Maudit Napoléon...

La familiarité que Bepi Pavan pouvait se permettre avec Strega tenait au fait qu'à vingt ans, ils avaient fait leur service militaire ensemble au sein du régiment de fusiliers marins "San Marco". Après leurs classes, ils s'étaient retrouvés en opération dans les Balkans en flammes, pour ce qui était officiellement censé être une mission de paix. La réalité

* Bon, à part prendre des vessies pour des lanternes (vénitien).

était quelque peu différente. Ce qu'ils avaient vu et fait les avait détournés de ce métier et avait fait naître en eux un sentiment de culpabilité qu'ils avaient éprouvé le besoin d'exorciser d'une manière ou d'une autre, s'ils ne voulaient pas qu'il les ronge de l'intérieur, jour après jour. Pavan s'était immédiatement enrôlé dans la police. Strega, lui, avait repris et achevé ses études de psychologie et de criminologie, avant d'enseigner quelques années. Puis, le professorat n'étant pas un exutoire suffisant, il avait suivi le parcours de son ancien camarade et passé le concours de commissaire. Le hasard avait voulu qu'une quinzaine d'années après leur service, ils se retrouvent à travailler ensemble à Milan et à se couvrir mutuellement, comme sous les armes, car on les considérait comme deux corps étrangers au sein du département: deux électrons libres avec lesquels il valait mieux prendre ses distances.

— La postale et la DIGOS n'ont rien pigé, traduisit Pavan. Et je les soupçonne de t'avoir rapatrié pour servir de bouc émissaire, si les choses tournaient mal. Et j'ai comme l'impression que ça vire en eau de boudin, je me trompe?

Strega acquiesça. Il était du même avis.

— Et c'est pour la même raison qu'ils t'envoient les deux filles. C'est un dossier bouillant, et maintenant que ce *muso da mona*[*] a libéré l'autre garce, c'est nous qui sommes devenus les méchants, avec tout ce que ça implique.

Pavan laissa à Strega le temps d'intégrer ce scénario, puis il ajouta:

— En tout cas, je suis d'accord avec toi. Aussi bien Enardu que ce nouveau connard agissent sous la direction de quelqu'un d'autre. Quelqu'un qui les manipule comme des pions dans une partie bien plus complexe que ce que

* Connard (vénitien).

nous imaginions… La question est : comment on fait pour l'arrêter ?

— À mon avis, le schéma reste le même, dit Strega.

— Dans quel sens ? Quel schéma ?

— Je suis sûr que l'examen de l'ADN confirmera que le ravisseur de Rubicondi est un ex-taulard frappé par une tragédie personnelle.

— Pourquoi en es-tu aussi certain ?

— Leurs actions sont trop barbares et risquées. Un criminel a beau être avide d'argent, il ne prendrait jamais un risque pareil. Et il n'aurait pas non plus le courage d'arracher une trentaine de dents, à moins d'avoir une très forte motivation, expliqua Strega. Si tu crois en la cause, parce que tes raisons personnelles coïncident avec le projet, alors là c'est une autre histoire.

— Ça ne fait pas un pli. Mais la question reste la même : comment arriver à ce… niveau supérieur ? insista Pavan. Clairement pas à travers la piste informatique, parce que sinon nous aurions déjà réussi, je pense.

Strega prit la photo d'Enardu et la lui montra.

— Il faut remonter à tous les contacts d'Enardu. Il s'est écoulé trop peu de temps entre sa libération et les premiers meurtres, si ma thèse est avérée. Donc quelqu'un a dû entrer en relation avec lui en Sardaigne, entre sa période de détention et celle qu'il a passée dans la communauté de réhabilitation. Quelqu'un qui a utilisé sa douleur comme déclencheur pour le faire adhérer à ce projet, et lui a fourni entre autres des véhicules et des liquidités.

Pavan jeta un œil aux notes qu'il avait prises quand Strega lui avait exposé l'affaire.

— Tu m'as dit que tu avais déjà interrogé le directeur de la prison ?

— Oui. Mais je n'en ai tiré aucune information intéressante.

— Alors il manque à l'appel…

— La juge de surveillance qui l'a libéré et le prêtre responsable de l'établissement où il a passé près d'un an. Respectivement…, dit Strega en s'aidant des informations notées dans son carnet noir, madame Raffaella Donizetti et don Piero Lay.

— Donc tu penses qu'Enardu a été approché en prison, ou bien juste après, dans la communauté, par quelqu'un qui l'a baratiné pour l'impliquer dans le *projet* ?

— Ça me paraît la seule option plausible. D'après les éléments que nous avons rassemblés et le témoignage de Rubicondi, le tableau est assez précis. Les deux bourreaux n'ont pas pu agir seuls. Et il est raisonnable de penser qu'Enardu, pendant et après sa libération, ne disposait pas d'un téléphone ou d'un quelconque appareil électronique qui lui permette d'entrer en communication avec l'extérieur. J'ai vérifié les règles de la communauté, les portables sont interdits pour les détenus en phase de réintégration.

— *Ciò*, soit en prison soit dans la communauté, il a dû entrer en contact *de visu* avec quelqu'un qui l'a convaincu de s'embarquer dans cette histoire.

— Exact.

— Tu penses à un autre taulard qui l'aurait entraîné là-dedans ?

Strega acquiesça. C'est une des options les plus crédibles.

— OK. Donc quelqu'un a des comptes à régler avec la justice, peut-être un innocent qui a payé pour les fautes d'un autre, ou bien un individu qui s'est fait coffrer pour s'être vengé d'un tort et qui a cultivé une haine de la justice en tant qu'institution, développa Pavan.

— Voilà. Ça entrerait dans le profil du “criminel de concept” qui, à mon avis, est derrière tout ça.

— Ici, ça dit qu’un beau jour il a brusquement abandonné la communauté du prêtre, releva Pavan en lisant ses notes.

Quand il réfléchissait à une affaire, Pavan avait l’habitude de caresser son gros ventre d’un geste circulaire de la main, comme si sa bedaine était une boule de cristal dans laquelle il pouvait lire l’avenir : c’était sa façon à lui d’atteindre un niveau de concentration supérieur. Il avait beau être habitué à ce tic inconscient, Strega ne put s’empêcher de sourire.

— Exact, répondit-il en détachant son regard du mouvement hypnotique de son coéquipier.

— Donc on peut légitimement émettre l’hypothèse que le contact aurait pu s’établir à l’intérieur de la communauté.

— Eh bien, c’est clairement plus probable, parce que l’établissement est plus souple qu’une prison en termes de visites et de liens avec l’extérieur. Sans compter que tout est enregistré en prison et, d’après ce que m’a raconté le directeur, Enardu n’a jamais vu personne d’autre que son avocat, et ne s’était lié avec aucun détenu en particulier.

— Hmm. Vous avez vérifié l’avocat ?

— Bien sûr. J’ai demandé à Rais de le mettre sous surveillance et de passer au peigne fin sa vie et sa carrière. Pour l’instant, il n’en est rien ressorti.

Pavan raya dans ses notes le nom de l’avocat.

— Donc revenons en amont : la juge et le prêtre. Il faut qu’on les interroge. J’imagine qu’ils se trouvent en Sardaigne, n’est-ce pas ? À propos, on mange bien dans l’île ? Et les deux, là, elles sont comment ? Canons ?

Strega s’apprêtait à l’envoyer paître quand ils entendirent frapper à la porte.

— Entrez, dit-il.

L'adjoint Natalino Filighetti, avec qui Pavan faisait équipe, entra hors d'haleine et, comme toujours, la tête basse, à cause de sa timidité invétérée. Pavan et lui étaient diamétralement opposés : alors que le Vénitien était bien en chair, Filighetti semblait au dernier stade d'une grève de la faim entamée des mois plus tôt ; il était si fluet qu'il flottait même dans les plus petites tailles de l'uniforme. Quelques années plus tôt, Filighetti avait été un des meilleurs agents de la police routière de Milan. À la suite d'un grave accident sur l'autoroute, il avait passé plusieurs semaines dans le coma, et n'avait plus jamais été le même après son réveil. Afin de ne plus l'avoir dans les pattes et de minimiser les dommages qu'il pouvait causer, la direction l'avait placardisé dans un bureau et l'avait refourgué à Bepi Pavan en guise de sanction.

— Bonjour, Natalino, le salua Strega.

— Bonjour, professeur. Bon retour parmi nous, répondit Filighetti d'une voix tremblante, balayant le parquet du regard ; Strega lui inspirait une crainte respectueuse, plus que le questeur ou le ministre de l'Intérieur. Peut-être plus encore que le pape.

— Qu'est-ce que tu veux, Einstein ? le brusqua Pavan.

— Il y a une personne qui désire parler au professeur.

— OK. Et alors... ?

— Alors quoi ?

— Alors qui est-ce qui veut lui parler, bordel de merde ?! explosa Pavan.

— À qui ?

— Comment ça, à qui ? *Ma ti gà e moròidi in testa, zio can** ? Qui est la personne qui veut parler au vice-questeur ? Si tu ne le sais pas toi, qui le sauras, hein ?

* Tu as des hémorroïdes dans la tête, ou quoi (vénitien).

— Je ne me souviens plus du nom. La personne est dehors, en tout cas. Si vous voulez, je sors lui redemander.

Pavan et Strega échangèrent un regard incrédule.

— Parle-lui, toi, sinon je l'étripe, ce crétin.

— Voilà ce qu'on va faire, Natalino, expliqua Strega d'un ton calme et conciliant, sachant que plus Filighetti s'agitait, plus la scène allait tourner au tragicomique. Pour aujourd'hui, laisse-le entrer. À l'avenir, tu auras l'obligeance de demander une pièce d'identité et de noter le nom, comme ça tu ne courras plus le risque de l'oublier, et moi je pourrai savoir qui souhaite me voir, d'accord ?

— *Parlar con ti xè come netarse el cueo coi coriandoli*[*], Filighetti.

— Je ne comprends pas. Quel rapport avec la coriandre ? répondit l'adjoint, tout ce qu'il y a de plus sérieux.

Pavan saisit instinctivement la première chose qui lui tomba sous la main et la lui balança dessus. Avec l'agilité féline qui le caractérisait, Filighetti esquiva lestement le porte-plume. La lenteur de sa pensée était compensée par le dynamisme fulgurant de son corps menu.

— C'est bon, tu as fini ? lança Strega à Pavan.

— Pardon, mais ce *mona* me fait monter le sang au cerveau. Pourquoi tu as survécu à cet accident ?

— Allez, Natalino. Laissons entrer le monsieur avant que la nuit tombe, commanda Strega.

— La dame.

— Comment ça, la dame ?

— Une dame. Une femme. Une elle.

Nouveau regard interdit entre Strega et Pavan.

— Une femme ? fit le Vénitien.

* Parler avec toi, c'est comme se laver le cul avec de la coriandre (vénitien).

— Une femme, confirma Filighetti. Assez vieille, pour tout dire. Mais une femme.

Pavan défit l'étui de son Beretta et empoigna l'arme.

— Je vais te tuer, Filighetti. Je jure sur mes filles que je te vide mon chargeur dessus si tu n'arrêtes pas ce cirque. J'en peux plus d'avoir à te sortir les mots de la bouche.

— Ah non, hein. Pour ce qui est de sortir des choses de la bouche, on a bien assez du Dentiste, pas vrai ? rétorqua Filighetti avec un petit sourire satisfait aux lèvres, comme si la blague était tordante.

Avant que Pavan mette à exécution ses intentions homicides, Strega se leva et ordonna à Filighetti de faire entrer sur-le-champ la personne qui cherchait à le voir, peu importe qui elle était.

Filighetti hocha poliment la tête et fit demi-tour.

— Il doit bien y avoir un moyen de se débarrasser de lui ? murmura Pavan. Je ne sais pas, peut-être une mutation en Sardaigne, vu que tu as tes habitudes là-bas, maintenant.

— Ben tiens. Comme ça, Palamara nous crucifie tous les deux. Il n'a pas eu de chance, le pauvre. Et il a une famille, au passage. Alors serre les dents et essaie d'être plus gentil avec lui.

— Gentil, mon cul. Ils devraient me filer une indemnité d'accompagnement, vu que je dois me le farcir toute la sainte journée.

Une seconde après avoir fermé la porte, Filighetti frappa de nouveau.

— Entrez, dit Strega, lui aussi sur le point de perdre patience.

— Professeur, le nom de la dame m'est revenu à l'esprit.

— Formidable. On doit t'applaudir ? commenta Pavan.

Filighetti l'ignora et, retenant mal son émotion, dit :

— La juge de surveillance Raffaella Donizetti, du tribunal de Brescia, a demandé à être reçue.

Passé un instant d'ébahissement, Strega se tourna vers son coéquipier.

— Elle a dû lire dans nos pensées. Fais-lui les honneurs de la maison et voyons ce qu'elle veut. Moi, je préviens Mazzotta.

Pavan acquiesça, se leva et donna une tape sur la tête de son partenaire.

— Ça, ça s'appelle un cerveau, Filighetti. Ça ne sert pas juste à séparer les oreilles. *Ti pol usarlo ogni tanto. Xè tù amigo**, crois-moi.

* Tu peux t'en servir, tu sais. C'est ton ami (vénitien).

109

Viale Poetto, Cagliari

En ouvrant la porte de l'appartement resté inoccupé pendant deux jours, Eva songea que l'odeur d'une maison était comme les empreintes digitales : il était presque impossible d'en trouver deux pareilles. Ce mélange d'effluves qui caractérisait un lieu de vie était en réalité un brassage de vies, d'habitudes et d'âmes. Comme si la peau était perméable, et que le caractère d'une personne, par une étrange forme d'osmose, exsudait en essence olfactive, imprégnait les murs, flottait dans les pièces même en l'absence de ses habitants.

Eva s'arrêta sur le seuil, hébétée. Après quarante-huit heures d'hôpital, immergée dans cet amalgame méphitique d'alcool, de désinfectant, de nourriture rance, de sueur, de peur et de maladie, elle était frappée de reconnaître son odeur dans l'appartement. C'était la première fois qu'elle en avait conscience. Cette révélation la marqua, car ce qu'elle avait jusque-là considéré comme un hébergement temporaire prenait soudain la consistance émotionnelle d'un foyer, avec toutes les implications psychologiques que comportait ce terme.

Désormais, cet endroit t'appartient, pensa-t-elle. Ces odeurs que tu sens, ce sont les tiennes. Ta vie est ici.

Elle roula en boule le reçu du taxi et le jeta dans la corbeille, avant de regarder autour d'elle. Elle essaya d'isoler chaque effluve, reconnaissant une partie d'elle-même dans chacun. Leur somme constituait son existence actuelle. Cette soudaine prise de conscience l'enchanta et l'effraya tout à la fois, parce qu'elle comprenait qu'elle s'était enracinée. Et parce qu'elle était envahie par le souvenir de l'odeur de son ancien foyer, celle de Milan, qu'elle avait fuie. Elle était très différente, car issue de la fusion de trois présences : la sienne, celle de son mari, Marco, et celle de leur fille, Maya.

Qui sait si le trois-pièces du corso Indipendenza sentira encore chez nous, après tout ce temps, se demanda-t-elle. Si elle en avait le courage, elle aurait peut-être une réponse à cette question dès le lendemain, car son départ pour Milan était acté.

Elle se déshabilla et se glissa sous le jet de la douche, pressée de chasser ces relents visqueux d'hôpital.

En se savonnant, elle s'aperçut que la pensée de retourner dans sa ville natale lui avait donné la chair de poule.

110

Bureaux de la brigade mobile, questure de Milan

RAFFAELLA Donizetti était une femme qui avait accepté avec classe et élégance l'avancée en âge. Elle avait un carré gris si régulier qu'on aurait dit une perruque. Des pommettes ciselées, des rides camouflées par un léger voile de maquillage, un pull à col roulé qui cachait l'affaissement de la peau autour de la gorge. Une silhouette longiligne, soulignée par un tailleur cintré. Des yeux clairs, vifs et alertes. Des taches de vieillesse sur les mains, une peau presque diaphane qui laissait entrevoir de fines veines bleuâtres. Elle affectait une attitude détachée, comme pour souligner qu'elle n'appartenait pas à ce milieu. Son port aristocratique rappelait à Bepi Pavan une vieille actrice du cinéma muet dont il avait oublié le nom.

À la manière dont elle les dévisageait et inspectait les lieux, Strega déduisit qu'elle avait l'habitude de commander et d'obtenir ce qu'elle demandait ; une caractéristique qu'elle partageait avec une bonne moitié des juges qu'il avait croisés dans sa carrière. Il comprit que la discussion ne serait pas une partie de plaisir.

Une fois expédiées les présentations et les formalités d'usage, ce fut Donizetti qui ouvrit le bal avec une estocade qui laissa Strega, Pavan et Adele Mazzotta bouche bée.

— Puis-je savoir pourquoi il a fallu que je prenne la peine de me déplacer pour être entendue, alors que j'ai joué un rôle central dans la libération d'Enardu ? Vous enquêtez toujours avec cette rapidité fulgurante ? Pas étonnant que ce salaud soit encore en liberté.

Pavan eut l'impression d'être retombé en enfance, face à l'institutrice très stricte qui leur enseignait les maths au cours élémentaire et qui avait la fâcheuse manie de l'humilier et de le ridiculiser devant toute la classe.

Mazzotta rougit de colère, et Strega l'arrêta d'un geste avant qu'elle renvoie sa "consœur" dans les cordes.

— Nous étions trop occupés à le capturer, madame. Et nous y sommes parvenus, déclara Strega, défendant le travail de l'équipe. Nous avons entendu le directeur de la prison, les éducateurs de la communauté de réhabilitation…

— Mais pas moi.

— Nous nous apprêtions à le faire, d'où votre convocation.

Donizetti éclata de rire en secouant la tête, exactement comme une enseignante devant l'excuse bidon d'un élève mal préparé. Puis elle envoya un nouveau pavé dans la mare :

— La presse vous a devancés. J'ai trouvé les journalistes en bas de chez moi et devant mon bureau. Vous vous rendez compte de la gravité de la situation ? Les scribouillards ont montré plus de zèle que les enquêteurs en charge du dossier. Vous travaillez toujours de cette manière, professeur Strega ?

Silence.

Elle essaie de décharger sur toi sa frustration pour les erreurs qu'elle a commises, songea-t-il. Ne mords pas à l'hameçon.

Mais Pavan ne laissa pas passer.

— Si vous n'aviez pas libéré ce fou furieux, nous ne serions pas là à en discuter, riposta-t-il d'un ton cinglant.

À l'instar de Filighetti, Bepi Pavan vénérait Strega depuis qu'il avait couvert ses arrières au Kosovo et l'avait arraché au feu ennemi lors d'une opération peu glorieuse qui ne figurait dans aucun document officiel. Depuis cette nuit-là, toute critique ou insinuation dirigée contre le vice-questeur devenait pour lui une affaire personnelle.

— L'argument de l'inspecteur Pavan me semble parfaitement juste, renchérit Mazzotta, qui n'avait pas pour habitude de se laisser marcher sur les pieds, encore moins par une juge de surveillance qui libérait les détenus qu'elle-même s'efforçait de mettre sous les verrous.

— Bien. Du calme, tempéra Strega, reprenant les rênes de la conversation. Nous avons ouvert plusieurs fronts en parallèle, madame Donizetti. C'est donc par simple manque de temps que nous n'avons pu faire appel à vous. La substitut Mazzotta est justement ici à Milan pour couvrir les zones de l'enquête qui…

— Oui, oui, j'ai compris, le coupa Donizetti. J'imagine que vous avez des questions. Ou bien est-ce que vous n'avez pas eu assez de temps pour les préparer ?

Strega, qui d'ordinaire se montrait aimable et accommodant, changea de ton et d'expression. Il ouvrit le dossier du Dentiste et posa sur le bureau les images des bouches édentées de Truzzu et Pintore.

— Voici l'œuvre de l'homme que vous avez libéré. Regardez bien ces images, je vous prie, ordonna-t-il avec le ton réservé aux criminels, pas aux magistrats. Un exemple édifiant de réhabilitation du coupable, n'est-ce pas ?

Donizetti le fixa d'un air imperturbable. Rien ne semblait pouvoir l'ébranler. Strega se demanda si c'était seulement un masque qu'elle portait comme une seconde peau, à force de fréquenter des criminels et des détenus, ou si elle dissimulait derrière cette façade un profond sentiment de culpabilité d'avoir libéré un meurtrier sadique.

— Je lis les journaux et je regarde les informations, répliqua la magistrate.

— Pourquoi avez-vous libéré Enardu ? demanda Strega.

— Parce que le psychiatre qui a réalisé l'expertise a établi que…

— L'avis du médecin ne m'intéresse pas. Je veux comprendre pourquoi *vous* avez décidé de le libérer.

— Choisissez mieux vos termes, Strega. Le langage est important. Je ne l'ai pas *libéré*. Je l'ai confié à une communauté de réhabilitation.

— Qu'il a abandonnée avant même d'avoir terminé la période de semi-détention. Pourquoi personne n'a rien fait ? C'est vous qui étiez responsable de…

— À part Enardu, j'avais la responsabilité de centaines de détenus qui…

— Donc vous admettez avoir commis une grave erreur, asséna Mazzotta.

Cette fois, ce fut à Donizetti de garder le silence.

— Je crains que nous soyons partis du mauvais pied, déclara Strega en repoussant les photographies. Et si nous reprenions à zéro, afin que vous nous racontiez en détail qui était Enardu selon vous, et quelles ont été les raisons qui vous ont poussée à l'envoyer dans cette communauté ?

III

McDonald's, via Ottone Bacaredda, Cagliari

MARA détestait les fast-foods. Le pire pour elle était l'inévitable odeur de friture industrielle qui imprégnait ses cheveux et ses vêtements. Chaque fois qu'elle en sortait – jurant ses grands dieux qu'elle n'y remettrait jamais les pieds –, elle se sentait enveloppée d'un voile visqueux, une torture pour une maniaque de la propreté comme elle. Le problème était que Sara adorait ces lieux de perdition ; si bien qu'elle devait parfois se sacrifier et céder aux désirs de sa fille.

— Tu es sûre que tu ne veux rien d'autre ? demanda Sara en observant la petite bouteille que sa mère faisait tourner entre ses mains, soigneusement écartées de la surface poisseuse de la table.

Son déjeuner se résumait à cette eau minérale.

— Oui, ma chérie. Ça me suffit, dit Mara, qui préférait le jeûne à un hamburger graisseux qu'elle aurait digéré à Noël.

Sara continua de dévorer son Happy Meal sans détacher ses yeux de sa mère. Mara avait choisi la table la plus éloignée de la cuisine, mais les relents rances et huileux des friteuses semblaient effacer toute distance.

— Mère ?

— Fille…

— Tu détestes cet endroit.

— Je déteste cet endroit, mais je t'aime, toi. Alors je me bouche le nez et je t'y emmène. Ça s'appelle "l'amour maternel". Un jour, tu comprendras, ma chérie.

— La vérité, c'est que tu ne m'emmènes ici que lorsque tu dois te faire pardonner, que tu vas me laisser à papa ou que tu me caches quelque chose.

Regarde-moi un peu cette mini-flic, pensa Mara.

— Tu te trompes, dit-elle.

— C'est ça, oui…

Au bout de quelques secondes, Sara repartit à l'attaque.

— Est-ce que le fait de déjeuner ici a quelque chose à voir avec le beau bouquet de fleurs que tu as dans la voiture, mère ?

— Non.

— Tu sais que les réponses laconiques sont typiques de quelqu'un qui ment ?

— Ma chérie, il faut arrêter de regarder *New York Police Judiciaire*, OK ? Toutes ces séries, ce n'est pas bon pour toi. Dès ce soir, je reprends l'abonnement à Disney.

— Tu esquives ma question. Encore un comportement suspect.

— Dis donc, toi…, bougonna Mara avec un sourire. Finis ton repas, plutôt. Tu veux que je te prenne une glace ?

— C'est une tentative de corruption ?

— Hé, je te rappelle que c'est moi la policière ici, morveuse. Tu veux bien arrêter ?

— Qui t'a offert les roses ?

— Ce ne sont pas tes affaires.

— Tu donnes des réponses courtes, tu évites mes questions et tu cherches à me corrompre, énuméra Sara en comptant sur ses doigts. Il est clair que tu me caches quelque chose… Tu serais pas tombée amoureuse, par hasard ?

— Mais enfin !

— Je le savais. Tu es amoureuse et tu n'as pas le courage de me le dire.

— Sara Pintus, *accabbadda, cumprendiu* ?

— Parler en dialecte est incontestablement un signe de stress, continua Sara en plissant les yeux d'un air soupçonneux. Et stress égale mensonges. Allez, admets-le. C'est qui ? Je le connais ?

À quelques mètres d'elles, un petit groupe de mamans souriaient, amusées par la scène.

— Tu me mets dans l'embarras, ma fille. Baisse d'un ton.

— Seulement si tu me dis la vérité.

— Il n'y a pas de fiancé à l'horizon, OK ? C'était juste une marque d'attention de la part d'un collègue.

— Tes collègues sont tous des sangliers qui font peur à voir. Ce sont tes mots, mère.

— Celui-là est différent.

— Ce n'est pas un sanglier ?

— Non.

— C'est qui ?

— Si je te le dis, tu me lâches ?

— D'accord.

— C'est un collègue qui vient d'ailleurs. Il s'appelle Strega.

— Strega, comme une sorcière ?

— Oui. Et maintenant, ça suffit, OK ? Dépêche-toi de finir. Je n'ai qu'une hâte, c'est de me jeter sous la douche pour m'enlever toute cette puanteur dégoûtante.

Sara but quelques gorgées de Fanta et reprit :

— Il est beau ?

— Il n'est pas moche, en tout cas.

— Donc c'est un pur beau gosse.

— Hé ! Je te défends de parler comme ça !

— Mère, tu t'exprimes de façon bien pire, je t'assure… C'est pour ça que tu fais toutes ces heures supplémentaires ? Histoire d'avoir une excuse pour passer plus de temps avec lui ?

Mara secoua la tête et opta pour une nouvelle tactique :

— Comment c'était, à l'école, aujourd'hui ?

— Ne change pas de sujet.

— Mais…

— Quand est-ce que tu me le présentes ?

— Sara, tu te fais des films. Alors, cette glace, tu la veux ou pas ?

Sara hocha la tête. Mara alla à la caisse en se demandant comment une gamine qui venait juste d'entrer au collège pouvait maîtriser toutes ces tournures de langage d'adulte.

C'est parce qu'elle fréquente principalement des *adultes*, à cause de toi, pensa-t-elle en payant et en se mettant dans la queue pour récupérer sa commande.

Quand elle revint à leur table avec un McFlurry en main, Sara lui montra d'un air triomphant l'écran de son téléphone portable où s'affichait une photo de Strega trouvée sur Google.

— Comment as-tu… Je t'ai bloqué la 4G…

— Il y a le wi-fi au McDo, répondit Sara avec un air angélique.

Sale petite *bagassa*, pensa Mara.

— Tu es contente, maintenant ? demanda-t-elle, agacée.

Sa fille répondit avec le même petit sourire que Mara adressait aux suspects surpris en flagrant délit de contradiction.

— Pourquoi on l'appelle "professeur" alors qu'il est policier ?

— Parce qu'il enseigne aussi à l'université.

— Il a deux métiers ?

— Plus ou moins. Maintenant ça suffit, compris ? *Ohi, sa conca*[*]...

— Donc il est riche, en plus. Super... Si ce n'est pas ton nouveau fiancé, pourquoi il t'a offert des roses ?

— *Torra*[**] ? Parce que c'est un gentleman, point.

— Mère, les gentlemen, ça n'existe pas. Ce sont seulement des hommes plus gentils que la moyenne. Mais ça reste des hommes. Ça aussi, c'est toi qui l'as dit...

— Lui, il est... différent. Maintenant ça suffit, Sara.

— Quand est-ce que tu le ramènes à la maison ?

Mara soupira.

— OK, OK, j'arrête... Bon, tu me dis la vérité ?

— Oh sainte Vierge. La vérité sur quoi ?

— Sur la raison pour laquelle tu m'as amenée ici, répondit sa fille en savourant sa glace.

— Je vais peut-être devoir partir quelques jours.

— Peut-être ? répéta Sara, ironique.

— OK. Je dois partir quelques jours. Sans peut-être.

— Et tu vas où ?

— À Milan.

— Je peux venir ?

— Absolument pas. C'est pour le travail.

— Ben tiens...

— Ho ! Tu as fini ?

— On parie combien que tu dois rejoindre ce fameux Strega ?

* Celle-là, alors (sarde).

** Encore (sarde).

— Je dois y aller avec Croce, figure-toi.
— Donc ce n'est pas une escapade amoureuse ?
— Je peux savoir qui t'apprend des choses pareilles ?
— Les feuilletons que regarde mamie.
— *Andaus beni*[*]… C'est seulement quelques jours.
— Tu dis toujours ça. En tout cas, tu vois, j'avais raison : tu te sentais coupable, alors tu m'as emmenée ici.
— OK, je me sens coupable. Voilà. Tu es contente ?
— Presque.
— Comment ça, presque ?
— Tu ne m'as pas encore dit si vous vous étiez embrassés.
Les autres mamans avaient cessé de parler entre elles et les observaient dans un silence religieux, comme si elles assistaient en direct à un épisode de *L'Île de la tentation*.
Regarde-moi un peu ces *crastule*, se dit Mara en les fusillant du regard.
— Mère, fit Sara, réclamant son attention. Alors ? Il t'a embrassée ?
— Non.
— Pourquoi ?
— Parce qu'il est gay, tu es contente ?
Un soupir de déception s'éleva de l'autre table.
— Vraiment ? insista la petite, soudain triste.
— Eh oui. Il préfère les hommes.
— Mince alors. Ta poisse habituelle.
— Exactement.
— Dommage, dit Sara, haussant les épaules. Mais vraiment gay gay ?
— Vraiment gay gay, répondit Mara, douchant ses espoirs. On m'a raconté qu'il portait des caleçons roses, qu'il

* Eh ben, nous voilà bien (sarde).

se mettait du vernis aux orteils et qu'il était fan de Justin Bieber, tu te rends compte ?

Nouveau chœur de soupirs dans la salle.

— Quand je serai grande, j'espère que je ne serai pas comme toi, grommela Sara.

— Et pourquoi ça ? Qu'est-ce que j'ai qui ne va pas ? demanda Mara, indignée.

— Tu fais fuir les hommes. Et le peu qui reste, ils n'aiment pas les femmes.

— Ah, merci beaucoup, ma chérie.

— C'est la vérité. Et tu sais pourquoi ils fuient ?

— Je t'écoute.

— Parce que tu es flic.

— Je préfère que tu n'emploies pas ce terme…

— Bref, tu as compris.

— Et qu'est-ce que mon métier a à voir là-dedans ?

— Tu te promènes avec une arme.

— Et alors ?

Sara baissa les yeux et eut un sourire sournois.

— Et alors ? répéta Mara.

— Avec ton caractère, s'ils te tapent sur les nerfs, tu risques de les descendre à la première blague douteuse.

— Merci de me décrire comme une meurtrière psychopathe, ma chérie.

— De rien. C'est la pure vérité.

— On peut y aller, maintenant, ou tu veux me saper le moral encore un peu ?

— Non, je crois que ça suffit pour aujourd'hui.

— Trop aimable. Allez, on y va. Je dois préparer mes valises.

Tandis qu'elles sortaient, Mara dut subir les regards attendris des commères qui avaient écouté cette conversation surréaliste.

— Votre fille est vraiment charmante, dit l'une d'entre elles.

— Mais oui. Elle est adorable. Seulement quand elle dort, par contre…, répliqua Mara avec un sourire perfide, avant de fermer la porte.

112

Bureaux de la brigade mobile, questure de Milan

À LA moitié de son récit, Vito Strega comprit que même Donizetti avait un cœur. Elle l'avait bien caché, mais son regard de plus en plus fuyant et le léger tremblement de sa voix avaient fini par trahir ses émotions.

— J'avais demandé au directeur de voir les tableaux qu'il peignait avec une telle frénésie, renonçant aux activités communes et s'isolant des autres détenus. Et ils étaient tellement… tellement intenses et torturés que…

Elle fit une pause, comme pour mieux trouver les mots qui décriraient la souffrance qui émanait de ces toiles.

— Moi aussi j'ai vu ces tableaux, déclara Strega. Et j'ai eu la même sensation.

— Quelle sensation ? demanda la juge, suspicieuse.

— Celle d'une personne au bord du précipice.

Raffaella Donizetti acquiesça, presque gênée de s'être laissée aller à un commentaire aussi personnel.

— Enardu et l'homme que nous recherchons présentent des caractéristiques similaires. L'intelligence pratique, par exemple, poursuivit le criminologue. Derrière ces crimes, il y a une préparation minutieuse, avec une étude des victimes et de leurs habitudes, et le choix d'un lieu sûr où les garder prisonnières. Ce sont des individus qui partagent un même sang-froid et un même talent manuel.

— Enardu était un petit entrepreneur en bâtiment. Oui, il avait un vrai sens pratique, mais il ne me faisait pas du tout l'effet de quelqu'un d'aussi organisé et attentif aux détails. Ce n'était pas un planificateur. Le crime pour lequel il a été condamné était le fruit d'une pulsion incontrôlable.

— C'est également ce que nous avons remarqué. Imaginons un instant qu'il ait monté ce projet tout seul, d'accord ? D'après ce que soutiennent le directeur de la prison et l'ex-femme d'Enardu, ainsi que d'après votre propre rapport, madame, Dario Enardu n'avait pas de compétences particulières en matière d'informatique ou de droit, n'est-ce pas ? Vous l'avez écouté dans ces vidéos, non ?

— Je ne crois pas qu'il soit l'auteur de ces discours, trancha Donizetti.

— Qui le serait, alors ? intervint Mazzotta.

La femme haussa les épaules.

— Notre impression est qu'il a été approché en prison ou au sein de la communauté par quelqu'un qui lui a bourré le crâne pour l'embarquer dans cette entreprise meurtrière, expliqua Strega.

— Donc votre hypothèse est qu'il y avait quelqu'un derrière lui ? Une sorte de *metteur en scène* ?

Le vice-questeur acquiesça.

— Une personne capable de combler les lacunes informatiques et juridiques d'Enardu. Vous pensez à quelqu'un qui pourrait correspondre à ce profil ?

— C'était il y a des années…

— Nous en avons bien conscience. Mais c'est très important. D'après les documents que nous avons trouvés, nous nous sommes aperçus qu'à part son avocat, Enardu ne recevait jamais de visite, expliqua Mazzotta, que Strega avait vue pianoter sur son téléphone pendant une bonne partie de la conversation.

— Je vous le répète, c'était un homme extrêmement asocial, totalement renfermé sur lui-même et sur sa douleur. Et c'est pour cela que j'ai décidé de le confier à la communauté, parce qu'il était, comment dire, *docile*, et qu'il n'avait aucun commentaire négatif dans son dossier. Pour le faire sortir de sa cellule, il a fallu le supplier, pour autant que je me souvienne. C'était quelqu'un de gentil et bien élevé, très respectueux des agents pénitentiaires et du personnel. Croyez-moi : vous l'auriez fait sortir, vous aussi.

— Nous ne sommes pas ici pour juger de la licéité de sa mise en liberté ou de votre conduite professionnelle, madame. J'aimerais que ce soit bien clair, précisa le vice-questeur. Ce que nous souhaitons, c'est remonter à la personne qui l'a manipulé.

— Pour une simple question de temporalité, fit Pavan, nous estimons que le contact avec ce "metteur en scène" a eu lieu en prison ou dans la communauté. Avant ce moment, c'est-à-dire avant la mort de sa fille, Enardu était un homme différent. Une personne normale et respectable.

Strega sentit une vibration. C'était un message de Mazzotta : "J'ai demandé une recherche express. Notre amie ici présente fait l'objet depuis quelques jours d'une enquête du tribunal de surveillance pour faute professionnelle."

Strega lança un regard complice à la substitut. Cette vérification était une procédure de routine, vue l'ampleur médiatique de l'affaire, mais il savait que l'enquête ne mènerait nulle part : Raffaella Donizetti avait toujours agi sur le fil de la légalité et, à en juger par les rides qui lui sillonnaient le visage, elle devait être à quelques mois de la retraite. Au mieux, ils pouvaient lui imposer une retraite anticipée, qui ne changerait clairement rien à son existence.

— Nous avons passé au peigne fin la vie de son avocat, l'unique personne qui aurait pu l'instrumentaliser, au vu de la régularité de ses visites et de ses compétences juridiques et judiciaires. Mais il n'a rien à voir dans cette histoire, conclut Strega. Il reste les autres détenus. En prison et dans la communauté.

— En quoi puis-je vous aider ? demanda Donizetti, baissant enfin la garde.

— Nous avons besoin d'un accès total aux dossiers de tous les détenus présents dans la prison et dans la communauté en même temps qu'Enardu, avec une attention particulière pour les individus ayant des connaissances en droit, en informatique, en odontologie et en médecine de manière générale, répondit Strega. Et nous souhaiterions que vous réexaminiez vous-même ces dossiers, étant donné qu'ils vous sont forcément plus familiers qu'à nous.

— Nous allons également déposer une requête formelle pour accéder à la correspondance protocolaire, aux registres des réunions, des appels et autres éléments qui pourraient nous aider à comprendre qui a approché Enardu, ajouta Mazzotta.

— Laissez-moi le temps de rentrer à Brescia et je me mets tout de suite au travail, leur promit Donizetti.

— Bien. Je pense que c'est tout. Nous vous remercions pour votre disponibilité, déclara Strega en se levant, la main tendue.

Raffaella Donizetti resta assise. Ses mains lissaient le tissu de sa jupe de manière presque compulsive. Strega perçut dans ce geste une émotion qui seyait peu à l'image solennelle de la magistrate : de la peur, sans aucun doute.

— Quelque chose ne va pas, madame ? lui demanda-t-il d'un ton prévenant.

— Pensez-vous que je doive m'inquiéter pour ma sécurité ? demanda Donizetti d'une voix tremblante.

Strega éprouva un élan de compassion. Derrière la façade granitique, il entrevit son vrai visage : une vieille dame effrayée qui craignait d'être dans le collimateur, non pas tant des inspecteurs du CSM, que du Dentiste lui-même.

— Non, madame. Je ne pense vraiment pas que vous ayez à vous inquiéter. Du point de vue de l'assassin, vous êtes celle qui a libéré son "camarade". Donc vous n'avez rien à craindre.

Rassurée, Donizetti se leva avec dignité et lui tendit une main sèche et presque squelettique. Tandis qu'il la serrait, attentif à ne pas imprimer trop de force, Strega sentit à quel point elle était fragile. Il lui laissa sa carte avec ses coordonnées et ordonna à Filighetti de la raccompagner.

— Qu'en pensez-vous ? demanda-t-il à Pavan et Mazzotta, une fois qu'ils furent seuls.

— Qu'un bloc de glace aurait montré plus d'émotion, répondit Pavan. Elle avait l'air sincère, cela dit.

— Après le mur de méfiance initiale, elle m'a paru assez collaborative, dit Mazzotta. Je vais échanger avec mon homologue milanais et nous lui enverrons une demande formelle d'accès aux actes et aux dossiers des détenus qu'elle a suivis pendant cette période.

— Ça va être un sacré boulot d'analyser tout ça, surtout à distance, commenta Pavan.

— Nous n'avons pas le choix. La réponse que nous cherchons est dans ces documents, décréta Strega.

— Espérons-le. Il y a un autre doute qui m'assaille, fit la substitut.

— Lequel ?

— La prochaine cible du Dentiste. Qui sera-t-elle ?

— Je ne sais pas, éluda Strega au bout de quelques secondes.

En réalité, il avait sa petite idée.

Mais il préférait la garder pour lui, afin de ne pas les affoler.

113

Angle de la via Scarlatti et de la via Macchi, Milan

Les chats peuvent être très jaloux, possessifs et rancuniers, surtout quand on leur fausse compagnie à l'improviste et qu'ils craignent d'avoir été abandonnés pour toujours. Sachant cela, Vito Strega s'était attendu à trouver son appartement sens dessus dessous. Sofia ne supportait pas les séparations, et elle le lui faisait savoir en envoyant valser les livres, en griffant les pochettes de vinyles, en déchirant les rideaux et en jetant au sol le moindre objet qui lui tombait sous les pattes. Si d'aventure la séparation dépassait les deux, trois nuits, elle imprégnait les coussins et les fauteuils de fluides corporels aux relents tout sauf agréables.

Aussi fut-il stupéfait en franchissant le seuil de son appartement. Alors qu'il s'attendait à une pagaille épouvantable, la maison était plus propre et mieux rangée qu'au moment de son départ précipité pour l'île. Même les caméras étaient revenues à leur place sur les étagères.

— Sofia ? appela-t-il, circonspect.

Silence.

Il posa sa valise et les quelques produits sardes qu'il avait achetés à l'aéroport pour Jessica et sa grand-mère, et se débarrassa de son manteau et de sa veste. Quand il ouvrit le réfrigérateur, il le trouva plein. Il vit sur la cuisinière un plat en terre cuite, humide de condensation. Il souleva le couvercle et inspira le parfum délicieux des aubergines à la parmesane.

Ada, pensa-t-il en secouant la tête. Non seulement sa voisine avait fait la tornade blanche chez lui, mais elle avait aussi fait les courses et cuisiné un de ses plats préférés. C'est vraiment un ange, songea-t-il.

Il descendit en quelques gorgées un verre de rouge qui atténua la fatigue accumulée pendant cette journée infernale. Après son entretien avec Donizetti, il avait été submergé de réunions et d'entretiens avec ses collègues de la postale et de la scientifique, et avait dû traiter une montagne de paperasse entassée sur son bureau.

Il remplit son verre à ras bord et mit l'album *Bang Bang Boom Boom* de Beth Hart. Ses doigts posèrent le diamant sur son morceau préféré, qui allait offrir un baume apaisant à son esprit fatigué. Quand les premières notes de *Caught Out In The Rain* emplirent le loft et que la chaude voix blues de la chanteuse commença à soulager son âme, Vito s'assit sur le Chesterfield confortable en cuir vieilli et ferma les yeux, bercé par les solos déchirants de la guitare de Joe Bonamassa. Ce ne fut qu'à cet instant de détente totale qu'il s'aperçut à quel point ce petit rituel du soir lui avait manqué.

Quand il rouvrit les paupières quelques minutes plus tard, il découvrit Sofia à quelques mètres de lui, immobile, qui le dévisageait avec acrimonie. Ses yeux étaient deux projectiles d'émeraude.

Comme tous les hommes qui ont quelque chose à se faire pardonner, Vito leva les mains et prononça la phrase à ne pas dire par excellence :

— Je sais que tu es en colère.

Pas un tressaillement de l'animal.

— C'est vrai, je t'avais promis que ce ne serait que l'affaire de quelques jours, mais l'histoire s'est révélée plus complexe que je ne l'imaginais.

Ces paroles n'eurent d'autre effet que d'accentuer l'aigreur féline de Sofia.

— Je te jure que je ne repars plus avant un moment.

Le regard accusateur de la chatte était si intense que Vito fut sur le point d'avouer des fautes et de s'imputer les forfaits de criminels qu'il avait personnellement envoyés en prison.

— Si on faisait la paix ? S'il te plaît. Regarde, je t'ai même acheté des filets d'anchois de Sant'Antioco qui sont un délice. Donne-moi juste une seconde et je suis sûr que ces petites merveilles vont nous rabibocher.

Quand Vito revint au salon avec une coupelle d'anchois, Sofia avait disparu.

Il laissa le poisson à côté de la fenêtre ouverte, sachant que la réconciliation serait plus ardue que prévu.

À cet instant, il entendit sonner. Le temps d'ouvrir la porte, et Jessica lui sauta au cou et l'étreignit comme si sa vie en dépendait.

— Coucou, toi, dit Vito en la serrant à son tour et en ébouriffant ses cheveux blonds vaporeux. Je devrais partir plus souvent, pour avoir droit à un pareil accueil.

— T'es bête, répondit l'adolescente, sans relâcher son étreinte. Je suis contente que tu sois rentré.

— Moi aussi, répondit-il, l'esprit soudain libéré des angoisses de l'enquête, le visage illuminé par un sourire éclatant.

114

Hôtel Michelangelo, piazza Luigi di Savoia, Milan

Il avait exigé une chambre bien précise : au dernier étage, avec vue non pas sur la gare centrale, comme s'y attendait la réceptionniste, mais du côté opposé. À cet instant, à l'aide de jumelles numériques, le Dentiste voyait avec netteté Strega et la gamine appuyés contre la balustrade, en train de bavarder sur le toit au clair de lune. Elle fumait et le regardait avec des yeux pleins d'adoration. Lui observait la ville d'en haut, lui indiquant un point au loin.

Le dossier dédié au policier était posé sur le bureau de la chambre. L'homme l'avait étudié dans les moindres détails. Il avait lu qu'avant d'intégrer la police, Vito Strega avait été fusilier marin. Ce qui allait compliquer les choses.

Il fit une pause et se versa deux doigts d'une mignonnette de Jack Daniel's. Depuis qu'il avait pris possession de la 301, il avait toujours porté des gants en latex. Son intention était de ne jamais les retirer, d'éviter d'utiliser les toilettes et de ne pas laisser la moindre trace biologique. Il s'était enregistré sous de faux papiers, mais il valait mieux ne pas prendre de risque inutile.

Tandis qu'il sirotait son whiskey et observait les photos du vice-questeur, il comprit qu'il ne pourrait pas l'enlever seul. Strega n'était pas Rubicondi : c'était un homme gigantesque, armé, qui avait fait ses classes au sein des forces spéciales. Il fallait oublier la confrontation directe et trouver une autre solution. Et il fallait agir vite, car le jour même, l'ancien fusilier marin devait interroger Raffaella Donizetti, la juge de surveillance qui avait travaillé en Sardaigne ; ce qui signifiait qu'il était à deux doigts de résoudre l'affaire. Le Dentiste devait l'empêcher à tout prix de parvenir à la vérité avant que lui-même ait mené à bien son projet.

Il reprit ses petites jumelles et continua de les observer. Ils riaient, insouciants. Devant cette intimité presque filiale, l'homme se sentit consumé de l'intérieur et serra instinctivement les jumelles, qui grincèrent sous sa poigne. Il endigua l'hémorragie de souvenirs qui risquaient de corrompre son âme. Il devait rester froid. Concentré.

— C'est elle, son point faible, raisonna-t-il, en se focalisant sur Jessica. Tu ne peux pas capturer Strega comme si de rien n'était. Mais elle si.

Ses lèvres esquissèrent un sourire. Il sortit son téléphone et composa un message : "La fille qui vit dans son immeuble : j'ai besoin de savoir tout ce que tu as sur elle. Dès que possible. Je vais l'utiliser pour arriver jusqu'au flic."

Un quart d'heure plus tard, il reçut les premières informations. L'adolescente s'appelait Jessica Bisanzio ; elle avait quinze ans et vivait avec Ada Castelli, sa grand-mère paternelle. Ses parents étaient morts sept ans plus tôt aux alentours de Pioltello dans le déraillement d'un train régional qui les emmenait au travail, alors que Jessica n'avait pas encore huit ans. On l'avait confiée à sa grand-mère, avec laquelle elle habitait depuis. Ada, une ancienne prof de math, n'avait pas d'autre enfant, et Jessica ne pouvait compter que sur elle. Strega – en plus d'être leur voisin – était devenu un ami de la famille, et il s'était occupé de la petite quand la vieille enseignante était tombée malade et qu'elle avait dû passer plusieurs mois à l'hôpital. Suivirent des informations sur l'établissement scolaire que fréquentait Jessica – le lycée Parini –, son numéro de portable et divers profils sur les réseaux sociaux.

Son téléphone vibra de nouveau. Il lut le message : "Comment comptes-tu procéder ?"

Le Dentiste ne répondit pas tout de suite. Il étudia Jessica encore quelques instants, avant d'ouvrir le double fond de sa valise. Il disposa sur le couvre-lit des tenailles, des pinces et d'autres instruments de chirurgie dentaire. Il les passa en revue et s'empara de pinces en acier. S'il lui remettait ne serait-ce qu'une incisive et une canine de la jeune fille, il était certain que Strega se rendrait sans opposer la moindre résistance. S'il voulait jouer les durs, le justicier lui ferait parvenir un sachet contenant toutes les dents encore tachées de sang.

"Laisse-moi faire", écrivit-il pour toute réponse.

115

Angle de la via Scarlatti et de la via Macchi, Milan

JESSICA était une rivière en crue. On voyait que Vito lui avait manqué et qu'elle avait envie de lui relater par le menu tout ce qui s'était passé en son absence.

— Il faut trop que je te raconte l'histoire du chien, fit l'adolescente en allumant sa troisième cigarette.

Ils se trouvaient sur le toit, d'où l'on jouissait d'une vue panoramique époustouflante sur la métropole. Les notes de *'Round Midnight* du Thelonious Monk Quartet flottaient dans l'air depuis la fenêtre ouverte du loft de Vito.

— Quel chien ? demanda-t-il.

— Attends, c'est un truc de fou. Donc j'ai une pote à Parini qu'est, très très snob, genre. Genre qui veut devenir influenceuse. Corps de bombe, mais QI négatif. Famille archi chic, père médecin bien connu, mère hyper jeune, elle vient au bahut en taxi, riche quoi…

— Dis, ça t'embêterait de t'exprimer de façon à peu près compréhensible pour un vieux comme moi ?

— J'essaie… Bref, tu vois le style, non ?

Vito acquiesça malgré lui, se sentant aussi antique qu'une peinture rupestre.

— Bref. Cette mini-Belén* a un chien, un bouledogue français, Carletto…

— … Elle a appelé son chien "Carletto" ?

— Oui, tu te rends compte ?

— Je pense que ça constitue déjà en soi une infraction pénale.

Jessica sourit.

— Bref. Le toutou classique avec son museau écrasé, sympa. Tout noir. Un croisement entre un chien et une chauve-souris, qu'elle habille des pieds à la tête avec des petits vêtements et des bijoux pour chien.

— Des bijoux pour chien ? Tu plaisantes, là ?

— Malheureusement non. Bon. Si tu regardes son Insta, y a genre un milliard de posts avec Carletto dans toutes les poses imaginables. Partout où elle va, elle le prend avec elle. Tu l'as sans doute déjà croisée tout apprêtée comme une *sciura* sur le cours Buenos Aires.

— Le pauvre. On devrait lancer un mouvement clandestin pour la libération des chiens embijoutés.

— C'est clair. Mais écoute ça. Du jour au lendemain, le chien disparaît. Un soir, la mini-Belén va prendre l'*aperitivo* en centre-ville avec mes amies super bonasses comme elle. En deux secondes, elle fait un selfie avec une copine, elle se retourne, et Carletto n'est plus là.

— Mince, quelqu'un nous a piqué l'idée.

— T'es bête… Là, elle panique. Elle le cherche partout. Rien. Carletto s'est volatilisé. Elle crie comme une

* Allusion à Belén Rodriguez, mannequin, actrice et présentatrice télé argentine installée à Milan depuis 2004 et star des réseaux sociaux.

hystérique et fait semblant de tomber dans les pommes. Elle appelle ses parents, elle fout un bordel pas possible, mais le chien, il a disparu. Imagine le drame au lycée : des pleurs à n'en plus finir, on se serait cru sur le plateau de *C'è posta per te*[*]. Bref. Le deuxième jour, elle reçoit un appel avec… roulement de tambours… une demande de rançon.

Vito plissa le front.

— Ouah. Ils ont kidnappé son chien ?

— *Yes*. Six mille euros pour le revoir.

— Mais non. C'est moche.

— Bien moche. Ils préviennent la police et tout, mais…

— … C'est une copine à toi qui l'a enlevé avec un garçon comme complice.

Jessica écarquilla les yeux, déconcertée.

— Comment t'as deviné ?

Vito haussa les épaules et prit son verre de vin.

— La personne qui l'a enlevé devait forcément connaître ses habitudes, ses horaires, les endroits qu'elle fréquentait et le fait qu'elle avait de gros moyens. Qui mieux qu'une de ses amies ? Comment l'ont-ils récupéré ?

— C'est là qu'on bascule dans la science-fiction : le père de ma copine avait fait injecter dans le cou du chien une puce dernière génération. Mais pas les trucs d'identification habituels, celle-là avait…

— Un système de traçage GPS ?

— Exactement. Un truc chinois ou coréen qu'utilisent les militaires. Bon. Quand elle s'est mise d'accord avec les ravisseurs, les policiers ont défoncé la porte de mon autre copine

* Émission où deux personnes que le temps a séparées se retrouvent, immense succès en Italie, repris dans plusieurs pays.

et ils ont récupéré Carletto. Tu te rends compte ? Et tu sais ce qu'a répondu la "kidnappeuse" quand on lui a demandé pourquoi elle avait fait ça ?

Vito secoua la tête, même s'il pouvait imaginer un mobile futile.

— "J'avais besoin de six mille euros pour me faire refaire les seins." Boum, comme ça, sans honte ni remords. Elle voulait se faire refaire les boobs et elle a enlevé Carletto. Je suis choquée, Vito.

Strega sourit, attendri par son innocence. Il n'était pas surpris pour un sou. Il avait littéralement vu tuer pour beaucoup, beaucoup moins que ça.

— Bref… Félicitations pour avoir capturé le Dentiste. T'es, genre, un superhéros, tu sais ? Quand mes copines ont appris que je te connaissais, elles m'ont demandé si elles pouvaient faire un selfie avec toi.

— Hors de question. Je préférerais un selfie avec Carletto, tiens.

Ils éclatèrent de rire tous les deux en imaginant la scène.

— Donc il y a deux Dentistes, en fait ? demanda l'adolescente.

— Tu sais que je n'aime pas parler des dossiers que je suis… Mais oui. On dirait bien qu'ils sont deux.

— Je suis sûre que tu arriveras aussi à arrêter le deuxième.

— Merci pour ta confiance, ma puce.

— C'est comment la Sardaigne ?

— Un paradis. La prochaine fois on y retourne ensemble, avec Ada et Sofia.

— Promis ?

— Promis.

Jessica poussa un petit cri de joie et l'enlaça de toutes ses forces.

Vito caressa ses cheveux blonds et observa la ville. Malgré tout, Milan lui avait manqué.

— Tu n'es pas en danger, pas vrai ? lui demanda soudain Jessica, préoccupée.

— Non, mademoiselle. J'ai la situation bien en main, la rassura-t-il.

Mais Vito ignorait qu'à cet instant, dans une chambre d'hôtel à quelques centaines de mètres à vol d'oiseau, le justicier l'étudiait en jouant avec une pince dentaire.

116

Le lendemain
GhePensi M.I., piazza Morbegno, Milan

Après un vol à l'aube et une journée entière d'entretiens et de réunions avec les procureurs et la police milanaise, Eva avait emmené Mara boire un verre dans le quartier de la Porta Venezia, au cœur du *Rainbow District*, en lui expliquant que c'était devenu un des coins les plus prisés de la nouvelle *movida* milanaise. La Cagliaritaine lui avait fait confiance, mais elle jetait maintenant des regards nerveux autour d'elle. Elle ne semblait pas du tout à l'aise.

— Qu'est-ce qu'il y a ? demanda Eva.

— Dis, on peut s'en aller ? grommela Mara.

Elles étaient là depuis une dizaine de minutes. Aucune des deux n'avait fini son verre.

— Pourquoi ? fit Eva, perplexe. C'est sympa, non ?

— Sympa ? répliqua Mara en embrassant l'intérieur du bar. Si tu es fan des Village People, sûrement… Ici, l'homme le plus viril porte un string, des ongles vernis et un portefeuille Hello Kitty.

Eva sourit.

— J'ai compris. On lève les voiles avant que tu fasses la gueule toute la soirée.

Elle régla l'addition et elles s'en allèrent.

— On est un peu en avance. Qu'est-ce que tu en dis : on rejoint Strega direct ?

— Si tu veux, répondit Mara en affectant l'indifférence.

Eva sourit : elle savait bien que sa partenaire n'attendait pas mieux.

Elles sautèrent dans un taxi pour gagner la piazza Morbegno, dans le quartier en vogue de NoLo, où le vice-questeur leur avait donné rendez-vous.

L'établissement s'appelait GhePensi M.I. C'était un bar de quartier chaleureux et tranquille, pris d'assaut par des jeunes et des employés de bureau tout juste sortis du travail qui voulaient se détendre entre amis. Une fois à l'intérieur, Mara fut stupéfaite de voir deux jeunes derrière le comptoir s'illuminer en reconnaissant Eva. Ils la rejoignirent et l'embrassèrent avec effusion pour célébrer son retour.

— Matteo et Stefano, je vous présente Mara, une collègue sarde, dit Eva.

Quelques minutes plus tard, alors qu'elles se dirigeaient vers les petites salles à l'arrière du bar, Mara taquina sa partenaire :

— Je n'en crois pas mes yeux. Alors comme ça, la glaciale Eva Croce avait une vie sociale ?

— Incroyable, hein ? se prêta au jeu la Milanaise.

Contrairement à d'habitude, Mara remarqua que personne, parmi les clients, ne trouvait bizarre l'accoutrement rock de sa partenaire ; pour la première fois peut-être depuis qu'elles travaillaient ensemble, c'était elle qui se sentait mal à l'aise, car son élégance excessive détonnait dans cette atmosphère décontractée.

Elles trouvèrent Strega dans la dernière salle, décorée avec des canapés confortables et une vitrine ancienne pleine de livres, qui recréaient l'atmosphère intime d'un petit salon privé. Le criminologue était en compagnie d'un homme grand et corpulent, à l'épaisse tignasse bouclée. On pouvait lire sur son visage qu'il était flic.

Après les avoir saluées, Strega fit les présentations :

— Mesdames, Bepi Pavan, ami, inspecteur en chef et mon bras droit ici à Milan.

Bepi Pavan leur serra la main et son regard s'attarda lourdement sur le physique sinueux de Mara : comme si c'était la première femme qu'il voyait de sa vie. Strega lui donna un coup de coude dans les côtes pour l'arracher à sa catatonie, pareil à un juke-box enrayé.

— Dès que tu as terminé, je te donne l'adresse pour me l'envoyer, dit Mara au Vénitien.

— M'envoyer quoi ? demanda-t-il, désarçonné.

— La radio que tu viens de me faire. Tu fais des factures, j'espère.

Eva sourit et Pavan pouffa à son tour, faisant frétiller sa bedaine.

— Sancho Panza, là, c'est vraiment ton bras droit ? demanda Mara, incrédule.

— Sancho Panza, carrément ? On part sur de bonnes bases, *zio can*.

— Il est beaucoup plus éveillé qu'il n'en a l'air, lui assura Strega. Je vous en prie, asseyez-vous.

— Je n'aurais jamais imaginé que tu connaissais cet endroit, dit Eva au vice-questeur.

— Les apparences sont trompeuses, Croce… Blague à part, j'avais besoin de vous parler dans un coin tranquille, sans collègues dans les pattes. Ce bar était l'endroit parfait.

Stefano, le barman, vint prendre les commandes en personne : un geste d'amitié envers Eva. Quand ce fut le tour de Mara, Eva choisit pour elle, murmurant quelque chose à l'oreille de Stefano.

— Qu'est-ce que tu lui as dit ? demanda Mara.

— Rien. Une surprise.

Quelques minutes plus tard, Matteo apporta une bière à Strega, un spritz à Pavan, un cocktail sans alcool à Eva et un breuvage de couleur ambrée à Mara.

— C'est quoi, ça ? fit la Sarde.

— Ça s'appelle un "Fitzgerald". Ça me paraissait particulièrement adapté à une *first lady* comme toi, non ? dit Eva avec un sourire.

— *Cunn'e tzia rua**, marmonna Mara en buvant une gorgée. Mince alors. C'est bon, ça.

— Je suis content, dit Stefano. C'est un de nos plus gros succès. Bonne soirée et amusez-vous bien, les jeunes. À plus tard.

— Comment te sens-tu, Croce ? s'informa le criminologue.

— Bien, merci. De temps en temps, j'ai une bonne migraine, mais rien de grave, promis… À propos, merci pour les fleurs. C'était vraiment une gentille attention.

— Je suis d'accord, confirma Mara. Il ne fallait pas.

— C'est tout naturel. Je suis désolé de m'être enfui sans prévenir.

Pavan fixait Strega en fronçant les sourcils.

* Insulte faisant référence à l'appareil génital de la tante du destinataire (sarde).

— Je suis jaloux. Moi, tu ne m'as jamais offert de fleurs.

— Ah non ? Je vais y remédier, alors, répliqua-t-il.

— Je conseille plutôt un vélo d'appartement, franchement, commenta Mara, en désignant son ventre débordant.

— Sache que la bedaine revient à la mode. Elle inspire sécurité et sympathie, répliqua Pavan en se tapotant l'estomac.

— Tu appelles cette *chose* une bedaine ? siffla Mara d'un air dégoûté.

— À quoi on trinque ? demanda Eva en levant son verre pour changer de sujet.

— Eh bien, la DIGOS nous a définitivement retiré l'enquête. Donc nous sommes officiellement sur la touche. Je crois que ça mérite un toast pour se remonter le moral, non ? dit Strega.

Rais et Pavan jurèrent dans leurs dialectes respectifs et firent tinter leurs verres.

— Nous sommes totalement hors-jeu ? demanda Eva, préoccupée.

— Il nous reste la délégation de Mazzotta sur le dossier lié à Enardu, pour clarifier son implication dans l'affaire. Ça nous permettra au moins d'enquêter sur les éléments que nous a fournis Donizetti, répondit le vice-questeur.

— C'est mieux que rien, répondit Eva.

— Rais, je peux te poser une question qui n'a rien à voir ? fit Pavan, qui avait désormais pris la Cagliaritaine pour cible.

— Je t'écoute, souffla Mara, circonspecte.

— J'ai vu récemment un documentaire sur les centenaires sardes et je me demandais : pourquoi les gens vivent aussi longtemps, en Sardaigne ?

— Parce qu'ils s'occupent de leur cul, répondit Mara sans se décomposer.

Sa partenaire et Strega ricanèrent.

— Sévère mais juste, commenta Pavan, levant les mains en signe de reddition.

— Bien, maintenant que vous avez fait ami-ami, on peut parler travail ? demanda Strega, reprenant son sérieux.

117

GhePensi M.I., piazza Morbegno, Milan

À LA deuxième tournée, Strega et Pavan finirent de relater aux deux inspectrices leur conversation avec la juge de surveillance et les dernières avancées de l'enquête.

— Donc Donizetti a tenu parole, dit Mara. Elle vous a fourni les fiches de tous les détenus, n'est-ce pas ?

Strega acquiesça.

— Oui. Un travail colossal. Nous sommes en train de les éplucher un par un.

— Et en ce qui concerne les agents pénitentiaires ? Si le "metteur en scène" était l'un d'entre eux ? intervint Eva.

— Nous avons pris en compte cette possibilité, répondit Pavan. Nous avons aussi demandé tous les dossiers du personnel pénitentiaire en service ces années-là. Ce qui a doublé le travail d'analyse.

— Si deux paires d'yeux supplémentaires peuvent vous être utiles…, proposa Mara.

— Très volontiers. Nous en aurons besoin, dit Strega.

— Il y a quand même un gros problème, intervint Eva.

— Lequel ?

— La prochaine cible du Dentiste. À moins d'un coup de chance monumental, la vérification de toutes ces fiches va nous prendre beaucoup de temps. En attendant, je ne crois pas que notre homme reste à se tourner les pouces. Au contraire. À mon avis, il a déjà identifié sa prochaine victime.

Strega acquiesça.

— Je suis d'accord. En outre, il compte profiter de l'approbation populaire engendrée par la libération de Rubicondi, qui n'a fait qu'accroître son aura sociale et médiatique.

— Alors comment on le coince ? demanda Bepi Pavan.

— Avec un appât, dit Mara.

Strega sourit. Il avait eu la même idée.

— C'est-à-dire ? insista Pavan.

Mara s'apprêtait à répondre quand un silence irréel s'abattit sur le bar.

Tous les clients cessèrent de parler et de boire, et portèrent la main à leur poche ou à leur sac, où les téléphones s'étaient mis à vibrer presque à l'unisson. La tension se fit presque palpable.

Quelques secondes plus tard, les appareils des policiers vibrèrent à leur tour.

— C'est pas possible…, soupira Eva. Pas déjà.

— Eh si, dit Strega en lui montrant la miniature de la vidéo "La loi, c'est toi" sur son propre téléphone. C'est lui…

118

Lieu inconnu

La vidéo débutait par un plan fixe sur la chaise vide au centre du hangar. Un pas lourd résonna en arrière-fond, puis le Dentiste – avec son déguisement habituel – entra en scène et s'assit sur la chaise, fixant l'objectif de la caméra.

— Bonsoir, commença-t-il, sa voix rendue métallique par l'inévitable vocodeur. Vous ne voyez aucun "invité", parce qu'aujourd'hui c'est moi qui vais être jugé pour mes actes… J'ai conçu ce projet pour démontrer à quel point la justice est aléatoire et incohérente. Un mirage pour quelques privilégiés. L'éthique de la magistrature est profondément dégradée, à cause d'une compromission avec le pouvoir politique, qui revendique une suprématie sur le judiciaire. Le monde politique jouit d'une immunité considérable et tend à orienter les lois et les procès à son avantage. Le modèle constitutionnel d'un juge et d'un procureur parfaitement indépendants du pouvoir politique et du procureur général est une vaste plaisanterie. Des cas comme ceux du pédophile, du juge corrompu et de la présentatrice télévisée ne sont pas l'exception, mais la norme. Ce sont des monstres générés par un système judiciaire vicié dans ses fondements et aujourd'hui aux abois. Je ne suis pas la solution. Je suis moi aussi le résultat de ce dérèglement, le produit d'un système malade. Je n'ai pas choisi de porter un masque parce que j'avais peur d'être identifié, mais seulement parce que l'homme qui se cache derrière ce masque n'est pas important. L'essentiel ce n'est pas moi… C'est le message dont je suis porteur qui doit être préservé et protégé. C'est le devoir éthique qui donne le *la* de mon action, qui me pousse à administrer des châtiments. Tous, vous ressentez au fond de votre cœur les mêmes peurs que moi et le même ressentiment à force d'être témoins de l'injustice au quotidien… Je ne suis pas le Dentiste. Chacun d'entre vous l'est. Le masque est devenu la propriété de chacun. Vous vous l'êtes tous approprié, parce que votre âme brûle d'un besoin viscéral de revanche. Je vous ai donné la possibilité de rendre la justice sous sa forme la plus primitive et animale, parce que c'était le seul moyen en ma possession pour ébranler les consciences.

Le vengeur tendit une main derrière l'écran et, quand il la ramena vers lui, il tenait un pistolet semi-automatique.

— Mais comme je l'ai dit, je ne suis pas irremplaçable. Je ne suis qu'un messager. Ce masque et la mission qu'il représente m'imposent de conformer mon projet à la volonté de la majorité… Lors du dernier vote, vous avez décidé de libérer la personne que j'avais soumise au procès, et je me suis plié à votre désir en la laissant partir. À présent, j'ai besoin de savoir si vous êtes encore de mon côté, si vous considérez que je mérite encore de porter cette charge. Aujourd'hui, c'est moi qui me soumettrai au procès. Et il est juste que je sois jugé par l'unique tribunal que je reconnaisse comme tel : le peuple.

Le Dentiste défit le cran de sûreté de son arme et porta le canon du pistolet sous son menton, demeurant silencieux quelques secondes, comme s'il voulait que cette image de violence potentielle se grave dans la tête des spectateurs.

— Si vous croyez encore que le système judiciaire est en débâcle et qu'il est nécessaire de le renverser par la violence, votez "oui" et je continuerai à être porteur de votre colère, et je vous garantis que je ne m'arrêterai devant rien ni personne. Si au contraire vous considérez que j'ai outrepassé les limites, et que je me suis rendu indigne de ce masque, votez "non". Si la majorité ne souhaite plus me soutenir, ma vie n'aura plus aucun sens et je me l'ôterai en direct, mettant fin à cette mission… Vous savez désormais comment ça fonctionne. Vous avez trois heures pour exprimer votre volonté.

La caméra resta encore quelques secondes sur l'homme masqué qui pointait une arme sur lui-même, puis la vidéo s'acheva sur un fondu nébuleux.

119

El Brellìn, vicolo dei Lavandai, Milan

Mara Rais était furieuse : le Dentiste lui avait encore gâché une soirée. Elle fumait devant le restaurant où elle aurait dû dîner avec Strega. Après avoir vu la vidéo, le vice-questeur avait filé avec Pavan à la questure, rappelé par la cheffe de la brigade mobile, la laissant seule avec Eva. Mara s'était fait tout un film sur le dîner, mais surtout sur l'*après* dîner. Ce film s'était lamentablement terminé après le générique d'ouverture. Elles avaient décidé d'aller quand même au restaurant choisi par Strega, El Brellìn, au bord du canal du Naviglio Grande. Eva s'était mise en mode mutisme et estomac fermé. Mara, au contraire, avait oublié dans la nourriture la nervosité et la déception de cette soirée partie en fumée ; elle avait abusé de la prestigieuse truffe blanche d'Alba coupée en lamelles sur de délicieux *tagliolini* au beurre et avait aussi pris d'assaut les *tortelli* au canard sur velouté de courge, foie gras et raisin caramélisé, que sa partenaire avait à peine touchés. Elle avait arrosé ce don du ciel avec trois généreux verres de Valtellina superiore, et elle avait maintenant la tête agréablement légère et le ventre gonflé. Elle était sortie du restaurant avec l'intention de prendre un peu l'air, de souhaiter une bonne nuit à sa fille et de tirer une ou deux bouffées, au lieu de quoi elle en était déjà à sa deuxième Marlboro fumée jusqu'au filtre.

Au troisième touriste éméché, qui, la voyant seule, avait tenté de l'aborder, Mara avait sorti son insigne de police pour l'épingler sur ses vêtements. Son geste avait eu pour effet immédiat de créer un grand vide autour d'elle.

— J'ai essayé de régler, mais il n'y a pas eu moyen, dit Eva en la rejoignant dehors. Il a donné pour instruction de ne pas nous laisser payer.

— C'est un vrai gentleman. Une espèce désormais en voie d'extinction, répondit Mara.

— Bon, mais il doit avoir quelques défauts, si sa femme l'a quitté, non ?

— Je l'ai vu en maillot, à la piscine, répliqua Mara avec un petit sourire suggestif aux lèvres. S'il a un défaut, il n'est pas petit, ça c'est sûr.

Eva secoua la tête.

— Tu es horrible. Et tu es pompette.

— Possible. Mais ça me semble approprié, après cette énième soirée de merde.

— C'est quoi, ça ? Tu fais le service d'ordre pour le restaurant ? ironisa Eva, en désignant son insigne.

— Voilà, oui… Sinon, tu n'as pas touché à ton assiette, Croce.

— Tu t'inquiètes pour moi, maintenant ?

— Tu viens juste de sortir d'un sale accident. Manger me paraît un minimum, si tu veux te remettre sur pied. Physiquement, je veux dire. Au niveau neurologique, on sait tous que tu étais déjà foutue bien avant la collision.

— Je suis déjà remise, *maman.*

— Ben tiens… Dis, je suis épuisée. Je tire deux taffes et on rentre à l'hôtel, d'accord ?

Eva acquiesça et contempla les gens qui essaimaient sur les canaux. Elle se demanda combien parmi eux avaient déjà voté.

— C'était un coup brillant, dit Mara, comme si elle avait entendu les pensées de sa partenaire. La mise en scène de son procès, je veux dire.

Eva hocha la tête.

— C'est vrai. Il a clairement prouvé qu'il avait des couilles en acier. Il faut du courage pour prendre un risque pareil.

— Il est malin, et il est sûr et certain qu'ils vont le conforter dans sa position. Et j'en suis convaincue aussi.

— S'ils lui donnent leur feu vert, nous serons les prochains sur la liste, dit Eva.

— Je sais, répondit Mara. Et je crois que c'est précisément pour ça qu'il a d'abord voulu couvrir ses arrières en demandant les "pleins pouvoirs" au peuple. Parce qu'il savait que la nouvelle cible aurait pu le rendre impopulaire. Je répète : c'était un coup brillant.

— Donc n'importe qui en uniforme est potentiellement dans son viseur ?

Mara secoua la tête.

— Non, pas n'importe qui. Là encore, il va choisir quelqu'un de symbolique. Une personne qui représente un dérèglement du système judiciaire.

— Tu as un nom en tête ?

— Malheureusement, oui, fit Mara en croisant son regard préoccupé.

— Oh, merde…, murmura Eva, devinant où elle voulait en venir.

120

Germi, via Cicco Simonetta, Milan

Ce club du quartier de Porta Genova était d'abord célèbre parce qu'il appartenait à une rock star. Strega l'adorait parce qu'il correspondait bien à ses goûts et à son idéal de "salon musical", avec sa décoration résolument rétro et son savant mélange d'atmosphère vintage et industriel chic, qui lui rappelait son propre loft. Chaque détail était soigneusement étudié : les lumières colorées et tamisées, les meubles anciens, le juke-box encore en état de marche, les vieilles reliques, les tableaux, les fauteuils et la magnifique librairie contribuaient à créer une ambiance intime et familière dans laquelle le criminologue se sentait dans son élément.

Il bavarda un moment avec Francesca, l'associée qui tenait la librairie, et alla prendre quelque chose de fort au comptoir du bar à cocktail. Sur scène, les Dining Rooms venaient d'achever leur concert et rangeaient leurs instruments. Le public, satisfait, quittait le club, espérant attraper le dernier métro.

Strega s'installa à une petite table près de la scène et feuilleta un roman récemment réédité de Simenon, auteur qu'il adorait et dont il possédait quasiment toute l'œuvre.

Au bout de quelques minutes, Raffaele Belladonna fit son entrée. Il le salua d'un signe de tête et se dirigea droit vers le comptoir. Puis il vint s'asseoir à côté de Strega avec un double bourbon sans glace. Il n'est pas là pour plaisanter, pensa Strega.

— Ne prononce pas un mot avant que j'aie avalé au moins deux gorgées, lança d'emblée le directeur de l'UACV.

Strega sourit et continua à feuilleter son roman, pendant que Belladonna buvait et regardait autour de lui.

— Au total, six cent trente mille personnes ont voté, déclara Belladonna. Seulement quatre-vingt-dix mille se sont opposées. C'est un plébiscite, une consécration populaire. Autant dire un camouflet pour nous tous. Un de plus.

Strega acquiesça et referma son livre.

— Je sais. Mais ça ne me surprend pas. C'était un coup mûrement réfléchi.

— Pourquoi sommes-nous ici ? demanda Belladonna, en tapotant le bras du fauteuil. Si nous sommes seuls, ça signifie que tu as en tête quelque chose de déraisonnable.

— J'avais seulement besoin de te parler dans un lieu *confidentiel*.

— Je suis tout ouïe.

— Je crois qu'il est désormais assez clair que la prochaine cible sera la police, en tant qu'institution.

— C'est aussi ce que j'ai pensé, admit Belladonna.

— Eh bien, j'ai une idée.

— Aïe, je crains le pire.

— Tu n'as pas tort. Je te préviens d'avance que ça ne va pas te plaire.

— Doux Jésus… Je t'écoute.
— Je veux le forcer à s'en prendre à moi.
— Tu veux jouer le rôle d'appât ? Oublie tout de suite.
— C'est la meilleure solution. Réfléchis. Qu'on le veuille ou non, je suis devenu le visage public de cette enquête. Grâce à Rubicondi, on me voit comme l'ennemi juré du Dentiste. C'est un fait.
— OK, mais…
— Laisse-moi finir. Lui et les médias m'ont désigné comme le responsable direct de la mort d'Enardu, donc comme le bras violent et injuste de la loi. Mettons ça à notre avantage : laisse-moi le défier, sur son terrain, en le dénigrant dans la presse et à la télé, pour le forcer à réagir.
— Ça me paraît une connerie intersidérale. C'est un projet suicidaire qui…
— On ne peut plus jouer la défense, Raffaele. Il faut attaquer.
— C'est risqué, putain.
— J'en ai bien conscience. C'est pour ça que je n'en parle qu'à toi. Je ne veux pas que d'autres personnes courent des risques à cause de moi.
Belladonna réfléchit quelques secondes, puis il soupira :
— Qu'est-ce que tu veux que je fasse ?
Strega sourit.
— Un tas de coups de fil qui vont faire enrager un tas de gens.

121

Hôpital Fatebenefratelli, corso di Porta Nuova, Milan

STREGA, Belladonna et le chef de la scientifique quittèrent de bon matin le laboratoire médico-légal au sein de l'hôpital Fatebenefratelli, et filèrent à la questure pour une première réunion avec Mazzotta et les deux inspectrices.

— Nous ne vous attendions plus, dit la substitut, quand Strega et Belladonna entrèrent dans le bureau attribué à leur équipe. Les deux hommes avaient l'air défaits, comme s'ils n'avaient pas fermé l'œil de la nuit.

— Nous avons dû faire un saut au laboratoire génétique, dit Strega en saluant les trois femmes. Avec un peu de chance, nous devrions rapidement avoir les premiers retours sur l'ADN de ce salopard. J'ai laissé vos numéros de téléphone aussi. Dès qu'ils ont quelque chose, ils nous envoient les résultats.

— Bien. Enfin une bonne nouvelle. Comment souhaitez-vous procéder ? demanda Mazzotta.

Strega prit un gobelet de café que Filighetti – obséquieux au dernier degré et intimidé par toute cette présence féminine – lui avait préparé à l'instant où il avait franchi le seuil de la brigade mobile.

— J'ai pensé que nous pouvions nous séparer pour gagner du temps, dit-il. Vous, madame la substitut, vous pourriez vous rendre au San Raffaele avec Rais et Croce pour réentendre Rubicondi. Croce est très douée en interrogatoires et pourrait lui tirer des éléments qui m'auraient échappé. Quand je l'ai interrogée, elle était encore abrutie par les médicaments. Elle devrait être plus lucide maintenant.

Mara fit la grimace : l'idée de rencontrer la présentatrice ne lui plaisait pas du tout, mais elle garda le silence. Elle se trouvait vaguement intimidée par ce bureau. La section des violences aux personnes de Milan était le nec plus ultra en termes de prestige et d'excellence. La section homicides de Cagliari n'était pas mal dans son genre : il était difficile d'y entrer et encore plus d'y rester. Mais celle de Milan jouait dans une autre catégorie, et cela lui donnait un sentiment pénible d'infériorité. Aussi décida-t-elle de faire profil bas et de suivre les ordres.

— Très bien. Et vous ? demanda Mazzotta au vice-questeur.

— Je vais aller à Brescia avec Pavan et Filighetti pour reparler à Donizetti et examiner avec elle certains dossiers sur lesquels j'aimerais avoir des éclaircissements. Elle a travaillé avec ces personnes et les connaît indéniablement mieux que nous. Son avis pourrait s'avérer précieux et nous fera forcément gagner du temps.

— De mon côté, je vais rassurer le préfet et le maire en leur garantissant que nous faisons le maximum, les informa Belladonna.

— Formidable, dit Mazzotta. Parfait, messieurs-dames. Faisons le point par téléphone dans quelques heures.

À l'extérieur du bureau, ils entendirent des hurlements bestiaux.

— Bon Dieu, qu'est-ce que c'est que ça ? demanda Mara. Vous avez une salle de torture ?

— Pire. C'est le questeur qui passe une gueulante au chef de la police postale de Lombardie, si vous me permettez l'expression, répondit Pavan.

— Ils n'ont toujours rien résolu ? demanda Eva.

— Rien de rien, *zio can*. Oups, pardon.

Strega se leva.

— Mieux vaut lever le camp, alors, avant qu'il s'en prenne aussi à nous.

122

Parc automobile de la questure, via Fatebenefratelli, Milan

Il y avait une chose que ni l'accident ni le coma n'avaient réussi à enlever à Natalino Filighetti : ses talents de conducteur. Malgré son cerveau ramolli par le choc, il damait encore le pion aux meilleurs pilotes de la police routière ou des forces spéciales. De sorte que Strega et Pavan s'en remettaient à lui quand ils devaient se déplacer ou se rendre d'urgence sur une scène de crime.

Ils montèrent à bord de l'Alfa et fermèrent les portières.

— Démarre, Schumacher, ordonna Pavan.

— Mets ta ceinture, répliqua Filighetti.

— *Tasi, mona**. Je suis derrière. La ceinture ne sert à rien. Allez, vas-y.

— Si tu ne mets pas ta ceinture, je ne démarre pas.

— *Bàsime i durèi***, Filighetti. Bouge-toi, le professeur est pressé.

* Tais-toi, bordel (vénitien).

** Insulte consistant à inviter le destinataire à embrasser les testicules de l'envoyeur (vénitien).

— Si je n'avais pas eu ma ceinture le jour de l'accident, je serais mort, dit Filighetti, intraitable.

— Malheureusement pour nous tu l'avais…

— Bepi, mets cette fichue ceinture, ou bien on va y passer la nuit, intervint Strega.

— *Cojon…*, marmonna Pavan à l'adresse de Filighetti. Voilà. Tu es content ? On peut y aller, maintenant ?

Pour toute réponse, Filighetti déboula hors de la questure avec une manœuvre de pilote professionnel.

Strega et Pavan restèrent en apnée durant tout le trajet jusqu'à l'A4, cramponnés aux poignées de la voiture, le visage terreux. Ce ne fut qu'une fois sur l'autoroute qu'ils recommencèrent à respirer.

— Natalino, dit Strega.

— Oui, professeur ?

— Ce soir, je passe à la télé. J'aimerais y arriver vivant. Tu pourrais ralentir un peu, s'il te plaît ?

— Bien sûr, fit Filighetti, ramenant le véhicule de service à 130 kilomètres-heure, une vitesse quasi somnolente pour lui.

— Qu'est-ce que tu vas faire à la télé ? demanda Pavan.

— Je serai l'invité de *Verdict*.

Pavan pâlit.

— C'est une blague ?

— Non.

Même Filighetti lança à la dérobée un regard incrédule au vice-questeur.

— Et qu'est-ce que tu vas foutre dans une porcherie pareille ?

— Je vais foutre le Dentiste en rogne.

— Il existe des moyens moins compliqués de se suicider, tu sais ? ironisa Pavan.

— Comme de conduire sans ceinture, répondit Filighetti du tac au tac.

Strega sourit, tandis que Pavan secouait la tête, résigné.

123

Hôpital San Raffaele, via Olgettina, Milan

À LA différence de Strega, Mara n'éprouvait aucune pitié pour Rubicondi. Pour elle, la présentatrice avait mérité chaque seconde du supplice que lui avait réservé le Dentiste. Elle éprouvait un malin plaisir à la voir ainsi diminuée et n'avait aucune intention de le cacher : elle la toisait avec un petit sourire narquois qui la faisait se sentir plus bas que terre.

— Vous êtes sûre que vous ne vous souvenez de rien d'autre ? demanda Eva en jetant un dernier regard à ses notes.

Elle l'interrogeait en binôme avec la substitut depuis trois bons quarts d'heure, mais la journaliste n'avait rien ajouté d'utile à ce qu'avait déjà recueilli Strega.

— Je me souviens seulement que j'avais peur qu'il me tue, répondit Rubicondi.

Quand elle parlait, elle s'efforçait de se couvrir la bouche avec sa main, afin de dissimuler le massacre perpétré par le Dentiste.

— C'est ce qu'on espérait tous, laissa échapper Mara, s'attirant un regard incendiaire de ses collègues.

— Ignorez-la. Elle plaisante.

Mara adressa un clin d'œil à la présentatrice. Luana comprit qu'elle ne plaisantait pas pour un sou.

Pavan avait créé un répertoire de toutes les fiches des détenus, du personnel de la pénitentiaire, des éducateurs et des employés qui avaient fréquenté la prison et le centre de réinsertion sociale au cours de la période où Enardu y avait séjourné. Eva s'apprêtait à ouvrir le fichier sur sa tablette pour montrer les photos à Rubicondi quand le portable de Mazzotta se mit à vibrer.

— Oui ? répondit-elle. Oui, c'est moi… Bien sûr, dites-moi.

Mazzotta pâlit. Elle ordonna aux deux inspectrices de la suivre immédiatement hors de la chambre. Elles se réfugièrent dans un débarras où étaient entassés des draps, des oreillers et des serviettes, et fermèrent la porte.

— Vous êtes sûr de ce que vous dites ? demanda Mazzotta, mettant la conversation en haut-parleur.

— Oui, madame. Je répète : c'est un résultat préliminaire du test ADN, mais nous avons un niveau de certitude autour de quatre-vingts, quatre-vingt-cinq pour cent, sinon plus. Le professeur Strega m'a prié de vous prévenir dès que…

— Vous avez très bien fait, le coupa Mazzotta. Vous pouvez me répéter le nom ?

— Ruggero Malinverno.

Eva entra immédiatement ce nom dans la base de données de la police. Quelques secondes plus tard, la fiche de l'homme apparut : c'était un ancien détenu.

Le technicien du laboratoire continua :

— Il a matché tout de suite parce qu'il a été condamné pour…

— Tentative d'homicide, coups et blessures graves, lut Mara sur la tablette.

— Exact, confirma le technicien. Je vous envoie tous les résultats des premières analyses par mail.

— Merci infiniment, répondit Mazzotta, avant de raccrocher.

Mara s'était mise au travail sans attendre ; elle avait sorti sa propre tablette de son sac pour dénicher toutes les informations possibles sur le Dentiste. Une simple recherche dans Google lui suffit à trouver divers comptes rendus de l'affaire qui les intéressait.

— Le fils de Malinverno a passé dix-huit ans en prison injustement, avant d'être disculpé par un test génétique suite à une révision du procès, déclara Mara à l'intention de Mazzotta, qui venait d'enfiler ses lunettes de lecture. Mon Dieu… Une fois dehors, le fils, désormais adulte, ne s'en est jamais remis et il est devenu à moitié demeuré, continua-t-elle, lisant un quotidien de l'époque. Son père, Ruggero Malinverno, a attendu devant chez lui le substitut du procureur qui l'avait fait condamner et l'a transformé en légume à coups de maillet.

— Je commence à penser que je devrais changer de métier, répondit Mazzotta, sarcastique.

— Ça correspond exactement au modus operandi d'Enardu, commenta Eva.

— Où ont eu lieu les faits ? demanda Mazzotta.

— À Brescia, répondit Mara.

Croce lança sur le logiciel une "recherche synthétique". Elle consulta le dossier pénal de Malinverno et laissa échapper un juron.

— Qu'est-ce qu'il y a ? demandèrent les deux femmes à l'unisson.

Eva relut le nom du juge de surveillance cité dans le dossier pour en être sûre à cent pour cent. Elle avait bien lu.

— Ruggero Malinverno a été remis en liberté par Raffaella Donizetti.

Un silence sidéral tomba dans le débarras.

Mara sortit son téléphone et appela Strega, espérant qu'il ne soit pas trop tard.

124

Alentours de Colle Cidneo, Brescia

Ils avaient fait halte dans une pâtisserie locale parce que Pavan avait décrété qu'il ne pouvait pas passer par Brescia sans goûter une part de *patùna*, un gâteau à la châtaigne. La part était devenue trois parts, et Strega et Filighetti avaient dû emmener le Vénitien de force, avant qu'il n'engloutisse ce qui restait du gâteau.

Revigorés par cette étape, ils se remirent en quête de la maison. Ils eurent un peu de mal à la trouver, car elle était tapie au milieu d'une épaisse végétation. Quand ils arrivèrent devant la villa de Donizetti, Pavan émit un sifflement d'admiration.

— Eh ben, elle ne s'emmerde pas, la magistrate. J'aimerais pouvoir me payer une baraque pareille.

Strega regarda autour de lui. La villa était à la lisière d'un parc qui la protégeait des regards indiscrets. Sur le grand portail noir en fer forgé figuraient d'antiques armoiries nobiliaires en bronze. Le criminologue avait lu que Donizetti était issue d'une caste de juges et d'hommes de loi qui occupaient des positions de pouvoir depuis des générations.

— Natalino, dit Strega. Gare-toi ici et coupe le moteur. On descend.

Les trois policiers s'approchèrent du portail. Avant leur départ, ils s'étaient informés auprès du tribunal et avaient découvert que la juge était en congé ce jour-là ; aussi avaient-ils décidé de se rendre directement chez elle, sans s'annoncer, afin qu'elle n'ait pas d'excuse pour ne pas les recevoir.

Le portable de Pavan vibra. Il ouvrit le message que lui avait envoyé sa femme. C'était une photo qui le montrait en train de s'empiffrer de *patùna*, accompagnée de la légende : "Il doit y avoir au moins mille cinq cents calories là-dedans, donc merci de m'avoir évité de préparer le déjeuner et le dîner. Tu as assez mangé pour aujourd'hui !"

Il fixa Strega d'un regard inquisiteur, mais il se ravisa : son ami n'était pas une balance.

— Filighetti ?

— Oui, chef.

Pavan lui montra le cliché volé. Natalino s'empourpra aussitôt.

— Saleté d'espion.

— C'est pour ta santé. Ta femme m'a demandé de te tenir à l'œil parce que le nutritionniste a dit que…

— *Va in cùeo da to mare**, toi et ton nutritionniste ! Tu me dois un dîner, sale traître, le houspilla Pavan en l'attrapant par le col de son uniforme.

— Vous avez fini ? les tança Strega.

Silence.

— Allez, on y va.

* Insulte consistant à inviter le destinataire à aller dans les fesses de sa mère (vénitien).

Strega sentit la vibration de son propre téléphone dans sa poche et vit qu'il s'agissait d'un appel de Rais.

Il s'apprêtait à répondre quand il entendit Filighetti déclarer :

— Il y a quelqu'un.

Strega leva les yeux de son écran et vit un homme imposant d'une soixantaine d'années qui venait de franchir le portillon de la villa à une dizaine de mètres d'eux. En découvrant les trois hommes, il était resté paralysé de surprise.

Dans son regard, Strega reconnut la marque de la culpabilité. Il sentit un frisson électrique lui parcourir la colonne vertébrale. Son pouls s'accéléra aussitôt.

— Pavan…, lança-t-il à son collègue devant lui, tout en laissant tomber son téléphone par terre et en portant la main à son étui.

Il écarta Filighetti, qui obstruait sa ligne de tir, et empoigna son Beretta.

Trop tard.

L'inconnu fut plus rapide.

Il dégaina un pistolet semi-automatique et tira deux coups dans leur direction.

Strega fut aveuglé par une giclée chaude qui le frappa en plein visage.

Du sang.

Le sang de l'inspecteur Pavan qui, un instant plus tard, s'écroula au sol.

125

Hôpital San Raffaele, via Olgettina, Milan

— RIEN ? demanda Eva, tendue.

— Que dalle. Ça sonne dans le vide, répondit Mara.

— Continue de l'appeler.

— Tu vas où ?

— Voir Rubicondi. Je veux lui montrer la photo.

Mara hocha la tête et réessaya d'appeler Strega – en vain –, puis elle tenta Pavan, avec le même résultat.

Eva et Mazzotta rentrèrent hors d'haleine dans la chambre de Rubicondi qui, interloquée, réussit à dire :

— On peut savoir ce que…

— Nous avons besoin de vous montrer une photo, la coupa la substitut. Nous vous expliquerons ensuite.

Perplexe, Luana acquiesça.

— Vous reconnaissez cet homme ? demanda Eva en lui montrant sur la tablette la photo anthropométrique de Ruggero Malinverno, dont le profil génétique correspondait quasiment à cent pour cent à celui analysé grâce au tissu épithélial récupéré sous les ongles de la présentatrice. La réponse de la journaliste pouvait éliminer ce “quasiment”.

Luana Rubicondi n’eut pas besoin de prononcer un mot.

Elle devint livide, projetée d’un coup dans le cauchemar qu’elle avait vécu quelques jours plus tôt. Ses yeux rouges et tuméfiés s’inondèrent de larmes.

— Madame, la relança Mazzotta. Je sais que c’est dur, mais répondez-nous, s’il vous plaît. C’est très important.

— C’est… C’est le faux chauffeur de taxi qui m’a enlevée, murmura-t-elle, tremblante, avant d’éclater en sanglots.

Les deux femmes se figèrent.

— Envoyez immédiatement des renforts chez Donizetti, ordonna froidement Mazzotta à Croce.

126

Alentours de Colle Cidneo, Brescia

QUAND il entendit la deuxième détonation, Strega était encore aveuglé par le sang de Pavan. Il distingua le grognement de douleur de Filighetti et comprit qu'il devait l'avoir protégé avec son propre corps, et avait pris une balle qui lui était destinée.

— Natalino, cria-t-il, perturbé par la brume écarlate qui voilait sa vision.

Le policier répondit par un gargouillement étouffé.

Merde, pensa Strega, comprenant qu'à cet instant, sans aucun abri en vue, ils étaient tous les trois à la merci de l'homme armé. Il espéra que ses collègues n'avaient pas été touchés dans des zones vitales.

— Bepi ?

Il obtint un nouveau grognement pour toute réponse et perçut le sifflement de la balle à quelques centimètres de son visage. Puis un bruit métallique derrière lui. La balle avait dû percuter la carrosserie de leur voiture. Il recula de quelques pas, cherchant à se soustraire à la ligne de mire de l'agresseur.

Sa formation militaire balaya la peur et l'adrénaline, et l'instinct forgé par le régiment l'emporta sur sa part rationnelle. D'un geste fluide, Strega se pencha au sol, et pointa son arme devant lui tout en s'essuyant les yeux de l'autre main. Quand sa vue se fut éclaircie un peu, il ajusta dans son cran de mire l'assaillant prêt à faire feu. Il ne le voulait pas mort. Il visa donc une épaule, celle du bras armé. Il pressa la détente deux fois. Les deux coups firent mouche. L'inconnu fut projeté en arrière par l'impact.

Il savait qu'il n'avait pas beaucoup de temps. Il devait le désarmer afin de neutraliser la menace. Toutefois, il évalua d'abord l'état de ses hommes : Pavan perdait du sang à l'épaule gauche. Beaucoup de sang. Filighetti, lui, appuyait une main sur sa tempe droite, d'où coulaient des filets moins abondants que chez Pavan. Strega comprit que, par chance, Natalino n'avait été qu'effleuré par la balle.

— Strega ! gémit Pavan au sol.

Le son lui parvint étouffé. Ses oreilles sifflaient encore à cause des déflagrations.

Strega sentit une présence derrière lui.

— Jette ton arme, dit quelqu'un dans son dos.

Ce n'est pas possible. Il s'est écoulé trop peu de temps, pensa le criminologue. Comment a-t-il fait ?

— Je te le dis pour la dernière fois. Jette ton arme, répéta la même voix d'un ton implacable.

Strega tourna lentement la tête. Il se trouva nez à nez avec le canon d'un Beretta 92/FS, constat alarmant, car c'était une arme réservée aux forces de police et à l'armée. L'individu qui la tenait n'était pas la personne qui les avait attaqués, mais un homme chauve et trapu, lui aussi âgé d'une soixantaine d'années. À sa manière d'empoigner et de braquer son pistolet, Strega devina qu'il avait une certaine expérience en la matière.

— Nous sommes policiers. Nous sommes…

— Baisse ton arme et lance-la par terre, ou je vous abats tous les trois.

Du coin de l'œil, Strega aperçut Filighetti qui cherchait à récupérer son propre Beretta au sol. Ses mains tremblaient.

— Natal…

Nouvelle détonation.

Une motte de terre explosa à quelques centimètres de la main de Filighetti.

— Encore deux secondes et je lui colle la prochaine en pleine tête.

— C'est bon, c'est bon…, fit Strega en laissant glisser au sol son semi-automatique.

Il savait qu'il était assez proche du chauve pour le désarmer à mains nues. Il devait seulement lui faire croire qu'il avait pris le dessus.

Il s'apprêtait à bondir lorsqu'il vit leur premier assaillant les rejoindre avec son pistolet dans l'autre main, le visage livide de souffrance et de rage. L'homme pointa son arme sur Pavan.

— On fait quoi ? demanda-t-il au chauve venu à son secours.

— Éloigne-toi de quelques pas. Lentement, intima ce dernier à Strega.

Ce dernier n'eut d'autre choix qu'obéir.

— Je répète. Nous sommes agents de police. Il vaut mieux pour tout le monde que…

— Prends les armes des deux autres, ordonna l'homme au Beretta.

Il avait un aspect et un comportement martiaux.

— Tu vas y arriver ?

— Oui.

— Alors bouge-toi.

L'autre s'exécuta et ramassa les armes de Pavan et Filighetti.

— La sienne aussi.

L'homme blessé lança les pistolets dans l'enceinte de la villa, grommelant de douleur, et fit de même avec celui du vice-questeur.

Strega se demanda s'ils avaient déjà tué Donizetti ou s'il y avait encore une possibilité de la sauver.

— Lequel de vous est le Dentiste ? demanda-t-il pour gagner du temps. Ou bien vous l'êtes tous les deux ?

— Pour moi, c'est juste des *mona* qui tirent dans le dos des gens…, gémit Pavan.

Le fait qu'il ait encore assez d'énergie pour les insulter était bon signe, se dit Strega.

Le type qui lui avait tiré dessus frappa l'épaule du Vénitien avec sa ranger, lui arrachant un hurlement bestial.

— Je veux collaborer. Pas besoin de vous acharner, dit Strega. Je sais que c'est moi que vous voulez.

Pour toute réponse, le chauve tira quelque chose de derrière son dos et le lui lança. C'étaient des menottes. Là aussi, les mêmes qui étaient en dotation des forces de l'ordre.

Donc c'est un policier, se dit Strega.

— Mets-les. Derrière ton dos. Tu dois savoir comment on fait, non ?

Il y avait une pointe de sarcasme dans sa voix. C'était un professionnel : il n'avait jamais détaché son regard de Strega, et le cran de mire de son arme ne bougeait pas d'un millimètre de sa tête.

— Je suis pressé. Si tu te dépêches pas, je m'en prends à tes collègues.

En une poignée de secondes, Strega évalua la situation : il pouvait tenter le tout pour le tout en bondissant sur ses deux agresseurs, et il l'aurait sûrement fait s'il avait été seul.

Mais il ne l'était pas.

Alors il obéit. Il mit les menottes à ses poignets, fit jouer le mécanisme et les pressa contre son dos.

— Maintenant, appelez une ambulance, dit-il. Il perd beaucoup de sang. Il n'a rien à voir dans cette histoire.

— Vous avez *tous* à voir dans cette histoire, répondit le chauve.

Il fouilla Filighetti et lui prit les clefs de l'Alfa.

— Vous l'avez tuée ?

— Trêve de questions. Marche vers la voiture.

— Professeur…

C'était la voix désespérée de Filighetti. La peur l'avait fait monter d'au moins une octave.

— Ne t'inquiète pas, Natalino. Essaie de bander la plaie de Bepi et appelle une ambulance dès que tu peux.

— Vous ne pouvez pas partir avec eux…

— Fais ce que je t'ai dit. Tout va bien se passer.

— Allez, *professeur*, le tança le chauve, en lui indiquant une camionnette noire aux vitres teintées.

L'homme blessé ouvrit la porte coulissante et lui fit signe de monter.

Strega lança un dernier regard à ses collègues encore au sol, puis il entra dans la camionnette.

Une fois à l'intérieur, il tenta de se retourner, mais l'autre le frappa à la nuque avec la crosse de son pistolet et lui fit perdre connaissance.

À une dizaine de mètres de là, sur le sentier en terre battue devant la villa, son téléphone continuait à vibrer, imperturbable.

127

Quelques heures plus tard
Hôpital civil de Brescia

On les laissa entrer en dernier, après seulement que leurs collègues de la DIGOS eurent terminé l'entretien préliminaire. Les visages des policiers semblaient des sculptures de marbre tant ils étaient tendus et contractés. Pour l'heure, ils avaient réussi à tenir la presse à distance. Seule une vague allusion à une fusillade à proximité du centre historique de Brescia avait filtré. Rien d'autre. Mais ce n'était qu'une question de temps avant que les journalistes ne subodorent la réelle portée de cet épisode.

La substitut Mazzotta s'arrêta pour parler à son homologue milanais, et Mara et Eva en profitèrent pour se faufiler dans la chambre de Pavan avant de fermer la porte derrière elles.

— Qu'est-ce qui s'est passé, putain ? commença Mara, furieuse.

— Ah, merci infiniment de t'informer de mon état.

— Le seul fait que tu me parles me suffit à savoir que tu vas mieux que ce que je voudrais, répliqua la Sarde. Alors ? C'est quoi ce bordel ?

Les deux inspectrices dévisagèrent Pavan, puis Filighetti, assis à côté du lit du Vénitien, la tête bandée ; c'était lui qui s'en était le mieux sorti des deux : la balle n'avait fait qu'effleurer sa tempe. Pavan, lui, avait subi une opération de l'épaule ; aux dires des médecins, il allait rapidement se remettre, sans séquelles durables aux ligaments.

Bepi ne rendit pas à Mara son regard laser et baissa les yeux, avant de marmonner :

— C'est arrivé très vite. Il nous a pris de court.

— C'est vrai qu'il n'était pas seul ? le pressa Eva.

— Oui. Au bout d'un moment, un deuxième lâche est venu lui prêter main-forte. Strega s'est sacrifié pour nous.

Les deux inspectrices prirent une chaise et s'installèrent à côté du lit. C'étaient deux paquets de nerfs.

— OK. Racontez-nous dans le détail ce qui s'est passé, depuis votre arrivée à Brescia, dit Mara.

Pavan s'exécuta. Quand il eut terminé son récit, Eva et Mara échangèrent un regard préoccupé.

— Donizetti, fit Pavan. Ils l'ont tuée ? Vous avez trouvé son corps dans la villa ?

— La DIGOS ne t'a rien dit à ce sujet ? répliqua Eva, incrédule.

— Que dalle. Mais j'ai entendu qu'ils me cachaient quelque chose. *Bisogna aver i oci anca de drio*[*], avec eux.

— Ça veut dire quoi ? demanda Filighetti.

— Toi, la ferme, ça vaut mieux… Vous devez savoir que ce crétin m'a pratiqué le bouche-à-bouche, comme si j'étouffais. Mais comment on peut être aussi *mona* ? Il peut s'estimer heureux que mon bras soit hors d'usage, sinon je l'aurais fracassé, ce con.

* Il faut avoir les yeux dans le dos (vénitien).

Filighetti rougit.

Prise de compassion, Eva lui caressa le dos.

— Ne l'écoute pas, Natalino. Tu as assuré, au contraire. Tu as sauvé le professeur.

— Sauvé, façon de parler… Qu'est-ce que vous savez sur Strega ? continua Pavan.

— Qu'il a disparu dans la nature, fit Mara.

— Merde. Et Donizetti ? Elle est vivante ou morte ?

— La magistrate n'est pas la personne que nous imaginions, répondit Eva.

— C'est-à-dire ?

— L'homme qui t'a tiré dessus…

— Ruggero Malinverno, dit Pavan. Je l'ai reconnu des photos qu'on m'a montrées.

— Exact. En gros, il a eu une histoire similaire à celle d'Enardu, prison comprise. Et c'est Donizetti qui l'a remis en liberté.

— Mon Dieu… Attends… Vous ne pensez pas que…

— Donizetti est mariée à Nicola Villasanta, un ex-procureur général retraité depuis un an, poursuivit Mara. Villasanta a enquêté sur un nombre incalculable de dossiers. Nous avons épluché les derniers, et nous nous sommes rendu compte qu'il est notamment intervenu pour alléger la peine d'un hacker italien qui avait des liens avec une équipe de pirates informatiques russes spécialisés dans le vol de données sensibles et d'identités virtuelles, usagers invétérés du dark web. Grâce à son influence, il est parvenu à obtenir sa mise en liberté.

— *Zio can…*

— Ce n'est pas fini. Il y a cinq ans, Donizetti et Villasanta ont perdu leur fille unique et leur petite-fille, tuées par un chauffard qui les a renversées alors qu'elles traversaient à un passage piéton. Le type n'a jamais été retrouvé, expliqua Eva. Tout leur *pouvoir* n'a servi à rien.

— Quand nous sommes entrés dans la villa, Donizetti et son mari n'étaient pas là, et la scientifique n'a trouvé aucune trace de lutte ou de violence. Ils sont juste partis d'eux-mêmes, poursuivit Mara. Bon, tu comprends bien que si nous soumettions cette théorie à tes supérieurs, même si elle peut nous sembler logique, ils nous enverraient chier illico, en nous taxant de complotisme.

— Au minimum, murmura Pavan. Accuser deux juges…

— Mais à ce propos, nous avons un doute, intervint Eva. Ce type vous dit quelque chose ? demanda-t-elle en leur montrant une fiche d'identification sur sa tablette.

Les deux hommes tressaillirent.

— C'est le connard qui a aidé Malinverno. C'est qui ?

— C'est bien ce qu'on pensait. Il s'appelle Italo Paganini. C'est un maréchal des carabiniers. C'était l'assistant de Villasanta au tribunal, et avec le temps c'est devenu un ami de la famille. C'est le parrain de leur fille qui a été tuée.

Pavan était à deux doigts de bondir sur son lit.

— Ça veut dire que…

— J'appelle tout de suite Mazzotta, dit Eva à Mara. C'est nous qui avions raison.

128

Lieu inconnu

Quand il eut repris connaissance, Strega ne mit pas longtemps à comprendre qu'il était prisonnier dans le même hangar où Luana Rubicondi avait été retenue en otage. Il avait la tête horriblement lourde et tous ses membres étaient engourdis. Il était torse nu. Il devina qu'ils avaient dû le fouiller pour trouver un micro ou un mouchard et qu'ils n'avaient pas pris la peine de le rhabiller. Mais à cet instant, cette nudité partielle était le cadet de ses soucis.

Ils ont dû m'injecter une dose de cheval, pensa-t-il tandis que sa vue revenait peu à peu. Il était ligoté à un fauteuil de dentiste avec des sangles et des cordes. Sur un plateau métallique étaient posées des tenailles et des pinces intactes – pour le moment. Il vit aussi plusieurs seringues vides sur le côté : elles avaient dû contenir son anesthésiant.

— Merde, murmura-t-il.

Il essaya de bouger les doigts, mais sans résultat : ils étaient ankylosés comme le reste de son corps, sur lequel il n'avait aucun contrôle. Il essaya sa langue, la fit courir sur son palais et entre ses dents. Il y parvint, mais avec peine. Elle semblait peser trois kilos.

Ça signifie qu'il t'a laissé un peu de sensibilité dans la bouche... Ce n'est absolument pas bon signe, réfléchit-il tandis que la peur s'emparait de lui. Il avait des sueurs froides.

Il entendit un bruit de pas résonner dans le hangar. Les hommes qui l'avaient enlevé entrèrent dans son champ de vision, s'approchèrent de lui. Celui sur lequel il avait tiré portait un bandage sommaire. Il était très pâle. Il semblait sur le point de s'écrouler d'un instant à l'autre.

— Tu nous as forcés à changer de plan, dit le type à l'aspect militaire. Qu'est-ce que tu sais ?

À sa première tentative, Strega ne réussit à émettre aucun son. À la deuxième, quelques mots sortirent, mais sa voix ne semblait pas être la sienne, tant elle était faible.

— Je sais que vous feriez mieux de me laisser partir. Tout de suite.

— Lui, tu sais qui c'est ? demanda le chauve en montrant le blessé.

— Ton amant ? le railla Strega.

Le chauve approcha de lui le plateau avec les instruments chirurgicaux. D'une main, il ouvrit la bouche du vice-questeur, il le cloua au fauteuil de tout son poids, et de l'autre il lui perfora une gencive à l'aide d'une fraise à turbine.

Strega eut l'impression qu'on avait fait exploser une grenade à l'intérieur de son cerveau.

Malgré les sédatifs, son corps massif fut parcouru d'un violent tremblement.

— Il est maintenant établi que les blagues ne sont pas tolérées, dit l'inconnu en lui agitant la pointe de la fraise sous le nez. C'est clair ? Je n'ai rien entendu...

— Oui, articula Strega, le sang lui coulant dans la gorge.

L'espace d'un instant, il avait perdu la vue et tout avait été noir, à l'intérieur et à l'extérieur de lui.

— Je répète ma question : tu sais qui c'est ?

— Non.

— Aucune idée ?

Craignant une nouvelle attaque, Strega répondit :

— Un ancien détenu.

— Hmm... Et moi ?

Un gros tas de merde, pensa Strega, mais il parvint à se retenir de le dire à voix haute.

— Je ne sais pas.

— On raconte que tu es un génie, mais les choses que tu ignores sont plus nombreuses que celles que tu sais.

— Je suis un socratique, à cet égard.

Pour toute réponse, l'autre actionna la fraise.

— Tu te souviens de ce qu'on a dit sur les blagues, ou tu veux que je te rafraîchisse la mémoire ?

— Je ne me souviens que trop bien.

— Alors surveille ta langue.

— Tu as dit que je vous avais forcés à changer vos plans. Vous vouliez me séquestrer de toute façon, non ? demanda-t-il avec difficulté.

Au-delà de sa bouche pâteuse, il devait maintenant composer avec la douleur à la gencive et le sang qui lui dégoulinait dans la trachée. Le seul aspect positif de la souffrance inhumaine qu'il venait d'éprouver était qu'elle avait dissipé le brouillard pharmacologique de son esprit.

— Exact. L'idée était d'utiliser la gamine, Jessica...

Strega sentit un nœud dans sa gorge.

— Bande de salopards.

— Mais heureusement ça n'a pas été nécessaire. Moi non plus, l'idée ne me plaisait pas, crois-moi. Je sais seulement que *notre* ami, quand il vous a vus devant la villa, a cédé à la panique et a tout foutu en l'air.

— Vous voulez me soumettre à un procès. Pourquoi ?

— Tu devrais être assez intelligent pour le comprendre tout seul, non ?

— Donne-moi un petit indice. L'anesthésie m'a embrumé le cerveau.

— Eh bien, mon cher…

— Laisse-moi lui expliquer, Italo, dit une voix de femme dans leur dos. Le professeur a droit à quelques éclaircissements.

En entendant la voix de Raffaella Donizetti, Strega comprit tout.

129

Hôpital civil de Brescia

TANDIS qu'elles se précipitaient hors de l'hôpital, Eva se remémora la phrase qu'elle avait vainement cherché à faire remonter en surface les jours précédents.

"Je voulais te dire que j'étais vraiment désolé pour ta fille. Je sais bien ce qu'on ressent…"

C'étaient les mots d'Enardu. Dans cette phrase se cachait un indice qui aurait dû lui révéler la clef de l'histoire, mais elle n'avait pas été assez lucide pour l'identifier.

Seule une personne évoluant dans le milieu de la justice pouvait avoir connaissance d'un détail aussi personnel de ma vie. C'est Donizetti qui a soufflé ça à Enardu, pensa-t-elle. Et voilà qui explique les talents du Dentiste à manipuler les médias, à brouiller les pistes des enquêteurs et à dénoncer les dérèglements de l'appareil judiciaire. J'ai été trop conne.

— Arrête de te reprocher des fautes que tu n'as pas commises, dit Mara, comme si elle lisait dans ses pensées.

Plus elles passaient de temps ensemble, plus s'établissait entre elles une harmonie qui avait quelque chose d'effrayant :

elles étaient capables d'interpréter les pensées de l'autre d'un simple coup d'œil, par exemple.

— Réfléchis plutôt à comment on va retrouver Strega, continua Mara. S'il lui fait son procès, on peut lui dire adieu. Le public ne lui pardonnera pas d'avoir tué Enardu.

— Il ne l'a pas tué, corrigea Eva.

— Et comment as-tu l'intention de le leur expliquer ?

— Merde, tu as raison… Le pirate informatique. Pour l'instant, c'est la seule piste que nous ayons.

— En espérant qu'il ne soit pas une simple courroie de transmission avec les hackers russes, comme je le soupçonne.

— Allons-y quand même. Je ne supporte pas de rester là les bras croisés.

— Moi non plus.

Une fois sorties, elles furent interpellées par plusieurs coups de klaxon. Ils provenaient d'un gros 4x4 de la police. La portière du véhicule s'ouvrit et Raffaele Belladonna en sortit en leur faisant signe de le rejoindre.

— Nous avons identifié le hacker qui est probablement derrière tout ça, commença Mara d'une voix essoufflée. C'est un type qui a été libéré par le mari de Donizetti, juge lui aussi.

— Je sais.

— Bien. Alors emmenez-nous et allons l'arrêter, dit Eva. (L'état d'urgence avait fait tomber les barrières hiérarchiques entre eux.) Nous aurons besoin d'une équipe d'assaut.

— Non.

— Comment ça, non ?

— D'abord, nous avons un autre endroit où aller. Et tout de suite. Les collègues milanais s'occupent du hacker. Nous allons suivre une autre piste, et nous n'avons pas de temps à perdre. Montez en voiture.

— Mais…

— Rais, Croce, montez dans cette putain de voiture ! C'est un ordre.

Les deux inspectrices n'eurent d'autre choix qu'obéir.

130

Lieu inconnu

La magistrate était accompagnée d'un homme âgé à l'air distingué et solennel. Ils s'arrêtèrent à quelques mètres de Strega, comme s'ils craignaient de le voir se libérer à tout instant.

S'il en avait été capable, Strega aurait éclaté de rire et se serait traité d'imbécile. Il ne put que ravaler sa bile et jouer le jeu de la magistrate.

— Vous étiez venu me voir parce que vous aviez tout découvert ? demanda Donizetti.

— Vous voulez que je sois sincère ? Je n'avais rien compris. Je vous considérais au-delà de tout soupçon, à cause de votre âge, et parce que vous aviez trop bien récité votre partition, répondit Strega d'une voix pâteuse. Encore une preuve que je ne suis pas aussi intelligent que ce qu'on raconte.

— Pourquoi êtes-vous venus, alors ?

— Je voulais que vous examiniez certaines fiches de détenus. Vous vous rendez compte ? Je voulais demander de l'aide à la personne que je pourchassais.

La femme hocha la tête.

— Le hasard et les bizarreries du destin me surprendront toujours… Je vous présente mon mari, Nicola Villasanta. Ancien procureur général de Brescia.

— Je commence à comprendre…

— Trop tard, professeur Strega. Trop tard, vous ne croyez pas ? dit le vieux juge.

— Lui, par contre, je ne comprends pas qui c'est. Il avait un Beretta de notre dotation. Carabinier ou policier ?

— Carabinier, répondit Villasanta. Maréchal Italo Paganini, mon assistant au parquet pendant de nombreuses années, ami fidèle et homme d'une profonde droiture.

L'homme le nargua avec un salut militaire.

— J'aimerais vous rappeler que vous vous apprêtiez à séquestrer une gamine. C'est ça, votre définition de la "droiture" ?

— Il ne lui aurait pas touché un cheveu, le défendit Donizetti. Italo vous étudiait depuis un moment, professeur. Il avait recueilli beaucoup d'informations sur vous. Mais vous nous avez facilité le travail.

— Alors c'est vous, le Dentiste ?

— Pas seulement. Nous sommes une partie du Dentiste, répondit la magistrate.

— Laissez-moi deviner : un groupe de juges de la vieille garde décide de se rebeller contre les lois dévoyées de ce pays et contre un système incapable de garantir un minimum de justice, et il met sur pied ce projet héroïque. Vous engagez des criminels comme Enardu et comme monsieur, qui ont de fortes motivations personnelles, vous les faites adhérer à vos plans en échange de remises de peine, d'amnistie ou d'argent… Il doit y avoir parmi eux un ou deux experts du dark web et des nouveaux médias qui vous donnent un coup de main. Vous avez un carabinier qui fait l'intermédiaire avec les anciens détenus et leur apprend à ne pas laisser de trace, et le tour est joué.

Raffaella Donizetti applaudit.

— Presque tout juste. Vous voyez, finalement vous êtes aussi ingénieux que ce qu'on dit.

— Combien de juges sont avec vous ?

— Quelques autres vieux confrères qui ne se retrouvent plus dans l'administration actuelle de la justice. Mais je préfère ne pas entrer dans les détails, répondit Villasanta.

— Pourquoi avez-vous pris le risque de venir à la questure ? demanda Strega à Donizetti. Vous vouliez sonder ce que nous savions ?

— Aussi. J'avais conscience que plus le temps passait, plus la probabilité augmentait que vous remontiez à moi, surtout depuis que Rubicondi avait griffé mon… *collaborateur*. Il était certain d'avoir éliminé toutes ses traces, mais je sais à quel point les techniciens de la scientifique peuvent être scrupuleux. Alors j'ai décidé de prendre un coup d'avance, de chercher à comprendre, en effet, ce que vous aviez découvert, et, dans le même temps, essayer de vous orienter sur la mauvaise piste. Je crois y être parvenue.

— Vous pensiez vraiment détruire un système malade par la violence ?

Les juges ne lui répondirent pas. Entre-temps, le maréchal Paganini avait commencé à préparer le plateau de tournage en disposant l'ordinateur et la caméra. L'autre lui prêta main-forte et sortit d'un coffre la perruque orange et le masque de cuir sombre.

— Vous aussi, vous avez dû souffrir d'une tragédie personnelle qui vous a conduits à ce projet, constata Strega.

Autrement, je ne m'explique pas comment vous avez pu vous embarquer dans une folie pareille.

Villasanta pâlit : le vice-questeur avait touché un point sensible.

— Notre fille et notre petite-fille, reconnut Donizetti. Elles ont été renversées sur un passage piéton par un chauffard, il y a quelques années. Elles ont fait un vol plané de douze mètres. La petite est morte sur le coup. Notre fille s'est battue en soins intensifs pendant trois semaines, puis elle a capitulé... Ce salaud n'a jamais été capturé. Vous vous rendez compte de l'ironie du destin ?

— Écoutez-moi, il est encore temps de...

— La justice et le châtiment sont les seules catharsis pour une personne qui a subi une perte ou un tort, professeur, continua Donizetti. Et si la justice lui est refusée, alors tout s'effondre. La désillusion l'anéantit. C'est un mécanisme que mon mari et moi avons vu se manifester d'innombrables fois en salle d'audience, dans notre carrière. Trop de fois. Mais toujours de l'autre côté de la barre. Et finalement, nous avons subi nous-mêmes cette négation humiliante du droit élémentaire à la justice. C'est comme si nous avions été victimes d'un retour de bâton foudroyant. Nous qui, toute notre vie, avons dispensé la justice pour les autres n'avons pu l'obtenir pour notre fille et notre petite-fille.

— Ça nous a ouvert les yeux, poursuivit son mari en posant une main sur l'épaule de sa femme. Nous avons commencé à voir les victimes sous un jour différent. Pour la première fois, nous avons réellement compris le désespoir des personnes qui jusque-là défilaient sous nos yeux comme les figurants d'une représentation à laquelle nous n'avions jamais vraiment participé. Notre vie avait perdu tout son sens. Nous étions vieux, dégoûtés par la robe que nous enfilions, et nous n'avions plus aucune raison de vivre.

— Donc vous vous êtes transformés en vengeurs masqués, conclut Strega.

— Nous n'aimons pas ce terme, rectifia Villasanta d'un air révulsé. Nous croyons encore dans la justice, dans son acception la plus noble. Mais de nos jours, il est impossible de la trouver. Nous connaissions d'autres juges qui éprouvaient la même aversion pour cette justice injuste, pour l'inefficacité des mécanismes répressifs et pour la tendance prononcée de notre pays à engendrer des lois immorales, inutiles et inapplicables. Nous tous avons toujours été d'humbles serviteurs de la loi, que nous avons observée et appliquée sans haine ni passion. Mais cette même loi qui naît comme instrument de vérité s'est aujourd'hui transformée en instrument d'oppression.

— Pour le moment, l'application de la loi produit de l'injustice, plus que de l'équité, reprit la magistrate. Nous ne pouvions plus le tolérer. Et il en allait de même pour ces confrères qui se sont aussi sentis rabaissés, privés de leur autorité, dénaturés dans leur rôle ou, dans le meilleur des cas, remplacés par des juges télévisés et médiatiques. Personne parmi nous ne voulait plus assister les bras croisés à cette déchéance.

Strega remarqua que seule la voix changeait, mais que le souffle qui animait l'exposé de la magistrate était le même qui enflammait les harangues du Dentiste.

— Au vu de ces éléments, nous avons décidé de restituer le magistère punitif aux citoyens ordinaires, à la collectivité, pour dévoiler à tous les conséquences de cet ensauvagement judicialiste, conclut Villasanta. Peut-être que rien ne se passera et que le projet fera long feu. Ou peut-être au contraire que nous assisterons à une palingénésie de l'organisation judiciaire et à une réforme structurelle. Nous n'en savons rien. L'important était de faire quelque chose.

S'il avait pu, Strega aurait secoué la tête devant leur naïveté fanatique.

— Le Dentiste c'est la viscéralité inhérente aux citoyens ordinaires. C'est le monstre de la raison juridique. C'est le cri d'alarme d'un pays à la dérive. Il incarne un désir ardent de revanche, reprit Raffaella. Ce n'est pas nous. Nous ne sommes que des facilitateurs. Nous avons fourni des moyens à la communauté pour qu'elle puisse s'exprimer. Voyez-vous, professeur, en cette période historique, la complexité n'est plus admise. L'unique critère de jugement, ce sont les tripes. La haine. L'indignation. Rien d'autre… C'est *ça*, l'ère du Dentiste.

En entendant cette affirmation, Strega sentit son sang se glacer.

— L'époque appartient à des gens comme Luana Rubicondi. Pourquoi croyez-vous qu'ils l'ont laissée partir ? demanda Villasanta.

— Mes collègues sont déjà sur vos traces, et…

— La belle affaire, rétorqua le juge. Nous nous fichons d'être capturés, arrêtés ou tués. Au contraire. Dans ce cas, notre message acquerrait encore plus de force. Nous n'avons plus rien à perdre, professeur. Nous avons cessé de vivre le jour de l'accident devant l'école de Margherita, notre petite-fille. Notre vie, désormais, c'est la cause. Il est trop tard pour nous arrêter.

— En tant que représentant de la loi, je pourrais être d'accord avec vous sur un plan purement conceptuel, commença Strega. Mais ce que vous faites comporte un danger mortel. Le chaos est…

— Il n'est au monde aucun bien qui ne s'accompagne d'un mal à sa mesure. La phrase est de…

— Leopardi, l'interrompit Strega. Moi aussi, j'ai lu un livre ou deux. Mais nous ne sommes pas dans un débat poétique ou philosophique. Nous parlons ici de la vie de…

— Pardonnez-moi, mais votre opinion ne nous intéresse pas, coupa Donizetti. Nous sommes conscients de votre intégrité, mais hélas – et malgré vous – vous êtes devenu un symbole dans cette transposition médiatique et allégorique de notre lutte.

— Vous n'êtes pas des assassins.

— De fait, ce n'est pas nous qui allons vous tuer. Le Dentiste n'est qu'un intermédiaire, comme vous l'a expliqué ma femme. C'est au public que revient la décision finale. Le message principal est que toute vie en vaut une autre ? Bien. Vous aussi, vous serez jugé selon ce paramètre. Nous vous souhaitons bonne chance.

Strega comprit qu'il ne pouvait en appeler à leur pitié. Ils allaient le jeter en pâture aux hyènes numériques, tel un vulgaire criminel. Il essaya de bouger, mais son corps, du cou jusqu'en bas, ne répondait pas aux stimulations. Il était condamné à subir inerte ce funeste destin.

— J'ai une dernière question. Mes dents… À qui allez-vous les remettre ?

— Question étrange mais pertinente. À la fille d'un homme tabassé à mort par un groupe de policiers qui se sont sortis indemnes de toutes les instances de jugement, au mépris total de la victime, répondit Villasanta. Mais dans votre cas, nous pratiquerons une anesthésie. Vous ne ressentirez aucune douleur.

— Merci infiniment, ironisa Strega.

— Autre chose ? demanda Donizetti.

Strega ferma les yeux, vaincu.

— Vous vous souvenez quand je vous ai dit que vous n’étiez pas des assassins ? dit-il, presque dans un murmure.

— Oui.

— Je me trompais.

131

Strada provinciale 9, Brescia

TANDIS que le 4x4 filait sur la SP9, le portable de Mara se mit à vibrer.

— C'est Palamara, dit-elle à Eva.

— Merde. Il ne manquait plus que lui… Réponds.

— Allô ?

— On peut savoir où est cet *arrusu* de Strega ? Pourquoi il ne répond pas au téléphone, bordel ? explosa le Sicilien.

— Il y a eu un problème, chef.

— Quel problème ? Il n'a plus de batterie ?

Mara inspira profondément et le mit au parfum.

— *Mi sta pigghianu pò culo** ? brailla Palamara au bout de quelques secondes de silence nerveux.

— Hélas non, chef, ce n'est pas une blague.

— Écoute-moi bien, Rais. Si vous ne rentrez pas à Cagliari avec Strega en un seul morceau, je vous déconseille de mettre un pied à la questure.

Et il raccrocha.

* Tu te fous de ma gueule (sicilien).

132

Lieu inconnu

Les deux juges n'avaient pas le cran d'assister à la torture qu'ils avaient eux-mêmes imaginée.

Hypocrites jusqu'au bout, pensa Strega en les regardant s'en aller.

Italo Paganini prépara la table d'opération.

Quand il le vit sortir un flacon d'anesthésiant, Strega l'arrêta :

— Ne prends pas cette peine. Je ne veux pas d'anesthésie.

Le maréchal et Malinverno échangèrent un regard perplexe.

— Tu as perdu la tête ? Tu sais à quel point ça fait mal ? Tu vas te chier dessus, au minimum.

— Fais ce que tu as à faire, connard, murmura Strega en fermant les yeux.

Il ne savait pas lui-même pourquoi il avait prononcé une phrase pareille. Sur le moment, ça lui avait paru approprié. S'ils entendaient le torturer, il ne désirait aucun traitement de faveur.

— Si tu crois que cette prise de position va m'attendrir, tu te fourres le doigt dans l'œil, *professeur*.

Strega s'en voulut de ne pas l'avoir criblé de balles quand il en avait eu l'occasion.

— Va te faire foutre, Paganini.

Le carabinier secoua la tête et laissa retomber la seringue sur le plateau.

— Comme tu veux, le héros. Pour moi, ça change que dalle.

Strega entendit un bruit métallique, puis il sentit les doigts du carabinier qui lui ouvraient la bouche pour y enfoncer un écarteur.

La sueur commença à dégouliner sur sa peau.

— Tu vas regretter cette anesthésie, dit le maréchal.

Strega espéra que la douleur serait assez forte pour le tuer sur le coup. Il se demanda qui s'occuperait de Jessica, une fois qu'Ada ne serait plus là, et il regretta de ne jamais s'être soucié d'établir un testament, qui l'aurait désignée comme unique bénéficiaire. Il pensa aussi à Sofia, en se demandant combien de temps elle mettrait à l'oublier, et si Pavan la prendrait chez lui ; sinon, Filighetti se proposerait, il en était certain. Enfin, il pensa à Mara et Eva, et à leur tête devant son cadavre. Il se demanda si quelqu'un penserait à passer du Miles Davis à son enterrement.

Quand il sentit la morsure d'acier des tenailles qui serraient ses incisives, il cessa de penser et commença à prier.

133

Hangar de la zone industrielle de Ghedi, Brescia

Raffaella Donizetti et son mari savaient qu'il fallait accélérer leurs plans. Ils devaient impérativement juger Strega avant que les collègues du policier resserrent l'étau autour d'eux.

— Tu as déjà prévenu ton contact pour la diffusion de la vidéo ? demanda Donizetti à son mari.

— Oui. Je pense qu'il faut la tourner dès qu'Italo aura fini avec Strega, afin qu'ils puissent la transférer aux Russes. Demain, elle sera virale, comme les autres. Entre-temps, Italo aura déjà transféré Strega ailleurs.

— Le hacker aussi doit disparaître : ils doivent déjà être à ses trousses.

— Ne t'inquiète pas. Je l'ai déjà prévenu et je lui ai versé le reste de la somme. À l'heure qu'il est, il doit être en route pour la Suisse.

La Suisse : leur destination. De là, ils prendraient un vol pour l'Amérique du Sud. C'était le plan d'urgence depuis le début ; au moindre soupçon d'être découverts, ils devaient mettre les voiles. L'heure était venue.

— Tu as avisé les autres de notre départ ? demanda Nicola Villasanta.

Par “les autres”, il entendait les trois autres juges à la retraite qui les avaient soutenus dans leur mission.

— Bien sûr. Eux aussi sont sur le départ.

Villasanta hocha la tête. Une fois qu'il se serait occupé de Strega, Paganini devait les rejoindre au Chili, d'où ils auraient continué de suivre les performances du troisième Dentiste à distance, tandis que les autres magistrats emprunteraient d'autres routes : Afrique, Turquie et Émirats arabes unis. Malinverno, lui, serait confié à un autre ancien détenu libéré par Donizetti, qui l'emmènerait en Roumanie. Ils avaient tout étudié dans le moindre détail, peaufiné les préparatifs pendant des années, choisi avec soin les acteurs de leur projet et dépensé une quantité déraisonnable d'argent pour le mener à bien.

— Ça me fait de la peine pour ce policier, dit Donizetti. C'est un type bien.

— Moi aussi. Mais ça fait partie du plan, Raffaella. Il *doit* être jugé. C'est un bien supérieur qui est en jeu.

— Je sais, répondit sa femme, retrouvant sa froideur. Monte dans la voiture. Je vais ouvrir le portail.

Tandis que Villasanta se dirigeait vers la Mercedes, Raffaella Donizetti défit le cadenas de l'entrée du hangar et ouvrit le premier vantail.

Dès qu'elle mit un pied hors du bâtiment, elle sentit sur sa bouche une main gantée et perçut le froid du canon d'un fusil automatique sur sa tempe. Deux commandos des NOCS la portèrent littéralement à bout de bras pour la remettre à Mara et Eva après l'avoir menottée.

— Il est vivant ? siffla Mara en lui calant son Beretta sous le menton.

Raffaella Donizetti s'apprêtait à hurler, mais Mara l'en empêcha en lui décochant un coup de genou au bas-ventre qui lui coupa le souffle.

— Tu as intérêt à ce qu'il le soit, murmura la Sarde. Sinon je t'arrache les dents une par une et je te jette aux ordures.

— Comment tu traites les personnes âgées…, commenta Eva, faisant signe au chef des commandos de continuer.

Un des membres de l'escouade coupa le courant à l'intérieur du hangar.

Une obscurité quasi totale tomba dans le bâtiment.

Six commandos des forces spéciales dotés de lunettes de vision nocturne déboulèrent en formation d'assaut.

Quelques secondes plus tard, on entendit les premières détonations ricocher sur les murs.

134

Hangar de la zone industrielle de Ghedi, Brescia

STREGA ne sentait plus la morsure d'acier des tenailles sur ses dents. Il rouvrit les yeux et s'aperçut que le hangar avait été plongé dans le noir. Un instant plus tard, le maréchal fut encerclé par un essaim de points rouges lumineux.

— Lâche ça ! cria quelqu'un dans l'obscurité.

Paganini esquissa un mouvement, sans abandonner ses tenailles.

Grave erreur.

Les commandos tirèrent et le neutralisèrent.

Strega vit une gerbe de flammes au fond du hangar et entendit une détonation dans le bâtiment. Il devina que c'était Malinverno : à l'instar d'Enardu, il essayait de se faire tuer. Les commandos répliquèrent, le Dentiste hurla de douleur et s'effondra au sol.

Strega poussa un soupir de soulagement. Il avait le visage humide de larmes. Il espéra qu'une fois les lumières rallumées, les autres les prendraient pour de la sueur.

Une seconde de plus et il t'arrachait les dents, mon vieux, se dit-il tandis que les forces spéciales sécurisaient la zone autour de lui.

— Tout va bien, professeur ? demanda un des commandos en l'éclairant avec la lampe fixée à son fusil. Vous pouvez parler ?

— Oui.

— Vous êtes blessé ? Vous avez besoin d'une ambulance ?

— Je ne crois pas être blessé. Je suis immobilisé à partir du cou jusqu'en bas. Ils m'ont drogué.

Il entendit Malinverno et Paganini gémir de douleur pendant que les policiers leur passaient les menottes. Aux bruits sourds qu'il distinguait, il comprit que les commandos n'y allaient pas de main morte avec les criminels, mais il laissa faire. Ces connards l'avaient séquestré et avaient blessé Pavan et Filighetti : quelques coups de pied dans les côtes et les jambes étaient bien le minimum qu'ils méritaient.

Quelques minutes plus tard, l'éclairage inonda le hangar et Strega dut fermer ses yeux accoutumés à la pénombre.

Eva et Mara accoururent. Eva enleva sa veste en cuir et essaya de le couvrir, tandis que Mara lui caressait le visage en remerciant le ciel.

— Juste à temps, hein ? plaisanta Belladonna en les rejoignant.

— J'ai vraiment eu peur que vous ne veniez plus, soupira Strega.

Pour toute réponse, Mara brailla, hystérique :

— On a failli avoir une crise cardiaque, putain ! Pourquoi tu ne nous as pas dit ce que tu avais en tête ?

— Mara ! la reprit Eva, scandalisé par ce ton. Ça va pas, non ?

— Vous aussi, vous étiez au courant, pas vrai ? dit la Sarde à Belladonna, furieuse.

Ce dernier leva les mains et secoua la tête.

— Je n'ai rien à voir là-dedans. C'était son idée.

— Comment avez-vous réussi à le retrouver ? demanda Paganini, cloué face contre terre par une armoire à glace de l'escouade.

— Excellente question, fit Adele Mazzotta en s'approchant. Je peux savoir, moi aussi ?

— Eh bien, je dois remercier Carletto, répondit le vice-questeur.

— C'est qui, encore, ce Carletto ? demanda Mara. Un flic ?

Strega sourit et dit :

— C'est une longue histoire.

135

Fontana a Pinocchio, jardins du Corso Indipendenza, Milan

Mara avait souhaité rester à l'hôpital au chevet de Strega. Une fois transférés à la questure pour être interrogés, les deux juges avaient invoqué leur droit de garder le silence et refusé de livrer le nom de leurs complices. La police postale avait réussi à interpeller le hacker engagé par Donizetti et Villasanta avant qu'il ne quitte le pays, mais lui aussi n'était qu'un maillon d'une chaîne dont il ignorait les dimensions réelles. Mara était convaincue qu'il restait encore un Dentiste évanoui dans la nature, et tant qu'ils ne l'auraient pas retrouvé, elle s'était proposée pour monter la garde dans la chambre de Strega avec Filighetti, qui avait refusé tout net de laisser seul le vice-questeur. Strega pouvait encore être pris pour cible, et Mara voulait éviter de courir le moindre risque, gardant en tête la menace de Palamara. Pavan s'était ajouté à la liste, et Strega avait fait rire les médecins en demandant des sédatifs pour ne plus avoir à assister aux sketches tragicomiques de ce trio mal assorti qui s'était installé dans sa chambre.

Eva en avait profité pour prendre du temps pour elle. Elle avait longuement marché dans sa ville pour se la réapproprier. Au bout de quelques heures, elle s'était arrêtée dans les jardins du corso Indipendenza et s'était assise sur un banc face à la "fontaine *a* Pinocchio", devant l'aire de jeux destinée aux enfants du quartier. Alors qu'elle observait la sculpture où Pinocchio, devenu enfant, contemplait le corps inanimé de la marionnette qu'il avait été, les souvenirs l'envahirent, mais – contrairement à son habitude – elle ne les repoussa pas. Maya adorait cet endroit. Elles y avaient passé ensemble d'innombrables après-midi. La petite la pressait de questions sur Pinocchio, exigeait des explications si détaillées et approfondies sur cette histoire que, bien souvent, Eva se trouvait désemparée et ne savait pas répondre à ses dilemmes existentiels.

Elle relut la phrase inscrite en lettres d'or sur la colonne centrale du monument au pantin de bois : "Comme j'étais drôle lorsque j'étais une marionnette ! Et toi qui me regardes, es-tu bien sûr d'avoir dompté la marionnette qui est en toi ?"

Elle avait lu ces vers du poète Antonio Negri des centaines de fois, mais à cet instant, les mots prirent un sens tout à fait différent, comme s'ils avaient été écrits pour elle.

Et toi alors ? As-tu réussi à dompter ta douleur ? se demanda l'inspectrice.

Elle ne se répondit pas. Elle se leva et se dirigea vers l'immeuble du corso Indipendenza où elle avait vécu avec son ex-mari pendant la brève existence de la petite. Cela faisait plus de deux ans qu'Eva l'évitait. Avec des gestes presque mécaniques, elle ouvrit la porte cochère, marcha vers l'ascenseur, entra et appuya sur le bouton du cinquième étage. Quand les portes s'ouvrirent sur le palier, elle sortit et s'arrêta devant la porte de son ancien appartement, le cœur battant la chamade. Ni elle ni Marco n'avaient réussi à se lancer dans des démarches sérieuses pour le vendre, comme si l'appartement était une parenthèse dans leurs vies qu'aucun des deux n'était encore capable de refermer.

Eva inspira à fond, puis elle prit les clefs dans sa poche, déverrouilla la porte et pénétra dans son ancien chez elle.

Elle parcourut en apnée les pièces vides pendant plusieurs minutes et, quand elle se rendit compte qu'il n'y avait plus de trace de *son* odeur, Eva Croce glissa au sol et se laissa aller à des sanglots déchirants.

136

Deux jours plus tard
Terrasse du roof top bar Latitude 45, Palazzo Matteotti, Milan

Ce soir-là, Milan avait revêtu sa tenue de gala. Sur la terrasse au huitième étage du Palazzo Matteotti, on jouissait d'une vue exceptionnelle sur la ville scintillante de lumières. Vito Strega avait choisi ce restaurant prestigieux pour célébrer la capture du Dentiste et s'excuser auprès de son équipe de ne pas l'avoir informée de son plan.

Après le dîner, il se détendait avec Eva : ils observaient les flèches du *Duomo* et le profil de la tour Velasca qui se découpaient sur le ciel étoilé, écoutant le jazz mélancolique qui flottait dans l'établissement. Jessica, qui avait été l'invitée d'honneur de la soirée – car c'était grâce à son histoire que Strega avait trouvé le moyen de servir d'appât au justicier –, avait été prise en otage par Pavan et Filighetti, qui riaient avec elle sur la terrasse.

— Tu as réfléchi à ce que je t'ai dit ? demanda Strega.

— Oui.

— Et qu'est-ce que tu comptes faire ?

— Je ne sais pas. Je n'ai pas encore décidé.

Strega hocha la tête et avala sa dernière gorgée de vin.

À cet instant, Mara revint des toilettes, fixa le policier, secoua la tête et dit, incrédule :

— Carletto…

Eva et lui éclatèrent de rire.

— Eh oui, répondit le vice-questeur. Carletto… Incroyable, hein ?

— Comment ça fonctionne, exactement ? demanda Eva, curieuse.

— C'est une puce sous-cutanée. On te l'injecte avec une seringue. Moi, ils me l'ont installée ici, entre le majeur et l'annulaire de la main gauche, expliqua-t-il en leur montrant la minuscule cicatrice dans le creux entre les doigts. Le corps l'intègre grâce au collagène. À partir de là, tu es localisable avec un niveau de précision hallucinant. C'est un prototype expérimental, qui sait s'il sera légalisé un jour, au-delà d'un usage militaire.

— Il n'y a pas de limite de distance ?

— Si. Mais on parle de centaines de kilomètres. À moins que tu sois au fin fond de nulle part, la couverture est excellente.

— *Cos' 'e maccusu…* Si cette histoire se retrouve dans la presse, ce sera l'apothéose pour les antivax : ils vont hurler direct au complot des implants de puces, dit Mara.

— À vrai dire, c'est une histoire tellement absurde et on a risqué tellement gros avec Belladonna que ça ne finira sans doute dans aucun document officiel, sous peine de licenciement pour tous les deux.

C'était le service qu'il avait demandé à Belladonna la nuit où ils s'étaient vus au Germi : trouver un moyen de lui insérer un petit mouchard dans le corps, afin de servir d'appât au Dentiste avec la certitude que quelqu'un couvrait ses arrières. Après sa défiance initiale, Belladonna s'était laissé convaincre, et Strega s'était fait injecter la puce par un ingénieur biomédical de la scientifique à l'hôpital Fatebenefratelli, inspiré par le récit de Jessica sur l'enlèvement du chien ; à partir de là, deux techniciens informatiques de la police avaient suivi en temps réel les déplacements du vice-questeur. Strega n'aurait jamais cru que cette manœuvre hasardeuse puisse lui sauver la vie.

— C'était sacrément risqué, commenta Eva.

— C'est sûr. Une minute de plus et tu pouvais dire adieu à ce beau sourire, et tu étais bon pour le dentier et toutes les recettes de soupe imaginables, ironisa Mara.

— Surtout, je ne m'attendais pas à en avoir besoin aussi vite, je vous assure. Honnêtement, ce n'est pas pour me vanter, loin de là, mais quand nous avons été attaqués devant chez Donizetti, j'aurais pu aisément mettre hors d'état de nuire Paganini et Malinverno. Mais ça aurait été du gâchis. Si on les avait arrêtés, ils n'auraient jamais parlé. Je sentais qu'il y avait d'autres personnes impliquées. Alors je me suis laissé enlever, pour parvenir au "niveau supérieur".

— La méchante sorcière et le gentil sorcier, plaisanta Mara.

— À propos, on a des nouvelles de ces deux-là ? demanda Eva.

— Rien pour l'instant. Ils sont toujours muets comme des carpes. La postale a réussi à reconstituer une partie du réseau de hackers qu'ils ont engagés sur le dark web pour bâtir l'architecture informatique des vidéos et des votes. Ils vont lancer des commissions rogatoires qui n'auront aucun effet… Quoi qu'il arrive, c'est la DIGOS qui est aux manettes maintenant. Nous, nous sommes sur la touche.

— L'un dans l'autre, ce n'est pas plus mal, dit Eva.
— Si on veut, fit Strega.
— C'est-à-dire ? demanda Mara.
— Vous deux et Belladonna, vous sortez vainqueurs de cette histoire, dit-il. Et le succès se monnaie toujours très cher.

Dans le hangar, après le raid des commandos, Strega avait spécifiquement demandé à Belladonna et Mazzotta que ce soient Eva Croce et Mara Rais qui procèdent officiellement à l'arrestation des deux magistrats et leur passent les menottes aux poignets. Elles l'avaient bien mérité.

— Pour l'opinion publique, c'est l'UACV qui a résolu l'enquête. Ce qui signifie que pour Belladonna, le moment est venu d'encaisser les dividendes.
— Et en quoi consistent ces "dividendes" ? demanda Mara.
— Le Viminal souhaite qu'il crée au sein de l'UACV une équipe nommée la SIS, la Section d'investigation spéciale, qui s'occuperait des crimes violents sur tout le territoire national. Elle prêterait main-forte sur le terrain à toutes les sections du pays, en cas de crime particulièrement violent et complexe. Une structure d'élite.
— Je suis contente pour lui, fit Mara. Mais quel rapport avec…
— Il m'a demandé si je souhaitais en prendre la tête.
— Ouah. Et qu'est-ce que tu as répondu ? s'enquit Eva.
— J'ai dit oui. Je resterai en poste à Milan, mais chaque fois qu'une brigade mobile sollicitera l'intervention de la SIS, je me rendrai sur place avec mon équipe. J'ai voulu vous inviter ici pour vous remercier et célébrer notre réussite, mais pas seulement… Je voulais vous demander si vous aimeriez travailler avec moi.

Les deux inspectrices demeurèrent bouche bée. Elles échangèrent un regard incrédule.

— Je n'attends pas une réponse immédiate. Je vous invite seulement à y réfléchir. Vous devrez suivre un cours de deux ou trois mois à Rome, au siège de l'unité, puis vous serez réaffectées à la questure de Cagliari, jusqu'à ce qu'on nous demande d'intervenir quelque part. Qu'en pensez-vous ?

— C'est que… Je ne…, balbutia Eva.

— Nous en serions honorées, évidemment, déclara Mara.

Strega se leva.

— Pensez-y. Vous êtes douées et ce serait un plaisir pour moi de retravailler avec vous… Maintenant, vous m'excuserez, je vais aller voir ce que trafiquent ces deux-là. Je ne voudrais pas qu'ils dévoient la petite.

Mara et Eva sourirent et le regardèrent rejoindre les autres sur la terrasse.

Quand Eva se tourna vers sa partenaire avec un air hébété, Mara lui demanda :

— Bon, qu'est-ce qu'on fout, maintenant ?

137

Cabinet de psychologie clinique et de psychothérapie,
via Giordano Bruno, Milan

Livia Salerno était en train de répondre à des e-mails quand sa secrétaire l'informa que sa nouvelle patiente venait d'arriver. Livia lui dit de la faire entrer. Elle retira ses lunettes de lecture et attendit la policière. Strega lui avait confié qu'il avait conseillé à une de ses collègues de venir la consulter. Il s'était montré assez évasif, et ne lui avait pas raconté les problèmes d'Eva Croce. La psychologue avait hâte de les découvrir.

On frappa à la porte.

— Entrez, je vous en prie, lança-t-elle.

Elle se trouva face à une jeune femme qui venait à peine de dépasser la quarantaine. Elle avait de longs cheveux roux ramenés en queue de cheval et un visage aux traits délicats constellé de taches de rousseur. Tous ces éléments, ajoutés à des yeux d'un bleu céleste, l'incitèrent à penser qu'elle n'était pas d'origine italienne. Son accoutrement la frappa : elle portait un jean noir déchiré en plusieurs endroits, des rangers bordeaux et une veste de motarde en cuir qui lui donnaient un air rebelle et qu'elle portait comme une sorte d'armure ou d'amulette. Ses piercings au nez et aux oreilles renforçaient son aura sauvage.

— Bonjour. Enchantée de faire votre connaissance, dit Livia Salerno en lui tendant la main.

— Bonjour. Le plaisir est pour moi, répondit Eva.

Malgré la poignée de main décidée de l'inspectrice, la thérapeute comprit à son regard fuyant qu'il avait dû lui en coûter de se présenter à son cabinet.

— Installez-vous, je vous en prie.

— Bravo pour la décoration, dit Eva en regardant autour d'elle. Vous avez très bon goût.

— Merci beaucoup, répondit Livia Salerno avec un sourire. Une atmosphère intime et accueillante est essentielle pour mettre les gens à l'aise.

Eva se contenta de hocher la tête.

— Alors. Je sais que vous venez de traverser une période particulièrement intense. Félicitations pour les arrestations.

— Merci. Disons que nous avons surtout eu de la chance. Mais oui, c'était clairement la folie, ces dernières semaines.

— Le professeur Strega m'a dit que vous aviez eu un accident de la route. Comment allez-vous ? Vous vous êtes remise ?

— Oui, par chance. Comme le répète toujours ma partenaire, j'ai la tête plus dure que le roc. Je commence à croire qu'elle a raison…

Livia Salerno sourit. Elle remarqua à la posture de l'inspectrice qu'elle ne s'était pas mise à l'aise. Eva Croce considérait la psychologue et son cabinet comme une sorte de menace à son encontre. Cela ne fit que renforcer sa curiosité.

Après quelques formalités, elle lui demanda :

— Le professeur s'est montré assez avare d'informations à votre sujet. Il m'a seulement dit que vous aviez déjà suivi un parcours de psychothérapie par le passé.

— Oui, il y a un ou deux ans. Mais ça n'a pas fonctionné.

— Hmm. Et vous avez compris pourquoi ?

Eva sembla réfléchir quelques secondes, puis elle haussa les épaules.

— Je crois que c'est parce que dès le départ j'ai commencé les séances par un énorme mensonge. Ou mieux : une grande omission.

— Cette prise de conscience est déjà un bon point de départ. Et vous avez l'intention de me cacher ce secret, à moi aussi ?

Elle avait posé la question le sourire aux lèvres, mais son regard l'invitait à se défaire de toute méfiance.

— Ça dépend, répondit Eva.

— Ça dépend de quoi ?

— Ce que je vais dire dans le cadre de ces séances entre-t-il dans le rapport de confidentialité entre patient et thérapeute ?

— Bien sûr. À moins que vous ne me révéliez des desseins criminels que vous souhaitez poursuivre, tout ce que vous direz portera le sceau du secret professionnel.

— Même si ce secret impliquait une conduite criminelle par le passé ?

À ce stade, la psychologue brûlait d'impatience.

— Oui, répondit-elle. Le passé, et tout ce qu'il englobe, est également couvert par le secret professionnel.

Eva hocha la tête.

— Alors ? Vous vous sentez de commencer cette séance en me disant ce que vous avez caché à vos précédents thérapeutes ?

— D'accord.
— Je vous écoute.
— Il y a deux ans, j'ai tué ma fille…
Livia Salerno pâlit.
— …mais c'est un peu plus complexe qu'il n'y paraît.

138

Restaurant Torre, fondation Prada, via G. Lorenzini, Milan

MARA était en train de préparer sa valise quand le téléphone de sa chambre sonna. Elle regarda l'heure en se demandant qui ça pouvait être. Pas sa partenaire, car Eva lui avait dit qu'elle avait besoin de temps pour elle, et qu'elles se verraient à l'aéroport le lendemain matin. Sans doute le parquet de Milan lui avait-il envoyé un nouveau formulaire à signer d'urgence : après l'arrestation des deux juges, ils l'avaient submergée de paperasse, au point qu'elle était à deux doigts de l'entorse du pouce à force de parapher des documents.

— Oui ? répondit-elle, curieuse.

— Bonsoir, madame Rais, dit une fille de la réception. Il y a ici un monsieur qui vous attend.

— Un monsieur ? Je n'attends personne… Qui est-ce ?

— Une seconde, je lui demande. Ne quittez pas, je vous prie.

Mara jeta un œil à sa valise pleine à craquer de vêtements et de chaussures. Elle se demanda comment elle pourrait bien y faire rentrer les deux paires d'escarpins qui manquaient à l'appel, sa trousse de toilette et son fer à lisser. Pour une raison mystérieuse, c'était comme si les vêtements, une fois sortis des bagages, doublaient de volume.

— Madame ?

— Je suis là.

Dis-moi que c'est Strega, pria Mara.

— Monsieur Pavan vous attend.

— Et voilà. Vie de merde, soupira-t-elle, affligée. Donnez-moi deux minutes et je descends.

Qu'est-ce qu'il me veut encore, ce gros lard ? se demanda-t-elle, agacée. À tous les coups, il s'est fait des idées, vu comme il me reluque. Il est marié, en plus. Tu le crois, ça ? *Moi si du fazzu biri deu**, et je règle la question une bonne fois pour toutes.

Mara entra dans le hall au pas de charge, prête à expédier l'inspecteur vertement, mais aucune trace de Pavan.

— Tu cherches quelqu'un ? demanda un homme dans son dos.

Mara se tourna.

Strega.

Il était assis au comptoir du bar de l'hôtel, élégant comme à son habitude.

— Mais… Pavan… On m'a…, balbutia Mara, soudain sans voix.

— Pardon. C'est ma faute. C'était juste une plaisanterie innocente, dit le criminologue, un beau sourire aux lèvres. Tu n'es pas fâchée ?

— *'Nne tzia rua***, Strega… Ça ne va pas, non, de me faire un coup pareil ?

* Il va m'entendre (sarde).

** Insulte faisant référence à l'appareil génital de la tante du destinataire (sarde).

— Je voulais voir la tête que tu ferais.

— Ah oui ? Et ça en vaut la peine ?

— Clairement… Dis, tu as des projets pour le dîner ?

Son plan était d'avaler quelque chose sur le pouce, d'appeler sa fille, de regarder un épisode de *Grey's Anatomy* affalée sur son lit king size et de s'endormir avec l'image du beau Patrick Dempsey, espérant le retrouver à côté d'elle, comme par magie, à son réveil.

— Rien de prévu, répondit-elle à la vitesse de l'éclair.

— Parfait. Je te dois un repas.

Mara se rendit compte qu'elle devait être aussi rouge que le Bloody Mary que le barman servait à un client.

— Vraiment, ce n'est pas…

— Ah, OK. Donc je m'en vais ?

— N'essaie même pas ! le menaça-t-elle. Donne-moi cinq minutes. Je me change et je suis à toi.

Les cinq minutes devinrent vingt, mais Strega ne broncha pas, galant jusqu'à la moelle. Ils sautèrent dans un taxi et gardèrent le silence quelques minutes pendant que le véhicule traversait Milan.

— Tu as parlé à Croce ? Elle vient aussi ? demanda Mara pour dissiper la gêne et mieux comprendre la nature de ce rendez-vous, si on pouvait l'appeler ainsi.

— Je lui ai parlé, mais pour d'autres raisons. Je crois que Croce a besoin de rester un peu seule, tu sais. Pendant quelque temps, il vaut mieux qu'on la laisse tranquille.

Mara acquiesça, à la fois préoccupée par ce que Strega lui avait dit sur sa partenaire et heureuse de l'avoir pour elle.

— Ne me dis pas que je vais trouver Pavan et Filighetti qui nous attendent à la sortie du taxi ?

— Ce n'est pas prévu, mais si tu veux, il me suffit d'un coup de fil, répondit-il avec un sourire.

— Passe ce coup de fil, si tu veux mourir d'une mort lente et douloureuse, le brava-t-elle.

Ils rirent tous les deux.

Le taxi s'arrêta devant la fondation Prada. Strega la conduisit à l'intérieur. Parvenue au restaurant au sixième étage, Mara resta bouche bée. L'établissement surplombait la *skyline* nocturne de Milan.

— Ça te plaît ?

— Hmm, c'est acceptable, plaisanta Mara en affectant un air blasé.

Le maître d'hôtel les mena à leur table, dans la salle la plus haute du restaurant.

Mara regarda autour d'elle, en extase. Le parquet, les boiseries en noyer, les panneaux de chanvre, les sièges en velours bleu et les nombreuses œuvres d'art lui donnaient l'impression de se trouver dans une toile de Hopper. Elle le dit à Strega.

— Tu as parfaitement raison, confirma-t-il. C'est la décoration originale du Four Season Restaurant de 1958, à New York. On croit vraiment avoir remonté le temps, n'est-ce pas ?

La sensation était renforcée par la mélodie soul d'*Oct 33* de Black Pumas que diffusaient les haut-parleurs.

— Si seulement je pouvais remonter le temps pour de vrai, fit Mara.

— Pourquoi ? Tu as des regrets ?

— Par wagons.

— Par exemple ?

— Avant tout, le travail. Sérieusement, tu me trouves crédible, en flic ?

— Franchement, oui.

— Mouais.

— Quoi d'autre ?

— Mon mari ? Ex, pour être précise.

— Qu'est-ce qui n'allait pas chez lui ?

— À peu près tout… Un type sympa comme un cancer de l'utérus. Son hobby favori était de me pousser à me détester. Le plus dramatique, c'est que je jouais le jeu.

— Je suis désolé.

Mara haussa les épaules.

— J'étais jeune. Et puis, à la fin de la relation, je lavais les chiottes avec sa brosse à dents.

— Tu es horrible.

— Parfois oui, je ne le nie pas… Dis-moi, pourquoi nous sommes ici ? Pas pour parler de travail, j'espère.

— Non. Le travail est banni, pour ce soir. Je ne sais pas. Aucune raison particulière. Je savais que tu étais seule, j'étais seul, tu repars demain… J'aimais l'idée de te dire au revoir et de t'offrir un bon souvenir de Milan, après tout le bordel qu'on laisse derrière nous.

Mara sourit.

— Tu as bien fait. J'en avais vraiment besoin.

Le sommelier leur apporta le vin et ils trinquèrent.

Mara s'apprêtait à lui poser des questions sur son ex-femme, quand elle sentit la vibration de son portable dans son sac. Une demi-seconde plus tard, elle entendit celle du téléphone de Vito, qui l'avait posé sur la table.

Ils pâlirent tous les deux.

Ils jetèrent un œil aux autres tables.

Presque tous les clients étaient penchés sur leur smartphone.

— Je t'en prie, dis-moi que ce n'est pas ce que je crois, dit Mara.

Strega soupira et prit son téléphone, imité par sa collègue.

Ils avaient tous deux reçu le même message.

Mais il ne s'agissait pas du Dentiste.

— Pavan ! Mais quel con ! brailla Mara, ouvrant la photo que le Vénitien leur avait envoyée via le groupe WhatsApp du travail. Il s'agissait d'une portion gargantuesque de lasagnes à la napolitaine ruisselant de sauce et de fromage fumant, assortie de la légende : "Si c'est trop pornographique, je l'efface. J'ai la chance d'avoir une belle-mère qui m'adore. Elle dit qu'elle m'avait vu dépérir, après l'hôpital. Alors... Bon appétit, moi, *zio can*."

— Tu m'en veux si je le bloque et que je le vire du groupe ? fit Mara. J'ai failli avoir un infarctus.

"*Pavan, ma va in mona !**" tapa Mara.

Quand Strega lut le commentaire en temps réel, il éclata de rire.

— Faut le vivre, quand même. *Pitticu su maccu***.

Au milieu de ce dîner somptueux, Mara comprit que Strega avait été sincère : il n'y avait pas d'arrière-pensée à cette invitation. Il avait beau être brillant, le criminologue était un homme seul et solitaire ; fuyant, à certains égards. C'était une personne plus portée à l'écoute qu'à la parole. Toutes ces caractéristiques le rendaient encore plus fascinant et intrigant à ses yeux. Mais ce qu'elle voulait de lui, le professeur n'était pas encore prêt à le lui donner, ou peut-être n'était-il même pas sûr de le vouloir lui-même. Mais peu importait. Pour le moment, elle saurait se contenter de cette amitié intime.

Pour le moment.

Cette pensée la fit sourire.

* Va te faire foutre (vénitien).

** Il est fou, lui (sarde).

— Qu'y a-t-il ? demanda-t-il.

— Rien.

Mais en son for intérieur, elle se disait : C'est seulement une question de temps, Strega. Un jour ou l'autre, tu seras à moi.

139

Quelques semaines plus tard
Plage de Campus, Villasimius, Sardaigne méridionale

Vito Strega sortit de l'eau cristalline hors d'haleine. Il avait nagé une bonne demi-heure dans ces eaux paradisiaques nichées entre deux promontoires qui les protégeaient des vents. Il marcha quelques mètres sur le sable blanc et fin et se sécha en contemplant incrédule la plage complètement vide, à part lui. Le silence était absolu, rompu seulement par le clapotis du ressac. Il n'avait jamais vu autant de nuances de bleu, d'azur et de vert dans une seule mer, ni une eau aussi limpide, au point qu'elle semblait flotter dans l'air. Il était en extase. Jour après jour, l'île se révélait à lui dans toutes ses merveilles, fortifiant son corps et son esprit et élevant à des altitudes toujours plus célestes son idée du sublime.

La brise légère qui effleurait l'eau le sécha en quelques minutes. Il s'étendit sur sa rabane et reprit la lecture d'un roman de Simenon. Il en avait fait provision dans une belle librairie cagliaritaine d'où il était sorti avec une vingtaine de livres, afin d'être en bonne compagnie pendant le mois de vacances qu'il avait décidé de s'accorder. L'idée était d'explorer la côte sud-est de l'île, puis de remonter vers le Golfe d'Orosei, où il avait l'intention de s'établir quelques semaines.

Sofia sortit d'un buisson de maquis à côté de la plage et le rejoignit. Elle se lova à côté de lui en se délectant de cette journée chaude et splendide.

— Tu as vu ce paradis ? dit-il en la caressant.

La chatte noire répondit par un miaulement ravi.

— Je suis d'accord avec toi, répondit le policier.

Depuis une dizaine de jours, il avait cessé de regarder les informations et le délire déclenché sur Internet après l'arrestation des deux juges, du hacker, de Paganini et de Malinverno. Le mal qu'ils avaient engendré, victimes qu'ils étaient de l'illusion d'un bien supérieur, avait déclenché une émulation fatale : les gens s'étaient mis à se faire justice eux-mêmes, au nom du Dentiste ; on ne comptait plus les actes délictueux commis avec le masque et la perruque du justicier. La conscience collective avait déformé la croisade des magistrats contre l'injustice ; elle l'avait vidée de sa dimension morale et éthique pour la transformer en une idéologie assassine mortifère. La réforme du système judiciaire souhaitée et défendue par les "justiciers" n'avait même pas été envisagée par les gouvernants, qui avaient exploité l'affaire à des fins purement électorales, ou par calcul politique. Il restait encore d'innombrables aspects à clarifier dans ce projet criminel, et Vito doutait qu'ils puissent un jour démêler toutes les ramifications de complicités et de connivences autour des deux époux.

Vu le climat de tension contre quiconque portait un uniforme ou représentait l'État d'une manière ou d'une autre, Belladonna et la supérieure de Strega à Milan avaient convaincu le criminologue de prendre un congé, si possible dans un lieu isolé, où il n'attirerait pas l'attention. Son choix s'était arrêté sur les terres magiques de Mara Rais.

Comme s'il l'avait invoqué par la seule pensée, son portable se mit à vibrer. C'était un appel vidéo.

Vito se leva, se positionna dos à la mer, et répondit.

— Vous devinez où je suis ? dit-il aux deux inspectrices qui s'affichaient à l'écran.

— *Fill' e cani…*, commenta Mara en voyant l'arrière-plan idyllique. Nous on est là à bûcher pour toi, et toi tu te dores la pilule. Elle est pas belle, la vie ?

Vito ricana.

— Comment se passe le cours ?

— Bien. Rais est première de la classe, répondit Eva.

— Il n'en faut pas beaucoup, pour être franche… Les autres sont une bande de chèvres.

Eva lui donna un coup de coude.

— Ne l'écoute pas. Bref, tout va bien. Toi, quels sont tes plans ?

— Pendant quelques jours, je vais rester autour de Villasimius, ensuite je remonterai vers Barisardo.

— Que des endroits affreux, quoi, ironisa Mara.

— Regarde, dit Vito en filmant la mer émeraude. Ça te manque ?

— Salaud !

Eva pouffa.

Après quelques atermoiements, elles avaient toutes les deux accepté sa proposition. Une fois qu'elles auraient fini le cours de remise à niveau de l'UACV, elles entreraient dans la SIS, sous l'égide de Strega.

— Qu'est-ce qui se passe, ici ? Vous parlez avec le *vecio* ? Passe-le-moi un peu. Salut Strega. Comment ça va en Afrique, *ajo* ? demanda Pavan en prenant le téléphone des mains de Mara, qui mit aussitôt en doute la moralité de la mère de Bepi avec une expression sarde bien sentie.

Vito sourit. Il avait aussi envoyé Pavan en formation, et l'inspecteur faisait la navette entre Rome et Milan pour rester avec sa famille. Filighetti avait également tenté sa chance, mais n'avait pas passé la présélection ; suite à quoi Belladonna l'avait inscrit à un cours de conduite sportive au siège des forces spéciales, où il avait montré qu'il en savait plus que les instructeurs.

— Ils ne t'ont pas encore foutu dehors, Bepi ? demanda Vito.

— Non, mais il s'en est fallu de peu, *zio can*.

— On mange bien, là-bas ?

— Trop bien, même, vu qu'il a encore pris deux kilos, commenta Mara.

— C'est le mal du pays, rétorqua le Vénitien.

— Ben tiens. Admets que *ti praxit pappai** et on en reste là, non ?

— Elle est adorable quand elle parle japonais, tu ne trouves pas Strega ?

— La pause est finie, les rappela à l'ordre Eva.

— Content de vous avoir parlé, les jeunes. Je penserai à vous en retournant dans l'eau.

Vito éprouva l'ivresse d'être insulté en trois dialectes différents.

Quand il raccrocha, il sourit et se dit qu'il allait s'amuser avec cette drôle de bande qu'il avait mise sur pied.

* Tu aimes la bonne chère (sarde).

— À tout de suite, annonça-t-il à une Sofia arrogante qui continua à l'ignorer comme elle le faisait quatre-vingt-dix-neuf pour cent du temps.

Vito Strega plongea dans l'eau et nagea vers l'horizon turquoise où le ciel se fondait dans la mer, libre et heureux comme jamais.

ÉPILOGUE

Une semaine plus tard
Via Irnerio, Bologne

Comme toujours à cette heure, la ligne 20 était bondée. La jeune femme au visage bandé dut jouer des coudes pour monter dans le bus et ne fit pas attention à l'homme qui entra quelques secondes après elle. Ce grand type avec une veste en daim et des lunettes de soleil la suivait depuis qu'elle était sortie de chez elle le matin. Quand, pour tuer le temps, elle était entrée dans la librairie à côté de l'arrêt de bus, il avait croisé son regard l'espace d'un instant à travers la vitrine, mais il avait aussitôt reporté ses yeux sur les nouveautés en exposition, et elle n'avait rien remarqué.

À cet instant, il se trouvait à quelques mètres de la jeune femme de dos, au centre du bus, comprimée entre des étudiants et des travailleurs pressés de rentrer chez eux. Son aspect anonyme lui garantissait une sorte d'invisibilité. Il savait que la fille descendrait à Villa Spada. Lui s'arrêterait à porta Saragozza, où il avait garé sa voiture. En tenant compte de la circulation, il avait une quinzaine de minutes pour mener à bien son projet. Il savait qu'il ne fallait pas hâter les choses car le risque d'être découvert était grand. Tout aurait été plus simple si le masque en latex ultrafin qu'il portait pour modifier ses traits ne s'était pas mis à le démanger sérieusement. Il ne savait pas combien de temps il pourrait le garder.

Il garda un contact visuel avec la jeune femme à travers son reflet dans une vitre. Il remarqua qu'elle avait presque toujours la tête baissée, pour éviter de croiser les regards indiscrets. Les bandes de gaze couvraient presque l'intégralité de son visage, à part la bouche. Elle portait un foulard sombre sur la tête, et une paire de lunettes de soleil à grosses montures lui cachait les yeux. L'homme savait qu'elle avait subi vingt et une opérations chirurgicales ces dernières années et qu'une vingt-deuxième était prévue la semaine suivante.

Au bout de quelques minutes, quand une vieille dame demanda à la jeune femme si elle pouvait la laisser passer parce qu'elle devait composter son billet, l'homme sut que c'était l'occasion qu'il attendait. Dès que la jeune femme s'écarta pour faire place à la dame, il glissa quelque chose dans la poche intérieure de sa veste avec l'agilité d'un voleur à la tire.

Il retint son souffle quelques secondes, mais personne ne s'était aperçu de rien, pas même la jeune femme.

L'inconnu regagna sa place au centre du bus et demanda l'arrêt suivant. Avant de descendre à porta Saragozza, il lança un dernier coup d'œil à la femme encore ignorante de ce qui s'était passé.

Il regarda le bus poursuivre sa route et se dirigea vers sa voiture, garée près du cinéma Chaplin. Il désactiva l'alarme, inspecta les alentours pour s'assurer qu'il était seul, et ouvrit le coffre. L'homme qui, deux ans plus tôt, avait jeté de l'acide chlorhydrique au visage de la jeune femme était toujours inconscient, sous l'effet du Roipnol. Il lui avait ligoté les pieds et les mains avec des serre-câbles. Son visage était couvert d'un petit sac de jute. Le ravisseur hocha la tête et disposa un tissu par-dessus l'homme. Il se mit au volant et quitta la ville.

Au bout d'une dizaine de minutes, il s'arrêta devant une ferme abandonnée au milieu des Colli Bolognesi, où il put enfin retirer ses lunettes et son masque et se gratter le crâne, qu'il avait rasé à blanc la veille au soir pour dissimuler son identité. Il ouvrit le coffre et, en attendant que son *hôte* revienne à lui, il alluma une cigarette et observa l'océan de collines verdoyantes autour de lui. Malgré ce panorama idyllique, il n'arrivait pas à s'ôter de la tête l'image de cette pauvre fille défigurée.

Les avocats du salopard qui l'avait agressée lui avaient conseillé d'inverser les rôles : il avait raconté au procureur que ce n'était pas lui qui avait planifié l'agression de sa compagne, mais le contraire. Dans l'agitation de la lutte qui s'était ensuivie, il lui avait fait tomber l'acide dessus par erreur et l'avait défigurée. La tâche n'avait pas été difficile, car sa fiancée n'avait pas pu contre-attaquer : à l'époque de son arrestation, elle était à l'hôpital, et allait y rester plusieurs mois. En outre, le commis d'office nommé pour la défendre était un incapable qui n'avait pas réussi à s'imposer en salle d'audience. Une fois écartée l'intentionnalité de l'acte, l'homme avait opté pour une procédure en référé et négocié sa peine. Les juges l'avaient condamné à dix-huit mois pour violences conjugales. Un “chef-d'œuvre” de plus de la justice italienne. Il n'avait passé que six mois en prison. Puis neuf en assignation à résidence. Puis il avait bénéficié de trois mois de remise de peine. Depuis près de dix mois, il était libre.

Jusqu'à ce matin.

Quand il sentit que son prisonnier se ranimait, l'inconnu en était déjà à sa troisième Marlboro. Il le libéra du sac de jute et le jeta sans ménagement dans la cour.

— Tu as fait une belle sieste, dit-il.

L'autre le fixa d'un regard vide, encore abruti par le sédatif.

— Tu crois que ton ex a déjà trouvé le sachet de dents ?

L'homme essaya d'écarter les lèvres, et ce ne fut qu'alors qu'il s'aperçut que sa langue n'avait pas encore rencontré l'obstacle des arcades dentaires.

Elle ne le trouverait plus jamais.

— Si tu es d'accord, je me mets tout de suite au travail. Tu sais, je viens tout juste de commencer avec toi.

L'autre essaya de crier, mais ne produisit qu'un hoquet étouffé.

Le Dentiste l'attrapa comme un sac de pommes de terre, le porta sur son épaule et se dirigea vers le corps de ferme délabré.

220 Bruce Machart, *Des hommes en devenir*
219 Mark Haskell Smith, *À bras raccourci*
218 Winston Groom, *Forrest Gump*
217 Larry McMurtry, *Les Rues de Laredo*
216 Terry Tempest Williams, *Refuge*
215 Wallace Stegner, *La Vie obstinée*
214 Piergiorgio Pulixi, *L'Île des âmes*
213 Giulia Caminito, *Un jour viendra*
212 Julia Glass, *Refaire le monde*
211 David Heska Wanbli Weiden, *Justice indienne*
210 Alex Taylor, *Le sang ne suffit pas*
209 Ross Macdonald, *Le Frisson*
208 Tiffany McDaniel, *Betty*
207 John D. Voelker, *Itinéraire d'un pêcheur à la mouche*
206 Thomas Berger, *Little Big Man*
205 Peter Swanson, *Huit crimes parfaits*
204 Andy Davidson, *Dans la vallée du soleil*
203 Walter Tevis, *L'Homme tombé du ciel*
202 James Crumley, *Le Canard siffleur mexicain*
201 Robert Olmstead, *Le Voyage de Robey Childs*
200 Pete Fromm, *Chinook*
199 Keith McCafferty, *La Vénus de Botticelli Creek*
198 Tom Robbins, *Jambes fluettes, etc.*
197 Nathaniel Hawthorne, *La Lettre écarlate*
196 Jennifer Haigh, *Le Grand Silence*
195 Kent Wascom, *Les Nouveaux Héritiers*
194 Benjamin Whitmer, *Les Dynamiteurs*
193 Barry Lopez, *Rêves arctiques*
192 William Boyle, *L'amitié est un cadeau à se faire*
191 Julia Glass, *Jours de juin*
190 Mark Haskell Smith, *Coup de vent*
189 Trevanian, *L'Été de Katya*
188 Chris Offutt, *Sortis des bois*
187 Todd Robinson, *Une affaire d'hommes*
186 Joe Wilkins, *Ces montagnes à jamais*

185 James Oliver Curwood, *Grizzly*
184 Peter Farris, *Les Mangeurs d'argile*
183 David Vann, *Un poisson sur la Lune*
182 Mary Relindes Ellis, *Le Guerrier Tortue*
181 Pete Fromm, *La Vie en chantier*
180 James Carlos Blake, *Handsome Harry*
179 Walter Tevis, *Le Jeu de la dame*
178 Wallace Stegner, *Lettres pour le monde sauvage*
177 Peter Swanson, *Vis-à-vis*
176 Boston Teran, *Méfiez-vous des morts*
175 Glendon Swarthout, *Homesman*
174 Ross Macdonald, *Le Corbillard zébré*
173 Walter Tevis, *L'Oiseau moqueur*
172 John Gierach, *Une journée pourrie au paradis des truites*
171 James Crumley, *La Danse de l'ours*
170 John Haines, *Les Étoiles, la neige, le feu*
169 Jake Hinkson, *Au nom du Bien*
168 James McBride, *La Couleur de l'eau*
167 Larry Brown, *Affronter l'orage*
166 Louisa May Alcott, *Les Quatre Filles du docteur March*
165 Chris Offutt, *Nuits Appalaches*
164 Edgar Allan Poe, *Le Sphinx et autres histoires*
163 Keith McCafferty, *Les Morts de Bear Creek*
162 Jamey Bradbury, *Sauvage*
161 S. Craig Zahler, *Les Spectres de la terre brisée*
160 Margaret Mitchell, *Autant en emporte le vent*, vol. 2
159 Margaret Mitchell, *Autant en emporte le vent*, vol. 1
158 Peter Farris, *Dernier Appel pour les vivants*
157 Julia Glass, *Une maison parmi les arbres*
156 Jim Lynch, *Le Chant de la frontière*
155 Edward Abbey, *Le Feu sur la montagne*
154 Pete Fromm, *Comment tout a commencé*
153 Charles Williams, *Calme plat*
152 Bob Shacochis, *Sur les eaux du volcan*
151 Benjamin Whitmer, *Évasion*

150 Glendon Swarthout, *11 h 14*
149 Kathleen Dean Moore, *Petit Traité de philosophie naturelle*
148 David Vann, *Le Bleu au-delà*
147 Stephen Crane, *L'Insigne rouge du courage*
146 James Crumley, *Le Dernier Baiser*
145 James McBride, *Mets le feu et tire-toi*
144 Larry Brown, *L'Usine à lapins*
143 Gabriel Tallent, *My Absolute Darling*
142 James Fenimore Cooper, *La Prairie*
141 Alan Tennant, *En vol*
140 Larry McMurtry, *Lune comanche*
139 William Boyle, *Le Témoin solitaire*
138 Wallace Stegner, *Le Goût sucré des pommes sauvages*
137 James Carlos Blake, *Crépuscule sanglant*
136 Edgar Allan Poe, *Le Chat noir et autres histoires*
135 Keith McCafferty, *Meurtres sur la Madison*
134 Emily Ruskovich, *Idaho*
133 Matthew McBride, *Frank Sinatra dans un mixeur*
132 Boston Teran, *Satan dans le désert*
131 Ross Macdonald, *Le Cas Wycherly*
130 Jim Lynch, *Face au vent*
129 Pete Fromm, *Mon désir le plus ardent*
128 Bruce Holbert, *L'Heure de plomb*
127 Peter Farris, *Le Diable en personne*
126 Joe Flanagan, *Un moindre mal*
125 Julia Glass, *La Nuit des lucioles*
124 Trevanian, *Incident à Twenty-Mile*
123 Thomas Savage, *Le Pouvoir du chien*
122 Lance Weller, *Les Marches de l'Amérique*
121 David Vann, *L'Obscure Clarté de l'air*
120 Emily Fridlund, *Une histoire des loups*
119 Jake Hinkson, *Sans lendemain*
118 James Crumley, *Fausse Piste*
117 John Gierach, *Sexe, mort et pêche à la mouche*
116 Charles Williams, *Hot Spot*

115 Benjamin Whitmer, *Cry Father*
114 Wallace Stegner, *Une journée d'automne*
113 William Boyle, *Tout est brisé*
112 James Fenimore Cooper, *Les Pionniers*
111 S. Craig Zahler, *Une assemblée de chacals*
110 Edward Abbey, *Désert solitaire*
109 Henry Bromell, *Little America*
108 Tom Robbins, *Une bien étrange attraction*
107 Christa Faust, *Money Shot*
106 Jean Hegland, *Dans la forêt*
105 Ross Macdonald, *L'Affaire Galton*
104 Chris Offutt, *Kentucky Straight*
103 Ellen Urbani, *Landfall*
102 Edgar Allan Poe, *La Chute de la maison Usher et autres histoires*
101 Pete Fromm, *Le Nom des étoiles*
100 David Vann, *Aquarium*
99 *Nous le peuple*
98 Jon Bassoff, *Corrosion*
97 Phil Klay, *Fin de mission*
96 Ned Crabb, *Meurtres à Willow Pond*
95 Larry Brown, *Sale Boulot*
94 Katherine Dunn, *Amour monstre*
93 Jim Lynch, *Les Grandes Marées*
92 Alex Taylor, *Le Verger de marbre*
91 Edward Abbey, *Le Retour du gang*
90 S. Craig Zahler, *Exécutions à Victory*
89 Bob Shacochis, *La femme qui avait perdu son âme*
88 David Vann, *Goat Mountain*
87 Charles Williams, *Le Bikini de diamants*
86 Wallace Stegner, *En lieu sûr*
85 Jake Hinkson, *L'Enfer de Church Street*
84 James Fenimore Cooper, *Le Dernier des Mohicans*

CET OUVRAGE A ÉTÉ COMPOSÉ PAR
ATLANT'COMMUNICATION
AU BERNARD (VENDÉE).

ACHEVÉ D'IMPRIMER EN JUILLET 2023 SUR LES PRESSES
DE NORMANDIE ROTO IMPRESSION S.A.S., 61250 LONRAI
POUR LE COMPTE DES ÉDITIONS GALLMEISTER
13, RUE DE NESLE, 75006 PARIS

IMPRIMÉ EN FRANCE

DÉPÔT LÉGAL : AOÛT 2023
N° D'IMPRESSION : 2302922